Jordi Llobregat

Les Sept Châtiments

TRADUIT DE L'ESPAGNOL
PAR **VANESSA CAPIEU**

COLLECTION **THRILLERS**

le cherche midi

La traduction de cet ouvrage a reçu le soutien
de l'Acción Cultural Española (ACE) :

AC/E
ACCIÓN CULTURAL
ESPAÑOLA

Vous pouvez consulter notre catalogue général
et l'annonce de nos prochaines parutions sur notre site :
www.cherche-midi.com

Directeurs de collection : Arnaud Hofmarcher et Marie Misandeau

92, avenue de France
75013 Paris

Mis en pages par Nord Compo
Dépôt légal : octobre 2021
ISBN 978-2-7491-6579-0

Au monstre, toujours présent, qui ne disparaît jamais complètement, qui attend à l'affût le moment de resurgir pour m'entraîner avec lui dans le plus profond des abîmes.

Je suis là.

Dante Alighieri, *Divine Comédie*,
trad. Marc Scialom, *Œuvres complètes*,
Le Livre de poche, « La Pochothèque », 1996[1].

Si noble et si honnête apparaît ma dame, quand elle salue les autres que, tremblant, toute langue se tait et que les yeux ne l'osent regarder.

Dante Alighieri, *Vie nouvelle*, chant XXVI,
trad. Christian Bec, *Œuvres complètes*,
Le Livre de poche.

Car ce seront des jours de vengeance, pour l'accomplissement de tout ce qui est écrit.

Luc 21:22

1. Toutes les citations de la *Divine Comédie* sont extraites de cette édition (N. de la T.).

Avertissement

Ce roman est une fiction librement inspirée de faits réels.

1
Vingt-deux ans plus tôt

La bougie dessinait des ondes orangées sur les visages des six enfants. Assis en cercle, ils souriaient nerveusement. Aucun n'imaginait que sa vie ne serait plus jamais la même après cette nuit.

La plus jeune du groupe scrutait les ombres autour d'eux. Elle avait peur mais elle aurait préféré mourir plutôt que de l'avouer. Détournant les yeux de l'obscurité, elle dévisagea celle qui était assise à côté d'elle. Elle était toujours impressionnée par la détermination de sa sœur. Après tout, Natalia, ou, comme elle préférait qu'on l'appelle, Lía, venait de fêter ses onze ans et n'avait donc que treize mois de plus qu'elle. Tout le monde la voyait comme la plus jolie, la plus amusante et intelligente des deux. Elle l'aimait beaucoup, mais parfois elle la haïssait de tout son cœur.

Natalia sentit son regard fixé sur elle et lui lança, avec un clin d'œil :

« Prête ? »

Ils avaient découvert le bunker cet été-là.

Leur père avait beau leur avoir recommandé de ne pas s'éloigner, l'ennui les avait poussés à s'aventurer avec le reste de la bande sur les sentiers autour du chalet. Chaque jour, ils exploraient un peu plus loin la forêt. Au bout d'une semaine, les deux filles connaissaient tous les chemins qui sillonnaient la vallée.

Un jour, alors qu'ils jouaient, Natalia avait roulé en bas d'un terre-plein. Quand les autres étaient arrivés à sa rescousse, ils l'avaient trouvée observant pensivement un étrange rocher au pied duquel elle avait atterri. En hauteur, cachée par des touffes d'herbe, on devinait une ouverture. Ils étaient tout excités à l'idée qu'ils avaient découvert une grotte. Il s'avéra que c'était l'embrasure d'une tourelle.

En explorant les alentours, ils trouvèrent les restes d'un fossé et quelques marches pleines de terre qui les menèrent à une porte recouverte de genêts. Ils essayèrent de l'ouvrir, en vain, malgré son état de délabrement. C'est alors qu'Alba, la sœur d'Héctor, remarqua que la racine d'un arbre avait fait un trou dans le mur. En s'y mettant tous ensemble, ils parvinrent à l'agrandir suffisamment pour s'y glisser.

Natalia fut la première.

À l'intérieur, un tunnel aux épais murs de béton s'enfonçait dans l'obscurité. L'air était lourd et sentait l'humidité. Les bruits du dehors avaient disparu, laissant place à un silence aussi insondable qu'un profond abîme.

Alejandra frissonna, et ce n'était pas dû à la fraîcheur ambiante. Sans pouvoir l'expliquer, elle était certaine que c'était une erreur d'être là. Ils devaient sortir de cet endroit le plus vite possible et ne plus y remettre les pieds. Plus jamais. Mais, avant que personne n'ait pu dire quoi que ce soit, Natalia décida qu'ils reviendraient le lendemain avec des torches.

Les jours suivants, ils s'aventurèrent dans la galerie principale et découvrirent d'autres tunnels qui en partaient pour s'enfoncer dans la montagne, de plus en plus profondément. Certains tronçons étaient impraticables à cause du plafond éboulé ou parce que l'eau qui filtrait des murs les avait inondés. Ils aboutirent à deux salles vides avec des canonnières à demi enterrées, condamnées par des planches pourries. Ils découvrirent aussi une porte semblable à celle de l'entrée, qu'ils n'arrivèrent pas à ouvrir non plus. Malgré leurs efforts, après plusieurs jours d'exploration, ils ne connaissaient encore qu'une partie de ce labyrinthe.

Un après-midi qu'ils profitaient de la chaleur du soleil au bord de la rivière, ils en vinrent à la question de savoir lequel d'entre eux était le plus téméraire. Les garçons ricanaient, soutenant que jamais une fille ne pourrait être aussi courageuse qu'eux. Alejandra vit bien que Natalia était indignée en les entendant, et elle fut certaine que sa sœur ne laisserait pas les choses en rester là.

Quelques minutes plus tard, ils étaient réunis dans l'une des pièces vides du bunker qu'ils avaient aménagée avec de vieilles couvertures et des coussins. Natalia sortit un jeu de cartes plus tout jeune qu'elle étala, face contre terre.

« Chacun d'entre nous va tirer une carte et la poser retournée devant lui, puis il la montrera aux autres. Celui qui aura la plus forte devra passer la nuit ici jusqu'au lever du jour. »

Même si plusieurs enfants pâlirent, personne n'osa reculer et chacun s'exécuta. Puis, tous se dévisagèrent, pour voir qui commencerait.

Juan fut le premier. Il retourna sa carte et découvrit le deux de pique, ce qui lui fit pousser un « ouf » de soulagement non dissimulé. Puis Héctor retourna la sienne et présenta le quatre de trèfle, un sourire indécis aux lèvres. Sa sœur, au milieu dans le cercle, eut droit à un dix de pique. Malgré son air impassible, ses yeux tressautaient d'un côté et de l'autre. Un murmure traversa le groupe quand la dame de carreau apparut entre les mains de Marc.

C'était au tour de Natalia.

Elle commençait à soulever sa carte, quand Alejandra, assise à côté d'elle, entrevit un as. La sienne était forcément plus faible. C'était Natalia qui allait devoir rester. Son cœur bondit de joie dans sa poitrine, mais alors elle vit l'admiration avec laquelle les autres enfants regardaient sa sœur. Sans réfléchir, elle fit un geste en direction de l'obscurité.

« Écoutez ! Vous avez entendu ? »

Tout le monde tourna la tête et, avant de pouvoir le regretter, Alejandra échangea leurs cartes. Comme tous constataient qu'il n'y avait rien dans le tunnel, les protestations s'élevèrent dans le groupe.

« Idiote ! Quelle trouille j'ai eue ! lui lança Alba.

– C'est pas marrant ! balbutia Juan, d'une voix si tremblotante que les autres rirent.

– Allez, on continue.

– C'était ton tour, Lía. »

Natalia prit la carte posée devant elle et la retourna. Le trois de cœur. Alejandra fut la seule à voir son air désarçonné.

« À moi ! » lança-t-elle, avant que son aînée ait eu le temps de dire quelque chose.

Elle avait du mal à empêcher ses doigts de trembler. L'as de trèfle tomba par terre et déclencha un chœur d'exclamations.

Alejandra sentit sa sœur la scruter. Les yeux de Natalia allèrent de la carte qu'elle tenait toujours à la main de sa cadette. Petit à petit, un sourire se dessina sur son visage et elle hocha la tête imperceptiblement. Alejandra fit tout pour dissimuler le rouge qui lui montait aux joues.

Tout le monde se leva.

« Tu vas vraiment rester ? lui demanda Héctor.

– Bien sûr. Vous allez voir si une fille ne peut pas être aussi courageuse que n'importe qui », répondit-elle, avec défi.

Elle croisa le regard de Marc, lut dans ses yeux un tout nouveau respect, et son cœur fit un bond.

Natalia s'approcha et la serra dans ses bras.

« Tout ira bien. Tu es ma sœur, la plus courageuse et… la plus tricheuse », finit-elle dans un souffle.

Puis elle fit quelque chose d'inattendu : elle porta les mains à son cou, détacha sa chaîne, dont le pendentif, une petite fée en argent, lui avait été offert par leur mère juste une semaine avant sa mort, et l'attacha au cou de sa sœur.

« Je viendrai te chercher au lever du jour. »

Ils sortirent tous par le trou du mur. Alejandra entendit leurs voix qui s'éloignaient, puis tout devint silencieux.

Deux heures plus tard, Alejandra aurait tout donné pour la sécurité et la chaleur de son lit. Elle se demandait pourquoi elle s'était laissé embringuer dans ce stupide pari. Soudain, un bruit la tira de ses pensées. Maladroitement, elle braqua sa torche du côté où il lui avait semblé l'entendre. Comme les cinq fois précédentes, il n'y avait rien ; rien qu'elle puisse voir, du moins. L'eau filtrait par les fissures des murs et gouttait jusqu'à l'une des flaques qui jonchaient le sol. Le ruissellement résonnait comme en écho dans les tunnels.

Elle essaya de penser à quelque chose qui puisse la distraire, mais son esprit n'arrêtait pas d'échafauder des histoires à vous donner la chair de poule. Constamment lui revenait en tête le fait qu'ils n'avaient pas encore pu explorer la totalité du bunker, et elle se demandait si quelqu'un ou quelque chose n'était pas tapi quelque part, à attendre qu'elle s'endorme. Elle scrutait les ombres, la gorge sèche.

Passé minuit, la fatigue commença à être plus forte qu'elle, et elle se décida à se blottir, enroulée dans une vieille couverture, dans l'un des recoins qui servaient à stocker les munitions. Elle y tenait à peine, mais c'était un refuge et elle s'y sentait plus en sécurité. C'est alors que le faisceau de sa torche se mit à pâlir, puis, trente secondes plus tard, elle s'éteignit. Alejandra eut beau la secouer, rien n'y fit : elle l'avait gardée allumée tout ce temps et les piles avaient rendu l'âme. Une pointe de panique la traversa : elle avait toujours détesté le noir. Puis elle se rappela avec soulagement qu'elle avait des piles neuves dans le sac qu'elle avait apporté. Il fallait juste arriver jusqu'à lui.

Elle s'apprêtait à abandonner sa cachette quand elle se figea : elle avait entendu quelque chose. Elle espérait que ce n'était encore qu'un de ces bruits qui l'avaient accompagnée jusqu'alors, mais, quand il se répéta, elle perçut nettement que cette fois, c'était différent. Quelque chose se traînait au sol.

Elle se roula en boule dans le renfoncement de pierre et remonta sur elle la couverture. Elle tremblait de terreur, les yeux fixés sur les ténèbres du tunnel. Quelques secondes plus tard, elle crut distinguer une forme sombre qui avançait vers elle. Elle se mordit les lèvres pour s'empêcher de crier. L'ombre passa près d'elle sans la voir, en traînant un paquet. Alejandra ferma les yeux de toutes ses forces et se mit à chuchoter une berceuse.

Un grand bruit la fit sursauter. Autour d'elle, tout était toujours plongé dans le noir. Elle avait dû s'endormir. Elle se redressa sur ses coudes. Sans crier gare, le vacarme recommença et les murs tremblèrent : quelque chose cognait contre la porte du bunker. On essayait d'entrer.

Elle voulut se lever pour fuir mais, engourdie par le froid, elle ne parvenait pas à bouger. Avant qu'elle ait pu réagir, la porte s'abattit à grand fracas, arrachée de ses gonds. À sa place, une ombre apparut.

Alejandra hurla lorsque celle-ci se jeta sur elle. Elle lutta pour s'échapper mais l'ombre était trop forte. Le tunnel amplifiait les cris d'Alejandra. Elle continua à se débattre jusqu'à ce qu'un faisceau de lumière l'éblouisse. Plusieurs autres ombres apparurent dans le trou laissé par la porte et d'autres lumières vinrent éclairer l'intérieur du bunker.

Stupéfaite, elle reconnut des hommes et des femmes du village. Quelqu'un ôta son anorak et le posa sur elle. Devant elle, à genoux, son père la regardait, le visage pétri d'angoisse. Même si son étreinte lui faisait mal, elle se serra contre lui, en souhaitant qu'il ne la lâche jamais. Mais il la repoussa, les deux mains sur ses épaules ; ses yeux étaient mouillés et ses lèvres tremblaient. Jamais elle n'avait vu son père dans cet état. Il allait sûrement la punir pour le restant de l'été.

« Alejandra, où est ta sœur ? »

2
Un an plus tôt

L'homme entrouvrit la grille sans un bruit. Derrière lui se profilaient les silhouettes sombres des bâtiments du séminaire, perchés sur le piton rocheux. Il consulta sa montre. Il restait moins d'une heure avant que le soleil s'élève au-dessus de la vallée et que naisse un nouveau jour.

Il fit un pas et sentit qu'il laissait derrière lui la sécurité des murs de pierre. Devant lui, un sentier à peine visible s'enfonçait entre les arbres. Le brouillard recouvrait tout ; des langues de brume rampaient vers lui, dessinant des spirales à quelques centimètres du sol.

Il se pencha et, avec des gestes précis, resserra les lacets de ses chaussures de sport. D'abord le pied gauche, puis le droit. Puis il frappa deux fois le sol de chacun de ses talons. Ce n'était pas nécessaire, ça ne l'était jamais ; mais tous les matins, cinq fois par semaine depuis six ans, il répétait ce même rituel. Tout simplement, il lui permettait de se sentir bien.

Il fit jouer les muscles de ses jambes pour chasser le froid. La capuche de son jogging était rabattue sur sa tête et dessous, le passe-montagne ne laissait voir que ses yeux clairs. Il plia les doigts dans ses gants en laine, se signa et mit en marche le chronomètre. Cinquante-deux minutes et treize secondes avant le lever du soleil.

Il démarra en petite foulée, calant sa respiration sur le mouvement de ses pieds. Au début, il fallait roder son rythme. D'un pas sûr, il descendit en direction de la rivière, mais il quitta vite ce sentier pour en prendre un autre, qui s'enfonçait entre les arbres. Pour la première fois depuis deux semaines, le ciel était sans nuages. La lueur de la lune qui se glissait entre les cimes des arbres lui permettait de s'assurer qu'il allait dans la bonne direction. De toute façon, il connaissait si bien le chemin qu'il aurait pu courir les yeux bandés.

Il n'entendait que le crissement de la neige sous ses pieds. Il sentait ses muscles se délier ; ils se détendaient et se contractaient avec une efficacité de plus en plus grande. Ses artères apportaient le sang nécessaire à son corps pour qu'il puisse voler au-dessus des pierres. Il débordait d'énergie. Courir avant le lever du jour était merveilleux. Vingt-huit minutes et cinquante-sept secondes…

Il déboucha sur un espace dépourvu d'arbres. Son souffle s'était à peine accéléré. Au milieu de la clairière se dressait un ensemble d'immenses blocs de granit, circulaire, témoignage d'un lointain passé, quand les hommes vivaient et mouraient dans la crainte d'autres dieux. C'était un endroit étrange, que les frères du séminaire préféraient éviter. Personne n'avait jamais vu pousser de végétation autour de ces pierres ; même la neige épargnait ces monolithes. Quant à lui, il faisait un détour quand il le pouvait. Mais ce jour-là, c'était impossible.

Lorsqu'il eut retrouvé l'abri des arbres, il ne put s'empêcher de se sentir soulagé et se concentra à nouveau sur sa course. Le sentier changeait de direction et montait désormais en zigzag entre les pins et les épicéas. Dix-neuf minutes et sept secondes…

Plus tôt que prévu, la fatigue commença à le gagner et son souffle se fit plus court, mais il n'avait pas l'intention d'abandonner. Il sentait à chaque foulée la contraction de ses mollets ; le tiraillement des cicatrices de son dos, prêtes à se rouvrir. Une voix intérieure lui criait de s'arrêter, pourtant, il serra les dents et continua d'avancer, un pied après l'autre, sur la couche de neige. Il se mit à compter ses pas.

Après un tronc en travers du chemin, le sentier courait le long d'un ravin. Le vent que ne freinaient plus les arbres le giflait avec force et, un instant, il chancela mais réussit à retrouver son équilibre dans un grognement. Il regarda droit devant lui : il était là, tout là-haut. Le géant gris. Son but.

À chaque expiration, un nuage de buée l'aveuglait avant de se dissiper sur son passage. La sueur trempait ses épaules. Un halo de clarté solaire commençait à poindre sur les cimes les plus hautes. Il consulta son chronomètre et, avec une grimace, augmenta sa cadence. Sept minutes et trente-deux secondes…

Déjà, il distinguait le bout du chemin. Le parcours finissait par quelques marches en ciment fissurées. Il les grimpa deux par deux sans ralentir, laissant sur sa droite une ancienne cabane d'ouvriers, dont les fenêtres, dépourvues de vitres, le virent passer en silence. Il franchit la grille rouillée. Depuis longtemps, la porte qui barrait l'entrée avait disparu. Il gravit les dernières marches dans un mugissement qui défiait la douleur et la tentation de s'arrêter. Cinq minutes et douze secondes…

Enfin, il atteignit la plateforme.

Cessant de courir, il se mit à marcher, porté par le simple balancement de ses bras. Il aspirait l'air par goulées, tout en étirant les muscles de ses jambes. Il jeta un coup d'œil au chronomètre : il avait fait le meilleur temps de sa vie.

Il avança en surplomb du barrage. C'était un chemin artificiel de deux mètres de large, avec un rebord en pierre de chaque côté en guise de rambarde. Il s'arrêta juste au milieu et s'appliqua à ce que son souffle et son pouls reviennent progressivement à la normale. Il avait toujours vite récupéré. Sous ses pieds, il percevait la tension de la pierre retenant des millions de mètres cubes d'eau.

Rien ne perturbait l'immobilité de cette énorme masse liquide. L'obscurité semblait surgir de ses tréfonds, ramper des profondeurs jusqu'à la surface, dans l'attente qu'un imprudent veuille bien s'y immerger. Il se rappela l'histoire des ouvriers qui étaient morts en réparant ce barrage. Ils étaient tombés de l'échafaudage quand l'une des fixations avait lâché et le courant les avait emportés au fond. Comme on n'avait jamais retrouvé leurs corps, ils devaient encore y être.

Avec un frisson, il se détourna de l'eau, avança jusqu'à la rambarde et se pencha. Il dut s'agripper au rebord, pris de vertige. Il y avait assez de lumière maintenant pour qu'il distingue l'interminable pente en béton. À sa droite, une colonne d'eau jaillissant du déversoir s'abattait sur les rochers, quelque quarante mètres plus bas, dans un nuage d'écume. Le plus grand barrage construit à une telle altitude en Espagne. Certains en parlaient comme d'un prodige de l'ingénierie, pour d'autres, ce n'était qu'une folie. Lui savait qu'il tenait surtout de celle-ci.

Il consulta sa montre. Deux minutes et six secondes…

Ses doigts butèrent, malhabiles, tandis qu'il tirait sur la fermeture Éclair de son haut de jogging. Il la descendit d'un coup sec. Puis il ôta son tee-shirt trempé de sueur. Le froid lui coupait le souffle. Il sentit ses muscles se tendre et son corps protester face à cette soudaine exposition. Il regrettait la chaleur de ses vêtements, jetés au sol, mais il continua à se déshabiller.

À l'est, le ciel commençait à prendre une teinte orangée.

Il laissa tomber à ses pieds le dernier bout de tissu et, entièrement nu, attendit. L'air glacé lui arracha quelques larmes. Trois, deux, une seconde…

La lumière émergea derrière les montagnes, telle une vague. Elle perça le ciel puis éclata sur la vallée. Une tache dorée s'étendit sur le faîte des arbres, les rochers enneigés, la rivière qui serpentait en bas. Le nouveau jour se répandit sans que rien ni personne puisse le retenir. Tout ce qui se cache dans le noir, tous ceux qui habitent l'obscurité fuient devant son irruption. La vague dorée atteignit enfin la base du barrage et, rampante, se mit à monter inexorablement le long de la paroi.

Le jeune homme ouvrit les bras. Même s'il l'attendait, il frémit quand l'étreinte de la chaleur enveloppa son corps nu. Ses cheveux, de la couleur du soleil, s'agitaient dans le vent. La lumière de l'aube baigna sa peau et l'espace d'un instant, d'un clin d'œil à peine, montra au monde toute sa beauté. S'il y avait eu un témoin à la scène, il aurait cru à une apparition divine. L'ange le plus beau de la création descendu sur terre.

Il prit une profonde inspiration.

Il se sentait si vivant…

Tellement vivant.

Il avança le pied et sauta.

I
Envie

Et comme aux aveuglés le soleil manque, de même ici, aux ombres dont je parle, la lumière céleste se refuse : un fil d'acier perce et coud leurs paupières ainsi qu'on fait à l'épervier hagard pour le contraindre à se tenir tranquille.

3

Division des affaires internes. Barcelone Transcription de l'entretien SP/0023/2005

« Nom ?

– Serra, Álex Serra.

– Moi, j'ai ici… » Bruit de papiers. « … Alejandra Se…

– Álex.

– Mmm. D'accord. Très bien. Álex Serra… Serra comment ?

– … Serra Ferran. »

Note : *Regard fuyant. L'intéressée s'agite beaucoup sur sa chaise.*

« Quelque chose ne va pas ?

– Non.

– Vous êtes sûre ?

– Oui.

– Pouvez-vous me dire quelle est votre affectation ?

– La Division d'investigation criminelle.

– Votre grade ?

– Sous-inspectrice.

– Agent Serra, savez-vous la raison pour laquelle vous êtes ici ? »

Note : *L'intéressée garde le silence mais hoche la tête affirmativement.*

« Vous souvenez-vous de ce qui est arrivé le… 12 janvier 2005, aux alentours de minuit et demi ?

– Oui. »

Bruit de papiers que l'on manipule.

« Pouvez-vous nous le dire ?

– Vous le savez. C'est dans le rapport. Il y avait des caméras de sécurité. Je ne comprends pas votre question. »

Note : *Irascible. Évite le regard d'autrui.*

« Nous voulons juste connaître votre point de vue.

– Il s'agissait d'une intervention de la DIC visant un individu suspecté d'assassinat. Nous avions localisé son domicile.

– Quel était votre rôle ?

– Nous devions l'identifier et l'arrêter.

– Vous et… ?

– Moi et mon coéquipier.

– Que s'est-il passé ?

– Le suspect a opposé de la résistance. Il s'est échappé par une fenêtre. Il y a eu une course-poursuite… »

Note : *L'intéressée semble hésiter.*

« Avez-vous bien en mémoire les faits ?

– Oui, oui.

– Continuez.

– Nous l'avons poursuivi jusqu'à un hangar dans les docks… »

Note : *L'intéressée recommence à s'agiter sur sa chaise.*

« Poursuivez.

– Et là, j'ai tiré sur mon coéquipier ! C'est ça, ce que vous voulez entendre ? »

Bruit du stylo sur le papier lors de la prise de notes.

« Êtes-vous consciente des conséquences de votre acte ? »

Note : *Garde le silence un long moment. Attitude corporelle moins belliqueuse.*

« Oui. Manel est… gravement blessé.

– Le suspect n'était pas armé.

– Non.

– Mais vous avez tiré. Pouvez-vous expliquer pourquoi ?

– Non.

– Votre coéquipier a été touché dans le dos. Vous, où étiez-vous placée ?

– Je… je ne peux pas le dire avec certitude.

– Agent Serra, pouvez-vous nous fournir une quelconque explication concernant ce qui s'est passé dans ce hangar ? »

Note : *Prend son temps avant de répondre.*

« Non. »

Note : *L'intéressée ment.*

4

Daniel Latour ouvrit la porte et, une fois entré dans la cellule, la claqua derrière lui. Il le regretta immédiatement, non pas parce qu'il voulait respecter le silence du séminaire : il y avait passé deux ans et détestait ce calme sépulcral. Ce qu'il voulait, c'était éviter d'attirer l'attention sur lui. Mais il était si enthousiaste, après avoir reçu ce mot, qu'il avait oublié toute prudence. Maintenant qu'il avait réintégré cette fichue chambre, il avait hâte de vérifier que tout était toujours à sa place.

C'était comme si le temps n'avait pas passé. La cellule était telle qu'il se la rappelait : une pièce carrée au plafond voûté, avec à peine assez de place pour deux séminaristes. De chaque côté, collés au mur, se trouvaient les lits. De minces matelas posés sur des planches. Au pied de chacun des grabats, un coffre leur permettait de ranger les quelques effets personnels autorisés dans le centre. Au fond, un épais plateau de chêne encastré sous la fenêtre faisait office de bureau. Deux chaises complétaient ce maigre mobilier. La seule présence qui brisait la nudité des murs était un petit crucifix suspendu au-dessus de chaque lit.

Le père Guifré lui avait révélé que personne n'avait occupé cette chambre depuis son départ. D'année en année, ils avaient moins d'étudiants et à la dernière rentrée, ils n'avaient accueilli aucun nouvel élève. Daniel eut un sourire acerbe : pour lui, ils pouvaient aussi bien fermer définitivement ce misérable endroit.

Il déposa sa valise et son sac sur l'une des chaises, se débarrassa de sa veste et s'agenouilla au niveau de la tête de lit, devant celui qu'il avait occupé. Il n'avait plus prié depuis longtemps, mais il pencha le front et murmura une prière, les yeux fermés.

Après avoir essuyé ses mains humides de transpiration sur son pantalon, il se mit à sonder à tâtons le plancher jusqu'à un point qui produisait un son différent. Il donna un petit coup à l'intersection des planches de la paume de la main et son cœur bondit dans sa poitrine quand il vit la lame de bois se soulever légèrement. Daniel tourna la tête vers la porte, redoutant de voir apparaître le séminaire en masse ; personne ne vint. Il introduisit les doigts dans le trou mais, avant d'avoir pu faire levier, retira brusquement la main en poussant un cri.

« Merde ! »

Une fine écharde affleurait entre l'index et le majeur de sa main gauche.

Il s'en débarrassa en lâchant une bordée de jurons peu adaptés en pareil lieu ; il s'en fichait pas mal. Il glissa de nouveau la main dans l'espace qu'il avait ouvert et tira fortement à lui jusqu'à ce que la lame cède enfin, laissant place à un trou sombre. Il prit un instant : quelqu'un pouvait avoir découvert sa cachette et s'être emparé de la boîte, ou peut-être un rat était-il parvenu jusqu'à elle, ou alors c'était l'humidité qui avait rongé le métal et il ne restait rien. Stop. Il n'y avait qu'un moyen de le savoir.

Il introduisit ses mains et tâtonna jusqu'au fond. Au début, il ne sentit rien et le doute commença à s'immiscer en lui. Puis, du bout des doigts, il effleura un objet. Précautionneusement, il retira une boîte en métal couverte de poussière. Quand il passa la main dessus, il découvrit le nom d'une ancienne marque de biscuits : Birba.

Daniel pensa au mot qu'*il* lui avait laissé sur le pare-brise de sa voiture. Cela semblait impossible après ce qui s'était passé mais il n'y avait pas de doute : c'était son écriture. Il les avait tous bien eus, même si lui-même avait eu des soupçons dès le début, et ce mot venait confirmer qu'il avait vu juste.

Daniel se releva et posa la boîte sur le bureau. Soudain, il se sentit observé. Il regarda par la petite fenêtre en direction des arbres, de l'autre côté de la rivière. Rien ne bougeait mais il était sûr qu'on le surveillait. Un frisson lui parcourut le corps. C'est alors qu'il le vit : derrière des arbustes avait surgi un loup. Un spécimen magnifique, au pelage gris. L'animal se montra sans crainte d'être vu. Il semblait regarder Daniel droit dans les yeux, même si c'était impossible. Daniel cligna des paupières et l'animal disparut, comme s'il n'avait jamais été là. Il eut beau le chercher entre les arbres, il ne vit plus rien. Pas une ombre, pas le moindre mouvement. Daniel se frotta les yeux. D'aucuns auraient décrété qu'il venait de voir l'esprit des bois ou débité d'autres balivernes de ce genre. Lui se dit qu'il était plus fatigué qu'il ne l'avait cru. Depuis ses dernières découvertes, il arrivait à peine à trouver le sommeil. Si on ajoutait à cela son travail d'ingénieur là-haut, à la station de ski, et la pression qu'exerçait sur lui son employeur pour qu'il trouve des solutions aux problèmes apparus sur le chantier… il n'y avait rien d'étonnant à ce qu'il souffre d'hallucinations.

Il prit la boîte et s'assit sur le lit. Inspira profondément avant de retirer le couvercle et de le poser à côté de lui. À la vue du contenu, toute sa fatigue s'évanouit. Il était bien là. Tel qu'il l'avait laissé. Un sourire flotta sur ses lèvres puis s'accentua, pour finir en un grand éclat de rire.

Enfin ! pensa-t-il. *Enfin.*

5

Álex s'agita sur sa chaise en plastique. Elle jeta un coup d'œil à l'horloge. Depuis la dernière fois, peut-être la septième ou huitième en dix minutes, les aiguilles avaient à peine bougé. Elle était là depuis le début de l'après-midi. Elle dirigea son regard au bout du couloir, vers la sortie du cabinet médical. Au-delà des portes vitrées automatiques, la vie continuait. Mais, là-dedans, le temps était devenu un mot vide de sens.

La salle d'attente, rectangulaire et sans fenêtres, était petite : malgré cela, on s'était débrouillé pour y installer trois rangées de sièges qui lui rappelaient l'exiguïté et l'inconfort des vieux autobus de son enfance. Les plaques de plâtre du plafond avaient certainement dû être blanches mais désormais une tache jaunâtre gagnait du terrain depuis la sortie de l'air conditionné. Les murs avaient été peints en vert pastel et la porte du psychiatre en crème. Álex avait lu que c'étaient des couleurs qui favorisaient une ambiance apaisante pour améliorer l'état émotionnel des gens ; voilà pourquoi des cabinets tels que celui-ci baignaient dans des tons aussi insipides. Elle pensa que plutôt que calmer les nerfs ils ôtaient toute envie de vivre.

Elle se moucha prudemment. Dans cette atmosphère

saturée de désinfectant, elle ne pouvait pas respirer sans que ses yeux larmoient. Peut-être cherchaient-ils à masquer l'odeur de maladie par cette profusion d'eau de Javel et d'ammoniaque, mais ils arrivaient juste à vous donner l'impression que vous vous trouviez dans le bocal de formol d'un entomologiste.

Tout son corps était en tension : cette puanteur la ramenait plus de vingt ans en arrière. La mémoire est un muscle étrange qui se réveille à la moindre stimulation.

Elle se revit alors qu'elle n'était encore qu'une petite fille, à l'hôpital. Elle était au chevet de sa mère, à regarder son sourire s'effacer peu à peu et ses mains perdre leur force entre les siennes. Au fil de ces longs jours, elle avait vu l'esprit de sa mère s'éteindre jusqu'au néant, un esprit autrefois brillant et joyeux ; elle avait été témoin du déclin de la personne qu'elle aimait le plus au monde, qui se vidait de sa vie et emportait avec elle un morceau de la sienne propre.

Elle détestait ces endroits.

Un mouvement à sa droite attira son attention. Un couple de petits vieux s'asseyait au bout de sa rangée. Elle s'appuyait sur lui, tandis qu'il la tenait par la main. La femme mêlait quelques sanglots à la conversation qu'ils maintenaient à mi-voix, pour ne pas déranger, ou par pudeur. Álex remarqua que le vieux monsieur caressait doucement le cou de sa femme, sous sa perruque.

Du couloir montèrent des voix qui firent lever les yeux à tous ceux qui attendaient dans la salle. Les portes de l'ascenseur s'ouvrirent pour laisser place à une femme accompagnée de son fils. Le garçon, dans les onze ans, portait un tee-shirt du Chelsea FC et une casquette de rappeur trop grande pour lui. Il tirait sur la main de sa mère sans cesser ses jérémiades. Elle, d'une extrême maigreur, semblait exténuée. Elle regarda l'enfant par-dessus ses lourds cernes et, avec un soupir, tira de son sac une Game Boy, que le gamin lui arracha, avec l'air satisfait de celui qui a eu gain de cause. Ils passèrent devant Álex et s'assirent derrière elle.

Álex tourna la tête à gauche, là où attendaient deux femmes séparées par deux sièges. Toutes deux d'âge moyen, aussi muettes qu'elle, les mains sur leur sac et le regard perdu sur un horizon qui s'arrêtait au mur d'en face.

Elle regarda de nouveau l'horloge ; elle hésitait à se lever ou à rester assise.

Soudain, toute la rangée pencha en avant brusquement. Quand Álex se retourna, les yeux mi-clos du gamin la fixaient. Il était juste derrière elle. Entre ses doigts boudinés, tachés d'allez savoir quoi, il tenait en équilibre un morceau de beignet fourré au chocolat et sa Game Boy. L'appareil émettait une pénible petite mélodie électronique, entrecoupée des bips et des explosions du jeu.

« Arrête », murmura sa mère, sans quitter des yeux l'écran de son portable. Le gamin soutint effrontément le regard d'Álex, puis, lentement, ouvrit la bouche pour esquisser ce qui parut d'abord un sourire pour finir en grimace moqueuse.

Ces mômes…

Álex l'ignora et se tourna vers la porte close. Tous ceux qui se trouvaient là regardaient dans la même direction dans un mélange d'espoir et de crainte. Une fois ce seuil franchi, la vie telle que vous la connaissiez changeait du tout au tout : la vie, cette répétition de jours mornes, devenait soudain merveilleuse et se mettait à vous manquer.

Álex sentit son pouls s'accélérer. Elle prit une inspiration, qui relevait plus du soupir, et déboutonna sa veste. La chaleur était insupportable. Le chauffage de ce cabinet aurait fait les délices d'un chameau.

De nouveau, la rangée fut secouée violemment. Le couple âgé tourna la tête, mais aucun des deux ne protesta. Ils se levèrent et changèrent de place.

Álex fusilla du regard le gamin. Au lieu de baisser les pieds, celui-ci les garda appuyés contre le dossier. Le beignet avait disparu et maintenant un chewing-gum avait pris sa place. Les joues roses du garçon s'activèrent vigoureusement d'un côté et de l'autre pour former une bulle qu'il fit claquer, pendant que ses doigts se déplaçaient sur les touches de sa Game Boy. Sans daigner lever les yeux, il lui présenta son petit poing, majeur dressé.

Álex refréna son envie de flanquer une gifle à ce morveux et de lui arracher sa Game Boy pour l'exploser contre le mur. Elle regarda la mère, vit ses cernes et son air las pendant qu'elle se massait la tempe du bout des doigts. Elle devait souffrir de migraines récurrentes.

Ce n'était qu'un gamin. Juste un gamin, se répéta Álex.

Les petits vieux regardaient l'enfant d'un air craintif. Ils pensaient sûrement à l'homme qu'il deviendrait.

Soudain, la rangée de sièges se remit à bouger. Cette fois, le gamin s'était levé et, après avoir dit quelques mots à sa mère, qui fit son possible pour l'ignorer, il partit aux toilettes.

Álex secoua la tête. Elle tenta de penser à autre chose. Se força à inspirer par deux fois.

Elle eut encore un hochement de tête.

Puis elle se leva.

Dès qu'elle eut passé la porte des toilettes, l'odeur d'urine et de Javel lui fit froncer le nez. La glace au-dessus du lavabo lui renvoya son image, mais elle détourna les yeux. En face, il y avait un urinoir encastré dans le mur, et à droite, deux cabines. L'une ouverte et l'autre fermée.

Elle balança un coup de pied ; la porte alla claquer contre le mur. Le gamin était assis sur le trône, pantalon sur les chevilles. Le feutre avec lequel il gribouillait un pénis sur le mur carrelé lui échappa des doigts. Ses yeux comme des soucoupes la regardaient, médusés.

« C'est quoi, ton nom ? fit Álex.

– Bor… Bor… Borja Ma… Martínez. »

Comme Álex se penchait sur lui, il recula autant qu'il le put, ses reins nus écrasés contre la chasse d'eau. Álex entrouvrit sa veste juste assez pour laisser voir la crosse de son arme. Les yeux du gamin s'arrondirent encore plus.

« Tu sais ce que c'est ? » lâcha Álex dans un murmure.

Le gamin, livide, hocha la tête, tandis que ses yeux allaient alternativement du pistolet à l'expression impassible de cette barjot.

« Parfait, Borja Martínez. » Álex détacha chacune des syllabes de son nom comme si elle les mastiquait. « Quand tu reviendras là-dehors, si tu bouges d'un cheveu sur ta chaise, je débarquerai chez toi pendant ton sommeil et j'exploserai ton pied de merde. »

Álex sortit des toilettes et retourna à sa place. Depuis la salle d'attente, on entendait le môme pleurnicher. Elle soupira, croisa les jambes et s'adossa confortablement. Voilà qui n'était pas bien, pas bien du tout ; après tout, ce n'était rien qu'un pauvre gosse, se dit-elle. Pourtant, elle ne put empêcher les commissures de ses lèvres de remonter en un sourire.

La mère leva les yeux de son portable, et après quelques secondes d'hésitation, courut vers les toilettes.

6

Malgré le courant d'air chaud qui sortait des conduits, la température à l'intérieur de la Nissan Patrol était encore trop basse. Voilà une heure que Daniel Latour attendait sur le lieu du rendez-vous et il avait les pieds gelés. Le soleil s'était couché et, avec l'arrivée de la nuit, la neige se remettait à tomber dru.

De temps en temps, Daniel devait actionner les essuie-glaces pour empêcher la neige de recouvrir le pare-brise du 4 x 4 et, malgré cela, il arrivait à peine à distinguer quelque chose au-delà du faisceau des phares. Même les structures inachevées de la station de ski, il ne les devinait plus, alors qu'elles étaient juste devant. D'abord ombres dans la pénombre, elles avaient fini par disparaître complètement.

Daniel tambourina sur le volant. Il jeta un œil sur l'horloge du tableau de bord. Cela faisait vingt minutes que l'heure convenue était passée. Vu la quantité de neige qui tombait, la route pouvait finir par être bloquée. Il commençait à croire qu'on s'était fichu de lui et que personne ne viendrait. Peut-être qu'il s'était avancé trop vite en pensant que le mot était bien de celui qui disait l'avoir envoyé. Il s'agita anxieusement sur son siège. Si c'était le cas, tout deviendrait beaucoup plus compliqué et dangereux.

Soudain, il prit conscience de sa vulnérabilité. Seul au

milieu de nulle part, bouclé dans cette voiture de fonction sans pouvoir rien voir autour de lui. Il regarda l'écran de son portable. Pas de réseau. Personne ne savait qu'il était là. Il se pencha vers la boîte à gants, fouilla parmi les papiers du véhicule, les vieux CD et les emballages de bonbon vides, et sortit un revolver, enveloppé dans un morceau de tissu. Il l'avait emporté lors de sa dernière visite à son père ; il savait que le vieux le gardait dans le double fond de l'armoire de sa chambre et avait décidé de le prendre. C'était une antiquité, un Astra Cadix à cinq coups des années 1970, mais il l'avait essayé et il marchait encore. Il sourit. À présent, avec le poids de l'arme dans sa main, il se sentait plus en sécurité.

Il se demandait pourquoi il continuait à attendre, quelle était la véritable raison qui le faisait rester là. Il réalisa que ce n'était pas l'argent, ni même l'opportunité de quitter cette vallée pour ne plus jamais y revenir. Ce qui réellement lui importait, c'était de lui montrer, une fois pour toutes, qui était le meilleur des deux.

Soudain, il sursauta. Il avait cru voir quelque chose bouger devant la voiture, mais lorsque les essuie-glaces s'écartèrent de nouveau il n'y avait rien. Il aurait juré qu'une forme avait traversé dans la lumière des phares. Il fit un geste comme pour sortir mais, au lieu d'ouvrir la portière, il s'assura que la sécurité était bien enclenchée et serra avec force le pistolet. Plus tôt, au séminaire, il avait cru voir un loup l'observer, et maintenant il voyait des ombres en pleine tempête de neige. Il commençait à se poser des questions sur son état mental. C'était cette foutue vallée. Il regarda l'heure. Personne ne viendrait. Qui le pourrait, avec toute cette neige ? Il fallait partir, décida-t-il.

Il tourna la clé de contact. Le moteur toussa comme un fumeur souffreteux, sans démarrer. Daniel lâcha un juron et maudit les véhicules de l'entreprise. Il posa le pistolet sur le siège du copilote et refit une tentative. Le son qui sortit de sous le capot devint asthmatique. Daniel frappa le volant de son poing fermé.

« Bordel de merde ! »

Il tenta de retrouver son calme. Il savait qu'en s'énervant il ne réussirait qu'à noyer le moteur et qu'avec cette tempête il était impossible de sortir pousser le 4 x 4 pour le faire démarrer. Quant à passer la nuit là, dans ce froid, mieux valait ne pas y penser. Il prit une grande inspiration, tourna la clé une fois encore, entendit le tac, tac, tac… « Allez, allez… » pria-t-il, à mi-voix.

Il poussa un cri, mélange de soulagement et de joie, en entendant rugir le moteur. Il avait enclenché la première et s'apprêtait à appuyer sur l'accélérateur, quand des petits coups venant de l'arrière le firent sursauter. La voiture eut une secousse et cala.

Il regarda dans le rétroviseur. Sur la lunette arrière enneigée, des traits étaient apparus. Il détacha sa ceinture et se retourna sur son siège. Ses lèvres remuèrent en silence tandis qu'il déchiffrait le mot tracé dans la neige : « Dedans ».

7

« Tu es suspendue.
– Et merde. »

Álex se laissa tomber sur la chaise sous le regard sévère du commissaire Alfred Martí. Elle se mordit les lèvres pour retenir un mot qui aurait encore empiré les choses.

Le commissaire laissa retomber l'un de ses énormes poings sur la table, mais à l'ultime seconde il freina le coup. À la place, il soupira et se pencha pour fouiller dans le tiroir de son bureau en quête d'un de ces insipides chewing-gums à la nicotine. Ses tripes se tordaient de colère et il aurait tué pour une bonne clope. Serra était la meilleure sous-inspectrice qu'il avait sous ses ordres. D'ailleurs, elle était parmi les meilleurs de tous ceux qu'il avait connus en vingt ans. Peut-être était-elle un peu trop solitaire et incontestablement pas facile à vivre, mais... qui ne finissait pas par devenir amer dans ce métier ? Sa carrière était très prometteuse, au point que l'on pensait à elle pour prendre la tête d'un groupe d'investigation. Jusqu'à cet incident avec son coéquipier. Et maintenant, cette plainte.

« Álex, fit Martí, dans la situation où tu te trouves, qu'est-ce qui t'a pris d'aller jouer l'inspecteur Harry dans la salle d'attente de ce psy ?

– Faut pas exagérer...

– Tu as menacé un môme de onze ans de lui mettre une balle ! La mère a porté plainte. »

Álex haussa les épaules.

« Je vous jure qu'il ne l'avait pas volé.

– Sans blague ? Là, c'est moi qui suis à deux doigts de t'en mettre une, de balle, bon sang ! »

Un silence tomba entre eux.

La colère de son supérieur était justifiée, même si Álex savait qu'au fond il se fichait pas mal de ce qui s'était passé au centre médical avec ce sale gosse. Ce qui préoccupait Martí, c'était que l'ambiance au commissariat était devenue irrespirable. Tout le monde était sous tension. Les autres agents ne lui adressaient pas la parole et la regardaient avec suspicion. Elle n'avait jamais été franchement populaire, mais cette fois un collègue était à l'hôpital entre la vie et la mort par sa faute.

« Comment va Manel ? » demanda Álex.

Le visage du commissaire s'assombrit.

« Tu n'es pas allée le voir ? »

Álex secoua la tête et refréna son envie de détourner les yeux. Trois fois, elle s'était rendue jusqu'aux portes de l'Hospital Clínico, mais elle n'avait pas réussi à sortir de la voiture. Elle était incapable d'affronter la vision de son coéquipier blessé. Et encore moins le regard d'Ana, sa femme, et du petit Toni, leur fils de sept ans, qui adorait son père.

« Les balles sont passées près des reins. Plusieurs vertèbres sont touchées. On ne sait pas encore s'il pourra remarcher. »

Álex se prit la tête dans les mains.

« Merde, merde, merde ! »

Le manque d'air oppressa sa poitrine mais elle évita de recourir à l'inhalateur qu'elle avait acheté le matin même à la pharmacie. Après s'en être passée pendant une décennie, soudain, elle se remettait à avoir des crises d'asthme. Le commissaire, à mille lieues des pensées d'Álex, continuait à parler en brandissant quelques feuilles agrafées ensemble.

« Pour finir d'arranger les choses, le rapport d'évaluation du psy est négatif.

– Ce type est un abruti. »

Martí souffla, excédé.

« En fait, tu n'as pas la moindre idée de ce qui arrive, pas vrai ? La DAI a lancé une procédure à ton encontre. »

Si la Division des affaires internes intervenait, en général, c'était qu'elle savait qu'elle aurait gain de cause.

« Je suis désolé, Serra. Tu as besoin de temps pour te remettre.

– Des conneries, ça.

– Je ne peux pas te protéger si tu ne te protèges pas toi-même. Quand j'aurai sur mon bureau l'avis favorable du psy, tu pourras revenir. D'ici là, je ne veux pas te voir dans le coin. »

Álex traversa le commissariat en direction de la sortie. L'absence de sa plaque et de son arme lui faisait le même effet que si on l'avait amputée d'un bras. Elle évita les regards de ses collègues, même si personne ne se hasarderait à l'approcher. Elle était une pestiférée : elle avait laissé tomber son coéquipier, qui maintenant risquait de passer le reste de sa vie en fauteuil roulant. Ce n'était ni un cauchemar ni une erreur. Il n'y avait aucun doute. C'était sa faute. Elle l'avait planté. Elle les avait tous plantés.

Elle sortit du commissariat. Bien que ce fût l'un de ces jours ensoleillés qui semblent donner une trêve au froid hivernal, elle serra ses bras autour d'elle : tout son corps tremblait. En descendant la rue, sa seule pensée était qu'elle laissait derrière elle son vrai foyer, sa famille, sa vie. Devant elle, il n'y avait rien.

8

Antoine Closas mit la tête sous le robinet et poussa un gémissement de soulagement. Quand il s'écarta du jet, l'eau teintée de rouge lui dégoulina sur le visage, lui aspergeant le torse. Entre ses pieds, une flaque se formait. Il se mit de profil, palpa son nez. La douleur lui arracha un cri. Un filet de sang coula jusqu'à ses lèvres malgré le coton qui obstruait ses narines. Il n'était pas cassé, c'était déjà ça.

De la paume de la main, il essuya les éclaboussures sur le miroir et croisa son image. Ses cheveux, des dreadlocks jaspées de blond, retombaient en désordre, trempés, entre des yeux qui, quand on les voyait pour la première fois, commençaient par déconcerter : chacun avait une couleur différente. L'iris droit était bleu clair et le gauche, vert émeraude. Comme cet acteur… ou était-ce un chanteur ? Peu importait. Ses lèvres ébauchèrent un sourire qui se changea en rictus de douleur quand les plaies se rouvrirent.

À ses quatorze ans, Antoine s'était rendu compte que les gens le regardaient différemment. Son pouvoir de séduction allait au-delà d'un visage harmonieux ou d'un corps sensuel. Sa peau, d'une blancheur extrême, semblait exsuder une sorte d'hormone qui attirait les gens comme les substances chimiques que produisent les fleurs pour appâter les insectes pendant la pollinisation. Soudain, les mères de ses amis étaient étrangement avenantes, et certaines fois, leurs mains allaient un peu plus loin que ce qui était permis.

Au début, il ne comprenait pas, mais il apprit vite. Et il le fit très bien. Il se délectait à observer la façon dont les femmes autour de lui se sentaient irrésistiblement attirées par lui, et en même temps, comment la culpabilité qu'elles ressentaient en trompant leurs maris ou leurs petits amis avec un jeune garçon les faisait souffrir. Il découvrit le sexe, et, sans jamais réussir lui-même à en jouir totalement, il apprit à quel point il était puissant. Apparemment, il suscitait la même fascination chez les hommes que chez les femmes, et ça lui allait. Pour les uns comme pour les autres, il devint le meilleur amant possible. Il suscita amour, désir, jalousie, désespoir, folie, et manipula ses conquêtes à sa guise. En définitive, il découvrit la façon d'obtenir n'importe quoi des gens qui l'approchaient.

Pourtant, les années suivantes ne se déroulèrent pas comme il l'espérait.

Il termina à grand-peine le lycée et enchaîna divers petits boulots : de garçon de café et livreur de kebabs jusqu'à vigile chez un pharmacien. Ce dernier emploi était un super plan jusqu'à ce qu'on découvre qu'il volait des médicaments pour les revendre aux junkies qui zonaient dans le coin. Il fut renvoyé. C'est alors qu'il mit à profit ses charmes pour arnaquer plusieurs femmes âgées et vider leurs comptes en banque. Cette fois, il semblait avoir trouvé le filon, mais un fils plus attentif que les autres s'aperçut que les bijoux de sa vieille mère avaient disparu de la maison. Il fut arrêté et un juge l'envoya en prison. Son séjour en détention fut relativement confortable.

Au cours de sa dernière année de peine, lors d'une réunion avec les psychologues du centre, il rencontra Carla, une bénévole qui travaillait à Planeta Verde, une petite ONG environnementale qui cherchait des bénévoles. Il lut le désir dans ses yeux et remarqua la façon dont elle s'humectait les lèvres en lui parlant avec la véhémence d'une collégienne. À sa sortie, Carla l'attendait à la porte de la prison.

Au début, il prit ça comme un simple divertissement. Une manière aussi valable qu'une autre de tirer un coup et de soutirer un peu d'argent à cette fille en attendant de pouvoir se débrouiller. Mais quand il comprit comment fonctionnait cette organisation et avec quelle facilité son emprise sur les autres membres croissait, un nouveau monde de possibilités s'ouvrit à lui.

Très vite, il entra dans l'équipe dirigeante et, tandis que son influence grandissait au sein de Planeta Verde, il se mit à détourner une partie des fonds de l'ONG provenant de subventions et de programmes de coopération. Mais il comprit rapidement que ça ne le mènerait pas bien loin. Leur organisation comptait peu d'adhérents et de soutiens. Il réalisa qu'ils avaient besoin d'une mission importante, de quelque chose qui leur donne de la visibilité dans les médias, comme c'était le cas de Greenpeace, d'Amnesty International ou de ces autres bonnes âmes qui s'occupaient de sortir les Africains de l'eau… C'était là qu'était l'argent. C'est alors qu'il entendit parler aux infos du gigantesque projet de la station de ski de Vall de Beau en vue des Jeux olympiques dans les Pyrénées. Voilà qui tombait à pic. C'était la cause idéale, avec une vaste couverture médiatique, nationale mais aussi internationale. Et surtout, il y avait un bon pactole en jeu.

Il n'eut pas grand mal à convaincre ses camarades de l'ONG : il leur fit croire que la proposition venait d'eux. Ils allaient mettre en place une campagne agressive. On ne pouvait pas laisser un attentat d'une telle ampleur se faire à l'encontre d'un des espaces naturels majeurs du pays. Ils organisèrent des pétitions, des rassemblements devant le ministère de l'Environnement, des manifestations à Madrid, Barcelone, Huesca et Lérida, auxquels se joignirent d'autres collectifs. Les inscriptions d'adhérents et les dons de particuliers se mirent à affluer telle une rivière en crue. Lui-même fut surpris de voir à quel point son plan avait marché. Il s'érigea en porte-parole du mouvement sans la moindre réticence des autres. Il attirait les caméras et s'était déjà prêté à plusieurs interviews pour des chaînes locales. Un journaliste de la presse à sensation l'avait surnommé « le Lennon écolo » à cause de ses cheveux longs, de ses petites lunettes rondes et de sa façon de parler, posée et passionnée à la fois. Un humoriste connu, qui avait ses entrées à la télé, défendit la cause sur les réseaux sociaux, et soudain, plusieurs médias nationaux se firent l'écho de l'affaire. On l'interviewa sur Antena 3 et sur Telecinco et on l'invita à participer à différents talk-shows. C'est alors qu'il avait reçu cet appel. Un bienfaiteur anonyme se déclarait admiratif de la campagne et se proposait de l'aider dans sa cause. Il ne l'avait pas vraiment pris au sérieux, jusqu'à l'arrivée de la première enveloppe de billets.

Quinze jours plus tard, l'homme l'avait rappelé pour lui signifier que c'était le moment de passer à l'étape suivante : monter le grand cirque, avec toutes ses pistes. Pour cela, il lui avait envoyé des documents qui détaillaient les installations en construction de la station de ski, avec les codes des portes d'entrée.

Voilà pourquoi Antoine était là depuis trois semaines, logé dans la seule maison d'hôtes de Meranges, un village d'où on pouvait presque toucher les montagnes. Il avait dit à Carla et aux collègues qu'il partait préparer le terrain. Mais son idée était de maximiser ses gains. Il n'avait pas l'intention de se contenter de ce mystérieux philanthrope, maintenant que celui-ci lui avait fourni les informations dont il avait besoin pour planifier quelque chose de bien plus ambitieux. Il allait se faire un paquet de thune. Bien entendu, les autres n'en savaient rien. Dès qu'il aurait le fric, il disparaîtrait.

Son plan semblait parfait jusqu'à ce qu'il tombe sur cet os : le vieux.

9

Les quatre hommes et leur matériel prenaient toute la place dans la cabine. La buée qui s'échappait de leurs bouches se mêlait à la fumée de leurs cigarettes et à l'odeur oxydée de leurs parkas. Le jeune Pierre Lemas passa son gant sur la vitre et regarda les lumières du village qui s'éloignaient. Le balancement de la cabine en pleine montée lui retournait l'estomac. Il n'aurait pas dû manger avant.

« Ça va, petit ? » lui demanda l'un des hommes, fort comme un roc et doté d'une volumineuse barbe rousse. Pierre croyait se souvenir qu'on l'appelait Bosch. C'était le chef d'équipe.

« Ça va.

– Tu es tout blanc.

– Le gamin a la gerbe, lança Fredo, un type au visage de belette, sec comme un fil de fer mais aussi robuste que les autres.

– Foutez-lui la paix. C'est ta première fois, pas vrai ? »

Le garçon acquiesça, en acceptant la cigarette que Bosch lui tendait de sa grosse pogne de bûcheron. Pierre avait été embauché la semaine précédente, mais jusqu'à ce samedi matin il n'avait pas pris son service. La brigade de maintenance était chargée de surveiller les bâtiments en construction de la station pendant les mois d'hiver, quand le chantier était à l'arrêt. Ils inspectaient les différentes structures, s'assuraient qu'aucun dégât ne s'était produit sur les installations, dégelaient et graissaient les machines, et rapportaient le moindre incident. Dans les dernières semaines, les tours de garde avaient été doublés à cause des sabotages. C'était peu de chose, sans grands dommages. Tous étaient convaincus qu'ils étaient liés à la campagne lancée contre l'implantation de la station.

« Ce boulot est merdique, surtout à cause du froid, mais la paie est bonne.

– Oui, enchaîna Fredo, en ricanant. Tu dois juste faire gaffe de ne pas te perdre.

– Me perdre ? » répéta Pierre.

Il eut un rire qui sonna faux.

« On ne t'a pas dit ? Au tout début des tours de maintenance à la station, un môme comme toi, un novice, s'est éloigné de son groupe et s'est perdu. C'est un vrai labyrinthe, ce truc, noir comme un four. On l'a retrouvé trois jours plus tard. Il était tombé dans un réservoir à l'extérieur et il avait la jambe cassée. Personne ne sait ce qu'il pouvait bien foutre dans ce coin. Il n'aurait pas dû être là. Il était gelé et à moitié bouffé par les loups. À ce qu'on dit, là-haut, ils sont énormes. »

Pierre réprima un frisson et tenta de dissimuler le tremblement de ses mains quand il porta la cigarette à sa bouche.

« Allez, Fredo, arrête de lui flanquer la trouille.

– Mais c'est vrai ! Aussi vrai que cet endroit est tout ce qu'il y a de plus glauque, renchérit l'ouvrier en faisant un signe de croix.

– Ne l'écoute pas, petit.

– Il a raison. Cette station est maudite, entendit Pierre, derrière lui.

– Mais qu'est-ce que tu racontes, Guillou ? »

L'ouvrier qui avait parlé était assis au fond de la cabine,

bras croisés, visage fermé. Pierre n'avait pas encore échangé un mot avec lui. Il avait constamment l'air de mauvais poil.

« Vous le savez bien, tous. Des accidents très bizarres sont arrivés depuis que le chantier a commencé. Il y a même un soudeur qui a disparu et on n'a plus jamais entendu parler de lui », lâcha-t-il à voix basse. Puis il regarda Pierre.

« Tout ça, c'est des conneries, trancha le chef d'équipe. C'est logique qu'il y ait quelques accidents sur un chantier de cette taille. Le reste, c'est des histoires de bonnes femmes pour faire peur aux gosses. Et ça fait un bout de temps que vous n'en êtes plus. »

Guillou se mura dans son silence tandis que Fredo fixait le chef, puis Pierre. Enfin il s'écarta, tira une dernière bouffée de sa cigarette et écrasa le mégot par terre.

La cabine eut une secousse qui sembla les effrayer tous. La brume s'ouvrit sur son passage et devant eux apparut l'arrivée de la station de télécabines. Elle rappela à Pierre la gueule d'un animal prêt à ne faire d'eux qu'une bouchée.

La neige crissait sous leurs pas tandis que les quatre hommes se dirigeaient en silence vers l'entrée du premier des bâtiments de la station. Bosch, en tant que chef d'équipe, avait pris la tête du groupe, et Pierre fermait la marche malgré lui. On aurait dit que personne n'était disposé à être le dernier.

La station de ski de Vall de Beau était un immense complexe de bâtiments au design avant-gardiste encore inachevés. Les machines les plus petites et les matériaux de construction les moins résistants avaient été retirés, seuls les éléments les plus lourds étaient restés sur le terrain.

À l'intérieur du futur bâtiment d'accueil des visiteurs, à l'abri des rafales de vent, Bosch répartit le travail et constitua les équipes. Il mit Pierre avec Guillou et les chargea d'inspecter le bâtiment du versant sud, destiné à abriter les restaurants et les espaces de loisirs pour les sportifs des différentes délégations.

« Pas de conneries, OK ? Et dans deux heures je veux vous voir ici. »

Ils ne tardèrent pas à arriver. Pierre regarda ébahi le magnifique édifice, dont la terrasse était pour ainsi dire en suspens au-dessus du vide, soutenue par une forêt de colonnes. Elle s'intégrait à la montagne d'une façon stupéfiante. Les baies vitrées, aux dimensions gigantesques, offriraient des points de vue spectaculaires aux visiteurs.

« Pas mal, hein ? Viens, on entre. »

Ils passèrent par une porte de service après avoir composé le code de la serrure automatique. Son coéquipier fit signe à Pierre d'allumer la frontale qu'il avait sur la tête. Les puissantes lumières éclairèrent l'entrée de deux larges couloirs qui s'enfonçaient dans la montagne dans des directions opposées.

« Tu prends celui de gauche et moi l'autre. Par là, c'est la partie gymnase. Tu checkes chaque pièce, et si tu vois des dégradations, tu le notes sur ta feuille de contrôle. Les couloirs se rejoignent au bout. On se retrouve là-bas.

– Bosch nous a dit de ne pas nous séparer.

– Si on reste ensemble, on mettra deux fois plus de temps. Et pour moi pas question de s'attarder ici plus que nécessaire. OK, mon gars ? »

Sans attendre la réponse, Guillou s'engouffra dans la galerie.

Pierre déglutit et s'engagea à son tour dans le tunnel qui lui incombait. Il tentait de ne pas penser à toutes les histoires qu'on lui avait racontées.

Dans les différentes salles où il entra, il ne trouva rien d'autre qu'un froid glacial. Plusieurs étaient très vastes, avec un parquet déjà posé. Elles étaient conçues pour abriter un centre d'entraînement avec toutes les commodités, une nécessité absolue pour les sportifs. D'après le plan du bâtiment que Pierre tenait entre les mains, les trois salles suivantes seraient des saunas. Il entendait les voix de ses équipiers dans la radio, et après quelques minutes, il se sentit plus calme. Même si cet endroit encore en construction était un peu impressionnant, ce n'était qu'un simple travail de routine.

Il s'arrêta devant la porte de la dernière salle qu'il avait à inspecter. Jusque-là, il n'avait eu à relever que de petites dégradations et des fissures dues au froid. Quelques mètres plus loin, le couloir rejoignait un autre corridor, puis ils débouchaient ensemble sur un immense restaurant qui donnait sur la terrasse extérieure. Il ne vit Guillou nulle part ; apparemment, il n'était pas encore là. Pierre allait l'appeler par radio quand sa frontale éclaira la serrure : elle avait été forcée. Qui avait bien pu venir jusqu'ici pour casser une serrure ? Il n'y avait rien de valeur dans cette partie du bâtiment.

Il entra prudemment en faisant osciller son faisceau de lumière de part et d'autre. C'était une pièce carrée avec deux saunas secs d'un côté, des douches de l'autre et une piscine au milieu, similaire à celles qu'il avait inspectées. Il n'y avait pas âme qui vive.

Il avança encore et s'aperçut que la piscine était pleine. Cela n'avait pas de sens : sans chauffage, l'eau ne pouvait que geler et abîmer le carrelage. Il s'approcha prudemment du bord. Le sol était glissant. Le faisceau de lumière éclaira une forme sombre sous la couche de glace. Peut-être un animal, tombé dedans. Intrigué, Pierre ajusta la lampe de sa frontale et se pencha.

Au début, il ne distingua qu'une forme imprécise au fond, puis soudain celle-ci bougea et remonta à la surface. Pierre étouffa un cri. Sa lampe avait éclairé le visage d'un spectre. De ses paupières s'échappaient des filets de sang qui flottaient dans l'eau. Sa bouche était ouverte en un cri muet d'agonie.

Pierre se redressa d'un bond pour fuir. Mais ses bottes glissèrent sur le carrelage au bord de la piscine, et, sans prise pour se retenir, il tomba.

Sous son poids, auquel s'ajoutait celui de son équipement, la couche de glace se rompit dans un craquement et il coula. Quand il ouvrit la bouche pour appeler à l'aide, un flot d'eau glacée lui inonda la gorge. Le froid commençait à paralyser ses mouvements. Il se mit à gesticuler avec l'énergie du désespoir pour remonter à la surface, mais c'était inutile. Le spectre se jeta sur lui et l'entraîna vers le fond tandis que ses cris se transformaient en une colonne de bulles.

10

Le portable se mit à tressauter sur la table de nuit au rythme de ses vibrations. Avant que la sonnerie d'appel ait lancé ses premières notes, la main d'Álex l'avait saisi. L'horloge de l'écran annonçait sept heures moins le quart.

La chambre était plongée dans la pénombre, mais dehors, on devinait le réveil de la ville. Dans le petit appartement, l'air n'était plus qu'un nauséabond mélange de cigarette, d'essence de citronnelle et de draps sales. Álex ne savait plus depuis combien de temps elle était terrée chez elle. D'ailleurs, elle s'en fichait. Elle voulait juste rester roulée en boule et s'enfoncer dans le silence. Elle regarda de nouveau l'écran et son doigt effleura la touche « rejeter l'appel ». Finalement, elle secoua la tête, porta le téléphone à son oreille et se racla la gorge. Les cachets qu'on lui avait prescrits lui laissaient la bouche pâteuse.

« Allô ? »

La voix grave du commissaire Martí lui répondit à l'autre bout du fil.

« Désolé de te réveiller.

– Je ne dormais pas, avoua Álex, en se redressant sur le lit. En fait, je n'arrive plus à dormir. »

Elle eut un haut-le-cœur qui, quoique inopiné, n'en fut pas

moins désagréable. À tâtons, elle chercha une cigarette mais le paquet lui glissa des mains et tomba par terre. « Putain ! »

« On a trouvé un corps au Vall Tova, près d'un petit village du nom de Meranges.

– Passionnant. »

Álex étouffa un bâillement.

« Ils sont en train de construire une immense station de ski dans cette vallée, tu as dû voir ça aux infos : Vall de Beau. On dit que ça va être le nouveau Saint-Moritz. L'Espagne et la France ont présenté une candidature commune il y a deux ans pour les prochains JO d'hiver, avec cette station pour équipement phare.

– Je ne vois pas bien pourquoi tu me racontes tout ça. »

Martí continua d'ignorer le ton âpre d'Álex.

« Il s'agit d'un projet financé conjointement et qui a reçu une bonne quantité de fonds européens. Sont impliquées des administrations, des fédérations, des entreprises des deux pays... Pour résumer, il y a beaucoup de gens qui ont intérêt à ce que tout se passe bien.

– Tu aurais dû m'appeler plus tôt, j'aurais eu une chance de trouver le sommeil. »

À l'autre bout du fil, il y eut un silence. Puis, quelques secondes après, un soupir. C'était la première fois qu'Álex entendait son supérieur soupirer.

« Je veux que tu y ailles. »

Elle aurait ri si elle n'avait pas oublié comment on faisait.

« Vous me parlez de quoi, là ?

– Je parle de te donner une chance. »

Álex se massa les tempes. Sa tête lui faisait l'effet d'une balle molle et lourde.

« C'est dans les Pyrénées, ça. L'enquête revient à la Division d'investigation criminelle des Pyrénées occidentales, dont le siège est, comme vous le savez, à La Seu d'Urgell et non à Barcelone, fit Álex.

– Je sais, répondit Martí. C'est pour ça que j'ai tiré quelques ficelles au Commissariat général.

– Vous avez fait quoi ?

– Apparemment, la victime est de nationalité française. Ce qui signifie un sacré bordel pour la juridiction. On m'a appelé de la préfecture de Toulouse, ils vont envoyer quelqu'un. Tu parles parfaitement français et tu connais la région. Tu n'y as pas passé ton enfance ? »

Une bouffée d'angoisse la força à déglutir.

« C'est très grand, les Pyrénées. Cette vallée est en Cerdagne. Moi, j'ai… j'ai vécu un temps de l'autre côté de l'Andorre, dans la comarque de l'Alt Urgell.

– Ça m'est égal. Je déteste la montagne.

– Commissaire…

– En partant maintenant, tu y seras dans trois heures. »

Álex secoua la tête, ce qu'elle regretta aussitôt car elle fut prise d'un nouveau vertige.

« Vous vous souvenez que je suis suspendue ?

– Considère-toi réintégrée… à l'essai. La DAI met son enquête entre parenthèses pour l'instant. Je me suis mouillé pour toi. Ne me fais pas le regretter. Avant de partir, passe récupérer ton arme et ta plaque.

– Je… je ne peux pas. »

C'était presque un sanglot.

« Je t'ai demandé ton avis, peut-être ? »

Avant qu'elle ait pu répliquer, il n'y eut plus qu'une tonalité discontinue à l'autre bout du fil.

« Mais quel enfoiré ! » s'exclama-t-elle tout haut.

Álex lâcha le portable qui rebondit par terre. Elle flanqua un coup de poing dans son oreiller et se mit à débiter un flot de jurons. Puis, elle se laissa tomber sur les draps en bataille et resta ainsi quelques minutes. Enfin, elle se leva et alla prendre une douche.

II
Colère

Je le voyais s'incliner vers la terre, appesanti par la mort déjà proche, mais de ses yeux faisant portes au ciel et priant le haut Sire, en ce combat, de pardonner à ses persécuteurs, avec cet air qui ouvre la pitié.

11

La loupe articulée était la seule source de lumière dans ce sous-sol. La silhouette assise, penchée au-dessus de la table, se confondait avec les ombres. Ses longs doigts passaient dans le faisceau jaunâtre où flottait la poussière en suspension et en ressortaient, à mesure qu'ils fouillaient parmi les liasses de vieux papiers. Au loin bruissaient des centaines de petites ailes.

Malgré le froid, sa chemise collait à son dos baigné de sueur. Fébrile, il marmonnait des propos incohérents, l'écume aux lèvres. Il sentait qu'il perdait pied mais il ne pouvait rien y faire. Il n'aurait de repos qu'une fois qu'il aurait trouvé ce qu'il cherchait. Plus il tarderait, plus son angoisse serait grande. Il étouffa un gémissement de frustration quand il vit ses mains se mettre à trembler, mais il continua à chercher, feuille après feuille : il était là, il le savait, et il le trouverait quoi qu'il en coûte.

Enfin, au bout de quelques minutes qui lui parurent une éternité, ses mains s'immobilisèrent. Son soupir de soulagement repoussa les ombres qui planaient sur lui. Entre ses doigts, il tenait un article de presse d'un journal aujourd'hui disparu. Il concernait un vieux fait divers : au centre, il y avait la photo d'une petite fille qu'un homme tenait par la main. Elle portait un anorak orange beaucoup trop grand pour elle, celui qu'un des hommes de l'équipe de recherche avait posé sur elle. Elle avait les cheveux attachés en queue-de-cheval et ses yeux couleur ambre, des yeux qu'il reconnaîtrait n'importe où, fixaient l'objectif de l'appareil.

Refrénant sa hâte, il découpa la photo avec des ciseaux, puis, satisfait du résultat, il approcha la loupe articulée et plaça le cliché sous la lumière.

La petite se cramponnait à son père comme si elle craignait qu'il ne disparaisse. C'était une gamine intelligente : à son expression, on comprenait qu'elle était consciente que plus rien ne serait pareil après ce qui venait d'arriver. Il approcha encore la lentille et vit ce que personne n'avait perçu alors : la culpabilité. Cette petite fille se sentait coupable et ses yeux imploraient une punition.

Il se leva de son siège et, photo à la main, s'approcha de la cage grillagée qui occupait tout le mur de gauche, du sol au plafond. À l'intérieur, plusieurs jeunes pins étaient plantés dans un grand terrarium. Avec un soin extrême, il ouvrit une partie de la cage et y introduisit la coupure de presse, qu'il fixa à une branche. Puis, faisant un pas en arrière, il sourit pour la première fois.

Sous ses yeux, l'image devint vivante. La petite fille semblait appeler au secours derrière le grillage, alors que la coupure de journal se balançait au milieu des papillons, des isabelles affolées.

12

La Wrangler décrivit une courbe et parcourut encore quelques mètres avant de coller au bas-côté. Elle ne s'immobilisa que quand le côté du pare-chocs eut balayé la neige accumulée au bord de la route.

À la radio, la voix de Tom Chaplin qui chantait que tout le monde change s'éteignit. La porte du conducteur s'ouvrit dans un grincement et Álex sortit du 4 x 4. La couche de glace au sol se craquela sous ses bottes. Rajustant sa polaire, elle s'adossa au capot tout juste chaud alors qu'elle conduisait depuis près de trois heures. Elle expulsa de ses poumons un air qui se changea en colonne de vapeur devant ses yeux. Elle avait l'impression de l'avoir retenu pendant tout le trajet.

De part et d'autre de la route, perçant la neige, se dressaient des centaines de pins à l'écorce rouille, au feuillage bleuté. La brise agita les branches dans une salve de craquements et apporta à Álex l'arôme hivernal de la montagne. Elle lui avait à peine caressé le visage mais sa peau se contracta à ce contact.

Álex ne savait plus précisément combien d'années avaient passé. Elle était partie après la disparition de sa sœur Natalia, et depuis, elle n'avait pas remis les pieds dans ces vallées. Les souvenirs, qu'elle avait enfouis au plus profond de son esprit, semblaient vouloir affleurer tous en même temps dans ce silence.

Álex regarda avec appréhension le gigantesque éperon de roche, de glace et de neige qui se dressait vers le ciel, là où finissait la route. Son regard se perdit, cherchant la cime. Deux aigles royaux traçaient des cercles entre les nuages.

Elle remonta dans la jeep et conduisit jusqu'à la station de ski.

La terrasse de la partie détente de la station était une grande plateforme en teck qui donnait sur le précipice. Álex s'appuya contre la balustrade et fut prise d'une intense sensation de vertige : la vue était impressionnante. Le ciel, une mer infinie de nuages dans les tons gris. Dominés par la masse du pic Pedros, les sommets enneigés se dressaient à l'horizon, telles les tours d'une gigantesque cathédrale. De ce point du futur site olympique, on avait une vue qui englobait plusieurs vallées. Pourtant, aucun de ceux qui déambulaient aux alentours ne profitait de ce paysage extraordinaire. À ce moment, tous suivaient des yeux la civière transportant le corps retrouvé à l'intérieur du bâtiment.

Álex fut surprise de voir une douzaine de jeunes agglutinés derrière le ruban de sécurité. Deux agents s'occupaient de les empêcher de la franchir. Les jeunes criaient des slogans et brandissaient des pancartes avec enthousiasme. Ils n'étaient pas très nombreux mais faisaient pas mal de raffut. Álex put lire certaines de leurs pancartes confectionnées à l'aide de morceaux de carton : « Sauvons la nature du capital », « Spéculation = destruction », « Stop à la station de ski ».

Un peu plus loin, une fourgonnette jaune marquée du logo d'une chaîne de télévision nationale était garée sur le bas-côté. Un caméraman prenait des plans du transfert du cadavre en ambulance, tandis que sa collègue, micro en main, se dirigeait d'un pas décidé vers les manifestants. Deux autres véhicules, de chaînes concurrentes, arrivaient tout juste.

Álex tourna le dos à la scène et montra sa plaque à un agent posté à l'entrée du bâtiment. Elle traversa une immense salle à manger au parquet à demi posé, puis un long couloir la mena aux installations de sport. De puissants halogènes étaient braqués sur la salle quadrillée par les rubalises rouge et bleu de la police. Elle réprima un frisson : il y faisait aussi froid que dehors. Quand elle entra, les flaques gelées crissèrent sous ses pieds. Elle contempla les espaces pour les douches, les deux saunas et la piscine au centre. À la surface de l'eau flottaient des morceaux de glace. Un agent, mince et particulièrement grand, vêtu de la combinaison blanche de la brigade scientifique, finissait de prendre des photos. S'apercevant de sa présence, le flic eut un geste, comme s'il avait eu l'intention de lui demander ce qu'elle faisait là, mais il parut se raviser.

Álex s'accroupit au bord de la piscine, y posa ses doigts et ferma les yeux. Il ne fallut que quelques secondes pour qu'une image se forme dans sa tête. C'était toujours pareil : comme dans un rêve, Álex vit le corps dans l'eau, nu, les mains ligotées dans le dos, se débattant tandis que le froid commençait à ralentir ses mouvements. De minces filets de sang sortaient de ses yeux. Sa bouche s'ouvrait pour implorer une aide qui ne viendrait pas. Des mains gantées lui maintenaient la tête sous l'eau jusqu'à ce qu'il cesse de s'agiter, puis la vision s'évanouit dans un fondu au noir.

Álex se releva avec un grognement. Elle ignora l'expression déconcertée de l'agent qui l'observait et, sans un regard en arrière, quitta les lieux.

Une fois dehors, elle alluma une cigarette et, presque immédiatement, se mit à tousser.

Elle avait toujours eu cette aptitude, si on pouvait appeler ça comme ça. *Un truc digne de cette émission qui s'intéresse au paranormal, « Milenio 3 »*, riait-elle en son for intérieur : *une connexion mentaliste ou quelque chose dans le genre.* En réalité, Álex était convaincue qu'elle était simplement capable de laisser libre cours à son subconscient de sorte que, mentalement, avec les informations acquises, elle pouvait visualiser des choses et des situations sur une scène de crime quand d'autres ne le pouvaient pas. Elle ne se demandait pas d'où lui venait cette faculté et elle n'en avait jamais parlé à personne non plus, de peur d'être prise pour une cinglée.

Elle observa le groupe d'agents qui, aidés de sauveteurs de haute montagne, ratissait la zone en arc de cercle à partir du bâtiment en construction. Plus loin, les manifestants s'époumonaient toujours, et la journaliste recueillait les déclarations d'un jeune à dreadlocks et petites lunettes rondes. Les autres médias s'étaient installés eux aussi et braquaient leurs caméras sur eux. Elle trouva étrange ce contraste entre l'activité frénétique qui l'environnait et la quiétude de la montagne qui les contemplait avec indifférence. Il en avait toujours été ainsi ; ces sommets étaient là depuis des milliers d'années, ils étaient ce qui s'approchait le plus de ce qu'Álex imaginait être l'éternité.

À l'écart de la scène, un officier de police discutait avec la juge d'instruction chargée de l'affaire ; dans un élégant manteau noir, la juge Andrés écoutait, impassible, son véhément interlocuteur. Voyant Álex, elle lui fit signe. Comme Álex s'approchait d'eux, l'homme se tourna vers elle et la scruta, yeux plissés.

« Bonjour… » commença Álex.

L'officier ne lui laissa pas le temps de poursuivre :

« Présentez-vous cet après-midi au commissariat. À quinze heures. D'ici là, faites un peu de tourisme. »

Puis, lui tournant le dos, il s'éloigna sans autre forme de procès, ses pieds s'enfonçant profondément dans la poudreuse. Il rejoignit deux agents à bord du bureau mobile, manifestement pour leur donner des instructions.

La juge soupira en même temps qu'elle tendait la main à Álex. Son visage mat, mis en valeur par une courte chevelure brune et une monture de marque, avait l'air soucieux.

Les fines rides au coin des lèvres et des yeux révélaient que, sous ces dehors graves, c'était une femme qui aimait rire.

« L'intendant Abel Cruz est un peu contrarié par votre présence. C'est lui qui dirige la Police régionale des Pyrénées occidentales. Cette histoire de meurtre, ajoutée aux manifestations des écologistes, le met dans une position embarrassante. Il ne reste que peu de mois avant que le CIO rende sa décision et c'est le genre d'incidents qui pourrait faire couler notre candidature. »

Génial. Tout ça s'annonce de mieux en mieux, se dit Álex.

« Il s'agit d'une affaire délicate, poursuivit la juge. Le commissaire Martí m'a certifié que personne dans son service n'était plus indiqué que vous. J'espère qu'il dit vrai. Jamais je n'avais vu de corps dans un tel état. »

La juge lui fit signe de la suivre et se dirigea vers un 4 x 4 noir.

« On sait qui est la victime ? demanda Álex, en tirant une bouffée de sa cigarette.

– Un certain Daniel Latour. Apparemment, un ingénieur qui travaillait sur le chantier de la station. Il avait ses papiers sur lui. Nous avons aussi retrouvé un vieux revolver.

– Lui appartenant ?

– C'est possible. En tout cas, il ne l'a pas utilisé.

– Qui a découvert le corps ?

– Un membre de la brigade de maintenance au cours de sa ronde. Le corps était au fond d'une des piscines en construction. Quelqu'un a pris la peine de la remplir d'eau et de le plonger dedans. » La juge souleva ses lunettes pour se frotter les yeux. « C'était le premier jour de ce pauvre vigile. En découvrant le cadavre, sous le choc, il est tombé à l'eau. Heureusement, l'un de ses collègues l'a entendu et a réussi à le tirer de là à temps. Le garçon a été transféré à l'hôpital avec un début d'hypothermie et une crise de nerfs, mais il s'en sortira.

– Des indices ?

– Aucun, pour le moment. Les portes des bâtiments n'ont pas été forcées, excepté celle du sauna. Il a neigé toute la nuit mais on n'a trouvé aucune empreinte de pneu, aucune trace. La voiture avec laquelle est venu Latour, une Nissan Patrol, était recouverte de neige, près de l'entrée sud. Elle n'a pas été forcée. Vos collègues l'ont déjà fait enlever, mais je doute qu'ils y trouvent quoi que ce soit d'intéressant.

– Et Latour, que faisait-il ici ?

– Personne ne le sait encore, fit une voix à l'accent français, derrière elle. *Bonjour, mesdames**[1]. »

Un homme mince avança vers elles et les salua d'un petit signe de la main. Les yeux clairs, le teint pâle, il tentait sans grand succès de se protéger du vent, les bras serrés contre sa poitrine. Il s'efforçait de sourire, malgré sa lèvre inférieure qui tremblait. Les yeux d'Álex s'arrêtèrent sur le bonnet de ski rouge qu'il portait : il avait glissé sur son crâne aux cheveux ras et pendait comme celui d'un Schtroumpf. Quant à son costume bleu, bien coupé, il était à l'évidence trop léger pour le froid qu'il faisait.

La juge Andrés prit les devants :

« Je vous présente le lieutenant Jean Cassel, du commissariat central de Toulouse. Latour avait la nationalité française et la station de ski Vall de Beau, comme vous le savez, est un projet stratégique pour nos deux pays. Le lieutenant collaborera avec nous ; j'espère que vous travaillerez en bonne intelligence afin de résoudre cette affaire au plus vite. »

Avant qu'elle puisse poursuivre, un agent s'approcha et lui glissa quelques mots. Elle fit un signe de tête affirmatif et se tourna vers eux.

« Je suis désolée, on me demande au palais. Faites-moi parvenir le dossier de l'affaire dès que possible. »

1. Les passages marqués d'un astérisque figurent en français dans le texte (N. de la T.).

La juge monta dans la voiture et s'en alla, les laissant seuls.

Le policier français tendit la main à Álex.

« Ce sera un plaisir de collaborer avec vous, sous-inspectrice. »

Álex ne lui rendit pas son salut. Au lieu de ça, elle jeta son mégot par terre et l'écrasa du talon de sa bottine, puis elle détailla le policier de la tête aux pieds et ne put s'empêcher de sourire :

« Vous n'êtes pas du coin, pas vrai ? »

Cassel fit un « non » de la tête qui tenait plus du tremblement.

« Je suis d'un village près de Marseille. Je viens d'être muté à Toulouse.

– Bien. Ravie de vous connaître, mais moi je travaille en solo », lui lança-t-elle, juste avant de lui tourner le dos. Puis, tout en s'éloignant : « La montagne, surtout en hiver, ne fait pas de cadeaux, je vous conseille de vous dégoter très vite d'autres vêtements si vous ne voulez pas finir comme lui », conclut-elle en montrant l'ambulance, qui, toutes lumières allumées, prenait le chemin de la descente.

13

À quinze heures, Álex entrait dans le commissariat de La Seu d'Urgell, siège de la Police régionale des Pyrénées occidentales. Comme elle demandait l'intendant Cruz, on lui indiqua un bureau au fond. Elle frappa à la porte, entra et, découvrant une pièce vide, décida d'attendre. L'unique fenêtre donnait sur la nationale encombrée qui passait à quelques mètres du bâtiment. L'air sentait le café et la cigarette, malgré l'interdiction de fumer en vigueur dans les lieux publics.

Elle jeta un œil autour d'elle. Les diplômes alignés occupaient tout un pan de mur. Manifestement, l'intendant Cruz passait beaucoup de temps en formation. Sur le bureau trônaient deux cadres avec des photos. Une femme séduisante serrait dans ses bras un petit garçon blond doté du même long nez que l'intendant. « Au moins, ici, il fait chaud », pensa Álex en retirant son manteau et en se laissant tomber sur l'une des chaises qui faisaient face au bureau.

Personne ne se soucia d'elle pendant qu'elle attendait. Par la porte ouverte, elle put observer à sa guise l'effervescence du commissariat qui, pour un dimanche, était très animé.

Dix minutes plus tard, l'intendant Cruz apparut à la porte. Il la regarda et marqua une pause avant d'entrer.

Cette fois, bien sûr, il ne portait pas son équipement de montagne, et Álex put l'observer à loisir. Il avait les traits d'un homme séduisant… sauf qu'ils étaient mal agencés, se dit-elle. De beaux yeux, mais trop écartés par un nez qui en imposait, quoique exagérément long, et des lèvres sensuelles, malgré leur constante moue irritée qui lui donnait l'air d'un poisson hors de l'eau. Cruz était bien conservé, même si le poivre et sel dominait désormais largement sur sa tête. Álex remarqua les regards en coin dont elle faisait l'objet avant que Cruz ne referme la porte sur le remue-ménage du commissariat. Sans lui adresser la parole, l'intendant s'assit et laissa choir quelques dossiers sur son bureau. Il croisa les jambes, prit une inspiration et leva les yeux sur elle. Il cherchait à peine à dissimuler sa contrariété.

« Il faut croire qu'on nous pense incapables de faire notre boulot. »

Le ton qu'il avait employé surprit Álex, même si elle s'attendait à quelque chose de ce style. Elle opta pour ne rien répondre.

« Vous me direz comment vous vous êtes débrouillée. Je suppose que vous avez des amis bien placés. »

En son for intérieur, Álex maudit de nouveau Martí de l'avoir mise dans une situation pareille. Elle abandonna toute velléité d'amabilité : si l'intendant avait décidé de prendre cette voie, aucun problème.

« J'avais autant envie de venir m'enterrer dans cette saloperie de vallée que vous de me voir débarquer. Mais c'est comme ça. »

Álex vit Cruz ouvrir et fermer la bouche. Puis, se rendant compte qu'il avait l'air idiot, l'intendant baissa les yeux et fit mine de chercher quelque chose dans ses dossiers pour se donner une contenance.

« Oui. Bon, finit-il par dire. Aujourd'hui à la première heure j'ai reçu un coup de fil du Commissariat général. On m'a communiqué officiellement que vous êtes la responsable de l'affaire, donc à partir de cet instant, vous êtes en charge de l'enquête. On m'a clairement fait savoir que vous devez coopérer avec le collègue français : c'est important pour les relations entre nos deux pays, et tout et tout.

– Je bosse mieux seule.

– Eh bien, il va falloir vous y faire si vous ne voulez pas rentrer à Barcelone aujourd'hui même. »

Álex poussa un soupir ostensible.

« Par ailleurs, j'ai ordre de vous fournir tous les moyens possibles. » Cruz fit un geste vague derrière lui. « Vous disposez d'une salle de réunion au fond du couloir à gauche, et je vous ai affecté des agents pour vous seconder. Ils vous attendent. »

Sa phrase finie, il se plongea dans la lecture de ses papiers comme si Álex avait déjà quitté la pièce. Elle se leva et sortit du bureau. Alors qu'elle s'apprêtait à fermer la porte, la voix de l'intendant la retint :

« Une dernière chose, sous-inspectrice Serra : je veux que vous me teniez informé jour après jour. D'absolument tout. C'est clair ? »

La salle de réunion était le seul espace dépourvu de fenêtres du commissariat, mais au moins elle disposait de trois tables, du même nombre de chaises et de deux ordinateurs. On aurait dit qu'on venait de se dépêcher de l'aménager, car elle sentait encore la peinture fraîche, sans que l'odeur parvienne à couvrir celle des canalisations. Deux agents attendaient en bavardant. Quand Álex entra, ils se turent brusquement.

« Bonjour », fit-elle.

La jeune femme, qui était la plus proche de la porte, se leva de sa chaise et lui serra la main avec force. Álex retint une grimace. Elle regarda l'uniforme impeccable, qui tombait parfaitement sur le corps musclé. La jeune policière portait ses cheveux raides et très blonds attachés en queue-de-cheval. Ses yeux verts étincelaient d'enthousiasme. Un enthousiasme excessif.

« Alicia Vila. Ravie de vous connaître. »

Álex hocha la tête et posa les yeux sur le jeune homme assis de l'autre côté de la table, devant un ordinateur. S'apercevant qu'il devait se présenter, il se leva brusquement et trébucha, ce qui fit glisser par terre tous les papiers qu'il avait étalés sur la table.

« Excusez-moi, bredouilla-t-il, hagard, tout en s'efforçant de réparer le désastre.

– Ce n'est rien, ne vous inquiétez pas. »

Le jeune homme finit de ramasser les documents et de les reposer sur la table, et, avec un air gêné, serra la main d'Álex.

« Alain Ribas, brigade scientifique. Tout le monde m'appelle… Alain. » Il fit une pause. « Nous nous sommes déjà rencontrés. C'est… c'est moi qui faisais les photos quand vous êtes arrivée à la pisc… sur la scène de crime. »

Il passa la main sur sa nuque. Quelques poils clairsemés sur son menton lui tenaient lieu de barbe. Apparemment, il n'y avait eu personne pour lui dire qu'il aurait mieux valu les raser. Álex devait se casser le cou pour le regarder dans les yeux : le garçon faisait une tête et demie de plus qu'elle.

« Je crois que je préférerais que vous soyez assis pendant que nous parlons, Alain. »

Álex soupira en voyant les joues du jeune homme s'embraser de nouveau.

« Vous êtes les agents affectés à cette affaire ? »

Les deux opinèrent du chef en chœur.

« Il n'y a que vous deux ?

– Je crois, oui, répondit Vila, moins sûre d'elle, cette fois.

– Cool… Vous pouvez me dire… depuis combien de temps vous êtes dans la maison ?

– Je suis dans la scientifique depuis un an, répondit Alain. Avant, j'ai passé quatre ans au service des analyses. »

Autrement dit, enfermé dans un labo.

« Moi, je suis diplômée depuis juin dernier, commença

Vila d'une voix tendue. Mais de toute façon, nous sommes préparés, sous-inspectrice.

– Je n'en doute pas. À combien d'enquêtes criminelles avez-vous participé jusqu'ici ? »

Tous deux secouèrent la tête.

Génial. Une chouette équipe qu'on lui avait donnée là.

Álex se racla la gorge.

« Je pense que ce sera plus facile si on oublie la hiérarchie et qu'on se tutoie. Si vous le voulez bien, on commence tout de suite », fit-elle en prenant un siège. Ils l'imitèrent. « Que savons-nous de la victime ?

– Daniel Latour, quarante et un ans. Célibataire. Il travaillait pour la société Aiffege, une entreprise d'ingénierie civile. Il se trouvait dans la vallée depuis un mois pour cette raison : il était membre de l'équipe technique responsable du chantier de la station de ski, lut Vila dans le dossier.

– Des proches se sont manifestés ? » s'enquit Álex.

Vila secoua la tête.

« Nous essayons de retrouver des membres de sa famille à Paris, parce qu'ici il n'avait plus personne...

– Plus personne... ? Est-ce que cela veut dire qu'il avait un lien quelconque avec la vallée ? demanda Álex, en haussant les sourcils.

– Latour était français, mais d'après ses papiers il était né ici », expliqua Alain.

Álex hocha la tête pour l'encourager à poursuivre.

« En plus des papiers qui nous ont permis de l'identifier, dans son portefeuille il y avait des cartes de crédit et un peu plus de deux cents euros en espèces, continua Alain. Nous avons aussi retrouvé son téléphone. Il était par terre dans sa voiture.

– Ce qui exclut le vol comme mobile du crime, dit Vila.

– Semble-t-il, concéda Álex. Il nous faut le listing de tous les appels et messages, entrants et sortants, de ce dernier mois.

– Ils sont dessus. On aura ça demain.

– Nous avons aussi joint Aiffege, intervint Vila. Latour n'était chez eux que depuis huit mois. Il était vu comme un travailleur efficace, sans plus. Il ne se démarquait pas particulièrement. On l'appréciait surtout parce qu'il était du coin, qu'il connaissait bien la région et qu'en plus il parlait couramment français, catalan et espagnol. Apparemment, il a été engagé sur recommandation.

– Une recommandation ?

– De la famille Dalmau. Ils ont des actions dans l'entreprise. Nous avons parlé à la DRH qui nous a confirmé qu'ils ont appuyé sa candidature.

– C'est qui, cette famille ? » demanda Álex.

Vila toussota.

« Ce sont les propriétaires de la vallée. Les terres où se construit la station de ski leur appartiennent aussi, expliqua-t-elle.

– Quel est le lien de Latour avec les Dalmau ?

– On ne sait pas.

– Cherchez-le. Quoi d'autre ? »

Un silence tomba.

« Voyons, explicita Álex en soupirant, Latour était dans la vallée depuis peu. Où vivait-il ? Il devait bien dormir quelque part…

– Oui, oui, évidemment, enchaîna Vila. Nous avons retrouvé des clés dans la boîte à gants de la Nissan Patrol. Avec un porte-clés à l'effigie de saint Martin… N'importe qui par ici le reconnaîtrait. J'ai appelé tout à l'heure le séminaire de Sant Martí Clement et on m'a confirmé que Latour logeait bien là-bas. Apparemment, d'après ce qu'on m'a dit, c'était un ancien élève.

– Bien, approuva Álex. Il faudra faire une petite visite à ce séminaire. »

Álex avait vu qu'Alain avait failli prendre la parole puis s'était ravisé.

« Dis-nous ce que tu as à dire. »

Le jeune agent se remit à rougir.

« Le séminaire est installé dans une ancienne abbaye du XIe siècle déclarée Patrimoine national. Il dépend de l'évêché d'Urgell. C'est un centre de formation très prestigieux qui compte des élèves venus du monde entier mais son fonctionnement est hermétique. Nous avons toujours eu des difficultés quand nous avons dû avoir affaire à eux.

– Je suppose qu'il y a bien un responsable, un directeur ou quelque chose de ce genre.

– Le père Guifré. C'est le recteur.

– Appelle-le et prends rendez-vous. Le moins qu'ils puissent faire, c'est d'aider à élucider la mort d'un de leurs hôtes. Autre chose ? »

Le silence s'installa de nouveau au sein du groupe.

« Très bien. » Álex frappa la table de ses doigts repliés avant de se lever. Elle avait besoin de s'en griller une. « Demain, nous aurons les résultats de l'autopsie. D'ici là, je veux toutes les infos que vous aurez pu récolter sur Latour et son entourage. Et aussi sur la famille Dalmau. Au travail. »

Álex vit comment Vila empoignait le téléphone pour commencer à passer des coups de fil tandis qu'Alain faisait courir ses doigts à toute vitesse sur son clavier. Elle soupira. Elle ne savait plus combien de fois elle-même avait fait la même chose. À partir de cet instant précis, c'était son équipe. Si elle voulait laisser tomber, c'était le moment ; ensuite, il serait trop tard. Elle se rendit compte alors que sa main serrait si fort son tube d'anxiolytiques que les comprimés s'étaient éparpillés dans sa poche. Elle secoua la tête. Elle voulait tromper qui ? Il n'y avait plus qu'à savoir si elle était capable de résoudre cette affaire sans perdre complètement la boule.

14

Simón était un vieillard. Son visage hideux et ses manières brusques suscitaient autant la peur que les moqueries dans son dos. Il vivait là où personne ne voulait vivre, en haut, dans l'une des maisons laissées à l'abandon. Il ne fréquentait quasiment personne. On l'appelait l'ermite de la Colonie : son dernier habitant.

Dans la vallée, on avait oublié qui il était vraiment. On pensait que c'était un vagabond installé là grâce à la bonté de la famille Dalmau. Malgré tout, quelques-uns se rappelaient encore les histoires que leur avaient racontées leurs parents ou grands-parents, c'est pourquoi ils faisaient leur possible pour l'éviter.

Dans les rares occasions où il descendait à Meranges afin d'acheter des provisions, une pièce de rechange ou du gasoil pour le groupe électrogène, la plupart des gens s'écartaient ou changeaient de trottoir à la vue de son visage cousu de cicatrices. Au magasin, on s'adressait à lui en criant à tue-tête parce qu'on le croyait sourd ; mais il n'avait aucun problème d'ouïe, et même s'il marchait en s'aidant d'un bâton, il n'était pas non plus aussi lent qu'on le pensait. En réalité, son corps était aussi agile que celui d'un homme plus jeune de quinze ans et il conservait en grande partie l'extraordinaire force qui avait toujours été la sienne. Mais le vieux Simón savait qu'il devait se montrer faible et maladroit. Quand on vous croit inoffensif, on ne fait pas attention à vous. On vous sous-estime. Et c'était exactement ce qui s'était passé. Les gens des alentours, surtout les jeunes – qui ne pouvaient pas se souvenir de la Colonie –, le prenaient pour un vieux fou.

Tout le monde avait reconstruit sa vie après la disparition de la Colonie, faisant son possible pour oublier ce qui s'y était passé. Mais lui, il n'oubliait pas. S'il avait jamais connu le bonheur, c'était à cette époque. Désormais, la rage l'étouffait et il n'avait aucun moyen de la libérer ; pour la première fois de sa vie, l'impuissance s'était emparée de lui. Jusqu'à ce qu'arrivent ces écolos, comme tombés du ciel.

Des gosses qui ne savaient rien du monde. Ils braillaient des slogans sans même en connaître le sens, ils faisaient leur show pour les télés, ils se gargarisaient de mots grandiloquents. Puis, une fois les lumières de la dernière caméra éteintes, ils retournaient à leurs maisons confortables dans leurs splendides voitures, tout fiers et contents d'eux, puisque… n'étaient-ils pas les défenseurs de la planète Terre ? N'avaient-ils pas démontré aux yeux du monde à quel point ils étaient solidaires et engagés ?

Au bon vieux temps, lui, il les aurait mis à bosser sur les turbines de l'usine. Il aurait adoré les y voir. Des journées de dix heures, sept jours sur sept, dans ce boucan et cette chaleur insupportables. Un mois à ce train-là et ils auraient vu les choses différemment. Malheureusement, le bon vieux temps, c'était du passé.

Mais il y avait d'autres façons de s'occuper de ces fils à papa prétentieux. Lui, par exemple, s'était déjà chargé de leur leader, ce gamin aux cheveux de rasta. Discrètement. Il était plus prudent, maintenant. Par le passé, il avait été arrêté une ou deux fois pour de banales altercations. Quand on le relâchait, on le priait de ne plus se laisser emporter par ses crises de furie.

Ils ne se rendaient pas compte de ce qu'ils demandaient.

Eux, ils n'avaient jamais eu à supporter ce feu qui le brûlait de l'intérieur. Pour lui, la colère était un démon qui l'habitait aussi loin qu'il se souvienne. Au début, quand il était enfant, elle le terrorisait, puis il avait compris que c'était aux autres d'avoir peur. C'était comme ça à l'orphelinat. Il lui était égal de ne pas trouver de famille. Chaque fois qu'il était présenté à un couple, les futurs parents voyaient dans ses yeux la haine et la violence qui luttaient pour sortir de lui et, sans échanger un mot, ils demandaient à rencontrer un autre enfant. Jusqu'à l'arrivée du vieux Dalmau, qui avait vu en lui son potentiel. Simón avait grandi avec son fils August et l'avait suivi quand celui-ci, après la mort du patriarche, avait décidé de construire cet endroit, la Colonie. Lui n'était encore qu'un adolescent alors, et il l'avait servi fidèlement durant des décennies.

La nuit où ce loup lui avait presque arraché la figure fut un signe. Comme si jusque-là il avait porté un masque et qu'enfin il révélait au monde son véritable visage. À partir de là, quand il donnait libre cours à sa fureur, Dieu lui-même fermait les yeux. Il avait commis des actes horribles et il les avait tous commis avec plaisir.

Simón pensait que la rage qui le consumait s'apaiserait au fil du temps mais, au lieu de ça, elle était à présent plus forte que jamais. Il la sentait palpiter en lui, attendant le moment, tel un four allumé prêt à exploser.

15

Le chalet était toujours debout. Il était plus petit et plus loin de tout que dans les souvenirs d'Álex, en plein parc naturel des Hautes-Pyrénées. La zone d'habitation la plus proche était le hameau d'Os de Civís avec ses cent cinquante habitants. Pour y arriver depuis La Seu d'Urgell, elle avait dû traverser le sud de l'Andorre par une route en épingles à cheveux.

La maison avait été construite avec les robustes matériaux du coin : des murs en pierre, de granit, des poutres en pin, et de l'ardoise noire pour le toit à double pente. Elle s'intégrait au paysage comme si elle avait toujours été là.

Quand Álex descendit de la jeep, la neige crissa sous ses bottes. Elle regarda du côté de la pinède aux troncs sombres qui, depuis la clôture délimitant le terrain, grimpait à flanc de montagne. Elle eut la sensation que les arbres, eux aussi, l'observaient.

Elle secoua la tête et se dirigea vers les marches du porche. Au village, on lui avait assuré que le chalet était vide depuis plusieurs années. Personne n'avait envie de vivre dans un endroit aussi isolé. Elle en avait encore une clé.

La serrure fonctionnait, mais le bois avait gonflé à cause de l'humidité. Álex donna un coup d'épaule, et, dans un grincement du plancher, la porte s'ouvrit suffisamment pour qu'elle puisse passer.

Quand elle laissa tomber son sac à dos, un nuage de poussière s'éleva à ses pieds. De sous les lames du plancher lui parvint une cavalcade affolée. Elle appuya sur l'interrupteur mais les lampes ne donnèrent aucun signe de vie. Il faudrait qu'elle vérifie le groupe électrogène dans la remise. La lumière de l'après-midi qui entrait par la porte lui permit pourtant de reconnaître la salle de séjour aux murs en pierre apparente. Le mobilier était le même qu'autrefois : un canapé trois places recouvert d'une housse jaune, une table basse, un lampadaire et une bibliothèque ployant sous le poids des livres, des revues et des vieux guides de randonnée. Sur un pan de mur, l'antique cheminée en fer forgé était toujours là, avec son panier en osier vide. C'était tout. Álex se déchaussa et laissa ses bottes près de la porte pour éviter de salir le sol.

La cuisine américaine occupait une petite partie de la pièce, au fond. Álex ouvrit les volets au-dessus de l'évier, et la lumière tomba sur une banquette d'angle qui contournait une table rectangulaire. Sur la table gisaient les débris d'un vase et les restes désagrégés d'un bouquet de fleurs séchées. Un instant, Álex crut voir les fantômes de son père et de sa sœur en train de prendre joyeusement leur petit déjeuner. Son estomac se noua. Elle détourna les yeux et s'efforça de chasser ce souvenir. En fouillant dans les tiroirs, elle trouva de vieilles bougies et une lampe de poche, qu'elle testa : miraculeusement, elle marchait toujours.

Quand elle grimpa l'escalier qui menait aux chambres, elle évita la sixième marche, qui craquait. Lorsqu'elles rentraient le soir, sa sœur et elle savaient que leur père attendait ce craquement, alors elles faisaient exprès de marcher dessus ; sauf quand elles arrivaient plus tard que l'heure accordée : là, elles l'évitaient. Álex poussa un soupir.

Elle se tenait près de la porte entrebâillée de la chambre qui était celle de son père quand ils vivaient là. Les murs nus, un grand sommier et une armoire vide, il n'y avait rien d'autre. Même s'il ne restait plus rien de lui depuis longtemps, elle crut sentir le parfum de sa vieille eau de Cologne. Elle avança dans le couloir, laissant derrière elle la salle de bains, et passa sous la trappe qui menait au grenier. La main sur la poignée de porte de leur ancienne chambre, elle prit le temps d'inspirer à fond.

Quand elle entra, son estomac se noua un peu plus encore. Les deux lits étaient toujours à la même place, séparés par une table collée contre la fenêtre. Derrière les rideaux, elle aperçut le vieil arbre où elle et sa sœur jouaient au cochon pendu.

Elle quitta la pièce en claquant la porte plus fort qu'elle ne l'aurait voulu : elle dormirait en bas, dans le séjour.

Durant les heures suivantes, elle ramassa du bois, fit le ménage et rangea dans le réfrigérateur débranché les victuailles qu'elle avait achetées à l'épicerie du village. Avant qu'elle s'en rende compte, la nuit était tombée. Dehors, la température avait chuté et le chalet était glacé. Álex décida de faire du feu. Dans la remise, il y avait assez de bois pour deux, trois jours. Le groupe électrogène semblait en parfait état de marche mais les boîtes de gasoil étaient vides. Elle en achèterait au village le lendemain.

Elle déposa sur la table basse le dossier de l'affaire et se pelotonna sur le canapé où lisait son père, après s'être emmitouflée dans l'une des couvertures qu'elle avait trouvées dans l'armoire sous l'escalier. Une odeur familière semblait en émaner, mais cela lui parut impossible. Elle regardait les flammes en laissant la chaleur pénétrer son corps fourbu.

Négligemment, elle prit le dossier et se mit à lire. Les éléments recueillis n'étaient pas beaucoup plus nombreux que ce qui avait été évoqué pendant la réunion avec son équipe. À la fin, elle trouva des clichés de la scène de crime. Presque à son insu, ses paupières se fermaient. Il fallait qu'elle travaille sur le dossier : le lendemain, il y aurait l'autopsie de Latour. Mais la fatigue était plus forte. Elle fut étonnée de ne pas avoir besoin de cachets pour s'endormir. Les odeurs et les sensations familières la berçaient tandis qu'elle s'enfonçait dans le sommeil. Subrepticement, le policier français lui traversa l'esprit, mais avant que l'étrange intuition qu'elle ressentait se soit précisée, la torpeur eut raison d'elle.

Álex ouvrit les yeux mais, ainsi plongée dans le noir, il lui était impossible de rien voir. Elle tendit la main et sentit l'obscurité lui coller à la peau tel un linge mouillé. Immergé dans cette opacité, son esprit commençait à douter que la lumière ait existé un jour. Est-ce que c'était ça, la mort ? Elle fut surprise de ne ressentir aucune peur, juste de la curiosité.

Soudain, l'obscurité se mit à onduler autour d'elle comme une eau lisse sous l'impact d'une pierre. L'air devint plus lourd et une puanteur douceâtre l'enveloppa.

C'est alors qu'elle s'aperçut qu'elle n'était plus seule.

La petite fille apparut devant elle. Pieds nus, les bras ballants le long du corps, elle portait une chemise de nuit blanche sans manches. Elle avait la tête baissée, le visage caché derrière une masse de cheveux si longs qu'ils frôlaient ses pieds. L'obscurité collait à son corps comme si elle faisait partie intégrante de lui.

Álex remarqua que sa chemise était déchirée en plusieurs endroits et qu'une tache ocre ressemblant à du sang maculait le tissu blanc. Les cheveux de la petite fille paraissaient factices, comme ceux d'une poupée. Elle la regarda plus attentivement et découvrit de multiples lacérations à vif sur sa peau. La petite fille tendit la main vers elle ; une main aux ongles cassés, pleins de terre.

Trahison, peur, douleur, honte, tristesse, douleur encore. Confusément, Álex sut que c'était ce que ressentait la fillette. Son angoisse lui parvint par vagues de plus en plus fortes jusqu'à ce que, incapable d'en supporter plus, Álex tombe à genoux, en s'enlaçant de ses bras. La petite fille souffrait d'une immense solitude qu'Álex vécut comme la sienne propre.

Elle voulut se relever, s'approcher pour la consoler mais la petite la stoppa de la main. Au creux de sa paume, frémissante, une protubérance glissa sous sa peau, la déformant, puis la chair s'ouvrit et de cette déchirure sanguinolente sortit un ver jaune. La larve rampa entre les doigts de la fillette en laissant une trace de bave rougeâtre et disparut par l'emmanchure de la chemise. Álex réprima un haut-le-cœur. À cet instant, la petite fille leva la tête et ses cheveux qui lui cachaient le visage s'écartèrent. Álex la reconnut et prononça son nom.

Elle se réveilla au moment où elle allait tomber du canapé. Son corps était trempé de sueur bien que le chalet fût gelé. La couverture gisait par terre près des feuilles éparpillées du dossier. Le feu s'était éteint depuis bien longtemps. Elle porta la main à sa bouche ; ses lèvres retenaient encore le dernier mot qu'elle avait prononcé dans son cauchemar. Elle le répéta à voix haute pour empêcher que son souvenir ne s'évanouisse : « Lía. » Un goût exécrable de terre lui monta dans la gorge et la fit vomir.

16

Álex acquiesça à la question du légiste, qu'elle n'avait même pas entendue. Après son cauchemar, elle n'avait pas réussi à se rendormir. Si on ajoutait à ça le trajet de la veille en voiture depuis Barcelone, aux aurores, on ne pouvait qu'en déduire qu'elle était plus près de l'effondrement physique que ce qu'elle voulait bien admettre. Peut-être pour cette raison, quand elle entra dans la salle d'autopsie de l'institut médico-légal de Puigcerdà, à la forte puanteur qui saturait l'air, elle ne put retenir une brève grimace.

En tournant la tête à droite, elle rencontra le regard du lieutenant Cassel. Il portait un anorak de ski, un pantalon chaud et de flambantes chaussures de marche neuves. On aurait dit un touriste déguisé en montagnard, mais au moins il n'arborait plus cet absurde costume d'été. Le policier français lui sourit et s'avança pour se retrouver à côté d'elle.

« Je me suis permis de venir à l'autopsie, si vous n'y voyez pas d'inconvénient.

– Vous faites comme vous voulez.

– Si vous le souhaitez, je peux m'occuper de cette partie et je vous en tiendrai informée. Certains d'entre nous sont plus impressionnables que d'autres… »

Álex se mordit les lèvres.

« Ce n'est pas nécessaire.

– Vous êtes sûre ? »

Álex ignora le policier, fit un pas et posa les yeux sur le cadavre de Latour pour la première fois. Elle remarqua avec surprise que le corps avait la chair de poule, comme si, par-delà la mort, il continuait d'avoir froid. Ce qui n'avait rien d'étonnant, car là-dedans on aurait dit que la température était plus basse que dehors. Elle fut un peu gênée devant la nudité de Latour, allongé sur la table métallique. C'était toujours pareil, elle avait beau avoir vu de nombreux cadavres dans son métier, elle ressentait à chaque fois la chose comme une espèce de profanation.

« Quand vous voulez », déclara le légiste en se tournant vers eux, ses deux mains gantées de latex en l'air.

Álex lui fit signe de commencer. Le médecin tira une petite télécommande de la poche de sa blouse et des notes de musique montèrent dans la pièce.

« J'espère que vous aimez Tchaïkovski. Vous reconnaissez ? »

Devant le hochement de tête négatif des policiers, le médecin eut un claquement de langue dépité.

« C'est *Francesca da Rimini.* Opus 32. Une œuvre magnifique. Le vieux Piotr Ilitch fut si vivement impressionné par une gravure de Gustave Doré qu'il composa ce splendide poème symphonique. Les génies s'inspirent mutuellement. »

Álex plissa les yeux. Ce docteur Marcel Valet lui faisait penser à une taupe. Il avait un nez allongé sur lequel glissaient ses lunettes à monture d'écaille. Ses yeux tressautaient d'un endroit à l'autre derrière les verres épais. Malgré sa petite stature et son embonpoint, il se déplaçait dans la salle d'autopsie avec l'agilité d'un danseur sous les feux des projecteurs. Il adorait avoir du public quand il « entrait en scène ».

Comme nombre de ses collègues, Valet faisait preuve d'autant de passion pour son travail que d'indifférence envers ses « patients ». Il était considéré comme un professionnel brillant, trop pour avoir été affecté là, si loin de Barcelone ; mais apparemment ses grandes compétences allaient de pair avec une absence totale de tact. Et d'après ce qu'avait entendu dire Álex, pour obtenir une bonne affectation, cela n'aidait pas beaucoup de tourner en dérision un supérieur hiérarchique sur ses lacunes.

La voix de fausset de Valet, mêlée à la musique qui sortait des haut-parleurs, la ramena à la réalité.

« Homme de quarante et un ans, de type caucasien. Constitution moyenne. Taille : un mètre quatre-vingts. La mort remonte à soixante-douze heures, ce qui signifie que la victime serait décédée autour de minuit, jeudi dernier. Je vous daterai ça plus précisément dans mon compte rendu. »

Il fit un signe à son assistant, lequel s'empressa de lui tendre une liasse de feuilles agrafées.

« D'après le procès-verbal de levée du corps, il est resté dans une eau extrêmement froide, ce qui explique qu'il ait souffert d'une grave hypothermie, comme le montre la coloration violacée des extrémités et au bout des doigts. Ont été également relevées des hémorragies pétéchiales de la muqueuse gastrique… »

Une toux rauque l'interrompit. Valet leva les yeux derrière ses lunettes. Álex eut un geste d'excuse. Elle avait passé la matinée à tousser : un réflexe déclenché par la pénible sensation qu'elle avait de manquer d'air. Elle s'était levée avec cette légère crise d'asthme, et comme elle avait laissé son inhalateur à Barcelone, elle allait devoir passer dans une pharmacie pour en acheter un autre. Par moments, ça allait mieux.

« Bon, poursuivit Valet, sourcils froncés, vous remarquerez autour de la bouche les traces d'une fine mousse, que nous avons aussi retrouvée dans les voies respiratoires. »

Le médecin s'approcha du buste et appuya des deux mains sur la poitrine ouverte. Une écume rosâtre jaillit entre les lèvres du mort.

Álex sentit ses paumes devenir moites. La musique n'était

plus maintenant qu'une série de notes basses lancinantes et répétées. Elle voulut prendre une grande inspiration et le regretta immédiatement.

« Ces sécrétions sont souvent le signe d'une mort par noyade. Nous avons aussi relevé des diatomées au foie et aux reins. » Devant leur air perplexe, il soupira et se résigna à s'expliquer. « Quand il a essayé de reprendre sa respiration alors qu'il se noyait, dans l'effort, les capillaires pulmonaires se sont déchirés, ouvrant à des algues pluricellulaires le passage vers le sang, puis les organes. Cela ne permet pas d'écarter la possibilité qu'il ait pu mourir avant et qu'on ait plongé le corps dans l'eau ensuite. »

Valet contourna la table, tout en battant le tempo de la musique avec sa main.

« Bien, poursuivit-il. Les poumons présentent une augmentation de volume, avec éclatement des parois interalvéolaires, hyperhémie et œdème massif, ou, dit vulgairement pour les profanes : ils étaient pleins de liquide. » Il montra un plateau où reposaient les viscères, de couleur grise et d'aspect gélatineux. D'autres récipients similaires étaient alignés à côté de lui. Leur contenu rappelait l'étal d'un boucher. « On peut certifier que la cause de la mort a été une classique et banale noyade. En revanche… »

Les clarinettes rejoignirent les cymbales, la grosse caisse et les violons en une mélopée mélancolique.

« … ceci est vraiment intéressant… »

Álex et Cassel se penchèrent un peu plus au-dessus de la table sur l'invitation du légiste. L'odeur de décomposition s'accentua. Álex se promit qu'elle s'octroierait une longue douche dès qu'elle arriverait au chalet et qu'elle ne remettrait plus ces vêtements. Mais elle n'y pensa plus dès qu'elle vit ce que leur montrait Valet. Celui-ci baissa la voix au point qu'elle devint un murmure.

« Aucune présence de traumatismes sévères ni d'autres marques significatives excepté les meurtrissures autour des poignets causées par les liens en plastique avec lesquels on lui a attaché les mains dans le dos, et ceci... fit-il, en montrant une marque sanguinolente en forme de P sur le front du cadavre, qui a été tracé avec un objet pointu et extrêmement effilé. L'entaille est très fine et atteint presque l'os du crâne. Étant donné l'absence de cicatrisation, on peut affirmer que cette blessure lui a été infligée seulement quelques minutes avant qu'il ne meure. Mais bien entendu, ce n'est pas elle qui a causé la mort. »

La musique revint à des harmonies chromatiques et dissonantes. Álex commençait à maudire les goûts musicaux du toubib.

« Mais il y a encore plus fascinant. Regardez là... »

Álex s'aperçut que, contrairement aux cadavres qu'elle avait vus lors d'autres autopsies, Latour avait les yeux fermés. En se penchant un peu plus, elle comprit pourquoi : un mince fil de fer traversait la peau de ses paupières, comme si on y avait fait des points de suture.

« Les deux yeux sont cousus. Il faut beaucoup de dextérité pour ce genre de chose. J'ai attendu votre arrivée pour... »

Son assistant lui tendit de minuscules tenailles et de longues pinces. Valet coupa méticuleusement le fil de fer. Chaque claquement fit frissonner Álex. Le légiste s'arrêta lorsque de l'intérieur de l'œil jaillit un liquide rosé qui dégoulina sur la table jusqu'au trou d'évacuation.

« Les globes oculaires ne semblent pas touchés », remarqua Valet, après avoir soulevé l'une des paupières. Il déposa son instrument sur le plateau en inox et contourna la table. « Le corps ne présente pas de traces de lutte. Nous avons vérifié les ongles des mains et nous n'avons pas trouvé le moindre résidu. Mais l'exposition dans l'eau pourrait aussi les avoir éliminés. Néanmoins, d'après moi, il n'a pas résisté.

– Alors on l'aurait convaincu de se déshabiller et de rester bien tranquille pendant qu'on le marquait au front et qu'on lui cousait les paupières, puis il serait entré de lui-même dans une piscine d'eau glacée pour y mourir ? » ironisa Álex.

Le médecin la regarda par-dessus ses lunettes et sourit avec indulgence.

« Évidemment, non, sous-inspectrice. Lorsque nous aurons les résultats des analyses de sang je pourrai être plus catégorique mais… regardez. » Il saisit la peau du cou de Latour entre son index et son majeur. La surface cutanée entre les deux doigts était rougie. « Pour moi, c'est une trace de piqûre. Ce n'est pas certain, mais on dirait bien qu'il a été drogué. En tout cas, il était vivant et peut-être même conscient quand on lui a fait cette marque au front et ces points aux paupières. »

17

Simón avait découvert les traces du loup aux premières heures de la matinée, à son retour de sa coutumière visite au cimetière. Les empreintes arrivaient jusqu'à sa porte, sans être passées par aucune autre maison. Puis elles s'évanouissaient. De grandes empreintes, celles d'un spécimen adulte.

Ce n'était pas n'importe quel loup, il le savait. Tous deux s'étaient affrontés, bien des années plus tôt, et dans son for intérieur, même si on le traitait de fou, il était sûr qu'un jour l'animal reviendrait pour finir ce qu'il avait commencé. La première fois, il avait failli avoir sa peau. Il n'avait pas réussi, bien qu'il lui ait laissé ce visage monstrueux. Cette fois, Simón était prêt.

Il traversa la salle à manger jusqu'à une armoire en chêne foncé. À l'aide de l'une des clés qu'il portait en trousseau autour du cou, il déverrouilla la serrure et ouvrit en grand les deux battants. C'était là qu'il rangeait son équipement.

Six carabines avec leurs viseurs respectifs étaient alignées sur un râtelier. Sur l'étagère à côté s'empilait une cinquantaine de boîtes de munitions, tandis qu'à l'intérieur de chaque porte pendaient le matériel pour dépecer et des pièges de différentes tailles, tous illégaux.

Avec une certaine révérence, il souleva le double-fond de l'armoire, tira de la cachette un long étui en hêtre verni et le déposa sur la table. En ouvrant les fermoirs métalliques, il eut un sourire furtif. À l'intérieur reposait une carabine à verrou, une Winchester modèle 70. Il l'empoigna, passa la main sur le canon, sentit son contact familier. Il y avait d'autres fusils plus puissants et modernes, mais celui-ci était un vieux camarade, qui ne l'avait jamais trahi. Ils en avaient vu, ensemble ! De grands moments, où Simón avait eu plaisir à tirer des animaux, et parfois, aussi, des gens.

Il le remit dans son étui, alla de nouveau à l'armoire et décrocha de la porte sa musette en cuir. Il y rangea deux viseurs et quatre boîtes de cartouches 458 Winchester Magnum : une munition utilisée pour les grandes pièces, capable de stopper un éléphant qui chargeait. Quant à n'importe quel animal de plus petite taille, il serait quasiment pulvérisé.

Simón resta un instant pensif devant les dagues et couteaux à servir accrochés sur l'autre porte. Enfin, il se décida pour le Joker Colmillo. Il le sortit de son étui par sa poignée en bois de cerf. Les vingt et un centimètres de sa lame effilée à double tranchant étincelèrent à la lueur de la lampe.

Il aimait beaucoup tirer, mais rien n'était comparable à cette arme. Ce qui était magnifique, c'était quand, après le premier tir, la proie s'enfuyait, blessée. Après des heures de poursuite, au fil desquelles son excitation ne cessait de croître, la proie, affaiblie par la perte de sang, finissait par se rendre. Alors il s'approchait d'elle avec une lenteur étudiée, en prenant soin qu'elle le voie arriver, et il la saisissait à la gorge pour sentir les battements affolés de son cœur, accélérés par l'effort et la peur. C'est alors que, en la fixant droit dans les yeux, il plantait le couteau. Éclaboussé de sang, il ne perdait pas un détail. Il regardait la lumière s'éteindre au fond de ses pupilles et la vie s'échapper de ce corps, vide et inerte quoique encore chaud, entre ses mains.

Rien au monde n'était comparable à ces sensations. Sa

colère s'apaisait comme la mer se calme après la tempête et le diable qui hurlait constamment en lui se taisait pendant quelques jours.

Il rangea le couteau avec le reste de son équipement et se dirigea vers la cuisine, où il avait préparé des provisions. Il partirait au matin, dès le lever du soleil. D'après ses calculs, il lui faudrait trois ou quatre jours. Il avait l'intention d'en finir avec ça une bonne fois pour toutes.

Il alla se coucher, satisfait. Tout était prêt. Comme toujours, il avait envisagé tous les cas de figure, son matériel était en parfait état et lui se sentait raisonnablement bien malgré son âge. Il contemplait le plafond, espérant pouvoir se reposer quelques heures. La veille d'une partie de chasse, il avait toujours du mal à trouver le sommeil. Il tourna la tête du côté de la table de nuit et prit le médaillon qui y était posé. Il l'ouvrit et contempla la photo cachée à l'intérieur ; celle d'une jeune fille souriante, éclairée soudain par la lampe de chevet.

Le passé vint à sa rencontre ; il revécut la vie dans la Colonie, chose qui arrivait de plus en plus fréquemment. Il passa ses doigts sur son visage, parcourant les aspérités de la chair déformée, puis balaya l'air de la main, comme une façon de renvoyer les souvenirs là d'où ils étaient venus. Il laissa tomber le médaillon sur sa poitrine. Le passé n'était que cela, du passé. Il aurait beau déposer toutes les fleurs du monde sur sa tombe, Raquel ne reviendrait pas.

18

La jeep Wrangler avançait sur la route étroite à l'ombre des arbres. Álex ne se rappelait pas avoir jamais vu de forêt aussi dense. Elle avait l'impression qu'à leur approche les branches des pins noirs se tordaient et s'entrelaçaient pour l'empêcher de voir plus loin. Un instant, elle vint à penser que, s'ils mettaient un pied hors de la voiture, cette opacité les engloutirait et ils disparaîtraient à tout jamais.

Elle jeta un coup d'œil à son coéquipier qui regardait par sa fenêtre. Elle avait accepté que le lieutenant Cassel vienne rencontrer le recteur du séminaire avec elle. Si elle avait espéré arriver ainsi à le faire taire, c'était raté : le Français n'avait pas cessé de parler de tout le trajet. Il lui avait raconté une dizaine d'anecdotes issues d'autant d'enquêtes auxquelles il avait pris part. Elle hochait la tête de temps en temps, sans quitter la route des yeux : elle avait décroché depuis déjà pas mal de kilomètres.

Ils passèrent sous une arche en pierre et, au détour d'un énième tournant, Sant Martí Clement surgit devant eux.

Le séminaire, un ensemble de bâtiments aux épais murs de pierre et aux baies allongées, se dressait sur une cime escarpée. Le clocher de l'église s'élevait au-dessus d'un essaim de toits. Au fil du temps, le monastère originel, construit au XIe siècle, s'était vu ajouter de nouvelles dépendances. Comme un jeu de Meccano, les bâtisses s'étaient adaptées au terrain, occupant toute la place disponible sur la mince crête de montagne jusqu'au bord du précipice. Il vint à l'esprit d'Álex l'image d'un lézard juché sur un rocher.

« C'est impossible. »

Le visage rose du père Guifré souriait, mais pas ses yeux. Il était assis confortablement derrière son bureau dans le bâtiment administratif du séminaire. Álex remarqua ses mains qu'il remuait avec vigueur : les taches marron qui les couvraient étaient la seule marque de son âge avancé. Malgré ses presque quatre-vingts ans, le recteur était encore fringant et on l'aurait cru capable à tout moment de décrocher l'énorme crucifix accroché au mur derrière lui pour partir à l'assaut de tous les hérétiques du monde. Pourtant, malgré ses paroles affables, quand il souriait, ses lèvres fines se retroussaient dans une tension d'arc bandé.

« J'ai peur que vous ne compreniez pas, insista Álex, qui ne sut réprimer une expression décontenancée. M. Latour a été assassiné, il logeait ici, et par conséquent l'inspection de sa chambre et de ses effets personnels peut se révéler essentielle pour élucider sa mort. Nous pouvons demander un mandat de perquisition, mais cela prendra du temps et la rapidité est ici fondamentale.

– Je comprends bien, confirma Guifré, avec un sourire plein de bienveillance. Et nous ne cessons de prier pour l'âme de notre pauvre frère. C'est vous qui ne comprenez pas. » Il se pencha un peu en avant, dans un craquement de chaise. « Voyez-vous, ce séminaire est un lieu d'étude et de retraite, une communauté monastique. C'est tout juste s'il vous est autorisé d'être ici. Surtout vous, ajouta-t-il en la désignant.

– Je vous demande pardon ? fit-elle, estomaquée.

– Et pourtant, intervint Cassel, qui sentait croître la

colère d'Álex, le séminaire reçoit la visite de touristes, *n'est-ce pas** ?

– Bien entendu. C'est une source de revenus majeure pour notre subsistance. Elle nous permet de supporter une partie des frais élevés que suppose la conservation de ces lieux. Savez-vous ce que coûte l'entretien de bâtiments vieux de plusieurs siècles ? Voici trois ans que nous proposons ces visites. Il s'agit d'un parcours très restreint guidé par l'un de nos professeurs. On ne visite que le cloître dont les chapiteaux sont d'une grande valeur et beauté, l'église, la terrasse, les catacombes et un patio ; les dépendances fonctionnelles du séminaire, entre lesquelles figurent les cellules des élèves et des professeurs, ne font pas partie de l'itinéraire.

– Latour a fait ses études ici, énonça Cassel, plus sur le ton de l'affirmation que de la question.

– En effet, il a passé deux ans chez nous. Malheureusement, notre frère Daniel n'a pas pu s'adapter à la vie du séminaire et il s'en est allé. Il y a environ un mois, il est revenu dans la vallée pour travailler dans cette station de ski et a demandé à se loger ici un temps, en reprenant son ancienne cellule.

– Est-ce courant de loger quelqu'un qui ne fait plus partie du séminaire ? » le questionna Álex, sur un ton plus cassant qu'elle ne l'aurait voulu.

Le père Guifré croisa ses mains sur la table et lui sourit avec indulgence. Il commençait à taper sur les nerfs d'Álex, ce sourire.

« Mademoiselle Serra, est-ce que vous priez ? »

Un instant, Álex se retrouva dans la salle de classe du collège de bonnes sœurs où elle avait été confinée adolescente. Le réflexe de culpabilité qui lui avait alors été inculqué ressurgit en elle et la fit hésiter. Le recteur parut le deviner ; il la regardait avec une attention ostentatoire. Elle sentit qu'elle était près de perdre pied et s'obligea à respirer lentement. Elle n'allait pas lui faire ce plaisir.

« Non, pas beaucoup.

– Si je puis me permettre… Je perçois qu'au fond de vous votre âme est troublée, pleine de confusion. Cela ne peut que vous faire du mal ; à vous et à ceux qui vous entourent. Vous avez besoin de retrouver le Seigneur pour qu'il vous donne un peu de paix.

– Nous ne sommes pas venus pour parler de moi.

– Peut-être devriez-vous prendre en compte mon conseil. Dieu est toujours là lorsqu'on a besoin de lui.

– Pas toujours. » Álex se tut, irritée de sentir que sa réponse en disait plus qu'elle ne l'aurait voulu. Elle cacha ses mains qui s'étaient mises à trembler, leva le menton et s'efforça de paraître sûre d'elle. « Voici longtemps que je ne compte plus sur sa participation.

– C'est bien dommage. Vous connaissez cette phrase selon laquelle les voies de Dieu sont impénétrables. Peut-être Le rencontrerez-vous de nouveau. » Il soupira. « Pour répondre à votre question : Latour était quelqu'un de très apprécié ici. Tant les professeurs que les élèves gardent de lui un souvenir splendide. Comme je vous l'ai dit, il nous a demandé l'hospitalité pour quelques jours, car, selon ses mots, il avait besoin de la paix que transmet ce lieu. Il aurait été bien peu chrétien de la lui refuser. En fin de compte, c'était un ancien élève. Voilà tout. » Il se leva. « Je ne peux pas vous en dire beaucoup plus et je vous prie de m'excuser, mais je suis très occupé. Mes responsabilités en tant que recteur de ce centre, outre mon poste d'enseignant, emplissent ma journée d'obligations. »

Sans attendre de réponse, il s'approcha d'un guéridon et fit tinter une clochette. La porte s'ouvrit comme si on avait guetté ce signal de l'autre côté. Un homme au visage poupin entra dans le bureau, les yeux au sol.

« Je suis navré de ne pas pouvoir vous aider davantage, conclut le père Guifré, tout en les poussant vers la porte. Mon secrétaire va vous raccompagner jusqu'à la sortie. Que Dieu vous vienne en aide dans vos investigations, même si notre frère Latour ne peut guère plus attendre désormais que la justice divine. »

Ils empruntèrent le couloir en sens inverse, en compagnie de leur guide improvisé. Álex, furieuse, avançait à grandes enjambées ; elle était surprise du calme de Cassel. Malgré ses manières obséquieuses, Álex sentait bien que le recteur s'était débarrassé d'eux. Cassel, soudain, s'adressa à l'homme qui les escortait.

« *Excusez-moi** : comment avez-vous dit que vous vous appeliez ?

– Je ne vous l'ai pas dit. Mon nom est Francesc Bouxet, monsieur.

– Et quelles sont vos responsabilités, *monsieur** Bouxet ?

– Vous pouvez m'appeler Francesc, déclara l'intéressé, rougissant. Je m'occupe de la bibliothèque du séminaire et des affaires du recteur. Qui sont nombreuses et fort complexes. Il faut savoir que Sant Martí Clement est considéré comme l'un des plus importants séminaires d'Europe, cela dit en toute humilité.

– Alors nous devons doublement vous remercier de nous accompagner, Francesc. Je suis navré que du temps vous soit ainsi volé pour honorer les obligations qui vous incombent. »

Le religieux haussa les épaules et esquissa un sourire.

« Ne vous faites pas de souci. L'occasion de parler à quelqu'un qui n'appartient pas au séminaire est un changement agréable. Nous recevons peu de visites. Nous n'avons même pas de contacts avec les touristes.

– Qui guide les groupes de touristes, alors ? » s'enquit Álex.

Il braqua brièvement les yeux sur elle mais les détourna très vite.

« Le père Ángel. C'est un homme formidable, un érudit. Il est d'origine italienne et parle couramment quatre langues. Il est peut-être un peu distrait, du fait de son âge avancé, mais c'est sans l'ombre d'un doute celui qui connaît le mieux l'histoire de l'ancienne abbaye bénédictine sur laquelle a été bâti le séminaire. C'est le premier bâtiment édifié autour de l'an mille après Notre-Seigneur. Son histoire est passionnante. »

Ils passèrent la double porte qui séparait la partie administrative du magasin. Au fond, on apercevait déjà la sortie.

« Est-ce que… est-ce que c'est vrai que Latour a été assassiné ? »

La curiosité dévorante du jeune bibliothécaire était presque palpable.

« Avec une grande cruauté, répondit Cassel, après une pause théâtrale. Jamais nous n'avions rien vu de tel. On aurait dit… un châtiment divin. Mais il m'est impossible de vous donner des détails.

– Non, non, bien sûr, je comprends », s'empressa de répondre Francesc, incapable de dissimuler son excitation.

Álex imagina qu'il devait penser au succès qu'il allait avoir auprès de ses camarades lorsqu'il leur rapporterait sa conversation avec eux.

« Latour a abandonné le séminaire il y a un an, n'est-ce pas ? reprit-elle.

– Abandonné ? Non. Il n'est pas parti, en fait… Il a été renvoyé.

– Ah bon ? Et pour quelle raison ? »

Se rendant compte qu'il en avait trop dit, le jeune homme détourna les yeux.

« Racontez-nous, je vous promets que personne n'en saura rien. »

Álex remarqua que le sourire de Cassel et ses manières avenantes invitaient à la confiance.

Francesc Bouxet jeta un coup d'œil derrière lui avant de répondre :

« On ne sait pas exactement, mais il avait dit du mal d'autres professeurs du séminaire, semble-t-il. Plus précisément, des rumeurs terribles sur son camarade de cellule ont couru, ce qui a entraîné une tragédie. Plus tard, on a su qu'il en était à l'origine… »

Un homme corpulent, vêtu d'une soutane noire et portant plusieurs livres, surgit soudain au détour du couloir.

« Francesc, que fais-tu là ?

– Bonjour, mon père. » Álex remarqua que le garçon ne quittait pas des yeux le carrelage à ses pieds. « Monsieur et madame sont des inspecteurs de police. Ils ont rencontré monsieur le recteur et je les raccompagnais vers la sortie.

– Très bien, très bien. J'ai emprunté ces livres, je t'ai laissé un mot sur ton bureau. Monsieur, madame… »

Il salua d'un signe de tête et poursuivit son chemin.

Le jeune bibliothécaire n'ouvrit plus la bouche, malgré les tentatives de Cassel pour reprendre la conversation. Après qu'ils eurent franchi la porte, il toussota. Quand elle se retourna, Álex remarqua la mine effrayée du jeune homme.

« Dieu me pardonne, murmura-t-il en se signant, mais Latour a certainement eu ce qu'il méritait. »

Et il referma la porte.

19

Antoine Closas laissa passer trois sonneries avant de décrocher. Il était plus de minuit. L'appel, comme les fois précédentes, était effectué en numéro masqué. On lui avait envoyé par courrier ce portable, configuré uniquement pour recevoir des appels, quelques heures après le premier contact. Dans le paquet, il y avait aussi un papier avec des instructions succinctes mais très précises : il devait l'avoir toujours sur lui. Et répondre à n'importe quelle heure du jour ou de la nuit.

La voix au bout du fil, bien que déformée, apparaissait clairement irritée.

« On t'avait juste demandé de mettre un peu le bazar.

– Et c'en était pas, peut-être ?

– C'était trop. »

Antoine imaginait à l'autre bout du fil un individu habitué à donner des ordres, investi de pouvoir. Assis dans un grand bureau avec une vue splendide et une secrétaire au physique de rêve. Il devait porter des costumes chers, taillés sur mesure, et il ne se contentait certainement pas du menu du jour pour déjeuner. C'était quelqu'un qui avait à sa disposition de l'argent, beaucoup d'argent, comme Antoine avait pu s'en rendre compte.

« Vous ne pouvez pas nier que la mort de Latour vous arrange. »

Un silence tomba. Antoine se demanda s'il n'avait pas dépassé les bornes et si son interlocuteur n'était pas en train d'envisager d'annuler leur marché. Finalement, le soupir qui lui parvint le rassura avant même qu'il entende de nouveau le son de sa voix.

« C'est possible.

– Eh bien, attendez de voir ce que je vous prépare.

– Je ne veux plus de surprises.

– Très bien. Plus de surprises. »

Il hésita un instant avant de parler. Il ne voulait pas que son bienfaiteur secret pense qu'il y avait des imprévus auxquels il ne savait pas faire face, mais il valait mieux qu'il soit au courant.

«J'ai eu quelques soucis avec le vieux de la Colonie.

– Dans ce cas précis, tu peux agir en toute liberté. »

Antoine sourit. Son interlocuteur ne savait pas encore à qui il avait affaire.

« Tu disposeras des mêmes infos, comme d'habitude.

– Et de la même somme…

– Garde juste ceci à l'esprit : pas d'entourloupe. »

À l'autre bout de la ligne, Antoine entendit les tonalités saccadées qui annonçaient que l'appel était terminé. Il se leva et balança le portable sur le lit. Il s'était habitué aux fins de communication brutales de son bienfaiteur ; mais celui-ci commettait une erreur, la même erreur répétée par d'autres avant lui : il le sous-estimait. Il pensait l'avoir acheté juste avec quelques milliers d'euros. Mais Antoine commençait à deviner les intentions derrière ses actions. De là à découvrir son identité, il n'y avait qu'un pas. Et alors, les enveloppes qu'il avait reçues jusqu'ici ne seraient plus suffisantes.

20

Le groupe de visiteurs en provenance de Montluel, commune proche de Lyon, déambulait dans le cloître derrière le père Ángel, qui jouait les guides. Le prêtre, vêtu de la typique robe noire des Bénédictins, stationnait devant chacun des chapiteaux pour en expliquer la signification. De temps en temps, il s'écoutait un peu parler, mais il était si amène et sympathique qu'il n'y avait personne pour le lui reprocher.

Ils sortirent sur une terrasse plantée qui donnait sur les montagnes environnantes. La communauté de moines y cultivait des plantes médicinales pour son propre usage mais aussi pour les vendre dans la boutique de souvenirs, ainsi que le signala le père Ángel.

Une femme s'éloigna au bout de la terrasse. Un mur de pierre à hauteur des genoux était la seule protection contre le vide du précipice au-dessus duquel se dressait le séminaire.

« Ne vous approchez pas tant du bord, s'il vous plaît. Il y a plus de vingt mètres de hauteur. Cela devient fatigant de descendre ramasser les gens qui basculent tous les jours. »

Tout le groupe rit en chœur de la blague du religieux. La femme prit une photo et s'écarta. Satisfait, le père Ángel hocha la tête et reprit ses explications. L'homme qui accompagnait la femme la rejoignit et lui chuchota à l'oreille :

« Vous êtes sûre que c'était une bonne idée ?

– On n'avait pas d'autre choix, lui rétorqua Álex, en faisant une nouvelle photo. Et parlez plus bas.

– *C'est ridicule*!* protesta Cassel.

– On n'aurait jamais eu de mandat. Une heure après notre entretien avec le recteur, la juge Andrés a reçu un communiqué de l'évêché qui lui enjoignait de mener son enquête hors de ses murs. Il alléguait que Latour ne faisait partie ni de ce centre ni de l'Église et que rien ne justifiait de poursuivre de ce côté. Le père Guifré cache quelque chose, c'est évident, et j'ai bien l'intention de savoir quoi. Mais si vous voulez, vous, vous pouvez partir.

– Vous êtes un peu givrée, mais je crois que ce n'est pas pour me déplaire », fit Cassel, avec un sourire amusé.

Le père Ángel acheva son discours et, d'un petit geste, indiqua au groupe qu'ils allaient retourner vers le cloître pour la suite de la visite. Une porte s'ouvrit au moment où ils passaient devant. Un jeune homme apparut, qui salua d'un signe de tête le moine avant de remonter la galerie.

« C'est par là que sont les cellules des élèves et des professeurs », fit remarquer Cassel.

Une visiteuse enthousiaste, qui arborait autour du cou une petite croix en bois brinquebalante, leva la main pour poser une question au père Ángel. Le religieux se tourna vers elle sans entrain. Álex et Cassel, qui étaient restés à la traîne, en profitèrent pour se glisser par la porte demeurée entrouverte.

Une fois le seuil franchi, ils se retrouvèrent devant un long corridor en pierre jalonné d'une dizaine de portes en chêne de part et d'autre. Au bout, il bifurquait, et Álex supposa qu'il y avait autant de chambres après, sinon plus. Derrière eux, les voix s'éloignaient, sans que leur groupe ait remarqué qu'il avait perdu deux de ses membres.

« Comment faire pour savoir laquelle était la cellule de Latour ?

– On va demander, fit Álex, juste au moment où deux jeunes sortaient d'une des chambres et se dirigeaient vers eux.

– Si on nous découvre, nous aurons beaucoup d'explications à donner », murmura Cassel.

En passant près d'eux, l'un des jeunes ne cacha pas sa surprise :

« Mais que faites-vous ici ?

– Bouxet !

– Nous avons ordre de récupérer les effets personnels de M. Latour, s'empressa d'expliquer Álex. Vous pourriez nous conduire à ses appartements ?

– Mais bien… bien sûr, dit le jeune secrétaire, visiblement excité à la perspective d'aider les enquêteurs. Pau, vas-y, je te rejoins. »

La cellule occupée par l'ingénieur s'avéra être la dernière. Elle se trouvait dans la partie est du bâtiment, la plus proche des dépendances du corps professoral. Quand ils y arrivèrent, Bouxet poussa la porte et s'écarta pour les laisser passer.

« Les cellules ne sont pas fermées ? » s'étonna Álex. Il faisait si froid dans la pièce que de la buée s'était formée devant sa bouche.

« Elles restent ouvertes. Ici, nous n'avons rien à cacher à nos frères. »

Álex promena son regard dans la pièce. Elle contempla les deux lits vides, le sol fait de larges lames de bois brut, les murs nus. Il y avait quelque chose dans cette ambiance si sobre qui la gênait, sans qu'elle sache quoi.

« On ne peut pas dire que ce soit un cinq-étoiles.

– Le séminaire est un lieu d'étude et de prière. Nous n'avons pas besoin de grand-chose.

– Assurément », renchérit Cassel, qui entreprit d'ouvrir une valise posée sur le lit.

Álex s'approcha de la fenêtre et la ferma. Sur la table étaient entassés des plans, un classeur avec des documents concernant le chantier en cours, un ordinateur portable et plusieurs manuels d'ingénieur. Elle se pencha pour ramasser un stylo tombé près d'un pied de la chaise. Dans le mouvement, ses yeux rencontrèrent plusieurs objets qui avaient glissé derrière le bureau. Elle tendit le bras et récupéra une chemise vide et un livre. C'était un vieux volume, emprunté à la bibliothèque du village. Elle en lut le titre : *Industrie textile en Catalogne.* Elle allait le poser sur la table, quand elle vit dépasser entre ses pages un bout de papier, ce qui lui fit froncer les sourcils. Elle ouvrit le livre et y trouva une vieille photographie en noir et blanc. Un groupe de six hommes y posait sous un porche.

À gauche, un jeune homme corpulent était appuyé sur une carabine. La mauvaise résolution faisait qu'on distinguait mal ses traits mais il semblait défiguré, comme après une blessure terrible. Entre ses pieds un gros chien était couché. À ses côtés, un prêtre au visage mince fronçait les sourcils, l'air sévère. Malgré sa jeunesse, Álex reconnut le recteur. Le jeune Guifré, vêtu d'une longue soutane noire, tenait entre ses mains un livre, sans doute une bible. Ensuite venait un autre homme au ventre proéminent, portant petite moustache, costume et chapeau. Il dardait son regard sur le reste du groupe, comme s'ils n'auraient pas dû se trouver sur cette photo. À l'extrême opposé se tenait un homme à petites lunettes et cheveux raides dans une blouse claire, qui semblait s'ennuyer. Il cachait presque un autre personnage, au visage en lame de couteau et au regard fuyant, habillé plus modestement que les autres. Sur sa manche droite était cousue une sorte de brassard. Au centre de la photo, entouré de tous les autres, le dernier posait, grand et bien fait dans son complet-veston. Sa posture, les deux pieds bien plantés dans le sol, une main tenant un bâton, l'autre glissée dans une poche du gilet, clamait la confiance en soi. Toute la photo irradiait vers lui. Álex en déduisit qu'il en était le personnage clé.

« Latour s'est toujours beaucoup intéressé à l'histoire de ces lieux, expliqua Bouxet dans le dos d'Álex.

– Vous reconnaissez le lieu où a été prise cette photo ?

– Bien sûr, là au fond, c'est une usine : il s'agit de la Colonie. Un endroit très mystérieux. Jusqu'à une date récente, presque personne n'en connaissait l'existence. C'était une ancienne colonie industrielle, aujourd'hui à l'abandon. Plus personne ne monte là-haut, parce qu'elle est située dans un endroit quasiment inaccessible. Il n'y a qu'un seul chemin qui y mène, et parfois, avec la neige, il est impossible de passer. Elle appartient aux Dalmau. Daniel s'intéressait beaucoup à l'histoire de la Colonie. Il a même rendu plusieurs fois visite à Mme Dalmau.

– Mme Dalmau ?

– Oui, Béatrice Dalmau. C'est elle, la propriétaire, maintenant. Elle a hérité de tout à la mort de son père il y a moins d'un an. Comme elle est malade, elle vit recluse dans le vieux manoir bâti près de la Colonie. Presque personne ne l'a jamais vue. Au village, les gens l'appellent la Dame blanche, comme si c'était un fantôme. »

Álex tendit le cliché au jeune homme.

« Vous seriez en mesure de nous dire le nom de certaines de ces personnes ? »

Francesc scruta, sourcils froncés, la photographie que lui présentait Álex. Ses yeux s'arrondirent quand il reconnut le père Guifré. Pourtant, au bout d'un moment, il secoua la tête :

« Je suis désolé, mais non. Il n'y a personne que je connaisse. »

Cassel les rejoignit, tandis qu'Álex empochait la photo.

« Rien dans la valise ni dans le sac, à part des vêtements.

– Bien, il est temps de partir. Prenez l'ordinateur, on l'emporte.

– On va ajouter le vol aux autres charges ? » chuchota Cassel.

Álex allait répliquer quelque chose, quand elle surprit le sourire en coin du policier français, ce qui lui fit en esquisser un à son tour. Il commençait à bien lui plaire.

Ils allaient sortir de la pièce quand Cassel se figea si brusquement que le bibliothécaire et Álex butèrent sur son dos.

« Attendez. »

Cassel leur fit signe de s'écarter et s'avança vers la tête de l'un des lits.

« Vous entendez ça ? »

Il appuya plus fort le pied sur le sol. Devant les mines déconcertées de ses acolytes, il s'expliqua :

« Ici, le plancher ne fait pas le même bruit. »

Sans attendre, il se baissa et tâta le sol. Álex s'accroupit à côté de lui et vit ce qu'avait déjà remarqué son collègue et qu'il suivait du bout des doigts : une tache ocre à la jointure de deux lames.

« Du sang ?

– Ça en a l'air, en tout cas, corrobora Cassel. Et regardez les autres planches : elles sont toutes recouvertes de poussière, sauf celles-ci. »

Il toquait sur le bois en plusieurs points quand soudain l'une des lames se déboîta de quelques centimètres. Cassel finit de la dégager et glissa la main dans le trou. Álex le regardait, étonnée.

« J'ai grandi en pension, expliqua Cassel, tout en palpant l'intérieur. Il était courant d'avoir une cachette où conserver ses petits trésors.

– Il y a quelque chose ? »

Cassel retira sa main vide, et secoua la tête, l'air contrit.

« Rien. Juste un peu plus de poussière. »

Après avoir pris congé du bibliothécaire, ils se hâtèrent de rejoindre le groupe de visiteurs. Le père Ángel rassemblait les touristes autour de lui, près de la sortie de l'abbaye ; la visite était finie. En les voyant arriver, il leur lança :

« J'allais envoyer quelqu'un pour vous chercher.

– Nous nous sommes perdus dans les catacombes. Tout est si sombre, là en bas. Vous devriez songer à faire mettre plus de lumière », répondit Cassel, en français.

Le père Ángel le regarda, indécis, comme s'il cherchait à évaluer s'il plaisantait ou pas, puis il vit le sac à l'épaule de Cassel et fronça les sourcils. Il parut sur le point de dire quelque chose mais se ravisa et, leur tournant le dos, tira de son habit une grande clé en fer avec laquelle il ouvrit la porte. À mesure que les visiteurs sortaient, il leur rappelait de ne pas manquer de passer à la boutique de souvenirs.

Alors qu'ils retournaient au parking, Cassel lança à Álex :

« Je pense que j'ai gagné le droit de poursuivre avec vous l'enquête, *n'est-ce pas** ? »

Álex fut surprise de l'éclat fébrile de ses yeux, même si de toute évidence il essayait de jouer l'indifférence.

« On dirait que c'est important pour vous.

– Vous n'imaginez pas à quel point. » Se rendant compte que le ton ardent de sa réponse n'avait pas échappé à Álex, il se reprit, confus : « Ce que je veux dire… Voyez-vous, j'ai eu quelques problèmes avec un supérieur à Marseille, d'où ma mutation. Donc, disons que, là, je suis à l'épreuve.

– Je vois. »

Ils continuèrent en silence, accompagnés par le crissement de leurs pas sur la neige boueuse.

« Alors c'est vrai que vous avez été en internat ? reprit Álex.

– Oui. Tout à fait.

– Et il y avait quoi dans votre cachette secrète ? »

Cassel hésita quelques secondes avant de répondre.

« Une photo de mon père. Il est mort sans que je sache grand-chose de lui. »

Álex pinça les lèvres.

« Je suis désolée…

– C'est moi qui m'excuse, j'ai été un peu mélodramatique. Il y avait aussi un carnet de bord, quelques clopes, et, de temps en temps, l'une de ces revues que les profs adoraient nous confisquer », ajouta-t-il, d'un air enjoué.

Pourtant, Álex remarqua que son regard était resté grave.

Ils arrivèrent au 4 x 4. Cassel, debout devant la portière ouverte, fit un geste vers le séminaire.

« Vous pensez la même chose que moi, pas vrai ? »

Álex hocha la tête.

« Quelqu'un a fouillé la chambre de Latour avant nous.

– Peut-être que ce sont les responsables de sa mort, ou simplement un étudiant qui n'a pas résisté à la tentation d'embarquer quelque chose. »

Álex contemplait les bâtisses du séminaire. Ses yeux s'arrêtèrent sur une statue en pierre à taille humaine qui s'élevait sur un rocher près de l'entrée. C'était un ange qui, l'index sur les lèvres, semblait enjoindre au visiteur de garder pour lui les secrets du lieu.

« Vous pensez à quoi ? l'interrogea Cassel.

– Je me demandais pourquoi Latour était si désireux de rencontrer Mme Dalmau. »

21

Après avoir contemplé l'écran vide de son téléphone pendant une heure et demie, Álex se décida enfin à composer le vieux numéro qu'elle avait dans son agenda, mais on l'informa qu'il n'était plus attribué. Après quelques coups de fil, elle finit par apprendre que son dernier domicile connu était une maison de retraite. Lorsqu'elle réussit à la joindre, on lui indiqua qu'il avait été admis trois semaines plus tôt à l'hôpital de Cerdagne, à Puigcerdà. Elle fit la route jusque-là, sans pouvoir s'ôter de la tête que ce n'était pas une bonne idée.

Le vieil homme regardait par la fenêtre, loin du fauteuil roulant où il était confiné. L'air frais venu de la vitre ouverte agitait ses cheveux clairsemés, d'un blanc qui tirait sur le jaune aux racines. Ses mains aux longs doigts, à la peau transparente veinée de bleu, se cramponnaient aux accoudoirs. Un plaid en laine recouvrait des jambes qu'on devinait osseuses. De temps à autre, il clignait des yeux, seul indice qu'il était toujours de ce monde.

La lumière de l'après-midi faisait irruption dans la chambre d'hôpital. Au-delà de ses confins, la forêt s'étendait, telle une tache se perdant à l'horizon. La neige recouvrait de ses touches blanches tout ce qui était à portée de vue. Au fond, dominant la vallée et le restant des montagnes, se dressait l'imposante masse du Puig de Sant Martí.

Pourtant, les yeux de l'homme, enfoncés dans son visage anguleux, ne contemplaient pas le paysage ; ils ne semblaient même pas remarquer qu'il y eût quelque chose derrière la vitre. Son regard était ailleurs, là où son esprit avait décidé de fuir.

Le reste de la pièce, occupée par un lit, une table de nuit et une armoire, tout en lignes sobres, se trouvait dans la pénombre. Le silence était si profond qu'on n'entendait que le chuintement de l'air dans les poumons usés du vieillard.

Debout, une main appuyée au chambranle de la porte, les pieds cloués sur le seuil, Álex le regardait. Les bruits et les odeurs de cet endroit ne lui inspiraient que de la souffrance.

« Qui est là ? »

La voix, quoique hésitante, entrouvrit la porte aux souvenirs. Envahie par les émotions, elle se sentit redevenir la petite fille qu'elle avait été. Elle inspira à fond et entra dans la pièce.

La main tremblante du vieillard tâtonna jusqu'aux lunettes qui pendaient sur sa poitrine. Il avait toujours été un homme énergique, avec des bras forts qui la hissaient jusqu'au ciel quand elle était petite. À présent, l'os de sa clavicule pointait sous la robe de chambre bleu pâle. Sans son dentier, son visage avait rétréci et son menton ressortait, hérissé de poils blancs. Il la dévisagea derrière les verres épais de ses lunettes. Álex se souvenait de son regard, avec ces petits yeux, mais désormais, mangés par le visage, ils avaient presque disparu sous les paupières affaissées, dans un bain permanent de larmes. Pourtant, lorsqu'il la regarda, son expression prit celle d'un enfant tout ému, et ses lèvres desséchées s'ouvrirent en un sourire qui illumina son visage. Le vieil homme tendit la main vers elle.

« Lía ? C'est toi ? »

Álex se figea sur place. Elle ferma les yeux et secoua la tête. Elle voulait aller vers lui, mais c'était impossible.

Elle tourna les talons et quitta la pièce, remonta tout le couloir en sens inverse en essayant de contrôler ses pas, de plus en plus précipités. Elle ne voyait rien d'autre que l'ascenseur tout au bout du couloir. De loin lui parvinrent les voix qui sortaient de la chambre. Deux infirmiers passèrent en courant près d'elle.

Elle s'engouffra dans l'ascenseur et pressa plusieurs fois le bouton du rez-de-chaussée, en priant pour qu'il veuille bien démarrer. Le trajet lui parut interminable. Quand les portes s'ouvrirent enfin au niveau zéro, incapable de se contenir, elle se mit à courir vers la sortie, sous les yeux interloqués du personnel de l'accueil. Elle bouscula un agent de sécurité qui essayait de l'arrêter et se retrouva dehors. Elle étouffait, cherchant désespérément à reprendre son souffle. Pour finir, elle sortit sa Ventoline et en prit deux bouffées.

En même temps que sa respiration revenait à la normale, elle comprit : un moment, elle était redevenue la petite fille du bunker. La petite fille qui fuyait les monstres.

Alors qu'elle était à plusieurs kilomètres de l'hôpital, conduisant la Wrangler aussi vite que le lui permettait la route verglacée, les cris de son père appelant sa sœur la poursuivaient toujours.

22

Avant la tombée de la nuit, Simón alla déposer les quartiers arrière d'une brebis en guise d'appât. L'endroit qu'il avait choisi pour poser son piège était une petite clairière, près de la rivière. Il s'éloigna de quelques pas et se posta dans le trou qu'il avait creusé dans la terre. Cette fosse peu profonde recouverte de branchages le dissimulait parfaitement. Il était à contrevent, de sorte que le loup ne pourrait pas capter son odeur. De sa position, il avait une vue parfaite autant sur l'accès à l'appât que sur toute issue possible. Il n'y avait plus qu'à attendre.

Il s'était remis à neiger, mais pas suffisamment pour effacer totalement la piste de l'animal. L'après-midi, Simón avait posé plusieurs pièges en s'enfonçant loin dans la forêt. Aux abords d'une cuvette de la rivière, à couvert, il avait trouvé des traces fraîches sur la berge boueuse, comme il le pressentait : c'était bien un lieu de passage de l'animal, et l'endroit idéal pour mettre en place son dispositif.

Il ne ressentait ni froid ni fatigue après cette longue journée. Il finissait de boire du café chaud de sa thermos et avait grignoté un bout de pain avec du fromage. Il se sentait bien, hormis ses articulations douloureuses qui protestaient de cette trop longue immobilité forcée. La seule chose qui le préoccupait vraiment était le démon enragé qui grondait au fond de lui. Toute la journée, il avait senti sa soif, son impatience qui le dévorait de l'intérieur. Il essayait de la garder sous contrôle pour penser et agir avec clairvoyance, mais il n'y parvenait qu'à grand-peine.

Deux heures plus tard, le ciel s'éclaircit et la lune baigna la forêt d'une lueur bleutée. Simón sourit. Soudain, il perçut un léger mouvement entre les buissons de nerprun des Alpes, à droite de son piège. Ses mains se crispèrent sur la carabine. Le vent se leva et agita les branches des arbres, mais Simón savait que ce qu'il avait entendu n'était pas dû à la brise. Il attendit. Cinq minutes n'étaient pas passées quand lui parvint un frottement à peine audible dans les feuilles qui jonchaient le sol, sur sa gauche. Son excitation s'emballa, mais il réussit à la maîtriser. D'un mouvement léger, mille fois répété, il approcha son œil du viseur. Une ombre passa dans sa ligne de mire. L'animal bougeait au ralenti derrière les arbustes. Simón retint sa respiration et son doigt se crispa sur la gâchette. Après tant d'années, tant de cauchemars, tout allait se terminer ici. Il aurait sa vengeance.

Il sentit plus qu'il ne vit l'animal se décider. La faim avait primé sur la prudence. Il sortit de sa cachette en même temps que Simón collait sa joue contre la culasse, dans l'attente du recul. Encore un peu, un tout petit peu…

Enfin, l'animal pénétra dans la clairière. Simón retira son doigt de la gâchette et abaissa son arme, déçu : un renard de petite taille avait rejoint l'appât et, après quelques instants d'hésitation, plantait ses crocs dans les restes de mouton, arrachant un beau morceau de viande.

Simón se souvint que les loups n'allaient jamais droit sur l'appât : ils préféraient observer en lieu sûr comment d'autres animaux l'abordaient. Il regarda le renard mordiller la viande en surveillant ses arrières. Il serait vite rassasié. Simón se détendit un peu. Il fallait juste attendre, se répétait-il comme un mantra.

L'attente pouvait s'éterniser, mais il avait l'habitude. Il était déjà resté jusqu'à une semaine à l'affût d'une proie, lors d'une partie de chasse en Afrique, même si alors il était bien plus jeune. Il épaula de nouveau sa Winchester et pour la énième fois ajusta la lunette sans bruit. Puis il fouilla dans les poches de sa veste et en tira une barre de céréales.

Une heure plus tard, Simón se dressa, tout le corps en tension. Il était là. Il le savait, même s'il ne le voyait pas. Son instinct le lui disait, et il ne s'était jamais trompé. Le loup rôdait autour de l'appât.

Simón vit encore passer une demi-heure, dans une complète immobilité. Sa patience fut récompensée : une ombre de grande taille bougeait entre les broussailles. Cette fois, il n'y avait pas de doute. Il sentit l'adrénaline parcourir son corps tout entier. Il réprima l'envie de se lever pour crier : « Je suis là, la bête ! Je suis là et je vais te tuer ! » La joue contre la culasse, il ajusta la lunette et visa. Aveuglé par le flot d'adrénaline, il perçut trop tard un mouvement sur sa gauche. Il braqua sa carabine dans cette direction mais, après toutes ces heures d'immobilité, sa réaction fut trop lente : l'ombre s'abattit sur lui. Il bascula à la renverse, lâchant le fusil qui atterrit hors de sa portée. Il voulut dégainer son couteau mais le poids de son attaquant le paralysait. Les muscles de son visage se crispèrent, dans l'attente que les mâchoires du loup déchiquettent sa chair. Au lieu de quoi, à sa grande surprise, il sentit une piqûre dans son cou, puis, plus rien.

Simón fut réveillé par ses propres cris. La douleur était si forte qu'un instant il se crut en enfer. Il ouvrit les yeux et, incrédule, vit sa jambe gauche tordue en un angle improbable. Son pied était pris entre des mâchoires d'acier.

Il reconnut l'un de ses propres pièges. Les mâchoires avaient pénétré dans la chair, déchirant peau et muscles jusqu'à l'os. En se refermant, elles lui avaient brisé la cheville. L'herbe piétinée tout autour de lui était imbibée de sang.

Il eut un grand haut-le-cœur et sentit qu'il allait vomir. Son cœur battait comme s'il allait sortir de sa poitrine et il entendait son propre souffle haletant. Il fallait qu'il se calme. Il regarda autour de lui. Il se trouvait toujours dans la clairière. À côté de lui, il y avait sa carabine démontée et tout le contenu de sa musette, éparpillé.

Il chercha à se rappeler ce qu'il s'était passé, mais il n'arrivait pas à retrouver ses esprits. Quand il toucha son front, il eut un élancement de douleur. Ses doigts étaient pleins de son propre sang. Apparemment, il s'était aussi blessé à la tête en tombant. Comment s'était-il retrouvé pris dans ce piège ? Qui l'avait attaqué ? Si ç'avait été un loup, à cette heure, il serait déjà mort. Il ne savait pas combien de temps il était resté inconscient, mais il avait l'impression qu'il était encore dans sa cachette un instant plus tôt. Il ne se souvenait de rien d'autre. La furie remua à l'intérieur de lui.

Mais les élancements de douleur provenant de sa jambe lui rappelaient qu'il y avait plus urgent. Il tâtonna par terre jusqu'à ce que sa main trouve sous la neige la longue chaîne qui retenait le piège au tronc d'arbre derrière lui. Ces engins disposaient d'un mécanisme d'ouverture. En ahanant, il tourna sa jambe de profil pour s'apercevoir que la pièce permettant d'ouvrir le piège avait disparu. Il ne pouvait pas se libérer.

Il savait que s'il continuait à se vider de son sang de la sorte, il mourrait en quelques heures. Il arracha le mouchoir qu'il portait autour du cou et, dans un grognement, s'en enveloppa la cuisse, puis serra fort pour faire un garrot et stopper le flot de sang. Il soupesa ses chances de trouver du secours mais écarta l'idée tout de suite : il n'y avait personne à des kilomètres à la ronde. Il devrait se débrouiller seul, comme toujours. Regardant autour de lui, il trouva ce qu'il cherchait : une grosse branche tombée dans la neige à un mètre ou deux. Il prit deux grandes inspirations et essaya de l'attraper. Il dut renoncer dans un hurlement : le moindre mouvement éveillait une telle douleur qu'on aurait dit qu'on lui plongeait un fer chauffé à blanc dans la jambe. La branche aurait aussi bien pu être à mille kilomètres.

Il laissa la rage bouillonner en lui. Il la laissa se répandre et utilisa toute la haine qu'il avait accumulée comme combustible. Il laissa libre cours à la colère, à la frustration, à tout le ressentiment emmagasinés année après année. L'adrénaline lui insuffla une décharge d'énergie. Il serra les dents et se traîna lentement sur ses avant-bras en direction de la branche. Derrière lui, il laissait un sillage écarlate. La douleur était terrible, mais elle ne le freina pas.

Un coup sec de la chaîne lui indiqua qu'il n'irait pas plus loin. Il tendit le bras et, de l'extrémité de ses doigts, effleura le bord de la branche. Celle-ci glissa dans la neige et roula quelques centimètres plus à droite. Simón jura à pleins poumons. De nouveau, en appui sur les coudes, il tira. Il sentit la chair de sa cheville se déchirer et se mordit les lèvres jusqu'au sang. La branche se retrouvait à sa portée. Cette fois, pourtant, il fut plus prudent et l'attira lentement à lui jusqu'à pouvoir l'attraper.

Hors d'haleine, il se laissa aller au sol. Il était couvert de sueur et sa jambe le lançait mais il ne pouvait pas se permettre de trop se reposer : l'hémorragie était en train de l'épuiser. De sa main libre, il saisit les mâchoires du piège, y introduisit la branche qu'il bloqua au sol, prit une grande inspiration et tira. D'abord, il ne se passa rien, puis, lentement, le piège se mit à s'ouvrir en grinçant. Au moment où les mâchoires se décollèrent de sa chair dans un bruit de succion, il hurla de douleur, mais sans cesser de faire levier. Le rondin commençait à glisser entre ses mains couvertes de sang et de boue. Il y était presque. Yeux fermés, il mobilisa le peu de forces qui lui restait. Il se sentit perdre prise et hurla quand la branche lui roula d'entre les doigts ; la mâchoire d'acier se referma dans un grand claquement.

Simón éclata d'un rire dément : la branche gisait, coupée en deux près de sa jambe, une jambe enfin délivrée.

Il se traîna jusqu'à un arbre proche et, prenant appui contre lui, tenta de se mettre debout. La rage continuait à lui insuffler de l'énergie. Mettant tout son poids sur sa jambe indemne, dos au tronc, il réussit enfin à se lever. La douleur irradiait dans tout son corps. Il dut reprendre son souffle plusieurs fois. Sa vue se brouillait. Il ne savait pas s'il serait capable d'arriver jusque chez lui, mais il essaierait.

Le craquement d'une branche lui fit lever les yeux du côté des arbres. Quelque chose avait changé. Il mit un moment à se rendre compte que c'était le silence : le silence avait tout envahi. On n'entendait plus rien. Ni la rumeur de la rivière ni les animaux nocturnes. Même les branches des pins étaient immobiles, malgré le vent qui soufflait.

Il décela un mouvement fugace, près d'un tronc d'arbre au sol. Une ombre, presque impossible à distinguer dans cette obscurité, surgit des profondeurs des bois. Autour d'elle s'amassèrent d'autres ombres. Quelques secondes passèrent avant qu'un hurlement brise le silence. Un chœur de grognements répondit à l'appel.

Toute la meute était là.

III
Luxure

Ici le flanc du mont darde des flammes, et la corniche souffle vers le haut un vent qui les rebrousse et les écarte : aussi nous fallait-il, un à un, suivre le côté découvert ; et j'avais peur ici du feu, là de choir dans l'abîme.

23

Álex se redressa brusquement sur le canapé, haletante, le cœur battant. Elle regarda l'heure sur son portable : trois heures vingt. Elle avait réussi à dormir un peu plus de deux heures.

Délaissant la chaleur des couvertures, elle s'aperçut que le chalet était glacé. Elle passa son anorak par-dessus le tee-shirt dans lequel elle dormait. Le feu de cheminée s'était éteint et il n'y avait plus de bois dans le panier en osier.

Machinalement, elle attrapa son arme sur la table basse. Tout était silencieux dans la maison mais quelque chose ne tournait pas rond.

Elle avança dans le séjour. Son souffle, en sortant de sa bouche, produisait une buée qui semblait se solidifier dans l'air. Elle tendit l'oreille : elle avait entendu comme un choc. Quelques secondes plus tard, le bruit se répéta. Elle décida de ne pas allumer pour mieux surprendre l'intrus.

L'air l'ébouriffa. La porte d'entrée, ouverte, battait dans le vent et cognait contre le mur. Des flocons de neige entraient dans la pièce et flottaient dans l'air avant de fondre sur le parquet.

Álex arma son pistolet. Elle était sûre d'avoir fermé la porte à clé et d'avoir passé la chaîne.

Après avoir vérifié qu'il n'y avait personne dans le séjour

et le coin cuisine, elle se chaussa et sortit sous le porche. Le froid la fit frissonner mais elle constata qu'il n'y avait aucune trace dans la neige fraîchement tombée. La forêt, collée à la maison, restait dans l'ombre de la montagne et frémissait à chaque rafale de vent.

Elle referma la porte derrière elle et se dirigea vers la partie arrière du chalet. Elle devait rapporter du bois si elle ne voulait pas mourir gelée. Tandis qu'elle avançait collée au mur de rondins extérieur, elle n'arrivait pas à se défaire de cette sensation d'être observée. À mi-chemin, elle s'arrêta pour scruter les ombres autour d'elle, mais il n'y avait pas un mouvement. Sa main serra plus fort la crosse de son arme.

Elle fit glisser le loquet de la remise où était rangé le bois. Il en restait à peine une brassée. Elle avait oublié d'en racheter au village en sortant du commissariat. Cette nuit, elle allait encore avoir froid. Son père n'aurait jamais commis cette erreur. Quelle montagnarde elle faisait ! Elle prit les quelques bûches et fagots, auxquels elle ajouta des débris de feuilles mortes et de branchages trouvés par terre.

En retournant vers la maison, cette désagréable impression que quelqu'un surveillait ses pas persista. Arrivée au porche, elle se dépêcha d'entrer. Le froid avait engourdi ses mains et ses jambes. Au moment de refermer la porte, elle crut voir un mouvement entre les arbres. Elle laissa tomber son bois au sol et, arme au poing, se retourna.

La lueur de la lune glissait sur le pelage de l'animal tandis qu'il trottait sans crainte sur le terrain à découvert devant le chalet. La brume s'ouvrait à chacun de ses pas. Avançant en silence, avec légèreté, il semblait à peine toucher la neige. Finalement, il s'arrêta à quelques mètres des marches du porche et s'assit. Il ne montrait aucun signe de peur ou d'agressivité ; il la regardait, simplement.

Álex abaissa son arme et fit un pas. Le loup n'eut pas un frémissement.

« Qu'est-ce que tu me veux ? »

Au son de sa voix, l'animal dressa les oreilles mais sans émettre le moindre bruit ni faire aucun mouvement. Álex eut un frisson. Pourtant, elle posa un pied sur la première marche du porche qui grinça sous son poids. Elle admira la sauvage pureté qui irradiait de l'animal : ses muscles puissants, son souffle qui faisait frémir son poil et la buée qui surgissait de sa gueule entrouverte, où affleurait la langue entre les canines. Son père lui avait raconté un jour que les crocs des loups étaient comme des ciseaux et des couteaux. La machine la plus parfaite pour déchiqueter la viande.

Álex fit encore un pas et s'accroupit lentement devant lui jusqu'à se retrouver agenouillée dans la neige. Ils étaient à peine à un mètre de distance l'un de l'autre. Si elle avait tendu le bras, elle aurait pu le toucher. Elle sentait sa forte odeur de charogne. Elle resta là, immobile, fascinée par le regard fixe de l'animal, dont les yeux jaunes ne la quittaient pas.

Elle essayait de déterminer si cette bête était réelle ou si c'était elle qui avait définitivement perdu la raison quand, soudain, le loup se leva ; après avoir regardé du côté de la vallée, il lui tourna le dos et s'enfonça de nouveau à pas furtifs dans la forêt. Un lambeau de brume le cacha un instant ; quand il se fut dissipé, l'animal avait disparu.

« Qu'est-ce que tu me veux ? » répéta Álex.

Sa question résonna dans le vide.

Elle resta là un long moment, indifférente à la neige qui commençait à tremper ses vêtements. Le silence autour d'elle était absolu.

24

Le lendemain matin, au commissariat, Álex soufflait sur son café avant d'en avaler une gorgée. Le mug qu'on lui avait donné était décoré de deux mains sanguinolentes. Quelqu'un avait dû trouver ça drôle. Elle détestait le déca, surtout vu la fatigue qu'elle traînait, mais si elle avait bu la moindre boisson un tant soit peu stimulante, elle aurait sûrement eu une attaque. Elle ne prenait plus aucun excitant depuis des mois ; ce n'était pas compatible avec les cachets. Mais elle ne s'était pas privée d'ajouter trois cuillerées de sucre, qui masquaient à peine un sale goût de brûlé.

À la porte apparut un Cassel souriant. Il traversa la pièce et, d'un geste plein d'aisance, tira une chaise libre sur laquelle il s'assit. Il se tourna vers une Vila et un Alain abasourdis.

« *Bonjour**. »

Álex soupira et le désigna de sa tasse.

« Je vous présente le lieutenant Jean Cassel, de la police française. À partir d'aujourd'hui, il travaille officiellement avec nous sur cette affaire.

– C'est quoi, cette odeur ? » fit Cassel, en fronçant le nez.

Vila sourit en lui serrant la main.

« Les canalisations des toilettes passent par ici. » Elle fit un geste en direction des tuyaux qui traversaient le plafond. « C'est pour ça que cette pièce servait aux archives. »

Alain salua le nouveau venu d'un signe de tête.

Tout le monde s'assit autour de la table.

« Ces derniers temps, commença Vila, la station de ski a subi divers sabotages. Les dégâts n'ont pas été trop graves mais ont obligé Aiffege, l'entreprise de Latour, à multiplier les tours de garde des équipes de maintenance. Depuis le début du mois, une brigade visite les installations deux fois par semaine.

– On connaît le ou les responsables des sabotages ? demanda Álex.

– Il y a une équipe dessus depuis trois semaines. Je leur ai parlé. Ils n'ont rien de concluant mais selon eux, Aiffege pense que les saboteurs disposent d'informations très précises. Apparemment, Latour avait pour mission d'essayer de découvrir la source de ces fuites. »

Álex et Cassel se redressèrent sur leur siège en même temps.

« Peut-être qu'il a pris les auteurs des sabotages sur le fait et que les choses ont mal tourné, suggéra Alain.

– Je n'y crois pas, réfuta Cassel, devançant Álex. Ils le droguent, lui cousent les paupières, le marquent au front pour finir par le noyer dans une piscine d'eau glacée ? Trop élaboré pour un homicide découlant d'une rencontre fortuite.

– Vous avez raison, c'était prémédité, l'appuya Álex. Quelqu'un avait planifié d'assassiner Latour de cette façon et ce quelqu'un voulait qu'on le retrouve.

– Voici peut-être quelque chose d'intéressant, signala Vila, qui avait du mal à cacher son excitation. J'ai vérifié les comptes bancaires de Latour. Il y a deux semaines, sa maison familiale a été saisie et malgré ça, il lui restait encore un découvert de plus de cinquante mille euros. »

Cassel siffla.

« Il est possible qu'il ait lui-même monnayé les informations pour les sabotages, suggéra le Français.

– J'y avais pensé aussi », fit Vila, qui exultait.

La sensation qu'ils tenaient quelque chose s'installa autour de la table.

« Tout indique que Latour avait rendez-vous avec quelqu'un, là-haut.

– Peut-être qu'il devait rencontrer son contact et qu'il voulait lui soutirer plus d'argent.

– C'est un fil qui vaut la peine d'être suivi, réfléchit Álex. Vila, je veux que tu vérifies si on a retrouvé cette année une autre victime dans des conditions similaires, aussi bien de ce côté-ci de la frontière qu'en France. »

La jeune femme opina du chef, tout en rassemblant ses papiers, éparpillés sur la table.

« Bien, autre chose ? »

Alain leva la main.

« Inutile de lever le doigt pour parler, on n'est pas à l'école », soupira Álex, tandis que Cassel dissimulait un sourire.

Le jeune homme se trémoussa, mal à l'aise, quand tous les regards convergèrent sur lui.

« Désolé. »

Il fouilla dans les papiers devant lui.

« J'ai passé une journée entière sur l'ordinateur de Latour, commença-t-il. Je n'ai rien trouvé, si ce n'est qu'il portait manifestement un vif intérêt à l'histoire de la famille Dalmau et de cette ancienne Colonie. Un intérêt presque maladif, je dirais. Il avait accumulé plus d'une centaine de dossiers avec une documentation variée. J'ai pu en tirer l'essentiel.

– De mon côté, intervint Vila, j'ai pu corroborer quelques-uns de ces éléments avec un jeune avocat qui travaillait jusqu'à l'année dernière dans un cabinet à Lleida chargé des affaires des Dalmau et qui garde un certain ressentiment à l'égard de ses anciens employeurs. Il nous a confirmé lui-même que Latour avait rendu visite à cinq reprises à Mme Dalmau le mois dernier.

– On vous écoute, les encouragea Álex, surprise de leur initiative à tous deux.

– Bien, dit Alain, reprenant son explication, tout d'abord, le travail effectué par Latour est remarquable. Ces informations sur les Dalmau sont très compliquées à obtenir. Ils ont toujours été d'une discrétion extrême. »

À mesure qu'il se mettait à égrener ces éléments, Álex remarqua qu'Alain se transformait, se montrant plus confiant et sûr de lui.

« August Dalmau était le troisième de quatre enfants. Lorsque son père meurt d'un infarctus, son frère Joan Manel, aîné de la fratrie, hérite du patrimoine familial.

» August Dalmau le vit comme la plus grande injustice au monde. Son frère Joan Manel n'avait jamais manifesté aucune des aptitudes pour les affaires qui avaient fait la réputation de son père et l'avaient conduit à faire fortune. Le seul trait de caractère où l'héritage paternel était évident chez lui, c'était son côté bon vivant. Nul pour les comptes, peu doué pour les relations commerciales avec les clients et les fournisseurs, il n'avait ni l'ambition ni la capacité de prendre les commandes de l'entreprise familiale. Quand Joan Manel Dalmau découvre l'habileté dont fait preuve son cadet pour conclure des contrats juteux et tenir les cordons de la bourse de l'entreprise familiale, une fonderie, il lui promet de ne pas le laisser de côté et lui réserve un humble poste comme comptable. En seulement un an, malgré tous les efforts d'August, son frère réussit à ruiner l'entreprise. Tout ce pour quoi s'étaient battues trois générations de Dalmau s'est volatilisé en un soupir. Joan Manel Dalmau finit par se tirer une balle dans le jardin de sa maison au moment où les créanciers frappaient à sa porte.

» C'est ainsi qu'August Dalmau, à vingt et un ans à peine, se retrouve à devoir partir en quête de sa propre fortune. Son rêve est de construire une colonie industrielle à l'image de celles qui peuplent les bassins du Llobregat et du Ter. Mais depuis longtemps tous les emplacements les plus prisés sont occupés, sans compter que lui ne dispose pas d'un grand capital. Alors il fait quelque chose de complètement inattendu : il acquiert au début des années 1940 des terres dans le Vall Tova. Le petit village de Meranges est l'agglomération la plus proche. Tout le monde considère que Dalmau est devenu fou et qu'il va se ruiner. Aucun individu sain d'esprit n'aurait songé à installer une colonie industrielle dans un endroit aussi inaccessible que cette vallée. Pourtant, il persiste dans ses plans. Pendant que la Colonie se construit, il se marie et fait édifier la demeure familiale. Le maigre flux de la Durán, insuffisant pour fournir en énergie la Colonie, l'oblige à se lancer dans une nouvelle prouesse : construire le barrage de montagne le plus haut de tout le pays. Tout cela, il l'a réalisé en deux ans. Malgré tous ces efforts, il semble qu'au début les choses ne se soient pas bien passées du tout. Il était difficile de trouver de la main-d'œuvre et la rivalité avec les autres colonies, mieux situées et ravitaillées, était très rude. En définitive, tout le monde attendait qu'il échoue. C'est alors qu'en 1944 Dalmau fait un choix inattendu : il disparaît. Lui et son projet d'usine. Pendant des années, on n'entend plus parler de lui ni de sa colonie. Tout ce qui avait trait à la Colonie est resté dès lors dans le plus grand des secrets, comme si elle n'avait jamais existé. Nul ne sait comment il a développé son activité à partir de là. Le cabinet d'avocats n'a aucune trace ; ses fonctions se limitaient à préparer et à transmettre les actes que la famille Dalmau sollicitait. Incidemment, au début des années 1970, ils recommencent à faire parler d'eux : un incendie détruit les logements des ouvriers, entraînant la mort de la plupart d'entre eux et la fin de la Colonie. Grâce à leurs relations, ils parviennent à étouffer ce désastre, bien que les causes du sinistre ne soient pas bien claires. Ensuite, la Colonie tombe définitivement dans l'oubli. Jusqu'à aujourd'hui. Il y a quelques mois, le vieux Dalmau est mort, et c'est sa fille Béatrice, encore plus discrète que son père, qui a repris ses affaires. Mais la construction de Vall de Beau les a remis sur le devant de la scène.

– Béatrice ? C'est un nom français, fit remarquer Cassel avec curiosité.

– En effet. Sa mère est française. De Paris.

– La mère est toujours en vie ? » s'enquit Álex.

Alain leva les yeux de ses notes avec une moue dubitative.

« Je crois qu'elle est morte avant son mari. Je vérifierai.

– Parfait. Mais on ne sait toujours pas pourquoi Latour s'intéressait de si près aux Dalmau. Peut-être que tout cela a un lien avec sa mort, ou peut-être pas.

– On devrait aller voir Mme Dalmau », suggéra Cassel.

Álex hocha la tête en silence ; elle repensait à la photo qu'elle avait trouvée dans la cellule de Latour. Elle sentait que l'ingénieur était homme à faire les choses dans une intention précise. Latour était décidément un personnage aux multiples secrets. S'ils parvenaient à les percer, ils découvriraient le mobile de son meurtre.

25

Le cahier relié de cuir grenat était posé sur la table entre coupures de presse et photographies. La lampe articulée éclairait la couche de poussière qui le recouvrait.

La silhouette marmonnait en faisant les cent pas entre les ombres du sous-sol. Les papillons, qui semblaient percevoir sa nervosité, prenaient leur envol dès qu'ils sentaient sa présence près de la cage grillagée, et des battements d'ailes continus emplissaient l'air.

Il savait que cette découverte était fondamentale. Pendant des années, il s'était posé les mêmes questions, encore et encore. Il avait consacré un nombre d'heures incommensurable à enquêter sans résultat, et même, par moments, il avait songé à abandonner. Mais cette fois, il était plus près que jamais. Peut-être parmi toutes ces pages manuscrites allait-il trouver les réponses dont il avait tant besoin ?

Quand Latour avait appris l'existence du journal, il en avait tout de suite mesuré l'importance, mais il n'avait pas été assez futé pour comprendre qu'essayer de négocier au moyen de ce cahier le conduirait à la mort.

À présent, son heure était venue. Celle qu'il attendait depuis si longtemps. Voilà peut-être pourquoi il hésitait. Et si, dans ces pages, il n'y avait pas les réponses qu'il cherchait ? Et si tout ce qu'il faisait ne servait à rien ?

Il n'y avait qu'une seule façon de le savoir.

Il s'assit, ouvrit le cahier dans un froissement de papier et effleura de ses doigts la calligraphie soignée. Il déglutit en prenant conscience que, plus de quarante ans après, tous les secrets du passé étaient sur le point de jaillir au grand jour.

Il se plongea dans sa lecture.

26
Journal de Raquel

J'écris pour voler mes souvenirs au temps qui me reste et les garder vivants. J'écris aussi pour te retenir dans ma mémoire. J'écris pour que tu saches. Beaucoup de temps a passé, presque vingt ans, depuis que tout a commencé, mais pour moi, c'est comme si c'était hier.

Je me souviens de la chambre de cette maison étrangère où j'avais atterri comme si j'y étais encore. Dans mon dos éclatent des rires, que des voix adultes font taire immédiatement, sans que je réagisse. Je reste assise sur le lit qu'on m'a attribué, le visage tourné contre le mur. Depuis qu'on m'a laissée là, je n'ai pas bougé. Si on me posait la question, je ne pourrais même pas décrire la couleur des murs de la pièce. La seule chose que je fais, c'est de serrer de toutes mes forces ma poupée, à laquelle il manque un bras.

C'étaient mes parents qui me l'avaient offerte, pour mes cinq ans. Depuis longtemps, elle s'était retrouvée reléguée sur l'étagère au-dessus de mon lit. Mais là, après la fuite, elle était devenue mon bien le plus précieux. Le seul que je conservais de ma vie à Paris avec les miens.

Les autres enfants murmurent entre eux, assis sur leurs grabats en fer. Je peux percevoir leur excitation devant ce qui nous attend, chacun de leurs mouvements nerveux qui fait grincer leurs sommiers.

Par la porte entrebâillée, j'entends les adultes parler à mi-voix dans la pièce d'à côté. Ils sont tous rassemblés autour d'une table : les deux hommes et les trois femmes, y compris grand-mère Dalit avec ses presque quatre-vingts ans. Des verres de vin et un peu de fromage sont servis, mais personne n'y a touché. Ils discutent avec un petit homme râblé qui s'est présenté sous le nom de Franck Millet. Il a refusé de s'asseoir et il est resté debout, dans l'ombre, appuyé sur son robuste bâton de pèlerin. Son visage me fait peur. Buriné par les rigueurs du climat, il hoche gravement la tête de temps à autre. Quand c'est vraiment nécessaire, il murmure un mot dans cette langue incompréhensible. Il est clair qu'il préfère parler le moins possible. Sur la table, il y a une liasse de billets, serrés par une ficelle.

Après ces trois jours que nous avions passés enfermés là, nous vivions chaque seconde dans la terreur qu'on nous découvre. Le couple qui nous avait accueillis sous son toit avait été très aimable. À notre arrivée, nous étions épuisés et reconnaissants du repos et du repas chaud offerts, mais je commençais à me sentir comme dans une prison et à retrouver la mémoire, par bribes de plus en plus fréquentes.

Peut-être serait-il préférable de commencer depuis le début, quand je vivais encore chez moi, dans ma famille.

Notre maison n'était ni la plus belle ni la plus miteuse du quartier ; en tout cas, mon père, Jácome Lebovici, boulanger de profession, pouvait se permettre de nous offrir à mes trois frères et à moi une bonne assiette de nourriture chaque jour et une éducation.

Je savais que c'était la guerre, car à Paris on ne parlait plus que de ça depuis plusieurs mois. Jamais je n'avais vu mes parents aussi inquiets que pendant ces premiers mois de 1940. Le soir, ils retrouvaient les autres voisins chez les Baur pour écouter la seule radio de tout l'immeuble de quatre étages où nous vivions. Je ne comprenais pas tout des mots qui sortaient, entrecoupés, de cet appareil, mais à voir les expressions des adultes, je savais qu'il valait mieux ne pas me faire remarquer.

Le temps passait et les nouvelles étaient toujours plus mauvaises, d'après ce que je déduisais des réactions des adultes. À cette époque, chaque nuit, j'entendais de mon lit Yosef, mon frère aîné, se disputer avec mon père ; pour finir, un jour, il est monté avec d'autres jeunes dans un camion et il est parti à la guerre, ce qui m'a rendue très triste. Après ça, ma mère ne riait plus comme avant et mon père parlait encore moins.

Quelques jours après le départ de Yosef, il y a eu un vacarme terrible. Quand je suis sortie de l'école, j'ai vu trois avions énormes passer juste au-dessus des maisons en frôlant les toits. C'était très impressionnant. Ma mère m'attendait dans la rue, elle m'a appelée d'une voix que je ne lui avais encore jamais entendue, et, quand je l'ai rejointe, elle m'a serrée dans ses bras si fort qu'elle m'a fait mal. Une grande agitation s'est emparée du quartier et cette nuit-là, les voix des voisins, muets d'habitude, laissaient à peine entendre celle du locuteur, à la radio. Au matin, plusieurs familles ont pris avec elles tout ce qu'elles pouvaient et elles sont parties.

Une semaine est passée sans incidents, et, sans autres nouvelles ou événements, la vie a semblé reprendre son cours normal dans le quartier. Même ma mère s'est remise à sourire un peu. C'est alors qu'ils sont arrivés.

Ma mère m'avait envoyée chercher des herbes médicinales à l'épicerie. Grand-père était malade des poumons et comme il lui fallait son infusion, le soir, j'étais sortie dans la rue avec le sac en cuir.

J'aimais beaucoup arpenter mon quartier, assister au déchargement des marchandises devant les commerces, mais aussi sentir les arômes de poivre et de clou de girofle du salon de thé et les odeurs de cuisine qui sortaient des maisons, entendre les voix animées des gens, la musique. Mais ce que je préférais dans mes escapades, c'était que, pendant un moment, j'échappais aux piques de mes frères et aux ordres de ma mère.

De retour, je me suis arrêtée à l'angle de chez moi. La rue, d'habitude bondée à cette heure, était déserte. Les boutiques avaient leurs rideaux baissés, et celles qui étaient encore ouvertes se dépêchaient de fermer à toute vitesse. J'ai vu une femme qui tirait son enfant par la main pour courir sous une porte cochère. Quand elle m'a aperçue, elle m'a fait signe de la suivre, mais j'ai secoué la tête. Alors la terre s'est mise à trembler et un vacarme de moteurs et de rouages métalliques a empli la rue. Je ne savais pas ce que c'était, mais ça venait vers moi. J'allais prendre la fuite, quand je les ai vus.

Ils sont apparus au coin de l'immeuble d'en face. Les visages, sous leurs casques, m'ont paru ciselés dans le marbre, comme ces statues que j'avais vues, un jour que nous étions allés au Louvre. Ils regardaient tout autour d'eux avec arrogance et excitation. Je l'ignorais encore, mais ces regards étaient ceux de fanatiques. Je savais que je devais fuir, mais je n'arrivais pas à bouger.

Un soldat a remarqué ma présence et il a d'abord braqué son fusil sur moi, puis il a eu l'air de se rendre compte que je n'étais qu'une petite fille, a baissé son arme et a souri en me montrant des dents bien blanches.

« Tu es toute seule, *Mädchen* ? » il a demandé, en regardant à droite et à gauche.

Sa voix tendue m'a déplu. Je me suis dit que j'avais vu des animaux aux yeux moins affamés. J'ai fait un pas en arrière, mais l'homme a été plus rapide et m'a attrapée par le bras. J'allais crier.

« Du calme. »

Derrière lui ont surgi trois autres hommes, à peine plus vieux que mon frère Adael. Ils portaient le même uniforme gris ; eux aussi tenaient nerveusement leurs armes en jetant des regards autour d'eux.

« Qu'est-ce que tu as trouvé ?

– Une fée des bois.

– Elle sent les *klops* encore tout chauds. »

Je n'ai pas réfléchi à deux fois parce que sinon je n'aurais pas osé : de toute la force qui était la mienne, j'ai planté mes dents dans la main qui me tenait. Le soldat a hurlé. Je me suis dégagée et avant qu'il ait pu faire un geste, j'ai pris mes jambes à mon cou.

Mes pieds touchaient à peine le sol. Dans mon dos, il y a eu un bruit métallique, et une seconde plus tard une détonation. L'air s'est déplacé près de mes mollets et quelques éclats ont sauté du sol. J'ai senti une légère brûlure à la cheville mais je ne me suis pas arrêtée. Quand le tir suivant est arrivé, j'avais déjà disparu dans la ruelle.

Après plusieurs minutes, j'ai fait une pause, hors d'haleine. J'ai tendu l'oreille mais apparemment personne n'était à mes trousses. J'ai essayé de me calmer : je haletais et mon cœur battait dans mes oreilles. Je connaissais le quartier mieux que personne et si je le voulais, ils ne me retrouveraient pas. Cette idée m'a un peu rassérénée, et puis j'ai réalisé qu'il fallait que je prévienne mes parents de la présence de ces hommes.

C'est au moment où j'ai vu les premiers immeubles de ma rue que j'ai entendu les cris.

Je me suis cachée derrière une voiture dont les vitres avaient volé en éclats et de là, j'ai pu voir un groupe de gens rassemblés devant l'entrée de mon immeuble. J'ai reconnu tous mes voisins : M. Abraham et sa femme, les Baur, les Neufeld avec leurs nouveau-nés, des jumeaux qui n'arrêtaient pas de pleurer. J'ai vu aussi mes parents, qui se serraient l'un contre l'autre. Mes deux frères étaient à côté d'eux, livides de colère pendant qu'ils enveloppaient grand-père dans une couverture. Lui, il était pieds nus, l'air désorienté. Autour d'eux, un groupe de soldats les houspillaient et les poussaient avec leurs armes. D'autres fouillaient les maisons. Les objets volaient par les fenêtres pour aller s'écraser sur les pavés, dans la rue.

Soudain, mes yeux ont rencontré le regard de mon père. Il m'avait aperçue. Mon cœur s'est serré dans ma poitrine quand j'ai vu le côté droit de son visage, ensanglanté. J'ai commencé à me redresser, prête à courir vers lui, mais il a fait un petit « non » de la tête. Obéissante, je me suis de nouveau accroupie et je n'ai plus bougé.

Un camion est apparu au bout de la rue. Une demi-douzaine de soldats supplémentaires en sont descendus, tous dans les mêmes uniformes gris et bottes montantes. Ils se sont rangés comme le leur commandait un homme à casquette qui paraissait être le chef. Trois d'entre eux ont installé une mitraillette qu'ils ont braquée sur le groupe de voisins et se sont postés derrière. J'ai vu mon père lever la main pour protester juste avant que n'éclate une rafale de détonations assourdissantes. Par réflexe, j'ai fermé les yeux et je me suis bouché les oreilles. Les immeubles ont répercuté l'écho des tirs. Quand j'ai rouvert les yeux, j'ai vu qu'il ne restait personne debout. Le monsieur à casquette marchait précautionneusement entre les corps ; de temps à autre, il en visait un avec son pistolet et tirait. Sous l'impact, les jambes de celui qui gisait au sol étaient secouées comme celles d'un pantin de chiffon.

Ensuite, les soldats ont mis le feu à trois magasins, parmi lesquels notre boulangerie, puis, après quelques cris du monsieur à casquette, ils sont remontés dans le camion et sont partis.

Le soleil s'est caché et une pluie fine s'est mise à tomber. Les flammes montaient au-dessus des murs dans un éclat orangé. Les autres voisins sont sortis peu à peu, hébétés, ratatinés de terreur. On aurait dit des spectres. Certains se sont penchés sur ceux qui étaient à terre. Le kiosque du coin de la rue s'est effondré dans un nuage de poussière.

Moi, j'étais roulée en boule. Je n'entendais rien d'autre

que le crépitement du feu en train de consumer la rue. Je n'osais pas bouger et encore moins m'approcher, parce que je savais que si je le faisais, je verrais toute ma famille morte.

Et puis finalement, j'ai bougé.

Ils gisaient les uns sur les autres dans un amas de bras et de jambes. Le sang faisait des flaques et les mouches voletaient sur les corps comme sur de la charogne. J'ai retrouvé mon frère Adael. Son gilet, dont il était si fier, était déchiré là où les balles étaient entrées. Ses yeux clairs, des yeux qui regardaient toujours tout avec amusement, étaient grands ouverts, l'air étonné. À côté de lui, il y avait mon autre frère, Isaac, pelotonné comme s'il était en train de dormir contre grand-père, dont le regard déconcerté était devenu vide. Mes parents n'étaient pas loin, toujours enlacés. Mon père, mon *aba*, cet homme aux mains perpétuellement blanches de farine, qui me prenait entre ses bras forts comme s'il craignait de me briser, ne me serrerait jamais plus. Et ma mère… Je lui parlais encore un instant plus tôt… Le haut-le-cœur est venu, incontrôlable. Appuyée contre un mur, j'ai vidé le contenu de mon estomac.

Je n'ai aucun souvenir des heures qui ont suivi. Je me suis approchée de mon immeuble, désormais réduit à une carcasse aux murs démolis, à des poutres et des meubles carbonisés. Les autres habitants du quartier avaient réussi à éteindre le feu et à éviter qu'il ne se propage au reste de la rue. À mes pieds, j'ai trouvé ma vieille poupée à moitié brûlée. Une femme s'est approchée et m'a dit quelque chose que je n'ai pas entendu. Un vieil homme qui m'appelait par mon prénom mais que je n'ai pas reconnu m'a tendu la main, mais je me suis échappée et je me suis mise à courir, sans penser où j'allais ; je voulais juste m'éloigner de cet endroit.

On m'a retrouvée le lendemain matin, au milieu de vieux cartons, sale et transie, agrippée à ma poupée. Je respirais à peine. Je voulais mourir ; j'espérais retrouver mes parents et mes frères. On m'a traitée gentiment mais je n'ai plus prononcé un mot. Je les avais tous oubliés.

Certains voisins ont eu pitié de moi et m'ont conduite à une famille qui partait et qui a accepté de m'emmener. Plus tard, ils m'ont abandonnée. J'ai été recueillie par une organisation qui venait en aide aux enfants juifs. Plusieurs années ont passé, durant lesquelles je n'ai rien fait d'autre que fuir d'un endroit à un autre jusqu'à ce que j'atterrisse dans ce village au pied des Pyrénées. Le mois de janvier 1944 touchait à sa fin.

Mes souvenirs volent de nouveau jusqu'à cette maison de ce village de montagne. Là, ils étaient aimables avec moi, mais ça ne me faisait ni chaud ni froid. Je ne disais toujours pas un mot. Je ne voulais parler à personne.

Une balle faite de chiffons noués est tombée sur le lit. Quelqu'un a crié quelque chose mais je n'y ai pas prêté attention. Le garçon s'est approché pour ramasser la balle. Il avait des yeux couleur noisette et un sourire gentil.

« Tu viens pas jouer ? »

J'ai sursauté, mais je n'ai rien répondu. Le garçon ressemblait à mon frère Adael. Derrière lui, un autre enfant a murmuré :

« Laisse, elle est folle. »

Le garçon m'a regardée avec plus d'intérêt encore. Avant de s'en aller, il s'est penché vers moi et m'a soufflé :

« Je m'appelle Ezra. Ezra Levine. »

Je n'ai rien dit mais je l'ai suivi des yeux tandis qu'il rejoignait les autres. Puis mon regard s'est détourné pour s'arrêter sur la fenêtre de la pièce. Derrière les rideaux, j'ai entrevu les immenses ombres qui planaient au-dessus de nous. Les montagnes nous attendaient avec la patience d'un golem aux innombrables têtes.

27

Miguel fermait la marche. Devant lui, Julia avançait sur le chemin sans cesser de rire. Il adorait son rire. Il ne l'avait dit à personne mais un soir, au dîner, six mois plus tôt, il l'avait enregistrée pendant qu'elle riait et la nuit, quand il n'arrivait pas à chasser les gros nuages dans sa tête, il se repassait la bande, encore et encore.

Lui, il n'était pas comme les autres. Le médecin de la Sécurité sociale lui avait conseillé d'aller voir un psychologue, mais il n'était pas dingue. Ça non, alors. Il avait ses moments, voilà tout. De temps en temps, des idées noires l'envahissaient, mais c'était toujours passager. Ses amis n'en savaient rien, ils le voyaient juste comme le bizarroïde de la bande. Personne ne le prenait au sérieux. Mais cette fois, il allait leur montrer de quoi il était capable.

Le reste du groupe, Oriol, Mercè et Martí, marchait quelques mètres devant. Ils faisaient un sacré raffut. Oriol était dans son monde, dissertant à haute voix sur allez savoir quel sujet très profond, comme il aimait le faire, persuadé qu'on l'écoutait, tandis que Mercè, qui était sa petite amie depuis qu'ils étaient gosses, levait les yeux au ciel en soupirant bruyamment. Martí, c'était un poème à lui tout seul : il chantonnait, sortait du sentier pour gambader entre les arbres. Tout en bras et en jambes, il était capable de se faire trébucher lui-même. Miguel savait qu'il finirait avec de la neige jusqu'aux genoux, ce qui les obligerait à rentrer : il devait faire vite.

Il avait tout planifié dans les moindres détails. L'idée de faire cette randonnée après avoir déjeuné tous ensemble dans une ferme était la sienne. C'était un parcours très peu emprunté, à peine signalisé, et il fallait environ trois heures pour le boucler, mais lui n'aurait pas besoin de tout ce temps. Il connaissait bien le chemin pour l'avoir fait avec un oncle chasseur. C'était lui, d'ailleurs, qui lui avait offert ce si beau coutelas de montagne à dépecer. Il adorait ce couteau.

Il continua à marcher en silence en finissant de repasser son plan. Sous ses chaussures, la neige crissait comme du verre pilé. Il avait neigé la nuit précédente, mais on pouvait avancer relativement facilement. Les arbres avaient des airs de sculptures de glace d'où tombaient, de temps à autre, des paquets de neige, en un léger glissement. Autour d'eux, la forêt semblait auréolée d'un halo magique. Il l'avait rarement vue aussi belle. Le chemin s'enfonça dans une zone touffue où parvenait la rumeur de la rivière, mais Miguel s'en rendit à peine compte. À cause du stress ou parce qu'il avait trop mangé au restaurant – ou bien les deux –, il avait des aigreurs d'estomac ; l'acidité remontait dans sa gorge comme la lave d'un volcan. Il toucha son front. Peut-être même qu'il avait de la fièvre. Il ne se sentait pas bien mais ce n'était pas le moment de reculer. Il consulta sa montre : ils étaient partis depuis une heure. Il appela Julia sous prétexte de lui montrer des empreintes qu'il venait de découvrir ; on aurait dit celles d'un gros animal. En fait, il s'en fichait, ce qu'il voulait, c'était que les autres s'éloignent un peu plus. Ici, c'était un bon endroit : près de la rivière, entre les arbres. Il n'y aurait personne pour les voir. Et quand les autres s'en rendraient compte, ce serait trop tard.

Juste à cet instant, Julia le rejoignit. Le moment était venu.

« Qu'est-ce que tu as de si intéressant à me montrer ? »

Quand Miguel la prit par la main, elle s'étonna :

« Qu'est-ce que tu fais ?

– Viens. Je veux te dire quelque chose. »

Miguel l'emmena jusqu'à la berge. Il s'aperçut qu'il transpirait malgré le froid. Jamais il n'avait rien fait de tel de sa vie. Tout allait changer à partir de cet instant. Il allait franchir une limite, et il ne savait pas si un retour en arrière serait possible.

Il se plaça en face d'elle. Elle était si jolie avec ses cheveux attachés en queue-de-cheval, à le regarder de ses grands yeux attentifs. Elle était tout le contraire de lui. Pleine d'enthousiasme et d'envie de vivre. Il ravala sa salive et fit son possible pour que ses brûlures d'estomac ne se lisent pas sur son visage. Julia eut un sourire hésitant.

« Tu commences à me faire peur, Miguel. »

Miguel prit son inspiration et ramena sa main qu'il tenait dans son dos en même temps qu'il mettait un genou à terre.

Julia hurla.

Miguel leva les yeux, sidéré. Il voulut l'attraper par les bras mais elle se dégagea et recula, les pupilles dilatées d'horreur. Miguel trébucha et son genou heurta une pierre. La douleur l'aveugla. Il réussit juste à éviter de laisser échapper l'écrin avec la bague qu'il avait achetée dans la meilleure bijouterie de la ville.

Alors il réalisa que les yeux exorbités de Julia étaient rivés sur un point fixe, au-dessus de lui. Quand il se retourna, d'abord, il ne comprit pas ce qu'il voyait. Puis il crut deviner les contours d'un visage. Un unique œil, un œil sans vie, le fixait, au milieu d'une masse de chair sanguinolente. Ce qui restait du corps pendait entre les branches d'un saule pourpre qui ployait au-dessus de l'eau. Tout autour, la neige était teintée de rouge, comme sous les coups de pinceau d'un peintre pris de folie. L'odeur était si forte qu'on avait du mal à respirer. Le seul bruit était le bourdonnement d'une nuée de mouches, irritées d'avoir été dérangées.

28

« Cette Mme Dalmau n'est vraiment pas ordinaire », releva Cassel, alors qu'il parcourait les pages d'un dossier. Álex, elle, conduisait. « Depuis sa naissance ici même, dans cette vallée, elle a passé toute sa vie cloîtrée dans ce manoir.

– Et pourquoi ça ?

– Elle souffre d'une étrange maladie, qui lui interdit de s'exposer à la lumière du soleil. Apparemment, cela engendre chez elle de graves lésions sur la peau et les yeux. À la longue, il semble qu'elle pourrait en mourir, comme les vampires.

– Elle vit seule ?

– Oui. Elle est fille unique et donc, à la mort de son père, elle a hérité de tout le patrimoine des Dalmau. Des fois qu'elle n'aurait pas eu assez d'argent, les terres où se construit la nouvelle station de ski étaient aussi à elle. »

Álex aperçut enfin la déviation qui conduisait au manoir. Elle emprunta un chemin étroit et escarpé qui, au bout de cinq cents mètres, passa du goudron à la terre. Après encore deux cents mètres de piste boueuse, elle freina, dans un crissement de gravier, non loin de l'entrée.

Quand elle descendit du 4 x 4, la force du vent la fit vaciller.

Le manoir Dalmau, édifié sur une colline, avait tout d'un château médiéval, avec son large plan carré ponctué d'une tour à chaque coin. Du lierre grimpait sur les murs, arcs et éléments de pierre sculptée qui peuplaient la façade jusqu'en haut. Il ne manquait au tableau qu'une princesse apparaissant à une fenêtre pour les saluer.

De là, ils jouissaient d'une vue imprenable sur la colonie industrielle. Ses bâtiments formaient un ensemble hétéroclite qui s'étendait jusqu'à la rivière. L'usine, au bord de l'eau, était immense, avec à son flanc droit une longue cheminée noircie en son extrémité, comme recouverte d'une neige noire. Un peu plus loin, Álex distingua les maisons des ouvriers, serrées les unes contre les autres sur plusieurs rues perpendiculaires, toutes pareilles. Il y avait aussi une église, un cimetière et d'autres édifices qu'elle ne sut pas identifier. Elle réalisa que les ouvriers qui vivaient et travaillaient là, qu'ils soient à l'usine, dans leur cour ou chez eux, ne pouvaient que voir la maison du patron, tout là-haut, dès qu'ils levaient les yeux.

La voix de Cassel la tira de ses pensées.

« On y va ? Il fait sacrément froid ici. »

Álex hocha la tête en guise de réponse et suivit son collègue vers le perron qui menait à l'entrée principale de la maison.

En s'approchant, ils découvrirent que le manoir Dalmau était en plus triste état que ce qu'on aurait pu croire à première vue. Les murs avaient besoin d'un coup de peinture urgent. Les mauvaises herbes poussaient entre les fissures. Les encadrements en bois des fenêtres étaient rongés et les marches de pierre qu'ils gravissaient fendillées. Lorsque Álex posa la main sur la rampe en fer, celle-ci tangua dangereusement.

Malgré la décrépitude de la maison, l'entrée était magnifique. Surmontée d'un arc de pierre, une porte en bois massif se dressait, deux fois plus grande que la normale.

De haut en bas, le bois était minutieusement sculpté de scènes vraisemblablement inspirées de la Bible.

Cassel saisit le heurtoir en forme de démon ailé et regarda Álex, amusé.

« Ils ne peuvent pas avoir une sonnette, comme tout le monde ? » souffla-t-il.

Avant que Cassel ait eu le temps de frapper, la porte s'ouvrit et une vieille dame apparut dans l'encadrement. Petite et frêle, toute de noir vêtue, elle avait la peau de la couleur et de la texture de la cire. Ses cheveux étaient tirés en chignon et elle triturait un mouchoir entre ses mains. Ses yeux rougis les scrutèrent, puis, sans un mot, elle s'écarta.

Álex et Cassel échangèrent un regard surpris et entrèrent dans un vestibule peu éclairé. Quand l'immense porte fut refermée, le mugissement du vent s'évanouit, laissant place à ce silence propre aux églises.

« Vous nous attendiez ? » demanda Álex.

La femme acquiesça et se mit en marche.

« Suivez-moi, je vous prie, les invita-t-elle, dans un filet de voix. Veuillez excuser le peu de lumière mais ici, nous y sommes habitués. »

À l'intérieur aussi, le manoir avait tout d'un château. Alors qu'ils parcouraient un couloir plongé dans la pénombre qui desservait une multitude de portes, Álex sentait le froid et l'humidité traverser ses semelles. Le sol, une mosaïque complexe de carrelages, donnait une étrange sensation de volume. Le plafond était si haut qu'on en distinguait à peine les détails sculptés. Les meubles, faits du bois sombre de la région, avaient l'air aussi vieux et robustes que le manoir. Des rideaux grenat, qui tombaient jusqu'au sol, recouvraient les minces ouvertures, bloquant l'entrée de toute lumière extérieure.

« *Mon Dieu** ! On se croirait chez Nosferatu en personne », chuchota Cassel.

Álex sourit. En son for intérieur, elle devait bien admettre que cette maison avait quelque chose d'inquiétant, même si pour rien au monde elle ne l'aurait avoué devant son collègue.

La domestique s'arrêta. Álex vit que, malgré tous ses efforts pour le cacher, elle était au bord des larmes.

« Vous vous sentez bien ? »

Avant qu'elle ait pu répondre, des notes de musique surgirent de la porte fermée devant laquelle ils se trouvaient. La vieille femme prit une inspiration et frappa doucement. De l'autre côté, sans que la musique s'interrompe, une voix inaudible dit quelque chose. La domestique ouvrit la porte et leur fit signe d'entrer. Puis elle disparut dans le couloir, en étouffant des sanglots.

La pièce était plongée dans le noir. Quand ils en eurent franchi le seuil, la porte se referma derrière eux dans un claquement qui les fit sursauter. L'obscurité les enveloppa complètement et Álex sentit monter en elle une pointe de panique. Son cœur accélérait, elle commençait à avoir du mal à respirer. Elle serra les dents et se força au calme : « Tu es dans une pièce sans lumière. Tout va bien. Tu n'es pas en danger. » Cassel, près d'elle, ne sembla se rendre compte de rien.

La dernière note flotta dans l'air, puis s'évanouit, ne laissant derrière elle que le vestige d'un arôme indéfini. Álex cherchait à localiser la provenance de la musique, mais il faisait trop sombre.

« Avancez. Ne craignez rien. »

La voix était vaguement moqueuse. Álex se résolut à faire quelques pas, imitée par Cassel.

« Il faut un peu de temps mais vous verrez, on s'habitue vite. »

Álex avait quelques doutes sur le fait qu'elle puisse s'habituer à quoi que ce soit, dans ce noir, mais elle constata alors avec étonnement qu'elle commençait à entrevoir les contours de la pièce.

Elle était beaucoup plus grande que ce qu'elle avait supposé. Des ombres tout en longueur, qu'elle identifia comme les lourds rideaux qu'elle avait vus dans toute la maison, recouvraient là aussi les hautes fenêtres pour empêcher toute entrée de lumière naturelle. Les formes des bibliothèques, tels des squelettes de poisson, marquaient la place des murs. Au centre de la pièce, elle distingua un piano et une silhouette assise devant.

« Je dois reconnaître que je pourrais bien allumer une lampe, mais j'aime le noir. Pas vous ?

– Pour être sincère, fit Cassel, je préfère voir ce que j'ai devant moi avant de me cogner dedans. »

Le rire les étonna. Il avait un ton si joyeux que, sans le vouloir, Cassel et Álex se surprirent à sourire à leur tour. La silhouette se leva du tabouret du piano et se déplaça avec aisance dans l'espace malgré l'obscurité. D'un geste, elle entrouvrit les amples rideaux. Une lumière ténue éclaira la pièce. Les carreaux de la fenêtre étaient opaques. Álex soupira, soulagée.

« Madame Dalmau ?

– Euh… oui, j'imagine qu'on peut me considérer comme une dame. Mais je préférerais que vous m'appeliez simplement Béatrice.

– Nous sommes désolés de vous importuner, dit Álex. Je suis la sous-inspectrice Serra et voici mon collègue, le lieutenant Cassel, de la police française.

– Vous ne me dérangez pas, au contraire », répondit leur hôte, avec une élégante inclinaison de la tête.

Puis elle s'éloigna de la fenêtre et s'installa dans un fauteuil resté dans la pénombre. Álex l'observa, tandis que Cassel et elle s'asseyaient près d'elle. Elle sentit son collègue retenir son souffle.

Béatrice Dalmau n'était pas le monstre vampirique qu'ils avaient imaginé. Elle devait avoir dans les quarante ans, même si elle en faisait beaucoup moins. Un pantalon d'équitation gris couvrait ses jambes fuselées, et un chemisier noir à manches longues et col montant moulait un buste bien proportionné. Ses mains, gantées de cuir, étaient posées sur ses genoux. La seule partie de sa peau encore visible était celle de son visage mince, si pâle qu'elle semblait transparente. Elle avait des cheveux ondulés, dans les tons dorés, qu'elle portait coupés à la garçonne ; une boucle tombait gracieusement sur son front. Ses yeux, grands et expressifs, comme son sourire, étincelaient, pleins de curiosité.

« Je vous prie de m'excuser. Je regrette de m'être laissée aller à cette dramaturgie mais j'adore m'amuser et, malheureusement, les occasions sont rares.

– Ne vous inquiétez pas, la rassura Cassel d'un ton chaleureux qui surprit Álex.

– Je suppose que vous avez entendu parler de ma maladie. » Le visage de la femme s'assombrit furtivement, mais elle se reprit immédiatement. « Vous avez dû penser que vous étiez venu rendre visite au comte Dracula. »

Devant le rougissement de Cassel, Béatrice repartit de son rire communicatif. Álex remarqua qu'elle pouffait comme une petite fille qui vient d'être prise en train de faire une bêtise et que la façon dont son corps en était secoué ne la rendait que plus attirante.

« Je ne vous en tiendrai pas rigueur, lieutenant. Ne vous faites pas de souci, c'est une vieille blague. » Sa main gantée retomba sur l'avant-bras de Cassel, qui sursauta. « Ma maladie ne laisse pas beaucoup de place à la distraction, je ne peux pas rater une occasion. Voyez-vous, depuis ma naissance, je dois vivre à l'abri de la lumière. Ma maladie a le nom compliqué de porphyrie érythropoïétique congénitale ou, comme on la connaît aussi de façon plus sinistre, porphyrie mutilante. Je vous laisse imaginer, le nom est éloquent. Le noir est devenu mon meilleur ami. Généralement, quand on souffre de cette affection, on arrive à l'adolescence terriblement défiguré. Mais j'ai eu la chance que mes parents soient qui ils étaient. Je leur dois tout. » Ses lèvres tremblèrent un peu. « Grâce au fait que j'ai vécu dans cette cage dorée, j'ai été épargnée… Enfin, presque. »

D'un geste délicat, elle ôta son gant gauche. Des cicatrices recouvraient toute sa main. L'annulaire et le petit doigt étaient privés de phalange distale.

« La mort de Daniel est terrible, c'est une nouvelle qui m'a vraiment bouleversée. Dites-moi, en quoi puis-je vous être utile ? fit-elle, tout en remettant son gant.

– Vous connaissiez Daniel Latour ? demanda Cassel.

– Bien sûr ! Nous nous connaissions depuis des années. C'était le fils de Guillem Latour, dernier directeur de la Colonie et ami de mon père. Très jeune, son père l'a envoyé faire sa scolarité loin d'ici. »

Álex ne parvint pas à dissimuler sa surprise : Latour était donc bien plus proche des Dalmau qu'ils ne le pensaient.

« Quelque chose ne va pas, sous-inspectrice ?

– Rien, rien, excusez-moi. Continuez, je vous prie.

– Pendant longtemps, je n'ai plus rien su de lui, puis il a réapparu soudain il y a trois ans pour tenter d'entrer au séminaire, mais cela ne s'est pas bien passé et il a dû repartir. Heureusement, il a trouvé du travail dans cette entreprise d'ingénieurs, et, hasards de la vie, il est revenu une seconde fois dans cette vallée pour s'occuper du chantier de Vall de Beau.

– J'ai cru comprendre qu'il avait été engagé chez Aiffege sur votre recommandation. »

Béatrice balaya négligemment l'air de la main.

« Je n'irais pas jusque-là. Disons que j'ai appris qu'il cherchait du travail et que nous avons un bon carnet d'adresses. Mon père aurait approuvé que j'aide le fils de son ancien directeur.

– Nous savons qu'il est venu vous voir fréquemment ces dernières semaines, pourriez-vous nous dire le motif de ces visites ?

– Il n'y a aucun mystère : nous discutions du monde extérieur. C'est quelque chose que je demande toujours aux gens qui viennent me voir, qu'ils me racontent ce qu'il se passe là-dehors.

– Vous a-t-il confié qu'il avait des soucis ou rencontrait le moindre problème ?

– Non, à vrai dire, non. Daniel était un homme plutôt sûr de lui. Pour être sincère, il avait une très haute opinion de lui-même. Il n'a jamais fait allusion à quoi que ce soit.

– Vous savez s'il avait des ennemis ?

– Je suis désolée, mais je n'en ai pas la moindre idée. Latour avait ses défauts et je suppose que, comme tout le monde, il devait bien en avoir.

– Vous-même, vous en avez ?

– Moi ? J'aimerais bien. J'imagine qu'il doit y avoir des gens pour envier ma position économique. Je donnerais tout ce que j'ai pour sentir sur ma peau la lumière du soleil rien qu'une fois. »

Álex soupira : tout cela n'était qu'une perte de temps. C'est alors qu'elle remarqua la façon dont Cassel regardait Béatrice Dalmau. Apparemment, le lieutenant n'était pas du même avis qu'elle. Lui revint soudain en mémoire la photographie qu'ils avaient retrouvée dans la cellule de Latour. Elle l'avait encore sur elle. Elle la sortit de sa poche et la lui tendit.

« Connaîtriez-vous par hasard l'un de ces hommes ? »

Béatrice Dalmau examina la photo avec intérêt. Elle poussa un grand soupir.

« C'est une très vieille photo. Sans aucun doute, là, c'est l'usine de la Colonie. Au centre, celui-ci… » Elle le désigna. « … semble bien être mon père. À côté de lui, ce doit être le père de Daniel, Guillem Latour ; et ce jeune, corpulent, avec le chien, je suis presque sûre que c'est Simón, qui était alors le contremaître. Les autres, malheureusement, je ne les reconnais pas. La Colonie a fermé quand j'avais huit ou neuf ans, je n'en garde presque aucun souvenir. Où l'avez-vous trouvée ? »

Álex tendit la main pour reprendre le cliché.

« Latour l'avait dans ses affaires. Vous sauriez pourquoi ?

– Je suppose que ce devait être en souvenir de son

père. Il n'a pas eu l'occasion de beaucoup le connaître, en réalité. Vous en avez besoin ? Parce que, voyez-vous, je n'ai pas beaucoup de photos de mon père jeune. J'aimerais bien l'avoir.

– Nous vous en ferons une copie, lui proposa Cassel.

– Je vous en serais très reconnaissante, lieutenant. »

Quand ils sortirent du manoir, le vent fouetta leurs anoraks. Álex respira avec soulagement. À l'intérieur de cette maison, l'atmosphère était aussi pesante que dans la chambre d'un mourant. Elle regarda Cassel et s'aperçut qu'il avait les yeux braqués sur l'une des fenêtres.

« Il s'est passé quoi, là-dedans ?

– Que voulez-vous dire ?

– Manifestement, vous ne pouviez plus quitter des yeux cette Mme Dalmau, répondit Álex, avec un sourire en coin.

– Je la trouve fascinante, je le reconnais, concéda-t-il, en montant dans la voiture et en s'arrangeant pour ne pas croiser le regard d'Álex. Et sacrément courageuse. Vous imaginez ce que ce doit être de vivre avec une maladie comme celle-là ?

– Enfermée dans une cage dorée, dit Álex, en mettant le contact. Je suppose que ses charmes physiques vous sont passés totalement inaperçus.

– Ça ne m'a pas frappé. »

C'est alors que leurs portables se mirent à sonner en chœur.

29

« Il s'est littéralement fait dévorer », s'exclama Alain, dans un mélange de répugnance et de fascination, tandis qu'il tournait autour en appuyant sur le déclencheur de son appareil photo.

Un peu à l'écart, à quelques mètres, Álex, Cassel et la juge Andrés regardaient la scène en silence pendant que les flashs éclairaient de façon intermittente la dépouille de Simón. Le corps du vieillard était figé dans une posture antinaturelle, à demi accroché aux branches. Álex pensa à une marionnette qu'on aurait oubliée là une fois le spectacle terminé. Le visage difforme de Simón était un masque de sang séché. Ce qui ne les avait pas empêchés de voir le P grossièrement tracé sur son front.

« Ce sont des randonneurs qui l'ont trouvé. On a pris leurs déclarations et leurs coordonnées au cas où il faudrait les réentendre. Apparemment, l'un d'eux avait prévu de faire sa demande en mariage de façon romantique. Ça n'a pas été très réussi », expliqua la juge. Elle ébaucha un sourire, qui tourna court. « Nous avons eu de la chance, si ces jeunes n'étaient pas passés par là, les animaux auraient pu éparpiller les restes dans toute la vallée. C'est un endroit isolé ; surtout en ce moment, en hiver.

– Une sacrée chance, mon pote », marmonna Cassel.

Álex chercha son paquet de cigarettes dans la poche intérieure de son anorak et jura en voyant ses mains trembler. Elle leva les yeux au-delà de la cime des arbres. Les derniers rayons du soleil étaient en train de disparaître derrière les montagnes ; bientôt, ils ne verraient plus rien. Elle et Cassel avaient rappliqué aussi vite que possible sur le lieu de la découverte macabre en même temps qu'ils contactaient les deux autres membres de l'équipe pour leur demander de les y rejoindre au plus vite. Álex regardait Vila coordonner avec efficacité la battue de la zone, en compagnie de quelques agents de la police rurale, et Alain qui avait entrepris de recueillir des échantillons après avoir fini de prendre les clichés.

La juge leur désigna un homme qui venait vers eux.

« Je vous présente Daniel García, garde champêtre chef. »

L'homme, un peu plus de la cinquantaine, des cheveux courts poivre et sel, avait le visage buriné par l'air de la montagne, ce qui faisait encore plus ressortir ses yeux bleus. Álex s'aperçut qu'il évitait de regarder le cadavre. De petite taille, il était néanmoins massif comme le tronc d'un vieil arbre. Sa main, quand il la lui tendit, enveloppa toute la paume d'Álex et un instant elle crut qu'il allait lui broyer les os. Pourtant, il la serra avec délicatesse.

« On a retrouvé le bras gauche partiellement dévoré au milieu de ces arbustes. Il manque encore un morceau du bras droit et un pied, informa-t-il. Plus loin, on a récupéré une musette en lambeaux. Vos collègues sont en train de l'examiner. Bien que les animaux aient dispersé une partie de son contenu, nous avons retrouvé quelques-uns des effets personnels de la victime : un portefeuille, des clés, de la nourriture en conserve, plusieurs boîtes de munitions…

– Vous pensez que c'est arrivé comment ?

– L'une de ses jambes était en bouillie, celle que n'ont pas emportée les animaux, expliqua García. Apparemment, il a eu le pied pris dans un piège. Ce genre de modèle est illégal, on l'utilise pour le gros gibier. Ça lui a brisé l'os. Il s'est certainement vidé de son sang, puis une fois mort, les animaux l'ont mis en pièces. L'hiver est dur cette année.

– Quel genre d'animal peut faire ça ? »

Le garde champêtre se gratta le crâne.

« C'est ça, le plus bizarre. D'après les traces, il n'y a guère de doute, mais... »

Tous le regardaient, pendus à ses lèvres.

« Je jurerais que c'est une meute de loups qui l'a attaqué. Cinq ou six bêtes. Ce qui est pratiquement impossible.

– Pourquoi, impossible ?

– Voyez-vous, depuis 2000, une quinzaine de loups à peine ont été aperçus dans toutes les Pyrénées catalanes. Et quand on en a vu, c'étaient des loups solitaires. Ils n'étaient pas en meute.

– Sans compter que ce n'est vraiment pas un comportement habituel, chez les loups. Normalement, ils fuient plutôt la présence de l'homme », renchérit Cassel.

Devant l'expression de surprise d'Álex et de la juge Andrés, Cassel haussa les épaules.

« Eh bien, quoi ? J'aime les documentaires animaliers.

– Votre collègue a raison, confirma le garde champêtre. Les attaques de loups sur les personnes sont rarissimes. Et jamais je n'avais vu un tel acharnement.

– Il perdait son sang, pris au piège, probablement évanoui. C'était une victime parfaite, conclut la juge.

– Oui, oui, c'est vrai, admit García. Mais Simón était connu dans la vallée. Il vivait là-haut, dans l'ancienne colonie. N'importe qui pourra vous parler de son sale caractère. Moi-même, je me suis accroché avec lui quand je l'ai surpris à chasser hors saison. Ce jour-là, j'ai même cru qu'il allait me tirer dessus. On pourra vous raconter beaucoup de choses sur lui, et pas des bonnes, mais tout le monde vous dira que c'était un excellent chasseur, peut-être le meilleur de toute la comarque. » Il fit une pause, comme s'il cherchait les bons mots. « Un accident comme celui-ci, chez quelqu'un d'aussi expérimenté que lui, c'est vraiment étrange. Et puis, j'ai examiné le piège : il manque une pièce qui permet l'ouverture des mâchoires pour récupérer la proie.

– Vous êtes en train de sous-entendre qu'il a été trafiqué ? »

L'homme eut un haussement d'épaules.

« Oui, il a été trafiqué. Je ne saurais vous dire dans quelle intention, mais celui qui a fait ça a voulu s'assurer qu'une fois actionné le piège ne pourrait pas se rouvrir. »

On remercia le garde champêtre pour son aide. Celui-ci rejoignit son groupe qui continuait à chercher le membre manquant. Avec l'assentiment de la juge, deux hommes déployèrent une civière et emportèrent la dépouille dans une housse noire.

Álex fit quelques pas aux alentours, respira à pleins poumons et descendit le terrain en pente jusqu'à la clairière où se trouvait encore le piège. D'un geste, elle stoppa Alain qui s'apprêtait à le ramasser pour l'introduire dans un sachet à indices. La chaîne qui le retenait à un arbre proche avait été sectionnée. Elle se pencha et, à l'odeur de charnier qui montait de la terre, déglutit. Les mouches bourdonnaient tout autour. Soulevant le piège, elle fut surprise de son poids. Cet objet, il transmettait le mal. Elle se demandait quel genre de personnes pouvait utiliser des pièges tels que celui-ci. Quand elle posa les doigts sur les dents d'acier, le sang tacha ses gants en latex. Elle ferma les yeux et tous les bruits qui l'environnaient disparurent.

Comme dans une scène de film floue, Álex vit le vieillard pris au piège, sentit sa rage. Elle le regarda se contorsionner malgré la douleur, se traîner au sol. Elle le vit batailler pour se libérer et réussir pour, peu après, entendre les hurlements des bêtes. La scène devint confuse, violente, il y eut des grognements, des cris de colère et de terreur. Une bataille sauvage. Un affrontement qu'il attendait depuis des années.

L'image s'effaça comme elle était venue. De nouveau, les voix, le gargouillis de l'eau, le froissement des feuilles d'arbre agitées par le vent arrivèrent aux oreilles d'Álex. Elle se releva et d'un signe de tête indiqua à Alain qu'il pouvait emporter le piège.

30
Journal de Raquel

Franck Millet est revenu un jour plus tôt que prévu.

Quelques heures avant, une centaine de personnes avaient été arrêtées qui, comme nous, attendaient de passer la frontière. Des bruits couraient qu'elles avaient été emmenées au camp d'internement du Vernet, géré par la Gestapo avec la bénédiction des autorités françaises. Nous savions tous que c'était l'étape préalable avant d'être envoyé à Dachau ou Auschwitz, des lieux dont on entendait dire des choses terribles.

Un hasard bienheureux, une confusion dans l'adresse de la maison, avait fait qu'ils n'étaient pas encore venus nous arrêter. Millet était passé s'informer de notre sort et, nous trouvant, nous a proposé de partir tout de suite. Nous nous sommes préparés à toute vitesse, paniqués à l'idée que les Allemands pouvaient apparaître à n'importe quel instant.

Une fois que tout a été prêt, avant de partir, Millet nous a sommés de marcher en silence jusqu'à la sortie du village. Il nous a conduits à travers les rues sombres d'Aulus-les-Bains, s'arrêtant à chaque coin avant de continuer. Il nous faisait constamment signe de nous dépêcher. Sur la place de la fontaine, quand un chien s'est mis à aboyer, nous avons bien cru qu'il allait alerter tout le village. Puis nous l'avons dépassé sans que personne ait semblé remarquer notre présence.

Nous avions revêtu le plus de vêtements chauds possible, ce qui entravait nos mouvements. Les adultes s'aidaient de bâtons donnés par la famille qui nous avait cachés pendant ces trois jours ; ils portaient aussi des baluchons avec un peu de fromage, de pain et de sucre. Bien que ce fût rationné, la gentille femme nous en avait enveloppé un bon paquet dans un mouchoir. Les maigres biens qu'il nous restait encore, nous les transportions dans des valises en cuir et des sacs de toile. C'était Adrien qui fermait la marche, le fils du guide ; il ne devait pas avoir plus de dix-sept ans, mais il était aussi musclé et robuste que son père.

Lorsque nous sommes passés sous le mur du cimetière, la vieille horloge du clocher marquait trois heures du matin. Il faisait un froid terrible, à cause de la brise nocturne, et pourtant nous étions encore à couvert.

Très vite, nous avons dépassé la dernière maison du village puis traversé le pont sur le Riou. Dans la nuit, je ne la voyais pas, mais je sentais la force de l'eau qui courait sous nos pieds, comme nous passions sur l'autre rive. Bien que soulagés d'avoir pu quitter le village sans être arrêtés, nous avons tous eu une impression de vulnérabilité en voyant disparaître les maisons. Mais Millet ne nous a pas laissé le temps de penser et nous a pressés pour que nous entrions dans le bois par un sentier à peine visible.

Nous avons marché deux bonnes heures. Il nous a fallu franchir à gué plusieurs torrents gelés, l'un après l'autre. Nos chaussures de ville dérapaient sur la glace et nous avons fini trempés et épuisés par l'effort à fournir pour garder l'équilibre. Enfin, nous sommes arrivés dans une clairière entre les arbres. Un endroit appelé la cascade d'Ars. Millet s'est arrêté.

D'un geste, il nous a rassemblés autour de lui. Certains, hors d'haleine, tentaient de reprendre leur souffle ; manifestement, ils ne savaient plus par où prendre les bagages qu'ils portaient. J'en ai profité pour boire un peu d'eau, tout en observant les membres du groupe. Presque chacun d'entre nous venait d'un endroit différent.

Ben et Ida Bendit, qui m'avaient prise en charge, étaient un jeune couple de Belges. Lui, un horloger, avait possédé un magasin qu'il avait dû fermer après avoir subi plusieurs agressions et perdu ses clients. Leur fils, Elian, d'à peine deux ans, dormait dans les bras de sa mère, et près d'eux, grand-mère Dalit se frottait les jambes sans un mot. Depuis le départ, elle n'avait émis aucune plainte. C'étaient eux ma famille, désormais.

En face s'étaient assis sur des pierres Ezra et son oncle, Gabriel Levine, un homme grand et maigre. Dans ses yeux flottait une profonde tristesse, en raison de la perte de son épouse, Idra. C'était arrivé pendant les premiers incidents à Varsovie, la ville d'où ils venaient. J'avais découvert qu'Ezra, pour donner du courage à son oncle, cachait son propre chagrin dû à la disparition de ses parents, déportés dans un camp de travail.

Enfin, un homme aux cheveux clairsemés et à l'épais double menton, appuyé contre un arbre, était occupé à reprendre son souffle à grandes goulées d'air. Vêtu d'un luxueux manteau en laine qui lui arrivait aux chevilles, il avait avec lui une valise qui, vu les efforts qu'il déployait pour la porter, devait être vraiment lourde. Il gardait en permanence ses distances avec le reste du groupe, sauf avec Millet, dont il essayait de demeurer le plus près possible pendant que nous marchions. Il répondait au prénom de Jacob, mais n'avait pas voulu nous en dire plus. D'après son accent, il semblait allemand, mais je n'aurais pas pu l'assurer. Selon lui, les circonstances nous avaient réunis mais, n'étant ni amis ni membres de la même famille, rien ne nous obligeait à sympathiser. Il avait payé comme n'importe lequel d'entre nous, et il n'y avait pas grand-chose à ajouter. Nous savions juste qu'il voyageait seul et qu'il ne souhaitait frayer avec personne.

Notre guide nous a regardés d'un air grave, avant de nous parler avec son accent étrange.

« À partir de ces rochers, là-bas, a-t-il déclaré en montrant des ombres à sa droite, c'est le sentier du col de Guillou, où nous passerons la frontière. Il nous faudra entre cinq et six heures. Adrien et moi, on est les seuls à avoir des lanternes. Ne vous décollez pas de nous. Si quelqu'un ne peut plus porter son bagage, il devra l'abandonner en dehors du chemin. Si vous restez en arrière, vous mourrez ou vous serez arrêté parce que personne ne reviendra vous chercher. Rappelez-vous : gardez le silence et faites attention où vous posez le pied. Si on nous découvre par la faute de l'un d'entre vous, je le tue de mes propres mains. »

Ayant fini le discours le plus long qu'il ait prononcé depuis que nous le connaissions, il a repris la route et nous l'avons suivi en acceptant notre sort. Nous savions que nous étions aussi près de la liberté que d'une mort assurée. La peur et l'espoir cohabitaient en chacun de nous.

Adrien n'était pas bavard non plus, mais de son poste, fermant les rangs, il nous encourageait gentiment, en veillant à ce que la distance ne se creuse pas trop entre chacun d'entre nous et celui qui le précédait. À l'image de son père, il grimpait sans effort.

Petit à petit, nous avons pris de la hauteur. Chacun posait son pied là où celui d'avant l'avait fait. Les crissements des chaussures, les pointes des bâtons dans la neige et nos souffles étaient les seuls sons qui accompagnaient notre ascension.

Ida, la femme de la famille qui m'avait recueillie, me tenait par la main au début, mais très vite elle a dû me lâcher pour mieux porter son fils, Elian.

Les arbres sont restés derrière nous et nous traversions de plus en plus régulièrement de vastes étendues de pâturages et de rochers, par endroits enneigés. Je sentais le froid se faire plus vif. Ma robe en laine n'était pas assez chaude, mes chaussettes en coton étaient trempées et mes semelles trouées par les cailloux du chemin.

L'heure suivante est passée avec une lenteur désespérante ; la fatigue dans le groupe était de plus en plus tangible. Je me suis aperçue que Millet n'arrêtait pas de regarder le ciel avec un air soucieux. Le vent s'était levé, et la neige, qui n'avait pas cessé de tomber depuis notre départ, giflait nos visages, nous empêchant de voir devant nous.

« Il faut qu'on sorte d'ici au plus vite. Le blizzard va nous tomber dessus, a crié Millet, par-dessus le vent. Rapprochez-vous et accélérez. »

Je trébuchais à chaque pas. Adrien m'avait déjà évité d'être distancée par deux fois. Le vent, de plus en plus fort, nous empêchait d'avancer. Je me sentais engourdie et j'ai commencé à perdre le contrôle de mon corps, qui s'est mis à grelotter. Chaque pas que je faisais enfonçait des aiguilles dans toute la plante de mes pieds. Il n'y avait rien que je désirais plus que m'arrêter, mais je me suis accrochée à ma poupée et j'ai continué.

Soudain, j'ai entendu une exclamation à l'avant et la file a pilé net. L'homme au manteau avait fait un faux pas et il était tombé au beau milieu du chemin. À bout de forces, il refusait de lâcher sa valise pour continuer. Il a fallu qu'Adrien vienne l'aider. Nul ne savait pourquoi on le traitait avec plus d'égards que les autres, mais de toute façon nous n'avions pas assez de forces pour protester.

En reprenant la route, je me suis retrouvée la dernière, et, incapable de faire autrement, au bout de quelques minutes j'ai perdu le contact avec le groupe. J'ai vu la personne qui me précédait s'éloigner peu à peu jusqu'à n'être plus qu'un point avalé par la tempête. J'ai bien essayé d'appeler à l'aide, sans pouvoir émettre autre chose qu'un murmure.

Le sentier tournait en pente forte sur la droite. J'ai voulu lever un pied sur lequel prendre appui pour me donner une impulsion, mais ma jambe est restée clouée sur place. J'ai encore essayé ; la fatigue était plus forte.

J'ai à peine senti le choc contre le sol, mais pendant quelques secondes, j'ai eu le souffle coupé. J'étais là, le dos contre un rocher, agrippée à ma poupée. Je ne trouvais pas la force de me lever. Alors, j'ai regardé le ciel. Jamais je n'avais contemplé une telle immensité. Une trouée s'est ouverte entre les nuages et une myriade d'étoiles est apparue. C'était si beau ! Un instant, j'ai oublié la fatigue et la douleur dans mes muscles qui me tenaillaient. J'ai laissé le froid m'envelopper de son étreinte. J'ai senti mon corps s'assoupir et, sans que je m'en rende compte, mes yeux se sont fermés.

Un bruit léger de pas m'a réveillée. J'ignorais combien de temps était passé. Derrière des buissons, quelques mètres plus bas, j'ai distingué un mouvement imperceptible. Soudain, une ombre de grande taille a surgi sur un rocher. Je n'étais pas encore revenue de ma surprise quand, d'un bond souple, elle a atterri sans bruit devant moi.

C'était un loup. Un adulte. Il avait un corps imposant recouvert d'un pelage gris foncé, sauf sa patte avant gauche, blanche jusqu'au jarret. Il était si près que je pouvais sentir l'odeur âcre de son corps. Ses yeux étincelaient à travers la buée qui montait de son museau. Il a émis un grognement sourd et continu qui découvrait ses crocs et s'est mis à tourner sur lui-même sans cesser de me regarder. Ses muscles bougeaient au rythme de sa respiration. Puis, il s'est décidé et il a avancé vers moi. C'était à peine s'il laissait des traces sur la neige. Moi, j'étais immobile, fascinée par cette si belle vision. La peur me disait de courir et pourtant je savais que c'était inutile.

J'ai fermé les yeux et je me suis mise à pleurer. Mes larmes coulaient à flots. Je n'avais pas pleuré à la mort de ma famille. Je ne l'avais pas fait non plus pendant ces années, même si j'en avais vu de dures, et là, près de mourir, je me délivrais de ma souffrance pour la première fois.

J'ai senti le souffle de l'animal si proche qu'il faisait voleter mes cheveux. J'ai fermé les yeux et j'ai attendu qu'il attaque. Je me demandais si j'allais avoir très mal. Mais les grognements se sont espacés et ont fini par s'éteindre. Je n'osais pas ouvrir les yeux. J'ai senti le loup s'orienter contre le vent, puis se faire une place pour se coucher contre moi. La chaleur que dégageait son corps m'a réconfortée et j'ai arrêté de trembler. Son odeur m'imprégnait mais ça ne me gênait pas. Je me suis serrée contre lui et doucement, je l'ai entouré de mes bras. Sous sa peau, je sentais sa poitrine monter et descendre, et les battements puissants de son cœur. Alors je suis tombée dans un profond sommeil.

31

Le lendemain matin, dans la salle de réunion, Álex attendit que Cassel, Vila et Alain prennent place. Quelques heures auparavant, elle avait reçu un appel de Cruz. Le ton de l'intendant avait été aussi désagréable qu'elle pouvait s'y attendre. La découverte d'une deuxième victime, apparemment du même meurtrier, était une très mauvaise nouvelle. Cruz l'informa qu'on essaierait de faire passer la mort de Simón pour un accident de chasse auprès des médias, histoire de gagner du temps. Il la priait aussi de veiller à ce que son équipe reste discrète. À la moindre fuite, il la tiendrait, elle, pour responsable. Il voulait des résultats, et tout de suite.

« Bien, qu'est-ce qu'on a ? fit Álex, tout en se massant l'arête du nez du bout des doigts.

– Simón vivait dans cette ancienne colonie. Peu de gens le savaient mais il y avait travaillé comme contremaître pendant des décennies. Quand elle s'est retrouvée à l'abandon, la famille Dalmau l'a autorisé à rester dans l'une des maisons en tant que gardien. »

Alain, qui lisait une fiche sur l'écran de son ordinateur, eut un sifflement admiratif.

« Il avait de sacrés antécédents d'agression. Il a été arrêté jusqu'à cinq fois ces deux dernières années. Généralement pour des altercations dans des bars, au cours desquelles ses opposants ont toujours eu le dessous, et pourtant ils étaient beaucoup plus jeunes que lui. Dans les plaintes, on décrit des blessures à l'arme blanche, des contusions, des morsures…

– Des morsures ?

– Oui, il était accompagné d'un grand chien avec lequel il terrorisait tout le monde. Une fois, il l'a même lâché contre deux agents venus l'arrêter.

– Pas commode, le vieux, fit Cassel.

– Il n'avait pas de permis de port d'arme, même si tout le monde savait qu'il chassait. La liste des plaintes est assez longue. Mais il n'a jamais fini en prison. Le cabinet d'avocats des Dalmau payait les amendes ou versait les cautions. »

À ce moment, le téléphone sonna.

Vila décrocha et, après quelques mots, posa la main sur le combiné et annonça, à l'adresse d'Álex :

« C'est le docteur Valet.

– Mets le haut-parleur, dit Álex.

– Allô ? »

La voix aiguë du légiste retentit dans la pièce. Derrière elle, on entendait des notes de musique.

« Bonjour, docteur, c'est Álex Serra. Nous vous écoutons.

– Bonjour, sous-inspectrice, et bonjour aux autres. J'ai les résultats des analyses de Latour, ils viennent d'arriver du laboratoire. Voyons ça… »

Il y eut un bruit de papiers qu'on feuillette.

« Vous avez fait vite, remarqua Vila.

– J'ai eu le Commissariat général ce matin, dit Valet, en soufflant ostensiblement. Cette enquête est prioritaire. Personne ne veut d'un assassin en action à quelques semaines de la candidature à ces foutus Jeux. » Il toussota. « Bien. J'ai d'autres choses sur le feu. Si vous le voulez bien, je vous résume.

– Allez-y.

– On n'a rien trouvé d'anormal, si ce n'est que Latour avait un taux exceptionnellement élevé de thiopental sodique dans le sang.

– Mais c'est… commença Cassel.

– En effet, lieutenant, le sérum de vérité. En outre, le Pentothal est un anesthésiant très courant qui s'administre par voie intraveineuse avec des effets immédiats. L'inconscience se produit en quelques secondes et dure entre cinq et dix minutes. À dose plus faible, il met le sujet dans un état de sommeil superficiel qui le rend capable de répondre aux questions. J'ai trouvé deux traces de piqûre sur le corps. Je pense pouvoir avancer que le meurtrier l'a interrogé avant de lui injecter une deuxième dose, plus forte.

– D'après vous, combien d'hommes a-t-il fallu pour maîtriser Latour ?

– Un seul, je dirais. Contrairement à ce qu'on peut croire, il n'y a pas besoin de beaucoup de force. Un adolescent, ou un vieillard, aurait pu le faire. Il a suffi qu'il prenne sa victime à l'improviste. La drogue l'a laissé complètement à sa merci.

– Merci, docteur.

– C'est mon boulot. Je retourne à mes macchabées. » Les notes de musique parurent sonner plus fort dans le haut-parleur. « Ah, encore une chose : le Pentothal n'a pas d'effets analgésiques, en particulier pour des seuils de douleur élevés. Ce qui veut dire que la victime a senti tout ce qui lui arrivait. »

Le légiste raccrocha et le silence envahit la pièce.

Álex s'approcha du tableau magnétique qu'ils avaient obtenu grâce à Alain qui connaissait quelqu'un à l'intendance. Sur le panneau blanc étaient affichées des photos des scènes de crime de Latour et Simón. Plusieurs des clichés montraient clairement les profondes coupures que chacun avait au front.

« Il marque ses victimes, rappela Álex, réfléchissant à haute voix. Pourquoi ?

– On dirait une espèce de signature, avança Cassel.

– Oui, je pense la même chose. Et il doit y avoir un sens, au moins pour l'assassin.

– J'ai travaillé là-dessus, fit Alain avec une grimace contrite, mais pour le moment je n'ai rien trouvé.

– À ce propos, intervint Vila, ni la Police nationale, ni la Garde civile, ni Interpol n'a dans ses fichiers aucune autre victime avec des caractéristiques similaires. »

Álex tira d'un dossier l'agrandissement de la photo trouvée dans la chambre de Latour et la fixa au centre du tableau avec des aimants. Puis, au feutre, elle entoura d'un cercle rouge le visage du jeune Simón et fit de même pour l'homme à côté du père Guifré.

« Parmi les hommes qui figurent sur cette photo, en l'espace de cinq jours, l'un est mort ainsi que le fils d'un autre. » Álex désigna l'individu en surpoids qui regardait les autres d'un air renfrogné. « Daniel Latour était le fils du directeur de la Colonie, Guillem Latour, décédé il y a dix ans. » Elle déplaça le doigt jusqu'au jeune homme robuste, flanqué d'un énorme chien. « Et Simón Álvarez qui, à l'époque, était le contremaître de la Colonie. »

Cassel se leva à son tour et s'approcha du tableau.

« Ça n'a pas l'air d'être un hasard. Ces hommes, ils ont quoi en commun ?

– En plus d'être rassemblés sur une photo… Eh bien, tous ont un lien avec la Colonie, d'une manière ou d'une autre. »

Álex nota les mots « Colonie Dalmau » en haut du tableau blanc.

« Si l'assassin tue ces hommes, ou, comme pour Latour, leurs descendants… est-ce qu'on ne devrait pas les prévenir et les mettre sous protection ? » suggéra Alain.

Álex acquiesça d'un hochement de tête.

« Oui, mais il y a un problème : nous ne connaissons pas leur identité à tous.

– Le recteur est l'un d'eux, il pourra nous aider.

– Je l'espère ; d'ailleurs, il n'y a pas que ça dont je veux parler avec lui, fit Álex. Latour a été renvoyé du séminaire il y a un peu plus d'un an à cause de quelque chose qu'il a fait. Je veux savoir ce qu'il s'est passé exactement.

– Tu crois que ça a un rapport avec les meurtres ? fit Vila.

– Je n'en sais rien, mais dans cette maudite affaire, tout semble lié.

– *Alors**… il y a un autre point que nous devons prendre en compte, releva Cassel, le visage sombre. Il est également possible que le meurtrier soit l'un d'entre eux. »

Tous les regards convergèrent sur l'agrandissement de la photo punaisée au tableau et sur les hommes qui s'y trouvaient.

32

Lorsqu'ils arrivèrent à Sant Martí Clement, on leur annonça que le recteur se trouvait à l'ermitage. Comme ils demandaient la façon de s'y rendre, on leur montra un petit chemin qui, longeant le mur de l'église, contournait le séminaire pour monter jusqu'en haut d'un promontoire.

Álex et Cassel suivirent le sentier à peine tracé. Peu de temps après qu'ils eurent laissé derrière eux les bâtiments, le chemin se fit plus abrupt. Cinq minutes n'étaient pas passées qu'Álex commençait à être essoufflée et à sentir les muscles de ses jambes tétanisés. Un coup d'œil à Cassel lui suffit pour voir que le Français n'était pas plus vaillant. Elle se demanda comment faisait le vieux recteur pour grimper jusque là-haut.

Ils firent une pause sur un raidillon. Levant les yeux, Álex faillit en perdre le peu de souffle qui lui restait : d'où elle était, il semblait qu'il lui aurait suffi de tendre la main pour toucher le ciel immense qui s'ouvrait au-dessus de sa tête. À ses pieds s'étalait l'ensemble disparate des bâtiments qui constituaient le séminaire. Elle vit que le soleil était très bas. Il ne restait plus que quelques heures de lumière.

Ils poursuivirent sur le sentier qui, heureusement, était devenu un chemin de terre plat. Álex commençait à se demander s'ils ne s'étaient pas perdus quand ils découvrirent, derrière quelques arbres au bout du chemin et de la montagne elle-même, l'ermitage qui se dressait.

C'était une construction simple de plain-pied, avec des murs en pierre sombre de la région. Les blocs de granit, irréguliers, s'imbriquaient les uns dans les autres, comme soudés par la mousse qui poussait dessus. Une toiture en ardoise, couverte de mauvaises herbes, coiffait l'ensemble.

« Père Guifré ! » appela Cassel, qui n'obtint pour réponse que le mugissement du vent.

Ils contournèrent l'ermitage en évitant le côté qui jouxtait l'à-pic et que le vent fouettait violemment. Enfin, ils trouvèrent l'entrée : une simple petite ouverture dans le mur, encadrée par les branches sinueuses d'un lierre grimpant. Álex perçut un léger tintement et, levant la tête, découvrit, accrochée à un fil de fer rouillé, une petite cloche d'où pendait un bout de cordelette effilochée. La cloche tintait chaque fois que le vent se levait. Elle lui fit l'effet d'un glas. C'est alors qu'elle sentit une présence derrière elle. Elle se retourna mais ne vit rien d'autre que des rochers et des pins secoués par le vent. Pourtant, cette impression d'être observée persistait.

Cassel poussa la porte, qui s'ouvrit en grinçant. Une exhalaison d'air les saisit, tel un soupir glacé. Le ciel, clair un moment plus tôt, s'était empli d'une masse de gros nuages noirs.

L'obscurité régnait à l'intérieur de l'ermitage, malgré deux minces fenêtres qui laissaient entrer un peu de lumière du dehors. Cassel sortit une torche et éclaira une petite salle rectangulaire avec quatre rangées de bancs.

« Vous vous êtes équipés, on dirait, remarqua Álex.

– Oui, j'ai acheté la panoplie complète des Castors Juniors. »

Álex sourit. Cassel avait un humour particulier, mais ce n'était pas pour lui déplaire.

La lumière de la torche révéla le réfectoire, situé au fond.

Ils firent quelques pas, puis il y eut un craquement. Cassel braqua le faisceau à ses pieds ; le sol était fait de planches en bois qui, à en juger par leur état, semblaient dater de la même époque que le reste de l'ermitage.

Soudain, la clarté venue de la porte ouverte derrière eux changea. Une forme sombre en bouchait l'embrasure.

« Que faites-vous ici ? »

Le père Guifré les dévisageait, sourcils froncés, puis, prenant conscience de sa brusquerie, il se força à sourire et leur fit signe de s'asseoir, tandis qu'il fermait la porte et se dirigeait vers un tableau électrique encastré dans un coin de mur. Il actionna différents boutons et des spots jaunes s'allumèrent. Le recteur s'assit sur le banc le plus proche des deux policiers.

« Vous n'êtes pas facile à trouver, lui fit remarquer Cassel.

– Le samedi après-midi, une fois par mois, je monte ici. Il faut nettoyer l'ermitage, vérifier que tout est en ordre…

– Vous vous en chargez vous-même ? » s'étonna Álex.

Le recteur haussa les épaules.

« J'aime le faire. La solitude me permet de penser, loin des tracas du séminaire. » Il leva les yeux. « Mais vous n'avez pas répondu à ma question : pourquoi êtes-vous là ?

– Nous avions besoin de vous parler. J'ignore si vous savez qu'une nouvelle victime a été retrouvée. »

Le curé sursauta et se signa dans la foulée.

« Que dites-vous ? Qui ?

– Peut-être le connaissez-vous ? Il s'agit de Simón Álvarez, le vieux qui vivait dans la Colonie abandonnée. »

Le recteur hocha la tête. Álex trouva qu'il avait l'air soulagé.

« Une pauvre âme tourmentée et emplie de colère. C'est très regrettable, j'espère que vous arrêterez le coupable au plus vite.

– C'est pour cela que nous sommes ici. Nous avons besoin de votre aide. »

Le vieil homme soupira.

« Je vous écoute. »

Álex sortit la photographie et la lui montra. Le dos du père Guifré vint chercher l'appui du mur.

« Reconnaissez-vous les personnes qui sont sur cette photo ? »

Le recteur lança à Álex un regard surpris.

« Où l'avez-vous trouvée ?

– Latour l'avait en sa possession.

– Daniel… » Avec un nouveau soupir, le père Guifré se passa la main sur le front. « Cette photo date d'il y a bien, bien longtemps.

– Je vous en prie. C'est important. »

Le prêtre rajusta ses lunettes et se pencha sur le vieux cliché.

« Elle a dû être prise au moment où je venais d'arriver à la Colonie. Pendant un temps, j'ai été responsable de la paroisse. J'étais très jeune, comme vous pouvez le voir… » Il examina la photo et son expression se durcit. « À part August Dalmau et Simón, je ne reconnais personne. Je suis désolé », ajouta-t-il quelques secondes plus tard, en leur rendant la photo.

Álex regarda Cassel du coin de l'œil ; lui aussi avait vu que le père Guifré mentait.

« Je suis navré de ne pas pouvoir vous être plus utile ; si vous voulez bien m'excuser, je dois… »

Il commençait à se lever.

« Une dernière chose, le coupa Álex, nous aimerions que vous nous expliquiez ce qu'il s'est passé pour que Latour ait dû quitter le séminaire. »

Le recteur battit des paupières.

« Pourquoi ? Je ne vois pas quel lien il pourrait y avoir avec votre enquête…

– Si vous voulez bien, mon père, laissez-nous en juger par nous-mêmes. »

Le recteur prit une inspiration et regarda au sol.

Machinalement, il se mit à se frotter les mains. Álex ne savait pas si son geste était dû au froid ou à la nervosité.

« C'est une histoire tragique. Voyez-vous, cela concerne le camarade de cellule de Latour, le professeur Virgile Avril. Depuis sa tendre enfance, il était interne au séminaire. Il n'avait pas de parents, vous savez ? Avril est l'un de ces patronymes que l'on donne aux orphelins en France. Comme Expósito, chez nous. C'était un jeune brillant. Immensément brillant, même, avec une capacité d'étude illuminée par Dieu. D'un abord aimable et facile, il avait aisément gagné l'estime de tous ceux qui vivaient au séminaire. De façon naturelle, il avait obtenu un poste comme professeur d'éthique. Il aurait pu aspirer à une prometteuse carrière ecclésiastique, mais le séminaire et la vallée qui nous environne étaient son foyer, et il n'avait pas d'attrait pour le monde extérieur. Il quittait à peine les murs du séminaire, si ce n'est pour aller courir. Il était très féru de sport et connaissait parfaitement les sentiers de la montagne. Il disait qu'il se sentait plus proche de Dieu dans la nature.

– Que s'est-il passé ? »

Le regard du recteur se perdit sur les ombres au fond de l'ermitage. Ses yeux brillaient, humides. Quelques secondes s'écoulèrent. Puis il se redressa et, après un toussotement, reprit :

« Malheureusement, voici à peu près un an et demi, certaines rumeurs ont commencé à circuler à son sujet.

– Quel genre de rumeurs ? »

Le visage du recteur s'assombrit.

« De terribles rumeurs. Des mensonges issus de l'un des plus abjects des péchés : l'envie. Voyez-vous, Virgile était un homme gâté par la nature ; il possédait une beauté très particulière alliée à un caractère délicat qui pouvait prêter à confusion.

– Que voulez-vous dire ?

– Un ragot a couru, selon lequel il était… sodomite. Notre communauté est une petite communauté et soudain, certains de nos frères, Dieu leur pardonne, se sont mis à lui tourner le dos et les élèves ont cessé d'aller à ses cours. Deux semaines après, je me suis vu dans l'obligation de suspendre sa matière pour le trimestre. Comme je vous le disais, Virgile était quelqu'un de sensible et il en a été profondément affecté, peut-être plus que n'importe lequel d'entre nous ne l'aurait été. Un jeudi, il y a un an tout juste, il est parti courir comme à son habitude, avant l'aube. Mais il n'est jamais rentré au séminaire.

– Que s'est-il passé ?

– Au lever du soleil, il s'est jeté nu du haut du barrage qui avait été construit pour alimenter en énergie la Colonie. Ce fut horrible. Ce sont des bergers qui ont retrouvé son corps. Les pierres des fonds l'avaient terriblement abîmé. Il était méconnaissable. Tous les merveilleux dons que Dieu lui avait concédés, spirituels comme physiques, avaient disparu à jamais. »

Le recteur ne pouvait plus contenir ses larmes. Il joignit les mains pour stopper leur tremblement, reprit son souffle et leva les yeux sur eux.

« Comprenez-moi : depuis, j'ai en moi une immense tristesse qui ne me quitte pas, et je me sens coupable, aussi. Je n'ai pas su voir la gravité de la situation. Je n'ai rien fait pour l'en empêcher.

– Est-ce vrai que Latour était à l'origine de ces rumeurs ? demanda Cassel.

– Qui vous a dit une telle chose ?

– Répondez, s'il vous plaît », lança Álex, avec brusquerie.

Le recteur se laissa retomber contre le mur. Il semblait avoir vieilli d'un coup.

« Ça n'a jamais été prouvé. Mais Daniel a été invité à partir.

– Pour quelle raison aurait-il fait ça ? »

Le recteur secoua la tête.

« Je l'ignore. Lui seul aurait pu vous le dire. »

33

Cassel conduisait lentement, évitant les congères de chaque côté de la route. Des haut-parleurs montaient les accords de « Creep », dans la version de Moby. Sur le siège voisin, par la fenêtre à demi baissée, Álex regardait en silence les rues désertes à mesure qu'ils approchaient de la Colonie. Elle éteignit la radio : elle préférait la voix de Thom Yorke. Elle ferma les yeux. Le vent lui apportait le murmure de la rivière.

Valet, le légiste, leur avait expliqué par téléphone que les marques sur la cheville de Simón coïncidaient avec les mâchoires du piège qu'ils avaient retrouvé dans la clairière. Il leur confirma aussi qu'il était mort des suites de l'hémorragie. Ils avaient dénombré vingt-sept morsures. Ensuite, il s'était mis à leur détailler chacune des déchirures et plaies. Les animaux ne s'étaient pas contentés de satisfaire leur faim : ils s'étaient acharnés sur le corps. Enfin, même si ça n'avait pas été facile, on avait pu retrouver des traces de piqûre dans le cou, les mêmes que celles que présentait le cadavre de Latour. L'analyse de sang révélait qu'il s'agissait de la même drogue.

Les médias n'avaient pas cru à l'histoire de l'accident. Plusieurs journaux avaient fait leur une sur le crime durant le week-end, photos à l'appui, avec des titres racoleurs à propos d'un mystérieux assassin qui marquait ses victimes.

Bien qu'elle ait déjà eu l'occasion de voir la Colonie de loin lors de leur visite au manoir Dalmau, en y pénétrant, Álex fut impressionnée. Les trois zones entre lesquelles se divisaient les bâtiments se différenciaient clairement. D'un côté, il y avait la partie industrielle, où l'usine, avec son immense cheminée, se démarquait comme l'édifice central. C'était un hall tout en longueur aux dimensions impressionnantes, avec des centaines de fenêtres rectangulaires, qui rappela à Álex une ruche. L'usine était construite sur la berge de la rivière qui coulait plusieurs mètres plus bas, au bout du terre-plein. Une écluse la détournait vers le canal situé sur un côté, là où se trouvaient les turbines. Puis l'eau canalisée ressortait à l'autre bout pour être rejetée dans la rivière par un vertigineux toboggan. Parallèlement à l'usine se dressaient les bâtiments des entrepôts, aux toits effondrés. Un peu plus loin, en surplomb, dominait une maison qui avait dû être celle du directeur de la Colonie. L'entrée principale de l'usine, un portail arrondi en fer forgé surmonté d'une inscription, que les ouvriers avaient dû franchir tous les jours, était toujours debout. Álex se souvint d'une image semblable qu'elle avait vue à la télévision : le portail d'un camp de prisonniers pendant la Seconde Guerre mondiale.

Ils s'éloignèrent de l'usine et, après avoir franchi par un pont de bois le cours d'eau, atteignirent la partie du haut. Ce secteur de la Colonie consistait en une série de longs blocs disposés en étoile autour d'une place ovale de la taille d'un stade de foot. C'était là que vivaient les ouvriers et leurs familles.

Il parut incroyable à Álex que tout cela ait pu demeurer aussi longtemps caché aux yeux du monde.

Cassel se gara à gauche sur la place. En sortant du 4 x 4, Álex lut les écriteaux défraîchis des bâtiments qui les environnaient : banque, école, four… Un peu à l'écart, entre des arbres aux branches tortueuses, une église et son humble clocher étaient toujours debout.

Tous les bâtiments étaient fermés et présentaient des signes criants d'abandon. Le terrible incendie qui avait ravagé les lieux avait laissé des traces toujours visibles. Où qu'on porte les yeux, on trouvait des murs éboulés, des fenêtres crevées ou condamnées par des planches, des toitures enfoncées ou carrément effondrées sous le poids de la neige, la peinture des façades noircie et écaillée, telle la peau d'un lépreux.

Cassel la rejoignit et inspira à pleins poumons.

« Qu'est-ce qu'on respire bien, ici ! »

Álex ne fit pas de commentaire. Elle regarda par-delà les bâtiments. À bonne distance se dressait le manoir des Dalmau avec son drôle d'air de château médiéval. Soudain, elle eut la sensation que l'ombre du manoir s'allongeait démesurément et s'abattait sur eux et sur la Colonie tout entière, puis elle s'aperçut que c'était un nuage qui, poussé par le vent, avait commencé à boucher le ciel. Elle réprima un frisson : de nouveau, la température chutait.

« Allons-y avant qu'il se fasse tard. »

Ils ne tardèrent pas à localiser la maison de Simón. Contrairement aux autres bâtisses, elle semblait fraîchement repeinte. Álex ouvrit avec les clés qu'elle avait trouvées dans la musette du vieux et ils entrèrent.

La distribution du logis était simple : un bref couloir qui faisait vestibule donnait sur une petite salle à manger. De là, on accédait aux autres pièces, toutes de plain-pied : une chambre, une cuisine et une salle de bains. Les murs fanés avaient gardé leur couleur crème d'origine. Il y faisait presque aussi froid que dehors.

« Il n'y a pas une glace, nota Cassel.

– Il ne devait pas aimer se voir. Rien d'étonnant à cela. »

Álex remarqua le stock de bois empilé dans une niche. La cheminée, encastrée dans le mur, était propre, avec dedans plusieurs bûches prêtes à être allumées. En hiver, dans ces montagnes, quand quelqu'un devait s'absenter pour une courte durée, il s'arrangeait pour laisser le feu couver afin de trouver une maison à bonne température en rentrant. Manifestement, Simón ne pensait pas rentrer de sitôt. Et à présent, il ne rentrerait plus du tout.

« Vous saviez que toute une famille vivait dans ces quelques mètres carrés ? raconta Cassel en passant de la salle à manger à la salle de bains. Ils reversaient pour le loyer un quart de leur salaire mensuel. C'était la même chose avec les magasins où ils se fournissaient en nourriture ou pour les services, comme le barbier. Ils avaient même une banque pour déposer leurs économies ou solliciter des prêts. De cette manière, presque tout l'argent qu'ils gagnaient retournait dans les poches de l'industriel, en l'occurrence, les Dalmau. Un excellent négoce.

– Ah oui ? » fit Álex distraitement, tout en jetant un œil à la gazinière.

Elle semblait vieille mais en parfait état de marche. La casserole, la tasse et la cuillère que Simón avait dû utiliser la dernière fois qu'il avait pris son petit déjeuner étaient propres, près de l'évier. Álex ouvrit le réfrigérateur et y trouva quelques légumes, du fromage, et de la viande. Rien n'était moisi.

« On les obligeait à avoir la maison au complet. » La voix de Cassel résonnait à travers la porte. « S'il y avait un accident, s'ils tombaient malades ou si un travailleur de la famille mourait, ils avaient intérêt à trouver quelqu'un qui veuille bien venir vivre avec eux et payer sa part du loyer. Dans le cas contraire, ils finissaient par être expulsés, ce qui revenait à être condamnés à mort.

– Vous en connaissez un rayon sur les colonies…

– Rien, ici : tout est nickel. Et pas de miroir non plus. Comment faisait-il pour se raser ? » se demanda Cassel en sortant de la salle de bains. Il s'appuya contre le chambranle de la porte et se gratta la nuque. « Je me suis un peu renseigné. L'histoire de ces lieux est passionnante… En leur temps, ils ont joué un grand rôle dans différents pays européens. Cette colonie, en plus, est vraiment particulière.

– Pourquoi ? Qu'est-ce qu'elle a de particulier ?

– C'est une colonie qui n'aurait jamais dû exister. »

Álex crut noter une certaine émotion dans les mots de son collègue, mais quand elle se tourna vers lui, son expression était neutre.

Elle entra dans la chambre. Comme dans le reste de la maison, les murs étaient nus. Sur la table de nuit, contre le lit, elle trouva un pendentif, enroulé avec sa chaîne tel un petit serpent de métal. Il semblait incongru dans cette maison. Álex le prit et le tint en l'air. De la chaînette toute simple pendait un médaillon en forme de petite boîte ovale. Elle pressa un côté et il s'ouvrit, révélant la photo en noir et blanc d'une jeune fille. À un coin, on distinguait un bout de sceau illisible. La jeune fille du portrait avait les cheveux cachés sous un foulard. Elle était vêtue simplement, avec une robe à manches longues et un tablier par-dessus, et quelque chose était cousu sur son bras droit. Álex alluma la lampe de chevet et examina la photo de plus près pour essayer de discerner ce que c'était. Elle aurait juré qu'il s'agissait d'une étoile de David. De nouveau lui vinrent en tête des images de la Seconde Guerre mondiale qu'elle avait vues. Manifestement, la jeune fille était gênée qu'on la prenne en photo, même si elle fixait l'objectif avec un air de défi. En outre, elle était très belle. Pourquoi Simón gardait-il ce pendentif ? Quelle était son histoire ? Dans la plupart des cas, les souvenirs conservés par quelqu'un le définissent mieux que quoi que ce soit d'autre. Álex ferma le médaillon et l'empocha.

« Cette colonie était très différente des autres, poursuivait Cassel depuis la salle à manger. À part les gens de la vallée, personne n'en connaissait l'existence, jusqu'à ce qu'il soit question de ce projet de station de ski. C'est l'une des dernières qui aient été construites et elle était située loin de tout. On pourrait penser que c'était une belle erreur d'installer une colonie industrielle dans un endroit aussi inaccessible, si loin des bassins du Llobregat ou du Ter, là où étaient établies les autres colonies. Nul ne sait la raison qui a poussé Dalmau à l'implanter ici, mais il était connu pour ses idées extravagantes. » Voyant apparaître la tête d'Álex par l'embrasure, il tendit la main. « Passez-moi les clés. »

L'armoire de la salle à manger paraissait le meuble le plus soigné de la maison. Cassel ouvrit les portes et eut un sifflement appréciateur.

« Mazette, quel arsenal ! s'exclama-t-il en voyant l'équipement du vieillard. Pas de doute, Simón était un chasseur expérimenté.

– Qu'il ait fini dévoré par des loups semble pour le moins ironique… »

Cassel se pencha pour fouiller les tiroirs intérieurs.

« Voyons ce qu'il y a ici… »

Le Français tira un épais dossier caché sous une pile de revues de chasse. Quand il l'ouvrit, plusieurs feuilles glissèrent sur les boîtes de munitions. Álex reconnut le logo de l'entreprise Aiffege, estampillé au coin de chaque papier.

À ce moment, un bruit de pas précipités retentit au-dessus de leurs têtes.

34

« Par où on monte ? » chuchota Álex.

Cassel, d'un geste, lui fit signe de le suivre. Entre la cuisine et la salle à manger, il y avait une porte vert clair qu'Álex avait prise pour celle d'un cellier. Cassel tira prudemment sur la poignée. Une volée de marches couvertes de poussière montait pour se perdre dans le noir.

Álex passa devant le Français, et, dos collé au mur, serrant son arme des deux mains, commença à monter. Elle sourit en entendant son collègue bougonner derrière elle.

À mi-escalier, Álex rencontra un interrupteur sur le mur. Après qu'elle l'eut actionné, deux néons qui pendaient au plafond se mirent à clignoter. La lumière inonda un grenier sous les combles. Le regard d'Álex se posa sur un bureau avec sa chaise renversée et un classeur ouvert par terre, son contenu éparpillé au sol.

Tout à coup, elle sentit un mouvement près de son épaule. Avant qu'elle ait pu réagir, une volumineuse bibliothèque en métal s'abattit à quelques centimètres d'elle, accompagnée d'une pluie d'objets. Álex entendit Cassel jurer alors qu'il perdait l'équilibre et basculait dans l'escalier. Une ombre traversa la pièce en un éclair et sauta par la fenêtre dans une nuée de débris de bois et de verre.

Álex, sans y réfléchir à deux fois, franchit d'un bond les dernières marches et sauta à sa suite. Après un court vol plané, elle retomba sur un monticule de neige. Le choc lui coupa le souffle. Elle roula sur elle-même et, se relevant, étouffa un cri : elle ne pouvait plus bouger le bras. Une forte douleur à l'épaule l'en empêchait. Heureusement, elle n'avait pas perdu son pistolet, qui gisait à ses pieds, à moitié enfoui dans la neige. En le ramassant, elle vit une traînée de sang : son assaillant était blessé. D'où elle se trouvait, elle aperçut l'individu qui traversait la place et s'apprêtait à disparaître à l'angle du bâtiment suivant. En serrant les dents, elle se lança à sa poursuite. Si elle n'arrivait pas à le rejoindre avant qu'il n'entre dans l'un des édifices, jamais elle ne le retrouverait dans ce labyrinthe.

Elle progressa en diagonale entre les rangées de maisons. Elle pensait l'avoir perdu quand elle entendit un bruit de porte qui se refermait au bout de la rue. Elle courut jusque-là et vit qu'il s'agissait de l'ancien économat. Un écriteau pendait encore à des clous rouillés. Elle se pencha, entrouvrit la porte et glissa un œil à l'intérieur.

Lâchant un juron, elle s'engouffra sans plus de précautions : le toit et le mur du fond de ce qui avait été un magasin avaient disparu. Seule la façade par où elle était entrée était encore debout. L'intérieur n'était plus qu'un monceau de gravats sous lequel se dressait toujours un comptoir en bois vermoulu. Déjà, l'individu dévalait en courant la rue, s'éloignant de plus en plus. Heureusement, elle savait où il allait.

Álex arriva à l'entrée de l'usine juste à temps pour le voir pénétrer dans le bâtiment principal. Elle le suivit à pas de loup. Une fois la porte passée, elle se retrouva dans un hall immense. Plusieurs fenêtres laissaient entrer la lumière, mais elles étaient si noires de crasse que c'était à peine suffisant pour chasser l'obscurité régnante. Dans la pénombre, une centaine de métiers à tisser mécaniques attendaient en silence des ouvrières qui ne reviendraient pas. Les énormes machines sales et poussiéreuses formaient de longs couloirs qui se perdaient au fond du hall. Du plafond émergeait un lacis de poutres et de poulies, d'où pendaient de larges courroies en cuir reliées aux montants des métiers à tisser. Malgré des décennies d'inactivité, on aurait dit que l'usine pouvait reprendre vie d'un moment à l'autre.

Álex s'engagea sur la pointe des pieds dans la première des travées constituées par les machines. Elle tendit l'oreille, guettant un bruit qui aurait pu lui donner une piste, mais rien n'altéra la quiétude qui l'environnait. Elle continua d'avancer. Elle se demandait où pouvait bien être Cassel, quand, quelques mètres plus loin, elle crut voir une silhouette bouger entre deux travées.

« Police ! Pas un geste ! » cria-t-elle.

La forme se tourna vers elle et, après une ou deux secondes d'hésitation, s'élança en sens inverse. Álex marmonna un juron, baissa son arme et se lança dans la course, résolue à lui mettre la main dessus une bonne fois pour toutes. Avant qu'elle ait pu faire deux pas, l'enfer éclata autour d'elle.

Des dizaines de spots s'allumèrent. Ses yeux, qui s'étaient habitués à l'obscurité, furent immédiatement aveuglés par cette lumière intense. En même temps, cent métiers à tisser s'éveillèrent d'un coup et se mirent en marche dans un bruit assourdissant. Le vacarme était tel qu'Álex n'arrivait même plus à s'entendre penser.

Tous ses sens se bloquèrent. Son cœur s'emballa. Elle regarda ses mains trempées de sueur qui tremblaient, incontrôlables. Dans sa gorge, l'air commençait à ne plus pouvoir passer. Pendant ce temps, le claquement des navettes contre les châssis faisait vibrer le sol.

« Non… » souffla-t-elle, en se recroquevillant sur elle-même comme si on l'avait frappée.

La crise de panique la secoua comme une coque de noix au milieu d'un typhon. Elle avançait en trébuchant, yeux mi-clos, tandis qu'autour d'elle les métiers à tisser continuaient à frapper encore et encore. Elle tenta de fixer son regard sur quelque chose. Un halo irréel baignait tout ce qu'elle avait sous les yeux, comme si elle s'était trouvée dans un tunnel et que la sortie s'éloignait toujours plus d'elle, hors d'atteinte. La terreur qui l'avait envahie était écrasante. Sa tête lui hurlait qu'elle allait mourir.

Sans savoir comment, elle parvint au bout du hall et tomba sur une porte métallique. Elle l'ouvrit et la passa sans réfléchir. Il fallait qu'elle sorte.

À peine la porte franchie, le fracas diminua, remplacé par le grondement d'un torrent. La salle où elle était entrée était un espace vide, haut de plafond. D'immenses machines couvraient le fond dans la pénombre ; les générateurs, sans doute, supposa Álex. D'un côté entrait le canal d'eau qui traversait la salle et passait sous les turbines pour ressortir.

Álex avait du mal à tenir debout. Elle chercha ses cachets, mais la poche de son manteau était vide. Le flacon avait dû tomber pendant la poursuite. Une bouffée de panique lui tira un gémissement d'angoisse. Tout était dans sa tête. Il fallait qu'elle se calme. Elle pouvait le faire. Elle se concentra sur son souffle, se forçant à inspirer et expirer à fond, lentement. La sensation de panique passerait et tout rentrerait dans l'ordre. Il fallait juste qu'elle reprenne le contrôle. Juste…

Quand elle perçut le mouvement dans son dos, c'était trop tard. Le premier coup, reçu dans son épaule déboîtée, lui causa une douleur si fulgurante qu'elle lui brouilla la vue. Elle tomba à genoux. Le coup suivant l'atteignit à la tempe. Elle interposa son bras indemne, en vain. Son assaillant continua à la frapper, dans les reins, et Álex s'écroula. À peine consciente, elle sentit qu'il la saisissait par les pieds et la tirait.

L'individu l'entraînait vers le canal. Le courant faisait tourbillonner l'eau, violemment projetée contre les parois en ciment. Sur le point de s'évanouir, Álex pensa qu'elle devait résister, mais son corps ne réagissait pas.

Soudain, elle entendit un gémissement et son agresseur la lâcha. Un jeune avec des dreadlocks et des petites lunettes rondes s'effondra près d'elle. Une seconde plus tard, Cassel apparut dans son champ de vision.

« C'est quoi, ce boucan insupportable ? »

35
Journal de Raquel

Ezra m'a retrouvée pelotonnée contre un rocher comme un petit serré contre la fourrure de sa mère, ainsi que lui-même me l'a raconté ensuite. Une fine couche de neige m'avait recouverte et mon visage était sillonné de larmes. Dans une main, j'avais encore ma poupée. Quand il a constaté que je respirais, il a soupiré de soulagement et a crié aux autres :

« Elle est ici ! »

En attendant qu'ils arrivent, il m'a tenue contre lui et m'a frictionné tout le corps pour que je me réchauffe. Ses soins m'ont fait reprendre connaissance. J'ai ouvert les yeux et j'ai cherché le loup aux alentours, mais il n'y avait plus trace de lui.

« Calme-toi. Tu es saine et sauve. »

Adrien et l'oncle d'Ezra m'ont aidée à me lever, puis ils m'ont fait boire un peu de liqueur et m'ont emmitouflée dans une couverture. Au début, j'avais du mal à marcher, mais quand le sang s'est remis à circuler, malgré les crampes dans mes jambes, j'ai pu me tenir debout toute seule.

Millet attendait bras croisés au détour du chemin. Dispersé près de lui, le reste du groupe était là aussi. En nous voyant arriver, les femmes se sont jetées sur moi pour s'assurer que j'allais bien.

« Nous avons pris beaucoup de retard, a protesté M. Jacob, assis sur sa valise.

– Si nous pouvons nous arrêter pour vous, nous pouvons aussi le faire pour elle », a lancé Ezra brutalement.

L'homme l'a dévisagé, sidéré. Il n'était pas habitué à ce qu'un gamin lui parle sur ce ton. Il s'est levé mais, devant les regards furieux des autres, il s'est ravisé et a repris sa place.

Millet s'est accroupi devant moi. De ses mains rugueuses, il a examiné ma cheville et les écorchures de mes jambes. Il a fait mine de ne pas voir les traces de larmes sur mon visage. Ses yeux se sont agrandis quand il a reconnu l'odeur que je dégageais. Bien que ténue, elle était là. Moi aussi, je la sentais. Il m'a contemplée quelques secondes.

« Tu peux marcher ? »

J'ai fait « oui » de la tête.

« Bien. »

Il a levé les yeux par-dessus moi, du côté des montagnes.

« Si ce garçon n'avait pas été là… C'est le seul à avoir remarqué ton absence et à avoir insisté pour que nous nous arrêtions. Lui, son oncle et Adrien ont rebroussé chemin pour aller à ta recherche. Fais plus attention. Il n'y aura pas de deuxième chance. »

Un bref instant, son expression de soulagement l'a trahi ; puis, s'en rendant compte, il a repris son masque et fait volte-face en grommelant. Sans plus prêter attention à moi, il s'est adressé au reste du groupe.

« Le col n'est plus loin. Cette fois, que personne ne se laisse distancer. »

Il a ajusté les bretelles de son sac à dos et s'est remis en marche, suivi des autres.

À partir de ce moment, Ezra est resté à côté de moi et ne m'a plus laissée seule un seul instant. Il me racontait des histoires de sa ville natale à mi-voix pour me faire oublier ma fatigue et la monotonie de la route. Il m'aidait à chaque passage difficile ou s'assurait que j'étais bien couverte. Je continuais de me taire, mais j'appréciais sa compagnie. Une seule fois, Ezra a fait allusion à ce qui était arrivé.

« C'est un miracle que ton corps ait réussi à conserver sa chaleur. On te cherchait depuis presque une heure et on était sur le point d'abandonner. »

J'ai pensé au loup qui m'avait protégée, mais je n'ai rien dit. Qui m'aurait crue ?

On était presque au col de Guillou. Nous avons dépassé plusieurs formations rocheuses. Millet nous a expliqué qu'on pouvait trouver entre ces rochers d'excellents refuges en cas d'intempéries. Personne n'a rien dit. Depuis un bon moment, aucun d'entre nous n'était plus capable de parler et de respirer en même temps.

« Pour l'amour du ciel, faisons une pause », a ahané M. Jacob. La sueur trempait son front et coulait jusque dans les plis de son cou. Pour une fois, nous étions tous d'accord avec cet homme.

Même si ça ne lui plaisait pas, Millet a jeté un coup d'œil à nos visages exténués et a accepté que nous fassions une halte. Chacun s'est laissé tomber à l'endroit même où il se trouvait pendant qu'Adrien partait en avant pour s'assurer de l'état du chemin plus haut.

Les premières lueurs de l'aube coloraient le ciel, ce qui a réjoui tout le monde. Le soleil nous réchaufferait et rendrait la route un peu plus facile. Mais Millet, lui, ne le voyait pas de cet œil. À cause de moi, nous avions pris beaucoup de retard.

« Allez, préparez-vous à repartir. À la lumière du jour, on aura plus de risques d'être découverts.

– Monsieur Millet, je vous paie pour… a commencé M. Jacob, le doigt braqué sur lui, quand soudain des aboiements l'ont interrompu. C'est quoi, ça ? » a-t-il repris, livide.

À ce moment-là, Adrien est arrivé, dévalant le sentier en courant.

« Une patrouille ! Une patrouille allemande ! Avec des

gendarmes. Ils sont plus bas, mais ils seront là d'un instant à l'autre. »

Pris de panique, nous nous sommes tous levés d'un coup et nous avons commencé à ramasser nos affaires en vitesse.

« On n'a plus le temps, a crié Millet, d'une voix étouffée. Laissez tout ici. Allez ! »

Nous l'avons regardé, atterrés.

« Nous ne pouvons pas abandonner nos affaires, a protesté Ida Bendit, dans un filet de voix.

– C'est vous qui voyez : vos bagages ou vos vies. »

Entre larmes et lamentations, la plupart d'entre nous se sont résignés à se défaire des bagages et des sacs qu'ils avaient eu tant de mal à transporter jusque-là. C'étaient les derniers biens qui leur restaient au monde. Des objets qui leur rappelaient qui ils étaient, d'où ils venaient et l'endroit auquel ils appartenaient, même si cet endroit n'existait plus.

« Vous aussi, a indiqué Adrien à M. Jacob.

– Non. »

Son double menton a tremblé, ponctuant son refus catégorique. L'homme serrait contre lui sa valise et toisait le garçon par-dessus ses lunettes comme s'il le défiait de venir la lui arracher. Adrien, qui avait vu la folie dans ses yeux, n'a pas voulu insister. Les Allemands sauraient bien s'occuper de lui. Mais alors qu'il repartait sur le sentier, la voix de son père l'a stoppé.

« Adrien, aide-le avec la valise.

– Mais, papa...

– Fais ce que je te dis. »

Le garçon est revenu sur ses pas et a pris la valise des mains grassouillettes de M. Jacob. Elle était bien plus lourde que ce qu'il avait cru. Adrien se demandait comment cet homme avait pu porter un tel poids jusque-là. Pas de doute, elle devait être vraiment importante à ses yeux. En soufflant, il a fini par la charger sur son épaule et a repris la marche, suivi de M. Jacob qui lui lançait des coups d'œil soupçonneux.

Poussé par les aboiements qui se faisaient de plus en plus proches, le groupe se hâtait. Ezra m'a attrapée par la main, l'air grave. Il me tirait tout en avançant. La peur nous faisait tous marcher plus vite, malgré la fatigue accumulée.

Nous avions beau faire, nous n'arrivions pas à suivre le rythme des autres, et petit à petit ils nous ont distancés. C'est alors qu'Ezra, par mégarde, a glissé et est tombé de tout son long.

Je lui ai tendu la main pour l'aider à se relever, mais quand il a voulu poser le pied au sol un éclair de douleur lui a traversé la jambe. Il s'est effondré par terre, en se mordant les lèvres pour ne pas crier. Sa cheville le lançait. Il devait s'être fait une entorse, ou pire.

« Je ne peux pas marcher. »

Les aboiements, mêlés aux voix allemandes, nous parvenaient clairement.

« Va-t'en, m'a chuchoté Ezra. Fuis avec les autres. Tu peux y arriver. »

Sans l'écouter, je l'ai pris sous les aisselles et j'ai essayé de le soulever. Je n'étais qu'une petite fille, mais je faisais à peu près sa taille, et j'avais pour moi l'énergie du désespoir.

« Qu'est-ce que tu fais ? Laisse-moi. »

Je lui ai montré du doigt ce que j'avais repéré à quelques mètres, sur la droite. À peine perceptible, entre des parois rocheuses du type de celles que nous avait signalées Millet, on distinguait une mince entaille. D'où nous nous trouvions, il était impossible de savoir s'il s'agissait d'une grotte ou d'une simple faille entre les rochers, mais c'était notre seule chance.

Ezra s'est appuyé sur moi et nous nous sommes dirigés vers elle à petits pas. Je priais pour avoir vu juste. Derrière nous, les voix des soldats se rapprochaient. Enfin, à bout de souffle, nous avons atteint notre but. La faille, une cavité étroite et sombre, semblait suffisamment large pour que nous puissions nous faufiler, mais nous ignorions ce que nous trouverions de l'autre côté.

Le bruit des bottes sur les cailloux nous a fait brièvement nous retourner : les premiers hommes grimpaient à toutes jambes le sentier. Dès qu'ils lèveraient les yeux, ils nous verraient. Il fallait faire vite. Main dans la main, nous nous sommes glissés par la brèche.

Nous n'avons pu retenir une exclamation étouffée en roulant au sol, qui heureusement n'était pas trop bas. Ce fut surtout dur pour Ezra, à cause de sa cheville.

La faible clarté du dehors nous a permis de distinguer où nous étions ; c'était une cavité d'environ deux mètres de haut sur cinq ou six de profondeur. Les murs étaient noircis par la fumée d'anciens feux de berger.

Prudemment, j'ai glissé un œil à l'extérieur. J'ai compté sept soldats et deux gendarmes. Ils s'étaient arrêtés juste là où Ezra avait trébuché à peine une minute plus tôt.

J'ai constaté avec soulagement qu'il n'y avait pas de neige sur la surface de terrain entre le sentier et la faille. Autrement, ils n'auraient eu qu'à suivre nos traces. Je me demandais où étaient les chiens que nous avions entendus.

Soudain, j'ai senti une présence près de moi. Je me suis laissée tomber près d'Ezra et nous nous sommes serrés l'un contre l'autre, pendant que je priais pour qu'ils ne m'aient pas vue. Une poignée de terre friable nous est tombée dessus, suivie d'un aboiement et d'un bruit de bottes au-dessus de nos têtes. Ils avaient trouvé la fissure.

Nous nous sommes plaqués contre la roche. Un soldat a passé la tête par l'ouverture, mais, comme nous plus tôt, il ne pouvait rien distinguer. Il a échangé quelques mots avec un collègue, puis, tout de suite, le halo d'une lanterne a parcouru la cavité. Nous nous trouvions juste en dessous ; la lumière est passée à quelques centimètres de nos pieds.

Le soldat a dit quelque chose et c'est la tête d'un berger allemand qui est apparue. Au milieu de toute cette obscurité, j'ai entendu le chien flairer l'air. Nous n'osions plus faire un geste. Il allait nous découvrir.

Tout à coup, l'animal a gémi et gratté la terre de ses

pattes pour s'écarter de l'ouverture malgré les cris et les efforts du soldat qui le retenait par la laisse. Le chien a de nouveau aboyé plusieurs fois puis, à force de tirer en sens contraire, a réussi à se libérer et s'est enfui. Il y a encore eu des cris, puis des pas qui couraient, s'éloignant des rochers.

« Je connais un peu d'allemand, a chuchoté Ezra dans le noir, quand il a été sûr que nous étions seuls. Le soldat a dit que le chien avait peur. »

36

Álex observait le garçon à travers le miroir sans tain. Il était assis, tête baissée, ses dreadlocks lui cachant le visage. Sa main blessée était bandée. Menotté, il se tenait penché en avant dans une position inconfortable, car la distance entre la chaise, fixée au sol, et la table ne lui permettait pas de s'y accouder.

La salle d'interrogatoire, une pièce rectangulaire aux murs nus, laqués de blanc, avait pour seule source de lumière une réglette avec deux tubes fluorescents fixée au plafond. L'un des tubes, qui clignotait toutes les cinq secondes, émettait un bourdonnement électrique continu. La pièce n'avait pas de fenêtres et puait la transpiration, la nourriture rance et la peur.

« On fait exprès de laisser le tube, ça finit par les rendre nerveux », commenta le policier chargé du matériel d'enregistrement.

Álex détourna les yeux ; elle aussi, ça la rendait nerveuse. L'intendant Cruz était là également. Il fixait avec gravité le prévenu en échangeant quelques mots avec un autre agent.

Álex secoua la tête et entra, suivie de Cassel, dans la salle d'interrogatoire. Ils avaient décidé que ce serait le Français qui mènerait le jeu.

L'espace était plus réduit que ce qu'elle avait cru et, un

instant, elle eut la sensation que les murs se resserraient autour d'elle et qu'elle ne pourrait pas ressortir. L'air se mit à lui manquer. Elle ferma les yeux pour se répéter et se re-répéter que non, elle n'étouffait pas, que tout était dans sa tête. Dans sa putain de tête. Quelques secondes plus tard, la sensation s'atténua. Ouvrant les yeux, elle rencontra le regard intrigué du garçon.

Álex resta debout, appuyée contre le mur, tandis que Cassel s'asseyait en face du jeune homme, en plaçant l'enregistreur entre eux. Puis, de la poche de sa veste, il tira une canette d'Aquarius et un kebab emballé dans de l'aluminium qu'il avait achetés à deux rues du commissariat. Il les posa à portée du garçon.

« Tu dois avoir faim et soif. »

Le garçon ne broncha pas, mais attrapa la boisson et le kebab. Il ne lui fallut pas une seconde pour mordre à belles dents dans le sandwich à la viande. L'odeur de mouton braisé fit froncer le nez à Álex.

Cassel attendit qu'il ait avalé sa deuxième bouchée puis il mit en marche le magnéto.

« *Allons-y**... Quel est ton nom ? »

Le garçon le regarda, l'air de regretter qu'on interrompe son repas.

« Antoine. Antoine Closas.

– Tu es mal barré, Antoine, mais tu es déjà au courant de ça, d'après ce que nous savons de toi, commença Cassel, et il se mit à lire les notes du dossier qu'il avait dans les mains. Escroquerie. Vol. Onze arrestations... Pas de doute, tu as de l'expérience.

– J'ai purgé ma peine. Maintenant je suis clean », répondit le garçon, après avoir vidé une partie de la canette et roté.

Au son de sa voix, Álex se rappela enfin où elle l'avait vu : c'était le jeune qui passait à la télé ; le porte-parole d'un de ces groupes écolos qui protestaient contre la construction de la station de ski.

« Ils sont au courant, tes copains de ton ONG ? » lui lança-t-elle, avec un sourire narquois.

Closas la regarda, l'air bravache, avant de répondre.

« Évidemment qu'ils le sont. Ils me respectent parce que maintenant, je suis quelqu'un qui a un objectif.

– Un objectif ?

– Gaia est en danger. Vos actes irresponsables nous mènent tout droit à l'extinction de la vie sur cette planète. Nous sommes ses défenseurs. Son dernier espoir.

– Tu n'es pas sur un plateau de télé, je te rappelle. »

Pour toute réponse, le garçon haussa les épaules et mordit de nouveau dans le kebab.

« Pourquoi étais-tu chez Simón ?

– Je n'ai rien volé.

– On ne t'accuse pas de vol, lui fit remarquer Álex, il y a des choses plus graves, comme agresser un agent de police, par exemple.

– Je n'ai fait que me défendre. Je ne savais pas qui vous étiez. J'ai eu peur. »

Son visage exprimait un profond regret. Tout son langage corporel traduisait un sincère repentir. Álex fut tentée de lui trouver des excuses et se maudit la seconde d'après. Mais comment faisait-il ? À l'évidence, ce garçon avait un don pour éveiller la sympathie chez les gens. Son épaule blessée la lança et Álex se souvint qu'elle avait failli se retrouver sous l'eau. À l'hôpital, ils avaient fait du bon boulot en la lui remettant en place, mais son bandage la tirait un peu.

« Où étais-tu mercredi soir entre vingt-trois heures et une heure du matin ?

– À cette heure… dans ma chambre d'hôtel.

– Quelqu'un peut le confirmer ? »

Il secoua la tête.

« Les autres étaient partis dîner. »

Il allait reprendre la canette, mais Álex le devança et la lui retira.

Dalmau. Quand le vieux Dalmau est mort, les terres ont été réparties entre plusieurs propriétaires. L'un d'eux était Latour. Je l'ai contacté et je lui ai offert de laisser tomber les manifs en échange d'un beau paquet d'oseille.

– Eh bien ! La cause environnementale a un prix !

– Je l'ai appelé pour fixer un rendez-vous, mais il m'a répondu qu'il était occupé, que je devais le rappeler une heure après. C'est ce que j'ai fait, mais il n'a plus décroché. »

Álex reconnut que sa déclaration concordait avec le relevé horaire des communications sur le portable de Latour.

« Cela n'explique pas ta présence chez Simón. »

Le jeune souffla avec agacement.

« Je vais t'aider. »

Álex laissa tomber sur la table la chemise qu'ils avaient trouvée au fond de l'armoire de Simón.

« Tu cherchais ça, peut-être ? » Elle étala sous ses yeux les plans et autres papiers sur la station de ski avec le logo d'Aiffege. « Codes d'accès, protocoles de désactivation des alarmes… Tu sais ce que je pense ? Je pense que tu es l'auteur des sabotages qu'a subis la station ces dernières semaines. Je pense que tu étais de mèche avec Latour mais que, comme tu es ambitieux, tu lui as demandé une rallonge, qu'il l'a refusée, que vous en êtes venus aux mains, et que c'est là que tu l'as assassiné. »

Closas secoua la tête. Il était livide.

« Je pense aussi, poursuivit Álex, que le vieux a découvert ton double jeu en allant à ton hôtel. Qu'il a emporté ces documents et qu'il allait te dénoncer. C'est pour ça que tu l'as tué. Et c'est pour ça que tu étais chez lui : pour récupérer ce dossier. »

Closas tremblait sur sa chaise. Il frappa la table du plat de ses deux mains menottées, en hurlant :

« Je ne dirai plus rien ! Je veux un avocat. Tout de suite ! »

Cassel et Álex se levèrent de concert. Ils allaient sortir

quand ils entendirent la voix éraillée du garçon, dans leur dos.

« Vous ne savez rien. Vous croyez que vous m'avez eu, mais pas du tout. » Il eut un rire étranglé. « J'ai une mission. Je suis l'élu. Ça, ce n'est qu'une épreuve de plus ! » Son expression était celle d'un fanatique. « Vous n'arriverez pas à nous stopper. Nous avons convoqué une immense manifestation. Des gens du pays entier vont venir, et même au-delà des frontières. Quand on saura que j'ai été arrêté, peu importe de quoi vous m'accuserez, tout le monde pensera à un coup monté pour casser notre mouvement. Cet endroit deviendra un enfer. »

Álex conduisait en silence. L'engrenage de pensées dans lequel elle était perdue se brisa au son de la voix de son collègue.

« Vous êtes bien partie pour le casser en deux », disait Cassel.

Álex baissa les yeux sur ses mains crispées sur le volant. Les jointures de ses doigts étaient blanches et leur extrémité endolorie, tant elle serrait fort. Elle poussa un soupir, fit jouer ses bras et tout son corps se détendit. Elle lança un coup d'œil à Cassel qui la dévisageait avec curiosité.

« Vous savez quoi ? Votre jeep est fantastique. Une Wrangler, rien que ça ! J'ai vu que la suspension est réglable. Ça doit être bien pratique en ville. »

Avant qu'Álex ait pu répondre, son téléphone se mit à vibrer et elle décrocha automatiquement en mode mains libres.

« J'appelle pour vous prévenir. » Álex reconnut la voix de la juge Andrés dans le haut-parleur. « Je viens d'avoir l'intendant Cruz au téléphone. Le bureau, par l'intermédiaire de la délégation du gouvernement, a convoqué une conférence de presse demain matin pour annoncer l'arrestation d'Antoine Closas et la fin des investigations.

– Hein ? Est-ce que ce n'est pas un peu précipité ? » réagit Álex, déconcertée.

Le silence à l'autre bout de la ligne fut éloquent. La juge s'éclaircit la gorge avant de poursuivre.

« Écoutez. Il faut clore le dossier. La candidature aux Jeux olympiques d'hiver est en jeu. Cette conférence de presse est une idée de l'intendant Cruz, et elle a paru excellente au délégué du gouvernement. Il faut mettre en avant l'efficacité des corps de sécurité de l'État, la coopération réussie entre les pays, etc.

– Mais…

– Sous-inspectrice, la coupa la juge, vous savez comment ça fonctionne. » Elle fit une pause. « Je suis désolée, mais c'est comme ça. »

Álex assena un grand coup rageur à son volant.

« Vos efforts seront reconnus, ne vous inquiétez pas.

– Ce n'est pas précisément ça qui me préoccupe, rétorqua Álex vertement.

– Il paraît que l'arrestation de Closas n'a pas été de tout repos. On m'a dit que vous aviez été blessée.

– Une égratignure. »

Elle se remémora son attaque de panique et comment celle-ci l'avait laissée démunie, à la merci du jeune garçon. Mais le pire, c'était de savoir qu'elle aurait pu de nouveau blesser quelqu'un. Elle était devenue un danger. Elle ne pouvait pas continuer ainsi.

« Pour tout dire… commença-t-elle.

– Closas connaissait très bien la Colonie, la coupa Cassel. Il aurait pu nous surprendre mais la rapide intervention de la sous-inspectrice Serra a empêché qu'il ne nous échappe, madame. »

Álex le regarda, interloquée.

« Ah, parfait, répondit la juge. Manifestement, votre supérieur avait raison, sous-inspectrice. »

Cassel sourit à Álex, qui le foudroya du regard.

« Le parquet pense le mettre en examen pour trouble

à l'ordre public avec violences, et deux homicides avec préméditation et actes de barbarie », leur résuma la juge. Dans le haut-parleur, on l'entendit distinctement soupirer. « Espérons qu'avec la détention de Closas cette affaire soit réellement terminée. S'il vous plaît, lieutenant, transmettez également mes remerciements à vos supérieurs.

– Je n'y manquerai pas, merci, madame la juge. »

Andrés prit congé, non sans avoir d'abord requis leur présence à la conférence de presse.

Le 4 x 4 resta silencieux un bon moment tandis qu'ils poursuivaient leur route. Álex jeta un regard en coin à Cassel. Le policier français s'était remis à regarder le paysage par sa vitre. Elle ne disait jamais merci, parce qu'elle avait l'habitude de se débrouiller seule. Elle n'avait besoin de personne. Elle ne dépendait de personne. Voilà pourquoi elle préférait travailler en solo : tout était plus simple. Mais cette fois (elle lança de nouveau un coup d'œil à Cassel)... elle avait un coéquipier.

Elle sentit qu'il lui en coûtait d'articuler ces mots, mais elle le fit quand même :

« Je voulais vous remercier. »

Cassel haussa les épaules.

« On forme une équipe. Vous auriez fait exactement la même chose pour moi.

– Ce qu'il s'est passé à l'usine...

– Vous n'avez aucune explication à me donner. »

Le silence retomba jusqu'à ce qu'Álex le brise à nouveau.

« Peut-être que j'ai besoin de le faire...

– Dans ce cas, il est temps qu'on se tutoie, tu ne crois pas ? »

37

« Ma sœur a disparu par ma faute. »

Álex et Cassel avaient commandé deux bières et s'étaient assis à la table la plus à l'écart. À cette heure, le bar était presque vide et le propriétaire, après les avoir servis, était rentré dans sa cuisine pour préparer les en-cas de la matinée.

« Je me souviens très bien de ce que j'ai ressenti le jour où nous sommes arrivés ici. Jamais je n'avais vu des montagnes comme celles-là. Le soleil semblait incapable d'en dépasser les cimes, et même si nous étions en été, j'avais l'impression qu'une ombre planait en permanence au-dessus de nous. Je n'aurais pas voulu le reconnaître, alors, mais j'avais peur. Depuis que ma mère était morte, beaucoup de choses me faisaient peur. »

Álex avala une grande gorgée de sa bière. Son goût amer la surprit.

« Le décès de ma mère avait été un gros choc pour mon père. Il s'était mis à boire. Plus d'une fois, ma sœur et moi nous l'avions retrouvé à quatre pattes à la porte de l'immeuble, balbutiant des excuses d'une voix pâteuse. Ça… ça m'avait beaucoup effrayée. Je n'étais qu'une petite fille. Lía aussi, mais elle, elle savait toujours quoi faire. Ces fois-là, nous l'avions aidé à monter chez nous et nous l'avions mis au lit tout habillé. En plus de son chagrin d'avoir perdu ma mère, je savais que mon père se sentait coupable, qu'il pensait qu'il n'était pas à la hauteur vis-à-vis de nous. »

L'estomac d'Álex se noua. Elle se demandait pourquoi elle était en train de raconter tout ça à Cassel, mais les mots sortaient de sa bouche comme un torrent qu'elle avait retenu trop longtemps.

« Mon père a perdu son poste. Il était biologiste et faisait partie d'une équipe de recherche à l'université de Barcelone. Plus exactement, il l'a quittée pour s'occuper de ma mère. Ensuite, quand tout a été fini, ils n'ont pas voulu le réintégrer. Des semaines sont passées, des semaines qui sont devenues des mois, puis un an, et il ne trouvait toujours pas de travail. La situation a encore empiré. Nous allions être expulsés, faute de payer le loyer. C'est alors qu'il a reçu ce coup de fil. »

Le patron du bar approcha avec deux nouvelles bières sans qu'apparemment personne les ait commandées. Álex fut étonnée que les premières se soient vidées si vite. Elle reprit son histoire :

« Un ami de mon père l'a informé qu'on recherchait quelqu'un prêt à vivre à la montagne, pour un projet européen d'observation de la faune sauvage. Le salaire était correct. C'était l'occasion de recommencer de zéro. L'endroit s'appelait Os de Civís : à peine un point minuscule sur la carte dans la tache foncée du parc naturel des Hautes-Pyrénées, collé à l'Andorre. Je n'en avais jamais entendu parler avant, et après, il m'a fallu beaucoup de temps pour réussir à l'oublier.

» À cause du travail de mon père, nous vivions dans un chalet loin du premier hameau, à plus de deux mille mètres d'altitude, près du pic de Salòria. Quoique bien aménagé, c'était un chalet austère, entouré par la forêt et proche de différentes pistes qui se perdaient dans la montagne. Nous avions juste l'essentiel pour vivre et la moitié de l'espace était occupée par les instruments de mesure dont avait besoin mon père pour son travail. N'importe qui aurait vu ça comme un cauchemar. Pour les gamines que nous étions, c'était fantastique.

– C'est le chalet où tu es en ce moment. »

Álex hocha la tête.

« Nous avions tout le temps du monde. Nous nous étions fait quelques copains dans la vallée. Nous organisions de grandes balades. Nous errions dans la montagne comme des explorateurs d'un autre temps. De toute façon, il n'y avait pas grand-chose d'autre à faire. Les beaux jours arrivaient. L'été s'annonçait formidable, aussi ennuyeux que pouvait l'espérer une petite fille… et puis nous avons découvert ce bunker. »

Álex ne levait plus les yeux de la table. La présence silencieuse de Cassel, qui écoutait patiemment, la mettait à l'aise. À part à son psy, elle n'avait raconté cette histoire à personne.

« Tu sais ce que c'est que la ligne P ? » Devant le hochement de tête négatif de Cassel, elle continua : « Les mois qui ont suivi la disparition de ma sœur, j'ai cherché, de mon côté. J'ai voulu connaître l'origine de cette construction, de ce bunker, là où tout avait commencé. Et justement, il faisait partie de ce projet. Quelques années après la guerre civile, Franco a décidé de monter une ligne de défense dans les Pyrénées pour prévenir une invasion depuis la France. Pendant une dizaine d'années, ils ont construit des centaines de bunkers, des nids de mitrailleuses, des tranchées, des kilomètres de tunnels sous la terre… Et puis, quand ils se sont rendu compte que c'était ridicule, le projet a été abandonné. Actuellement, presque personne ne sait comment localiser ces anciennes installations militaires. Les plans sont quelque part, perdus aux Archives générales militaires d'Ávila. Je le sais parce que j'ai demandé à les voir, mais on me l'a refusé. »

Elle finit sa bière et une nouvelle bouteille s'en alla rejoindre les autres cadavres.

« Nous avions découvert l'une des plus longues galeries, même si nous l'ignorions alors. Pendant des jours nous avons exploré ce bunker. Puis nous avons fait ce stupide pari pour voir qui était le plus courageux. J'ai triché pour gagner parce que j'enviais la façon dont les garçons regardaient Lía. Je voulais qu'ils me regardent pareil. Je voulais arrêter d'être la sœur insignifiante qui la suivait comme son ombre. Je… je la détestais parfois. Elle était si parfaite… si spéciale… » Álex se tut quelques secondes. Malgré toute la bière qu'elle avait bue, elle avait la gorge sèche. « Quand elle est partie ce soir-là, jamais je n'aurais pensé que je ne la reverrais plus. »

Elle fut prise d'une sensation d'oppression, qui passa tout de suite.

Cassel ne dit rien, il hocha seulement la tête, l'air grave. Álex s'étonna de voir ses propres doigts effleurer ceux de cet homme, sur la table encombrée de bouteilles de bière. Qu'est-ce qu'elle était en train de faire ? Tout à coup, toute la fatigue et la tension des derniers jours s'abattirent sur ses épaules. Elle retira sa main, en espérant n'être pas trop brusque. Cassel ne sembla pas remarquer sa gêne.

« Il y a bien dû y avoir une enquête…

– Les enquêteurs ont interrogé nos amis. Tous ont assuré qu'ils avaient quitté Lía au moment de prendre le chemin qui menait au village. Le bunker aussi a été exploré à fond, mais ils n'ont rien trouvé. Aucune empreinte, aucune trace. Tout ce qu'on a pu vérifier, c'est qu'elle n'était jamais arrivée à la maison. Au bout de deux semaines, les battues ont été suspendues. Un an plus tard, l'affaire était classée. »

Álex regardait droit devant elle comme si Cassel n'avait pas été là.

« Depuis, je n'arrête pas de penser que si je n'avais pas échangé nos cartes, elle serait là.

– Peut-être que ça te serait arrivé à toi, alors.

– C'est possible, mais… Tu sais ce que c'est de vivre

en portant la responsabilité de la disparition de ta sœur ? Tu sais ce que c'est de traîner ce remords ? »

Cassel resta muet. Il n'avait pas de réponse.

« C'est insupportable : la souffrance t'accompagne à chaque minute de ta vie ; elle est toujours là, comme une plaie mal cicatrisée qui se rouvre, indéfiniment. »

Álex saisit la bouteille, puis, y réfléchissant à deux fois, elle la reposa sur la table. Elle avait assez bu.

« Nous étions des gamines. Lía avait tout l'avenir devant elle. Une vie merveilleuse l'attendait…

– Et ton père ?

– Quand les recherches se sont arrêtées, il s'est effondré. Après avoir perdu sa femme, il perdait sa fille aînée. Il s'est remis à boire et s'est réfugié dans le silence. Son contrat de travail s'est terminé, mais il a décidé de rester ici ; je suppose que c'était pour être auprès de Lía, d'une certaine façon. Deux semaines plus tard, ma tante, la sœur de ma mère, est venue me chercher ; je suis partie vivre avec elle à Barcelone. À mes douze ans, ma tante a demandé ma garde et mon père ne s'y est pas opposé. Je ne suis jamais revenue, ni à la montagne ni pour le voir.

– Jamais ? Durant tout ce temps ? » Cassel ne put dissimuler sa surprise.

Álex secoua la tête.

« Pas même un coup de téléphone. Au début, mon père a essayé, mais je refusais toujours de lui parler. C'était notre père, c'était son devoir de nous protéger. Comment avait-il pu laisser ça se faire ? J'ai rejeté la faute sur lui. De toute manière, il n'a pas beaucoup insisté. Il m'a laissée décider pour nous deux. Je suppose que je me sentais aussi en partie coupable.

– Tu n'étais qu'une *petite fille**… Juste une enfant.

– Oui, je l'étais. »

Cassel prit une inspiration et avala une grande gorgée de bière. Álex hésitait à raconter le reste de l'histoire. Mais elle sentit qu'elle avait envie de le faire.

« Au bout d'un mois, à Barcelone, mes premières crises ont commencé. »

Elle détourna les yeux. Elle était incapable de regarder Cassel, qui gardait le silence, attentif. C'était comme si elle avait été en train de parler seule, mais en même temps elle savait qu'il y avait un témoin à ses paroles. Quelqu'un en qui elle avait… confiance.

« Sans raison apparente. Quelquefois, c'était quand j'étais seule. D'autres, au milieu de plein de gens. Les attaques de panique sont devenues de plus en plus longues et fréquentes. Je ne dormais plus. J'avais peur de sortir. J'étouffais à la maison. Tu sais ce que c'est d'avoir tout le temps l'impression que tu es en danger, que tu vas mourir, que ton corps te réclame de fuir sans qu'il y ait nulle part où aller ? Arrive un moment où tu as envie de mourir pour de bon pour que tout ça finisse.

– Ça a dû être dur.

– Tant que je ne suis pas allée voir un psy je n'ai pas su ce que j'avais. Je pensais que j'étais en train de devenir folle. J'ai été suivie par un psychiatre pendant deux ans. Ça n'a pas été facile mais je me suis remise, je suis redevenue moi-même. Les attaques de panique se sont arrêtées… jusqu'à récemment.

– Ce qui t'est arrivé dans l'usine… »

Álex confirma de la tête.

« Depuis des années je n'avais pas eu de crise mais, au début de l'année, je me suis retrouvée paralysée en pleine opé. » Elle ferma les yeux et se mordit les lèvres au souvenir de la scène. « C'est arrivé de façon si inattendue que j'ai zappé tous les outils pour lutter contre la montée de la crise. J'ai paniqué et j'ai tiré sur mon coéquipier. On m'a suspendue. Je suis retournée chez le psychiatre. Tu sais ce que pense n'importe quel flic d'un collègue qui va voir le psy ? »

Cassel opina du chef.

« Qu'on ne peut pas lui faire confiance.

– Exact. »

Quelques minutes passèrent en silence. Puis Álex sentit la main de Cassel serrer la sienne.

« Moi, j'ai confiance en toi. »

Ses yeux surpris rencontrèrent le sourire du Français. Une vague de chaleur lui envahit la poitrine.

Cassel retira sa main et se leva.

« Il faut que je fasse une visite aux toilettes, je crois. »

Adossée à sa chaise, Álex le regarda s'éloigner. Parler lui avait fait du bien, mais elle n'avait pas tout dit. Elle ne le pouvait pas. Cassel ne la comprendrait pas. Comment lui expliquer que sa sœur lui apparaissait ? Après toutes ces années, ces visions étaient revenues en même temps que ses crises d'angoisse. Elle ne comptait pas non plus lui raconter l'étrange apparition du loup au chalet. Elle-même ignorait si elle avait été réelle ou si c'était le fruit de son esprit dérangé.

Elle secoua la tête en repoussant la bouteille à l'autre bout de la table : pas question que son nouveau coéquipier sache qu'elle était cinglée.

38
Journal de Raquel

Quand nous avons été sûrs que la patrouille était partie, nous sommes sortis de notre refuge et avons repris la route. Ezra avait bien écouté les indications de Millet et il savait que le sentier nous conduirait à l'étape suivante, où nous espérions retrouver les autres. Dans le cas contraire, nous serions seuls.

La cheville d'Ezra allait mieux ; apparemment ce n'était qu'une entorse. J'ai déchiré le tissu du bas de ma jupe et j'ai bandé sa cheville bien serré, comme j'avais vu faire ma mère sur mes frères. Même si c'était douloureux, Ezra pouvait marcher. Malgré tout, il n'a pas refusé mon épaule pour s'y appuyer, et c'est ainsi que pendant l'heure suivante nous avons avancé en silence, côte à côte, terrorisés à l'idée de tomber sur une autre patrouille.

Nous avons traversé la frontière alors que le soleil était déjà bien haut dans le ciel. La vue était magnifique. Il faisait toujours froid et nous étions fourbus, mais la chaleur des rayons nous a réconfortés. Nous avons passé le col et nous avons entamé la descente. À plusieurs reprises, Ezra a perdu l'équilibre et si je ne l'avais pas tenu solidement, il serait tombé.

Une demi-heure plus tard, nous avons découvert les vestiges d'un vieil enclos près d'un bosquet. Ezra a demandé qu'on s'arrête quelques minutes. Il s'est adossé au muret et s'est laissé glisser au sol. Moi, j'aurais bien fait pareil mais j'avais très soif, et j'ai décidé de chercher de l'eau. Peut-être y avait-il un ruisseau pas loin ?

Il m'a semblé entendre de l'eau couler et je me suis laissé guider par ce bruit. Contournant les éboulis, j'ai fait quelques mètres entre les arbres et les broussailles.

J'ai failli pousser un cri de joie : entre des rochers moussus jaillissait une eau bouillonnante. Un morceau d'écorce guidait l'eau vers un baril en métal coupé en deux qui devait servir d'abreuvoir.

J'ai mis les mains sous le jet et le froid m'a hérissé la peau. J'ai bu avidement jusqu'à ne plus sentir mes lèvres, puis je me suis redressée : il fallait que j'amène Ezra jusqu'ici, il avait autant besoin de boire que moi.

Alors j'ai entendu un bruit dans mon dos. La peur s'est de nouveau emparée de moi. Derrière le muret de l'enclos, j'ai cru voir une ombre bouger. J'ai cherché autour de moi mais je n'ai trouvé qu'une bûche, que j'ai saisie à deux mains.

D'entre les fourrés a fait irruption un homme. Comme je levais mon arme improvisée, l'homme a souri, et quand j'ai entendu son étrange accent, un immense soulagement m'a envahie.

« Allons bon, d'où tu sors, toi ? »

Millet avait suggéré aux autres de se reposer dans une clairière un peu plus bas pendant qu'il remontait voir si nous arrivions. Même s'il nous pensait plutôt déjà en route pour un camp de travail. Il allait s'en aller quand il m'avait entendue. Il nous a donné du fromage et du pain sec qu'il avait sur lui, puis nous avons entrepris de redescendre avec lui.

Peu après, nous rejoignions le reste du groupe. L'oncle d'Ezra était tellement content de nous voir qu'il a pleuré en nous serrant dans ses bras. Tous les autres aussi se sont montrés affectueux envers nous, sauf, évidemment,

M. Jacob, qui est resté à l'écart et rouspétait à mi-voix à cause du temps perdu.

« Allez, fini les retards. » Millet a ramassé son sac à dos. « On a encore du chemin à faire avant de quitter la montagne. »

Nous allions tous nous remettre en marche, quand nous avons entendu des voix ; nous avons fait silence.

« On vient. »

C'est là que sont apparus quatre hommes et deux femmes, jeunes. À leurs vêtements, nous les avons tout de suite reconnus : c'était un autre groupe que nous avions croisé à la frontière. En tête venait leur guide, un jeune homme costaud qui, contrairement à Millet – lequel refusait d'avoir une arme sur lui –, portait un fusil en bandoulière. Je n'ai pas du tout aimé la façon dont il nous a regardés, et encore moins son sourire. Il s'appelait Simón.

Millet et lui ont discuté quelques instants. Simón lui a proposé que nous fassions la route ensemble.

J'ai senti que l'idée ne plaisait pas trop à notre guide, mais il pouvait difficilement refuser : en montagne, tout le monde s'aidait. Alors, rassemblés en un seul groupe, nous avons repris notre chemin vers ce que je connaîtrais plus tard comme le lac de Romedo.

39

Álex grogna quand la sonnerie stridente de son portable retentit. Elle vit sur l'écran rétroéclairé qu'il était huit heures. Elle se sentait la bouche pâteuse, avec le goût aigre des bières de la veille. Après avoir déposé Cassel, elle n'avait pas réussi, malgré l'alcool, à trouver le sommeil avant quatre heures du matin. Elle attrapa le téléphone, prête à envoyer balader celui qui osait la réveiller.

« Madame Serra ? »

Elle hocha la tête avant de réaliser que son interlocuteur ne la voyait pas.

« Oui ? »

La voix qui était sortie de sa gorge tenait plus du croassement. Elle avait besoin d'un café avec toute sa caféine ; elle se fichait pas mal que ce soit contre-indiqué avec son traitement, puisque de toute façon elle n'arrivait pas à dormir.

« J'espère que je ne vous réveille pas, je suis le docteur Joan Canellas. Le médecin de votre père. J'ai eu un mal fou à vous trouver.

– Mmm.

– Je voulais vous demander de venir me voir à l'hôpital.

– Tout de suite ?

– Eh bien… le plus tôt sera le mieux. Alors, si là, vous n'avez rien de mieux à faire… »

Le ton du médecin l'agaça souverainement, et elle allait lui répondre sèchement quand un élancement à la tempe lui signifia qu'il valait mieux régler ça au plus vite. Elle expliquerait au médecin qu'elle ne voulait plus rien savoir de son père, de même que lui n'avait rien voulu savoir d'elle. C'était l'un des rares points sur lesquels ils avaient été d'accord. D'ailleurs, après la conférence de presse, elle devait rentrer à Barcelone. Elle avait reçu un appel du commissaire Martí, qui lui avait ordonné de rappliquer immédiatement.

« OK. Dans une heure environ, je suis là. »

Álex raccrocha et laissa retomber sa tête sur l'oreiller. Au moins, le plafond ne lui renvoyait pas son image. Parce qu'elle était sûre d'une chose : elle n'aurait pas aimé ce qu'elle aurait vu.

Deux heures plus tard, Álex franchissait de nouveau les portes de l'hôpital. Cette fois encore, l'odeur de désinfectant lui mit le cœur au bord des lèvres. Elle demanda le docteur Canellas, et une infirmière la conduisit à un bureau étroit où seules tenaient deux tables et une bibliothèque. L'une des tables était occupée par un jeune médecin penché sur son ordinateur.

Elle frappa deux petits coups à la porte et le médecin leva la tête. Il avait un beau sourire, même si pour Álex ce sourire était déplacé en pareil lieu.

« Alejandra ? Bonjour. Asseyez-vous pendant que je finis de me battre avec cette machine. »

Sa voix était plus chaleureuse qu'au téléphone. Malgré cela, le malaise qu'Álex ressentait en revenant entre ces murs ne faiblissait pas. Elle s'assit et regarda sa montre : encore trois heures et la conférence de presse sur la détention de Closas se tiendrait, après quoi elle ficherait le camp de là pour, cette fois, ne plus jamais revenir.

« Je vous demande un instant, s'excusa le médecin en triant des papiers qu'il déplaçait d'une pile à l'autre. Quand je suis devenu médecin, personne ne m'avait prévenu que j'allais consacrer plus de temps à l'administratif qu'à soigner des malades. »

Álex resta muette.

« Bien. Je vous ai fait venir parce qu'à la réception, là où vous vous êtes présentée à votre arrivée, on m'a dit que M. Joan avait reçu la visite de sa fille. Nous n'avions pas connaissance de votre… pardonnez-moi… existence. »

Álex haussa les épaules.

« Il y a longtemps que mon père et moi ne sommes plus en contact. Nous ne nous voyions pas beaucoup. »

Le médecin la regarda avec curiosité, mais ne fit pas de commentaire.

« Bon, eh bien, maintenant, vous êtes ici et vous êtes sa seule famille.

– Je suppose.

– Il m'a semblé pertinent que nous ayons une conversation afin que je vous informe de l'état de votre père. »

Álex hocha la tête et regarda l'heure de nouveau. L'aiguille des minutes avait à peine avancé. Est-ce qu'elle ne se serait pas arrêtée, cette maudite montre ?

« Vous êtes pressée ?

– En fait, oui.

– Que faites-vous dans la vie ?

– Je suis sous-inspectrice de police.

– Ah. Je comprends maintenant pourquoi votre nom m'était familier. Je vous ai vue aux journaux télévisés. C'est vous qui êtes chargée d'enquêter sur ces meurtres qui ont eu lieu dans la vallée.

– En effet, répondit Álex sèchement. Donc, si ça ne vous ennuie pas, j'aimerais faire vite.

– Bien sûr. Je serai bref : votre père est en train de mourir. »

Álex se retrouvait de nouveau sur le seuil de la chambre. Étrangère à l'agitation du couloir, elle contemplait le vieillard qui gisait dans son lit. Il était endormi. La lumière du matin, qui filtrait entre les lattes du store baissé, éclairait son visage détendu. Un tuyau qui contournait sa tête pénétrait dans ses narines. À le voir ainsi, sans défense, elle pensa à un vieux petit enfant.

Il aurait été facile de s'en aller. Son père ne s'était pas aperçu de sa présence. Si elle partait maintenant, ce serait comme si elle n'avait jamais été là.

Elle entra dans la pièce et s'assit dans un fauteuil près du lit. Elle avait dû mettre des gants et un masque. Le médecin lui avait dit que, vu l'état de son père, ils avaient fait leur possible pour qu'il ait une chambre individuelle. Canellas lui avait expliqué que son père avait contracté un type de grippe A. Cet hiver, elle était particulièrement virulente. Tout s'était compliqué à cause de son âge avancé et de ses antécédents médicaux. Comme le mécanisme d'une vieille horloge dont un petit ressort lâche et qui finit par se détraquer complètement. Son père souffrait depuis des années d'une maladie pulmonaire, et la grippe avait entraîné une série de complications jusqu'à déboucher sur une défaillance multiorganique. L'infection virale était guérie, mais à présent, c'étaient les reins qui flanchaient, et aussi le foie et d'autres organes qu'elle n'avait pas retenus. Sans oublier la tête.

La main d'Álex trembla quand elle la posa doucement sur celle de son père, qu'elle prit entre ses doigts. Son épiderme se rida comme du papier de soie à son contact. Elle sentit, à travers le latex du gant, cette peau épaisse, héritage d'années de labeur. La même que dans son enfance, quand son père rentrait chez eux après sa journée de travail et lui caressait la joue. Il avait des ongles trop longs et les doigts tachés de nicotine à force de fumer des Ducados. Perplexe, elle perçut une odeur de tabac sur sa blouse. Est-ce qu'il fumait en cachette ? Il en était capable, de ça et de bien d'autres choses.

Un pot de crème hydratante traînait sur la haute table de nuit à roulettes, près du lit. Elle ôta son gant, déposa un peu de crème sur sa paume et entreprit de la lui passer sur le bras, où il ne semblait plus rester que la peau. À la vue des bleus qui la constellaient, causés par une mauvaise circulation, elle pensa à une petite mer avec ses îles. À ce moment, le vieillard ouvrit les yeux et la regarda. Sa bouche se fendit d'un sourire hésitant.

« Natalia ? »

Álex s'écarta du lit et sentit la vieille rancune renaître au fond de son cœur.

« Tu vas encore t'en aller ? »

Álex ne répondit rien. Elle se pencha et se laissa entourer par ces bras squelettiques qui s'accrochaient sans force à elle. En sentant les côtes de son père sous l'étoffe, elle tressaillit : son corps n'était plus qu'une carcasse. Il l'attira à lui, sa joue non rasée griffa la sienne. Mêlée à l'odeur du tabac, elle reconnut la fragrance boisée de Brummel, l'eau de toilette qu'il portait quand elle était petite. D'une voix vacillante, à peine un murmure, son père lui dit à l'oreille :

« Ma chérie, je t'ai cherchée longtemps.

– Je sais papa. Je suis là maintenant. »

40

Les flashs des appareils photo et téléphones crépitaient tandis que l'intendant Cruz et le sous-délégué du gouvernement prenaient place aux côtés du traducteur à la table couverte de micros et d'enregistreurs. La juge Andrés, qui était entrée dans la salle avec eux, chercha un siège libre derrière la presse. Les murmures des journalistes se mêlaient aux interpellations des photographes qui essayaient d'attirer l'attention des occupants de la table. Si dehors il s'était remis à neiger, à l'intérieur il faisait chaud. La salle, qu'on avait aménagée à la hâte, était à peine suffisante pour accueillir tout ce monde.

Álex arriva et s'arrêta à la porte. Elle était venue directement de l'hôpital. Cassel, à l'autre bout de la salle, la vit, la héla de la main et lui montra une chaise vide à côté de lui, mais elle renonça à l'idée d'arriver jusque-là. Le brouhaha l'incommodait. Elle saisit son flacon d'anxiolytiques et le serra au creux de sa paume jusqu'à s'en faire mal : la vague de panique était sous contrôle, pour l'instant.

Les principaux médias espagnols et français étaient présents. Les meurtres de Latour et Simón avaient occupé bien des pages dans les périodiques et des minutes dans les débats à la radio et à la télévision. Il n'échappait à personne que c'était la candidature commune aux Jeux olympiques d'hiver qui engendrait toute cette agitation. L'arrestation du meurtrier était une nouvelle majeure. Cruz le savait et c'était ce qui motivait son sourire.

Il inclina son micro et se racla la gorge. Les haut-parleurs sifflèrent.

« Je vous prie de bien vouloir gagner vos sièges. Nous allons commencer cette conférence de presse. »

Cruz prit une inspiration et se souvint qu'il lui fallait adopter un air grave. Il était dans son élément, il savait comment leur parler. Il était conscient qu'il passait bien à l'image. C'était sa chance. Quand il avait été nommé intendant de la Police régionale des Pyrénées occidentales, il avait pris cette affectation éloignée comme une mise au placard. Puis, quand il avait eu à coordonner la sécurité de la candidature olympique, il avait nourri quelques espoirs. Jusqu'à l'arrivée de la sous-inspectrice Serra. Au sein de son corps de police, il n'avait pas beaucoup d'appuis et sa position était, il fallait bien le reconnaître, insignifiante. Mais il quitterait bientôt cette foutue vallée pour rentrer à Barcelone. La résolution de ces crimes et son impeccable gestion de la crise allaient donner un tour décisif à sa carrière. Le matin même, il avait reçu un appel de la Présidence. On voulait l'encourager, lui dire que le Govern avait besoin de lui, et, du même coup, on lui avait laissé entendre que s'il résolvait cette affaire, il pourrait aspirer à un bon poste. Il réfléchissait déjà à la destination qu'il allait choisir.

Un voyant rouge s'alluma sur les caméras. Cruz, les yeux braqués sur elles, adopta une expression destinée à renvoyer une image solide et fiable. Il laissa s'éteindre les derniers murmures dans la salle et prit la parole.

« Bonjour à tous. Merci de votre présence. »

Le traducteur répéta les mêmes mots de bienvenue pour les médias français.

« La nuit dernière, Antoine Closas, un homme de vingt-six ans, activiste de l'organisation Planeta Verde, a été placé en détention provisoire. Au vu des preuves obtenues, il est l'auteur des homicides de l'ingénieur Daniel Latour et de Simón Álvarez. Par ailleurs, tout indique qu'il est également responsable des sabotages perpétrés ces dernières semaines sur les installations de Vall de Beau. Les forces de sécurité de l'État, en coordination avec la délégation du gouvernement, ont rendu possible cette rapide résolution. »

Imperturbable, il laissa le temps à la traduction de ses mots.

Ensuite, ce fut le sous-délégué qui mit l'accent sur la collaboration entre les deux pays et assura que les prochains Jeux olympiques affichaient les plus hauts standards de qualité.

Quand le traducteur eut fini, l'intendant annonça :

« Nous allons maintenant répondre à vos questions. »

Plusieurs mains se levèrent. Cruz en désigna une. Le journaliste à qui elle appartenait était un homme grand, barbu, que Cruz reconnut comme le responsable des pages faits divers de *La Vanguardia.*

« Pour quelle raison Antoine Closas a-t-il commis ces crimes ?

– De toute évidence, Closas est un jeune homme déséquilibré, avec des antécédents. Il avait pour ultime prétention de saboter la candidature. La mort d'un des ingénieurs responsables du chantier va dans ce sens. Pour ce qui est de Simón, nous pensons qu'il a dû surprendre Closas lors d'une nouvelle tentative de sabotage. »

Une autre main se leva.

« Pourrait-il être poursuivi pour terrorisme ?

– Nous attendons de voir quelles charges le parquet retiendra contre lui.

– Latour était un citoyen français. Avez-vous travaillé en collaboration avec les autorités françaises ?

– Les relations avec nos collègues de l'autre côté de la frontière sont optimales. La collaboration avec leurs services et la coordination entre les différents corps de police des deux pays ont été exemplaires. »

Álex observa que les messages de l'intendant faisaient leur effet parmi les journalistes, même si l'arrestation de Closas avait été un pur hasard et non le fruit d'un travail d'investigation comme Cruz le laissait entendre dans ses déclarations.

Elle porta son regard à l'autre bout de la salle. La juge Andrés assistait à la scène derrière les reporters sans dissimuler une certaine tension.

Une journaliste d'une émission matinale de télévision se leva dans les rangées du fond, en lissant du plat de la main sa jupe trop courte. Cruz, tête légèrement inclinée sur le côté, lui sourit. Le rougissement de la jeune femme le combla d'aise. Il buvait du petit-lait.

« Comment expliquez-vous l'état dans lequel étaient les corps quand on les a trouvés ?

– Comme je vous l'ai dit, Closas est un déséquilibré.

– Des rumeurs disent qu'il pourrait faire partie d'une secte satanique…

– Il y en a aussi qui affirment que les Pyrénées sont l'endroit idéal pour voir des ovnis, mais vu le froid que nous avons ici, il est plus probable que ceux-ci préfèrent la Costa del Sol, intervint le sous-délégué, avec un petit sourire.

La plaisanterie arracha quelques rires forcés aux journalistes.

Un journaliste chétif, assis au premier rang, leva la main. Sur un signe de l'intendant Cruz, il se présenta comme reporter à *La Dépêche du Midi.* Il parlait espagnol avec un accent très correct.

« Apparemment, le suspect connaissait ses victimes. Pouvez-vous confirmer ? Et j'ai aussi une autre question… » Il consulta ses notes un instant. « Les sabotages subis par la station ont peut-être été mineurs mais ils n'en sont pas moins très concrets. Pour ces agissements, cet activiste avait besoin d'informations très précises concernant les installations. Comment un jeune déséquilibré a-t-il pu obtenir ces informations ? Est-il possible qu'il y ait d'autres personnes de son groupe, ou d'un autre collectif, qui soient impliquées ? »

Cruz refréna l'envie de porter la main à son col de chemise, qui soudainement lui semblait plus étroit. Il se força à sourire au journaliste qui le regardait, impassible.

« Certains détails sont encore en passe d'être éclaircis et il convient de respecter le secret de l'instruction. Nous vous tiendrons informés. Mais nous avons confirmation qu'Antoine Closas a bien agi seul. En tout état de cause, ce qui nous apparaît le plus important, c'est que le coupable de ces crimes a été arrêté, et que de ce fait la sécurité de tous les citoyens est garantie. »

Le journaliste ne semblait pas totalement convaincu et allait lever de nouveau la main, mais la voix de l'intendant l'en empêcha.

« Ce sera tout, je vous remercie. Le bureau de la communication vous fera parvenir un dossier détaillé, ainsi que le communiqué de presse de la délégation du gouvernement. »

Dans un brouhaha de chaises tirées, de murmures et d'ultimes flashs, la conférence de presse s'acheva.

Álex vit Cruz quitter la salle, en compagnie d'un sous-délégué du gouvernement tout sourire. La juge Andrés était toujours assise, pensive. Elle était loin d'être aussi rayonnante.

41

Álex porta la main à son visage. Imperceptiblement, elle sentait encore les doigts frôler sa joue. Elle se leva lentement du canapé et, au contact de ses pieds nus sur le plancher gelé, étouffa un gémissement. Autour d'elle, rien n'avait bougé. Les pièces du dossier, qu'elle avait relues durant l'après-midi, étaient toujours éparpillées sur la table. Le feu s'était totalement consumé et les braises éclairaient de tons rougeoyants la salle de séjour. Tout était plongé dans le silence. Pourtant, elle n'arrivait pas à se défaire de cette sensation que, pendant qu'elle dormait, quelqu'un avait été là.

C'est alors qu'elle entendit la marche grincer.

Sans allumer la lumière afin de ne pas alerter l'intrus, elle avança prudemment jusqu'au pied de l'escalier. Elle monta silencieusement, en évitant la marche problématique. En haut, elle trouva la trappe du grenier entrouverte et l'échelle pour y accéder dépliée. Elle ne se rappelait pas l'avoir ouverte, mais elle n'était pas totalement sûre du contraire non plus.

Petite, elle détestait le grenier. Il lui faisait peur. Chaque fois qu'elles jouaient à cache-cache, histoire de la faire râler, sa sœur Lía choisissait de s'y cacher. Après ça, Álex ne lui parlait plus pendant une semaine.

Quand elle passa la tête par la trappe, un nuage de buée s'échappa de sa bouche. Là-haut, il faisait beaucoup plus froid. La lueur de la lune entrait par un œil-de-bœuf, éclairant les cartons et les vieux meubles recouverts de tissus qui encombraient tout l'espace jusqu'au plafond mansardé.

Elle se fraya péniblement un chemin parmi ce capharnaüm pour atteindre la fenêtre. Celle-ci n'était pas fermée et, régulièrement, à chaque coup de vent, elle battait contre le mur. Quand elle saisit la poignée, Álex eut un frisson. Le grenier s'évanouit autour d'elle et soudain, dans sa tête, se forma l'image d'un lac recouvert d'une nappe de végétation, au cœur d'une forêt d'arbres aux branches crochues. De ses eaux montait une odeur pestilentielle.

Tout à coup, elle se vit, marchant sur la terre humide, au bord de l'eau. Le lac avait cessé d'être une image : il s'étendait maintenant devant elle. Elle sut confusément que si elle entrait dans cette eau sombre qui lui léchait les pieds, elle n'en sortirait plus jamais.

Subitement, la puanteur se fit plus forte et putride. Le tapis végétal qui flottait à la surface de l'eau frémit et une tête apparut. De dos, très lentement, le spectre de sa sœur émergea de l'eau en direction de la rive opposée. Elle avait toujours son apparence de petite fille et portait la même chemise blanche qui, cette fois, lui collait étrangement au corps, révélant comme une absence de chair sous le tissu. Un instinct primaire disait à Álex qu'elle devait fuir cet endroit auquel elle n'appartenait pas. Mais elle ne parvenait ni à bouger ni à détourner les yeux. Elle vit Lía atteindre enfin l'autre rive, et, sans tourner la tête, la pointer du doigt.

Tout son corps flancha et elle fut prise de violentes nausées. Tout à coup, elle fut de nouveau dans le grenier. Elle avait toujours la main sur la poignée de la fenêtre. Ses doigts lui faisaient mal tant elle la serrait fort. La puanteur réapparut dans l'air, mais avant qu'elle s'intensifie, Álex referma la fenêtre d'un coup sur cette odeur de mort et de désolation. Ses yeux tombèrent sur un carton poussiéreux : un doigt invisible était en train d'écrire un nom...

Álex se réveilla dans un hurlement. Tout son corps tremblait, sans qu'elle sache si c'était à cause du froid ou du désespoir qu'elle avait senti chez sa sœur. Elle prit une grande inspiration et expira lentement. Puis elle se leva et se dirigea vers la cuisine.

Longtemps après, elle était encore là, debout, à contempler la montagne par la fenêtre, une tasse de café à la main. Dehors, le ciel commençait à pâlir et les ombres fuyaient en quête d'autres endroits plus reculés dans la forêt. Elle baissa les yeux sur le sac à dos posé contre le canapé, prête à le mettre dans la jeep et à partir pour Barcelone dans quelques heures.

42

L'absence de lumière intensifiait encore la puanteur qui régnait au dépôt. Les cellules avaient beau être nettoyées tous les deux jours, aucun produit n'était capable d'éliminer l'odeur pestilentielle qui s'y était incrustée.

Álex avança dans le couloir. À mesure qu'elle passait devant les cellules, sur sa gauche, leurs occupants bougeaient et lui lançaient un coup d'œil, mais voyant qu'elle ne s'arrêtait pas, ils se rendormaient. À part un murmure ou deux, personne ne s'adressa à elle. Le policier de garde lui avait indiqué qu'Antoine Closas était à l'isolement, dans la geôle du fond. À neuf heures, il serait transféré au palais. Elle savait que c'était sa dernière chance.

Elle le trouva allongé sur la paillasse, enveloppé dans une couverture défraîchie. Derrière les barreaux, Antoine avait l'air beaucoup plus jeune, on aurait presque dit un gamin. Personne ne l'aurait imaginé capable de tuer deux personnes de sang-froid. Et pourtant, il avait bien été capable de l'attaquer, elle…

La sous-inspectrice cogna contre les barreaux métalliques.

« Debout, Antoine. Je sais que tu ne dors pas. »

Closas se redressa et sourit en grattant ses dreadlocks. Il portait les mêmes tee-shirt contestataire et jean usé que pendant son interrogatoire. *Même après une nuit dans cette cellule, et dans ces fringues, il continue d'avoir ce magnétisme. Quel gâchis !* pensa Álex. Puis sa mâchoire se contracta quand elle se rappela le moment où elle avait presque fini sous l'eau. Elle ne devait pas perdre de vue que, derrière son charme et son apparente vulnérabilité, ce garçon était dangereux.

Il s'approcha des barreaux en traînant des baskets sans lacets. Il n'avait pas ses lunettes non plus. Avant d'entrer au dépôt, on leur confisquait tout objet susceptible d'être utilisé pour commettre une agression ou s'automutiler.

« La *bad cop*. Qu'est-ce que vous fichez là ?

– J'ai quelques questions.

– J'aurai peut-être pas envie d'y répondre.

– À toi de voir », lança Álex, avant de tourner les talons et de remonter vers la sortie. Elle était à la moitié du couloir quand elle entendit la voix de Closas derrière elle.

« C'est bon, c'est bon. Qu'est-ce que vous voulez savoir ? »

Álex revint sur ses pas, en masquant un sourire. Le garçon avait perdu son insolence initiale, mais il conservait son regard provocateur.

« Vous êtes une coriace, hein ? Pas comme votre collègue, qui a l'air sorti d'un lycée de bourges… » ricana Closas. Puis, après une pause dramatique : « D'accord, posez vos questions, mais je ne vous répondrai qu'à une condition.

– Laquelle ?

– En échange de mes réponses, moi aussi, j'aurai droit à une question. Et vous devrez y répondre sincèrement. »

Álex réfléchit quelques secondes à la proposition inattendue du garçon, puis, lentement, hocha la tête en signe d'assentiment. Le sourire satisfait de Closas s'accentua. Comme un enfant qui a obtenu gain de cause, il s'empressa de s'asseoir par terre et leva les mains pour indiquer à Álex qu'elle pouvait commencer son interrogatoire.

« Raconte-moi comment tu as obtenu le dossier d'Aiffege.

– Vous voulez encore que je parle sans la présence de mon avocat, sous-inspectrice ?

– Prends ça comme une discussion entre amis. Je n'ai pas de micro. Personne ne peut t'entendre, à part moi. Pour ce qui est de la caméra… » Álex désignait le plafond. « … elle ne filme que le couloir et il n'y a pas le son.

– Comment je sais que je peux vous faire confiance ?

– Il est possible que je sois ton dernier espoir. Je suis la seule à penser que tu n'as pas tué ces gens. »

Le jeune homme parut réfléchir une minute.

« Les documents sur la station de ski, je les ai reçus par la poste avec une enveloppe pleine de fric et un paquet qui contenait un téléphone portable.

– Daniel Latour n'était au courant de rien, n'est-ce pas ?

– Non. J'ai juste contacté Latour une fois, pour essayer de… de trouver un accord. On ne s'est jamais rencontrés.

– Alors qui t'a envoyé tout ça, à ton avis ? »

Closas haussa les épaules.

« Aucune idée. La vérité, c'est que je m'en fichais pas mal. J'ai pensé que j'avais touché le gros lot. » Le garçon sourit, avec ingénuité cette fois.

Álex le crut.

« J'ai répondu à vos questions. À moi, maintenant.

– Vas-y.

– Je vous ai observée. Je perçois des choses que les autres ne voient pas. Je sais ce que signifie ce regard que vous avez. Je le connais. Vous voyez des choses, des fois, c'est pas vrai… ? Des choses que vous ne pouvez pas expliquer… »

Álex faillit sursauter, déglutit et essaya de rester impassible.

« Dites-moi la vérité. Je le saurai, si vous mentez », insista le garçon.

Elle fut tentée de ne pas répondre, mais elle était du genre à tenir parole. Elle hocha la tête affirmativement.

« Qui est-ce ? Qui vous apparaît ?

– Ma sœur. Elle a disparu il y a des années.

– Ah… Je comprends… » Sa voix devint suave. « Vous vous sentez coupable… Vous pensez qu'elle vous poursuit à cause de ça.

– C'est faux. Je ne me sens pas coupable.

– Pas de mensonges, j'ai dit. À moins que… que vous aussi vous y croyiez.

– Les questions sont finies », fit Álex, disposée à partir.

Closas se cramponna aux barreaux et approcha son visage de celui d'Álex.

« J'ai vu ce qui vous est arrivé… »

Álex rencontra les yeux fixes du garçon plantés dans les siens. Ils étaient à quelques centimètres l'un de l'autre. Elle dissimula l'angoisse qui commençait à ramper au fond de ses tripes et voulut faire un pas en arrière, mais ses pieds ne lui obéissaient plus.

« Je vous ai vue crier et tomber par terre, dans l'usine. »

Sans en dire plus, il s'écarta des barreaux et alla se recoucher sur sa paillasse. Il croisa ses mains derrière sa nuque et se mit à l'ignorer. Álex lui jeta un dernier regard et se dirigea vers la sortie. Comme elle s'éloignait, elle put encore clairement l'entendre, dans son dos :

« Elle reviendra toujours hanter vos rêves, sous-inspectrice. »

Álex sonna, le policier de garde lui ouvrit, et elle sortit du dépôt.

43

Álex appela Cassel et ils convinrent de se retrouver une demi-heure plus tard sur la rotonde nord à l'entrée de La Seu d'Urgell. Le lieutenant français avait manifesté son étonnement, mais il n'avait pas refusé. Quand il fut dans la voiture, Álex lui raconta sa visite à Closas au dépôt, en omettant l'étrange question du garçon concernant ses visions. Au bout d'une heure de trajet, ils virent se profiler le manoir Dalmau.

« Qu'est-ce qu'on est venus faire ici ? lança Cassel en sortant du 4 x 4. Je suppose qu'il ne t'a pas échappé que le dossier est officiellement clos.

– Pas pour moi. »

La pièce où les conduisit la vieille domestique n'était pas aussi sombre que lors de leur première visite. À la surprise d'Álex et de Cassel, Béatrice Dalmau était allongée sur un sofa, les jambes recouvertes d'une couverture. Même si cela semblait impossible, elle paraissait encore plus pâle que la fois précédente. Derrière elle, sur un pied métallique, était accrochée une poche pleine d'un liquide sombre qui arrivait jusqu'à son bras par un fin tube transparent. Quand elle s'aperçut de leur présence, Béatrice leva le visage vers eux, et, un instant, Álex eut une impression familière, mais qui disparut tout de suite. D'un geste alangui, la femme leur fit signe d'approcher :

« Entrez, je vous en prie. »

Sa voix était aussi douce que d'ordinaire, peut-être une octave plus grave. Álex et Cassel approchèrent et découvrirent que Béatrice n'était pas seule. Un homme âgé se trouvait à ses côtés, assis sur une chaise. Une trousse ouverte à ses pieds, il était occupé à prendre sa tension.

« Vous allez bien ? » lui demanda Cassel.

Le ton soucieux de son collègue n'échappa pas à Álex.

« Oui… oui, répondit Béatrice avec un sourire qui parut illuminer toute la pièce, c'est juste cette maudite maladie. Parfois, j'ai des moments de fatigue. Heureusement, on s'occupe très bien de moi.

– Si vous le souhaitez, nous pouvons revenir, proposa le lieutenant.

– Non, non, je vous en prie. Nous en avons presque fini, s'empressa-t-elle de dire, en se redressant sur ses coussins. Je ne sais pas si vous connaissez le docteur Foix. »

Le médecin se leva de sa chaise et les salua d'une énergique poignée de main. C'était un homme d'âge mûr, mince, avec des cheveux gris coupés très court et une barbe soignée. Il portait avec naturel un costume trois-pièces gris foncé. Ses yeux, assortis au costume, scrutèrent les deux policiers avec intérêt.

« Le docteur Foix vient exprès de Toulouse pour mes check-up périodiques, poursuivit Béatrice Dalmau. Je n'ai confiance qu'en lui. Il s'occupe de moi depuis si longtemps qu'il fait partie de la famille… »

Le médecin confirma.

« Eh bien, j'ai d'abord été le médecin de ses parents, expliqua-t-il aux deux policiers, négligemment. Puis le sien, depuis toujours. Après tout… c'est moi qui l'ai mise au monde. »

Le visage de Béatrice s'assombrit quelques secondes mais elle s'empressa de prendre un air enjoué.

« Je ne pourrais pas être entre de meilleures mains. Le médecin ici présent est une éminence internationale. »

L'homme pencha la tête avec un petit geste comme pour minimiser les paroles de Béatrice, mais Álex remarqua qu'il souriait avec suffisance. Visiblement, il n'était pas indifférent aux éloges. Soudain, ses traits lui rappelèrent le jeune homme en blouse blanche de la vieille photo.

« Exerciez-vous à la Colonie à l'époque où elle était encore en activité ? »

Foix tarda à répondre, signe que la question le prenait au dépourvu.

« En effet. Il y a bien longtemps de cela. August Dalmau avait besoin d'un médecin pour s'occuper des ouvriers. À cette époque, j'étais un jeune novice qui commençait à peine.

– Ne sois pas si modeste, s'exclama en riant Béatrice. Ses recherches sur la génétique font l'admiration de l'Europe entière. De nombreuses avancées médicales ont été possibles grâce à tes travaux.

– Tu es bien aimable, ma chère, mais à l'heure actuelle, je ne suis qu'un simple professeur à l'université de Toulouse. »

Le médecin accrocha son stéthoscope autour de ses épaules et retira délicatement la bande élastique du tensiomètre du bras de sa patiente. Avant que celle-ci ne rabatte la manche de sa robe, Álex eut le temps d'apercevoir un bras svelte et musclé. Sa peau, presque transparente, avait quelque chose d'irréel, comme celle d'un être magique. *Une jolie fée des bois*, pensa Álex. À son air envoûté, elle comprit que son collègue Cassel était du même avis, mais pour des raisons bien différentes.

« Bien, je vais vous quitter », fit le médecin dans un soupir. Il les regarda avec gravité. Dans les yeux du vieil homme, Álex décela une dureté qu'elle n'avait pas remarquée jusque-là. « Je vous prie de veiller à ne pas la fatiguer plus que de raison.

– Ne vous faites pas de souci, docteur », le rassura Cassel.

Dès que le médecin fut parti, Álex, sans y être invitée, prit place sur la chaise qu'il avait laissée, tandis que Cassel restait debout.

« Nous ne voulons pas vous déranger, mais nous avons besoin de vous poser quelques questions.

– Je vous écoute. Mon seul souhait est de vous être utile. Mais je ne comprends pas bien ce dont vous pourriez avoir besoin, je croyais que vous aviez déjà arrêté l'auteur de ces meurtres.

– Il s'agit de quelques vérifications. Les toutes dernières.

– Très bien. Allez-y.

– Je présume que vous connaissiez aussi la seconde victime, Simón Álvarez, puisqu'il vivait dans l'une des maisons de la Colonie dont votre famille est propriétaire.

– En effet, sous-inspectrice. Je crois me souvenir que je vous l'avais mentionné… » répondit Béatrice. Un nuage passa sur son visage. « Simón a été le contremaître de la Colonie pendant trente ans ou plus. Il était là-bas chez lui et ne voulait aller nulle part ailleurs. Il ne connaissait rien d'autre non plus. Lui demander de partir aurait été inhumain. Est-ce vrai qu'il est mort attaqué par des loups ?

– C'est exact. »

Béatrice posa sa main devant sa bouche, en secouant la tête.

« Alors le destin s'est acharné sur lui…

– Que voulez-vous dire par là ?

– Simón a toujours été obsédé par un loup. Il s'était retrouvé défiguré après l'attaque d'une de ces bêtes quand il était contremaître. C'est arrivé bien avant ma naissance. Mais c'était devenu une obsession. Simón me racontait constamment cette histoire quand j'étais petite fille. Jusqu'à ce que ma mère arrive et le fasse taire. Malgré les années qui passaient, il répétait toujours qu'un jour il aurait la peau de cet animal, même si je lui rappelais que ce loup était certainement mort de vieillesse depuis bien longtemps. Il était comme le capitaine Achab, mais son cachalot blanc avait une autre forme. Vous avez lu *Moby Dick* ?

– Un roman splendide, affirma Cassel.

– Vous aimez lire, lieutenant ? C'est l'une des rares distractions pour lesquelles il vaut la peine d'être confiné ici. Comme vous le voyez, poursuivit-elle, en balayant d'un geste ample tous les rayonnages qui les entouraient, j'ai à ma disposition des milliers de volumes.

– Savez-vous si Simón avait un ennemi, quelqu'un qui aurait pu vouloir sa mort ? reprit Álex.

– Simón avait un caractère difficile qui lui avait valu une certaine hostilité dans la vallée. Mais je ne vois personne qui aurait pu lui vouloir réellement du mal, et encore moins provoquer sa mort. En fin de compte, ce n'était qu'un vieil homme. Et puis, vous avez arrêté un suspect, n'est-ce pas ?

– Oui, en effet, reconnut Álex.

– Aimez-vous les fleurs ? demanda soudain Béatrice en se levant.

– Euh… oui, je suppose. Comme tout le monde, fit Álex.

– Je pense qu'il fait suffisamment nuit… » dit Béatrice en regardant par la fenêtre. Soudain, elle chancela.

« Vous vous sentez bien ? s'enquit Álex.

– Oui, oui. C'est un effet secondaire de la transfusion. Ça va passer… » Elle inspira profondément et parut reprendre quelques couleurs. « Venez avec moi, je vous prie. »

Ils sortirent et elle les guida au fil du sombre couloir, traversant une pièce après l'autre.

« Vous ne devriez pas vous reposer ? s'inquiéta Cassel.

– L'inaction me tape sur les nerfs. »

Ils débouchèrent dans un patio et, après avoir descendu quelques marches, Béatrice se dirigea vers une porte métallique peu visible. Avant de l'ouvrir, elle se tourna vers eux.

« C'est l'endroit que je préfère de la maison. Je vous conseille de laisser vos manteaux ici. »

Álex s'apprêtait à suivre ses recommandations quand un tableau sur un mur du patio retint son attention. C'était le portrait d'une femme d'une beauté extraordinaire. Elle se tenait très droite, dans un discret costume gris, les mains croisées sur le ventre. Ses cheveux étaient attachés, ce qui mettait encore plus en valeur l'ossature de son visage. Mais le plus fascinant, c'était son regard, aussi noir et froid que le fond d'un glacier. Álex pensa que certains hommes seraient capables de folies pour une telle femme.

Béatrice, qui avait suivi son regard, devança sa question.

« C'est ma mère.

– D'une grande beauté.

– Oui, elle l'était. »

Sans rien ajouter, elle leur ouvrit la porte et un souffle chaud les accueillit.

Ils entrèrent dans un jardin d'hiver de belles dimensions. Sa structure, d'inspiration moderniste, était entièrement de bois et d'acier avec, en guise de toiture, de grandes plaques de verre qui devaient permettre l'entrée de la lumière solaire. Sur tous les côtés et au centre, de longues tables en pierre posées sur de robustes supports occupaient l'espace. Telles de grandes jardinières, elles étaient recouvertes de terre, de roches et de plantes en tout genre. Un complexe système d'arrosage alimentait en eau toute la serre et une gouttière en aluminium courait le long des tables pour en recueillir l'excédent.

Álex fut frappée par l'harmonie de chaque détail. La place de chaque pierre et de chaque plante, jamais fortuite, faisait de l'ensemble un jardin d'une beauté singulière. Avec étonnement, elle s'aperçut qu'un profond sentiment de bien-être la gagnait.

« Vous le sentez, n'est-ce pas ? »

Álex se tourna vers Béatrice, qui souriait.

« L'harmonie est un remède contre la souffrance. Quand je viens ici, toutes les tensions disparaissent. Les soucis restent à la porte. Mon cher père a fait construire ce jardin d'hiver pour moi. Ses conditions climatiques particulières permettent de contrôler des variables environnementales telles que la température, l'humidité, la lumière, ou le niveau de CO_2. Je peux venir uniquement à la nuit tombée, mais c'est suffisant. »

La femme prit la travée de droite, suivie d'Álex et de Cassel qui regardait autour de lui, admiratif.

« Savez-vous, poursuivit leur hôte, qu'après les Alpes les Pyrénées sont le deuxième territoire qui dispose de la plus grande biodiversité florale de toute l'Europe ? On peut trouver dans ces montagnes plus de quatre mille cinq cents espèces différentes. Regardez… » Elle s'arrêta près de fragments rocheux d'où émergeait un arbuste à petites fleurs jaunes. « Cette plante merveilleuse est un *Borderea pyrenaica.* Elle a survécu à l'ère glaciaire. Une vraie battante. Elle peut vivre jusqu'à deux cents ans. »

Elle fit un geste, englobant de la main tout ce qui les entourait.

« En vérité, cet endroit est un espace unique. Comme les conditions atmosphériques peuvent y être précisément déterminées, les plantes fleurissent en dehors de leur saison naturelle. En fait, aucune fleur présente ici ne devrait exister, pour ainsi dire… Si on les exposait à l'air extérieur, elles mourraient en un rien de temps. Vous comprenez pourquoi je m'identifie à elles, n'est-ce pas ? »

Le ton triste avec lequel Béatrice avait prononcé ces derniers mots n'échappa à aucun de ses deux visiteurs.

« Ces fleurs si belles… Celle-ci est un *Daphne cneorum*, espèce plus connue sous le nom de daphné camélée, continua-t-elle d'expliquer, en montrant une plante aux pétales d'un rouge soutenu. Celle-là, là-bas, avec des fleurs violettes, se nomme *Ramonda myconi*, ou, comme on l'appelle aussi, ramonde des Pyrénées. »

Álex remarqua la délicatesse avec laquelle elle traitait les fleurs. Ses doigts caressaient les pétales colorés d'une façon toute sensuelle. Elle consacrait beaucoup de temps à chacune d'elles, comme si elles avaient été plus que de simples plantes.

« Ah… » Béatrice s'arrêta au bout de la table centrale. « Celle-ci est ma préférée. C'est une *Saxifraga longifolia*, saxifrage à longues feuilles, ou plus communément : perce-pierre. »

Álex reconnut ces feuilles étroites et charnues couleur vert-de-gris. Elles poussaient en rosette, serrées en une sorte de couronne.

« Vous la connaissez, peut-être… ? »

Álex leva les yeux.

« Oui, je l'ai vue une fois.

– Vous devez savoir qu'elle ne pousse que dans les fissures des falaises. Elle vit six à dix ans sans faire aucune fleur et soudain, un beau jour, elle s'épanouit en une hampe spectaculaire. Une seule et unique fois. Puis dans un dernier sursaut d'énergie elle essaime ses graines avant de tomber morte au pied de son rocher.

– Un peu tragique, vous ne trouvez pas ?

– C'est ce qui en fait le charme. Que serait une vie sans tragédie ?

– Vous êtes très calée sur les plantes, releva Cassel.

– Comme je vous l'ai dit, je passe beaucoup de temps à lire. Et vous savez ? Votre assassin me fait un peu penser à cette plante.

– Ah oui ? Et en quoi ?

– D'après ce que vous m'avez raconté, il a déployé des efforts considérables pour commettre des meurtres spectaculaires. Il est possible qu'il ait voulu par là faire passer un message, vous ne croyez pas ? »

44
Journal de Raquel

Nous avons fait une halte une heure après avoir quitté le lac de Romedo. Dans l'autre groupe, il y avait un couple, David et Meredith Kraus, et Ruth, la sœur de celle-ci. Ils venaient de la ville de Brême. Lui avait été renvoyé de son usine parce qu'il était juif, et toute sa famille avait été déportée. Ils en avaient réchappé par pur hasard.

Simón était accompagné de deux autres hommes qui ne nous ont jamais adressé la parole. Bien que Simón soit beaucoup plus jeune qu'eux, ils lui obéissaient au doigt et à l'œil. Je n'aimais pas la façon dont ils nous regardaient et chuchotaient entre eux. Simón était celui qui me faisait le plus peur : il avait des accès de colère pendant lesquels on avait l'impression qu'il pouvait se passer n'importe quoi. J'ai remarqué que Millet aussi les observait attentivement et qu'il prenait bien soin de ne jamais tourner le dos à Simón. Sans qu'il dise rien, il était évident qu'il ne lui faisait pas confiance. C'était une prémonition.

Lors d'une pause, Simón s'est assis devant M. Jacob. Il le dévisageait, goguenard, tout en coupant au couteau des morceaux d'orange qu'il avalait. L'homme, se sentant scruté, s'est agité, mal à l'aise, sur la souche d'arbre qu'il avait prise pour siège.

« Il y a un problème ? » a-t-il fini par dire.

Simón a secoué la tête, un sourire mauvais aux lèvres.

« Non, rien. »

Il a montré les pieds de l'autre de la pointe de son couteau.

« Elle a l'air drôlement lourde. »

M. Jacob est devenu tout pâle et a agrippé sa valise, comme si Simón avait essayé de la lui prendre, mais le guide n'avait pas bougé ; son sourire s'était juste élargi devant la réaction effrayée. Millet s'est alors approché, le visage grave, et il a décrété qu'il fallait reprendre la route. Il a suivi des yeux Simón qui s'éloignait pour retrouver ses hommes, puis il a appelé son fils et lui a donné à voix basse quelques instructions que je n'ai pas pu entendre.

Nous avons continué, de meilleure humeur à mesure que chaque pas nous rapprochait un peu plus de la liberté. Malgré la fatigue, les sourires étaient plus fréquents. Certes, la garde civile surveillait ces montagnes, manifestement aidée par des patrouilles de soldats allemands. Pourtant, il flottait une atmosphère plus optimiste.

Très vite, nous sommes arrivés aux abords d'un torrent, large de quatre bons mètres, dont le courant fouettait les pierres avec tant de force que les éclaboussures giclaient dans l'air.

« Il faut traverser, mais il y a plus d'eau que prévu. Nous allons tendre une corde d'un bord à l'autre et nous passerons un par un », a décidé Millet.

Adrien s'est mis à l'eau, il a nagé jusqu'à la rive d'en face et il a noué une corde à un arbre. Cramponnés à elle, moi, puis Ezra, puis son oncle Gabriel avons traversé sans problème, en posant le pied sur les pierres qu'on nous indiquait. L'eau courait avec force au-dessus de nos genoux, mais la corde permettait de garder l'équilibre. Les femmes ont eu plus de mal, surtout grand-mère Dalit et Ida – qui portait Elian dans ses bras –, mais Adrien et un homme de Simón sont entrés dans l'eau pour les aider. Enfin est venu le tour de M. Jacob.

Le peu de bagages qui nous restait, les guides les avaient transportés d'une rive à l'autre, mais M. Jacob avait refusé de lâcher sa valise et insisté pour traverser avec. Au début, il a paru s'en sortir aisément, mais, comme il allait atteindre l'autre rive, voulant aller trop vite, il a posé le pied sur une pierre couverte de mousse, il a glissé et il est tombé dans l'eau glacée. La valise est allée frapper contre les pierres du rivage. Le cri d'angoisse de M. Jacob nous a tous glacés. Sans écouter ceux qui essayaient de l'aider, il a voulu nager en direction de sa valise, mais c'était trop tard : le courant l'emportait, bientôt elle serait au milieu de la rivière. Alors que nous pensions qu'elle était irrémédiablement perdue, Simón est soudain apparu et il a réussi à la récupérer avant qu'elle ne coule à pic. Il est sorti de l'eau en la portant avec un sourire triomphal.

M. Jacob, trempé jusqu'aux os, est remonté sur la berge avec le secours d'Adrien et de Gabriel Levine. Sans même un merci, en deux enjambées, il s'est planté devant Simón.

« Rendez-la-moi.

– On dirait que cette valise vous est plus chère que votre propre vie.

– Ce ne sont pas vos affaires.

– Hum… Peut-être que nous devrions voir ce que vous cachez dedans.

– Comment osez-vous ? »

La voix nasillarde de M. Jacob s'était élevée, indignée.

Avec une vivacité inattendue, M. Jacob a saisi la valise par sa courroie et l'a arrachée à Simón. Le guide n'a pas réagi, laissant M. Jacob s'éloigner avec son trophée. Mais celui-ci n'avait pas fait deux mètres qu'un claquement a retenti. Peut-être à cause des chocs subis au cours du voyage ou sous l'effet de l'eau, la courroie avait lâché. La valise s'est ouverte, déversant son contenu par terre : sur la neige, une demi-douzaine de briques dorées étincelaient.

M. Jacob est tombé à genoux, et en sanglotant a entrepris de remettre dans la valise les lingots d'or, brusquement stoppé net par le canon du fusil de chasse de Simón, pointé sur sa poitrine. Quand il a levé les yeux, un coup à la tempe l'a fait s'effondrer au sol comme un arbre qui vient d'être abattu. Sous sa tête, une tache de sang a commencé à s'étendre dans la neige.

Les hommes de Simón avaient empoigné leur arme et nous tenaient en joue. Simón a fait un geste du côté de Franck Millet et d'Adrien, qui arrivaient en courant sans comprendre ce qui se passait.

« Descendez-les. »

Moi, je me trouvais juste au milieu, les canons des deux fusils pointés sur moi. J'étais paralysée. Ezra a surgi près de moi et m'a renversée à terre.

Les tirs ont éclaté au-dessus de nos têtes. Millet et son fils sont tombés, foudroyés. De la poitrine ouverte de notre guide, le sang s'est mis à jaillir à flots, inondant l'herbe sous son corps ; le pauvre Adrien, lui, n'avait plus de visage, devenu une masse de chair méconnaissable. Après quelques soubresauts, ils sont restés immobiles.

David Kraus, l'homme qui venait de Brême, s'est élancé contre l'un des meurtriers mais, le souffle coupé par un coup à l'estomac, il est tombé à terre. Sa femme, Meredith, s'est précipitée pour le secourir. Avant que Ben Bendit et l'oncle d'Ezra aient eu le temps de réagir, ils se sont retrouvés avec un canon de fusil collé entre les deux yeux.

« Tout le monde ici et à genoux. »

Nous avons obéi, hébétés devant ce qui nous arrivait.

« Quel bol on a eu de tomber sur vous, a ricané Simón. Finalement, la matinée aura été bonne.

– Pour… pourquoi vous les avez tués ? a fait, horrifié, Ben Bendit, qui serrait dans ses bras sa femme Ida et leur fils.

– Ils étaient devenus gênants, a lancé Simón, en même temps qu'il crachait par terre.

– Qu'allez-vous faire de nous ?

– Vous allez nous livrer aux nazis ? »

Simón nous a regardés avec une surprise feinte.

« Vous livrer ? Oh, non, non. Vous êtes beaucoup trop utiles. »

Ils ont forcé l'oncle d'Ezra et David Kraus à traîner les corps de Franck Millet et de son fils jusqu'à un petit bois, puis ils ont attaché nos mains, et lié à l'aide d'une autre corde la cheville de chacun d'entre nous à celle d'un autre. Ensuite, ils nous ont fait asseoir par terre, et l'un des hommes est resté pour nous surveiller. Ida et Ben serraient leur petit qui pleurait, et grand-mère Dalit était si choquée qu'elle semblait ailleurs. M. Jacob, ils l'ont traîné et l'ont laissé tomber près de nous. Malgré les soins de Ruth, il ne s'est pas réveillé. Deux heures plus tard, il était mort.

Le soleil s'est couché derrière les montagnes, et le froid nous a fait nous blottir les uns contre les autres. Il était très difficile d'évaluer l'heure qu'il était, mais avant minuit, à coups de crosse, ils nous ont forcés à nous lever et nous avons marché pendant environ deux heures. Le paysage s'est mis à changer ; il y avait de plus en plus d'arbres et le vent soufflait moins fort. Le chemin s'est élargi progressivement, jusqu'à ce que nous arrivions à un carrefour. Là, un camion nous attendait.

45

Le père Guifré regarda autour de lui et, après s'être assuré que personne ne l'observait, referma la porte de sa cellule et sortit dans le couloir furtivement. Dans le patio, il longea le mur d'enceinte du séminaire, haut comme deux hommes. Les cloches de l'église venaient de sonner les vêpres.

Il ne craignait pas d'être découvert, convaincu qu'il était que personne, à part lui, ne connaissait l'existence de cette porte secrète, même si quelques précautions n'étaient jamais superflues. Quand il avait hérité de la bibliothèque du précédent recteur, il y avait découvert les anciens plans du séminaire. Il avait été étonné que personne ne s'y soit intéressé plus tôt. C'était incroyable la quantité de galeries à l'abandon creusées sous cet ensemble de bâtiments. Apparemment, ces souterrains avaient été conçus au XIIe siècle afin que les moines puissent fuir et sauver les trésors du monastère en cas d'attaque. Certains tunnels étaient si étendus qu'il n'avait pas pu les explorer dans leur totalité ; pour d'autres, comme celui qu'il empruntait à présent, il savait exactement où ils débouchaient.

Tandis qu'il avançait à la lueur de sa torche, il essuya ses mains moites contre ses vêtements. Il était surpris d'être si nerveux. Comme s'il était redevenu un tout jeune garçon.

Lui revint en mémoire le souvenir du père Malraux et de la petite église de Seysses, le village où il était né ; sa voix éraillée par le vin, ses doigts calleux, et l'odeur aigre de son haleine. Il se souvint de ces premiers rendez-vous avec lui, pleins de doutes et de souffrance. De culpabilité, aussi : jamais il n'avait autant prié de toute sa vie. Le père Malraux n'arrêtait pas de le lui répéter : les petits garçons sont une tentation du diable, ils portent en eux le germe du péché. Le père Guifré frissonna et fit un effort pour renvoyer ces souvenirs au plus profond de sa mémoire.

Il repensa alors au billet qu'il avait dans la poche. Quand il l'avait trouvé sur son lit dans sa cellule, il n'en croyait pas ses yeux. Tout de suite, il avait reconnu l'écriture. Il arrivait à peine à tenir le bout de papier, tandis que son regard parcourait les phrases, encore et encore, sans en saisir le sens, jusqu'à ce qu'il parvienne à retrouver ses esprits et à le relire plus posément. Virgile lui avait donné rendez-vous trois jours plus tard à l'heure et à l'endroit habituels.

Quand il s'était calmé, un doute l'avait assailli. Et si ce mot n'était qu'une plaisanterie macabre des étudiants ? Après la tragédie, il avait vu de ses yeux son cadavre au funérarium de La Seu d'Urgell. Il l'avait identifié, bien que son corps fût méconnaissable. Il avait célébré la messe de ses funérailles et assisté à son inhumation. Il avait pleuré sa mort des semaines durant. Sa perte avait laissé en lui un vide que personne n'avait pu remplir depuis.

C'était impossible.

Pourtant, ils étaient les deux seuls à connaître ce lieu. Et puis, il y avait aussi cette coïncidence avec la date, qui ne pouvait pas être un hasard : le jour anniversaire de leur première rencontre. Le père Guifré ignorait quel genre de miracle s'était produit mais, contre toute logique, Virgile était vivant.

L'attente pendant ces trois jours avait été une torture. Il n'avait presque rien avalé. Il avait donné ses cours la tête ailleurs. Il avait cru mourir de l'excitation qui s'emparait de lui quand, la nuit, il imaginait leurs retrouvailles. Même Alfons, le jeune élève qui venait d'arriver au second semestre, n'avait pas suffi à soulager le feu qui le consumait. La nuit précédente, il avait même dû le renvoyer dans sa chambre tant son contact le rebutait.

Le père Guifré s'arrêta. Devant lui s'ouvraient deux tunnels. Il ne prit même pas la peine de jeter un regard à la petite croix gravée dans la roche à l'entrée de la voie de droite. L'autre descendait vers la rivière. Il pénétra dans le tunnel qui montait à présent en pente douce. Malgré lui, il dut ralentir : il avait besoin de reprendre son souffle.

Quelques minutes plus tard, il arrivait au bout. Une paroi rocheuse empêchait d'aller plus loin. Il sourit : quand on ne savait pas ce qu'on devait chercher, il était facile de penser qu'on n'avait plus qu'à rebrousser chemin. Il braqua sa torche entre ses pieds et la lumière éclaira un vieux sceau imprimé dans le sol. Il le pressa et la paroi rocheuse glissa sur le côté.

Il entra dans une pièce plongée dans le noir. Une antichambre, au sol recouvert de tapis. À droite, un sofa et une table basse faisaient face à une cheminée en pierre. L'autre côté était meublé d'un étroit bureau et d'une vieille bibliothèque qui prenait tout le mur. Il y conservait quelques livres qui auraient scandalisé Bouxet. Une porte communiquait avec une autre pièce : la chambre à coucher.

Il y avait bien longtemps que cette partie de l'ancien monastère était abandonnée. Ces dépendances correspondaient à l'aile nord, où, à l'origine, étaient logés les laïcs qui travaillaient au service des moines. Plus tard, elles avaient longtemps servi de débarras, puis, comme des murs s'étaient éboulés, on les avait laissées à l'abandon.

Lors d'une de ses explorations dans les galeries souterraines, il était tombé par hasard sur ce passage secret. Il ignorait, alors, qu'il deviendrait à ce point important pour lui. Au séminaire, les secrets étaient aussi nécessaires que l'oxygène pour respirer et, de cette découverte, comme de celle des tunnels, il ne parla à personne. Il ne tarda pas à se rendre compte que c'était l'endroit parfait pour ses rendez-vous, ou quand il souhaitait un peu d'intimité. Il avait passé des semaines à l'arranger discrètement jusqu'à en faire quelque chose d'habitable.

Il actionna l'interrupteur mais la pièce resta plongée dans l'obscurité. Parfois, il y avait des pannes de courant. Il rouspéta en silence. Heureusement, il croyait se souvenir qu'il avait des bougies quelque part. Il avança, en s'éclairant de sa lampe. Alors, un bruit lui fit lever les yeux. Le père Guifré comprit que, jusqu'ici, il n'y avait pas vraiment cru ; et pourtant il était là, devant lui, aussi beau que dans ses souvenirs. C'était un miracle. Il posa sa lampe sans le quitter du regard. Son cœur était près de s'arrêter quand il lui tendit la main. Lorsque leurs doigts se frôlèrent, un grand frisson secoua tout son corps. Il sut que rien, rien au monde, n'avait plus d'importance pour lui.

46

Alicia Vila avait le dossier de Simón étalé sur son bureau, et à côté le médaillon retrouvé dans sa chambre. Elle ouvrit le petit boîtier et contempla la photo : la jeune inconnue semblait la fixer, comme pour la mettre au défi de découvrir qui elle était.

Le tableau magnétique était à nouveau blanc, sans photos ni schémas, les tables vides empilées au fond de la pièce. La salle de réunion redeviendrait un débarras dans quelques heures.

L'affaire était officiellement classée, mais Vila n'aimait pas ne pas aller au bout des choses. La sous-inspectrice Serra l'avait chargée d'une mission et elle avait l'intention de la terminer.

Elle se rendait compte qu'elle regrettait que l'enquête soit finie. Ces jours-ci, elle s'était vraiment sentie policière. La sous-inspectrice et le lieutenant allaient rentrer chez eux et elle, elle resterait là, revenue au monde excitant des petits larcins, des amendes pour infractions routières et des arrestations de poivrots.

Elle soupira et composa le numéro que lui avait trouvé Alain. Un bon collègue, ce gars. Derrière ses presque deux mètres se cachait un type brillant, avec un grand cœur. Un ordinateur entre les mains, il faisait des miracles. Il cessait alors d'être le garçon introverti et peu sûr de lui que tout le monde connaissait au commissariat. Lui aussi, il allait lui manquer.

« Centre Sefarad-Israel, bonjour ?

– Je voudrais parler au directeur d'études de la fondation. »

On lui donna un nom et on transféra son appel. Après trois sonneries, une voix juvénile décrocha.

« Oui ?

– Monsieur Ruda ? Abraham Ruda ?

– Lui-même, qui le demande ?

– Agente Vila, de la Brigade criminelle de La Seu d'Urgell.

– Ça alors ! En quoi puis-je vous être utile ? »

Le ton emballé amusa Vila. Ce devait être un stagiaire. Est-ce que c'était comme ça que la voyait la sous-inspectrice ?

« Êtes-vous le spécialiste en histoire juive… ?

– Je suppose qu'on peut me qualifier ainsi.

– Je m'attendais à quelqu'un de moins…

– Jeune ? Ne vous laissez pas abuser par ma voix, si vous me voyiez en personne, vous auriez une encore plus piètre opinion de moi, fit-il en riant. Voyez-vous, je suis maître de conférences en histoire, même si en réalité je passe presque toutes mes journées enterré sous une montagne de vieux papiers, ce qui fait que j'ai plus l'air d'une sorte de vagabond fouillant dans les poubelles. Vous vous attendiez sans doute à un rabbin octogénaire, gardien de la Torah, mais je n'en ai aucun sous la main. Navré de vous décevoir.

– Je vous prie de m'excuser, lui dit Vila, sans pouvoir retenir un sourire. Parfois nous nous laissons avoir par la première impression.

– Un mal de notre temps. Ce n'est rien. Quel est le motif de votre appel ?

– Nous nous apprêtons à clore une enquête et je voulais votre avis à propos d'une photo trouvée au cours d'une perquisition. C'est le portrait d'une femme avec une étoile de David cousue sur sa chemise. Y a-t-il un moyen de vous la faire parvenir ? »

Le jeune chercheur lui donna une adresse électronique et Vila lui envoya la photo scannée.

« Vous l'avez reçue ?

– Un instant. J'ouvre le document. »

Après quelques secondes, Vila entendit qu'on reprenait le combiné. Le ton du jeune chercheur avait changé. Il était plus hésitant.

« Où… où l'avez-vous trouvée ?

– Dans une maison d'une colonie industrielle.

– Une colonie industrielle ! Oui, c'est bien ce qu'il me semblait… Je peux savoir laquelle ?

– La colonie Dalmau.

– Bon sang ! »

Un silence se fit à l'autre bout du fil.

« Allô ? Vous êtes toujours là ? demanda Vila.

– Oui… Oui.

– Vous pouvez m'expliquer pourquoi cette photo vous fait cet effet-là ?

– Oh, oui. Bien sûr ! Enfin, je crois. Vous avez du temps ? »

Vila jeta un coup d'œil à l'horloge murale. Elle aurait déjà dû être partie depuis une heure. Joan, son compagnon, avait sans doute fini de préparer le dîner et devait être en train de l'attendre. Mais il fallait être honnête : qui avait faim ?

« Bien sûr. J'ai tout le temps du monde.

– J'imagine que vous avez connaissance des événements qui ont affecté les Juifs pendant la Seconde Guerre mondiale, au moins dans les grandes lignes.

– Oui. Enfin, comme tout le monde.

– Effectivement. Tout le monde a entendu parler de la répression et de l'assassinat massif instaurés par les autorités nazies à notre encontre pendant le conflit. Vous avez certainement vu des films et des documentaires là-dessus, ou peut-être lu des livres. Cependant, il existe des épisodes moins connus qui ont souvent été masqués par des faits plus, disons, notoires. L'un d'eux est, par exemple, le rôle que l'Espagne a joué dans tout cela. »

Vila s'assit et s'installa confortablement, les pieds sur la table.

« Quand la situation en Europe est devenue intenable du fait de l'occupation allemande, beaucoup de Juifs ont été obligés de fuir pour échapper à la mort. Dans ces circonstances terribles, traverser les Pyrénées est devenu l'un des plus grands espoirs de salut. Plusieurs routes d'évasion se sont organisées avec l'aide des services secrets alliés, de certaines organisations de résistance juives comme l'Armée juive ou l'Œuvre de secours aux enfants, et avec la participation individuelle de guides, des habitants de la région qui connaissaient la montagne comme leur poche et qui offraient leurs services en échange de grosses sommes.

– Le besoin des uns fait la richesse des autres.

– Évidemment, les temps étaient durs pour tout le monde. Pourtant, de nombreux exemples de solidarité ont été rapportés, à propos de villageois des montagnes pyrénéennes, qui auraient accueilli et même caché des centaines de fugitifs. » Vila l'entendit pianoter sur des touches. « Plus de vingt mille Juifs ont passé la frontière franco-espagnole entre 1939 et 1944. Parmi eux, environ quatre mille ont franchi les Pyrénées à hauteur de Lleida. Leur objectif était de rejoindre un port où ils pourraient embarquer pour les États-Unis, l'Amérique du Sud ou la Palestine.

– Tout cela est passionnant, mais...

– Un peu de patience, la coupa-t-il. Si on ne connaît pas l'origine des choses, on peut difficilement en comprendre la fin, déclara le jeune homme à l'autre bout de la ligne, sur un ton plus professionnel que donneur de leçons.

– Allez-y, continuez.

– Les premières années, traverser la frontière était

relativement facile. Par ces mêmes routes étaient passés soldats alliés, membres de la Résistance et, en général, des opposants au nazisme par milliers. Mais, avec le gouvernement de Vichy, tout a commencé à se compliquer. Et quand la France s'est retrouvée totalement occupée par les nazis, en novembre 1942, les conditions de passage se sont énormément durcies avec la présence de patrouilles de la Wehrmacht ; un bataillon autrichien d'alpinistes et de skieurs a même été affecté à la chasse aux fugitifs. »

Vila entendit son interlocuteur reprendre haleine.

« Les conditions étaient incroyablement dures. Les fugitifs avaient parcouru la moitié de l'Europe pour arriver à Toulouse et de là atteindre les villages français enclavés dans la montagne. Ils débarquaient épuisés et terrifiés. Parfois, c'étaient des enfants qui voyageaient seuls, parce qu'ils avaient perdu leur famille, ou envoyés par leurs propres parents qui, internés dans des camps en France, cherchaient à les sauver. Imaginez ce que ce pouvait être pour ces gens de traverser une chaîne de montagnes de plus de trois mille mètres d'altitude par un col fouetté par le vent, la pluie ou la neige, pauvrement équipés, avec les vêtements qu'ils portaient depuis des semaines et de simples chaussures de ville. En pleine nuit. Transportant comme ils le pouvaient les maigres biens qu'ils avaient pu sauver pour, quelquefois, devoir les abandonner en route, alors qu'ils étaient pourchassés par les gendarmes français, les douaniers, la garde civile ou même les Allemands qui ont occupé la frontière à partir de 1942. Une fois de l'autre côté, certains étaient capturés par les autorités espagnoles et, pour la majorité, envoyés à la prison de Sort. D'autres, moins chanceux, étaient livrés aux nazis et ont fini dans les camps d'extermination. Dans ces conditions, il était normal que des accidents mortels se produisent en montagne, et même, il s'est trouvé quelques guides sans scrupule qui ont assassiné leurs clients pour leur voler leurs biens, mais ce sont des cas répertoriés et isolés. Cela dit, dans la dernière période, de 1943 à 1944, on recense un nombre particulièrement élevé de disparitions sur les routes du Pallars Sobirà et du val d'Aran, que nous n'avons jamais pu éclaircir. »

Vila entendit un bruissement de papiers qu'on feuillette.

« En 1985, le nom de la colonie Dalmau est pour la première fois cité dans des documents officiels de la délégation du gouvernement. Nul ne peut expliquer l'existence de ce complexe industriel. On ne sait quasiment rien de lui, si ce n'est qu'il a toujours bénéficié d'un traitement de faveur de la part du régime franquiste et que son isolement au nord de la Cerdagne, loin de tout, explique en partie la façon dont il a pu garder secrète son activité. Pendant des années, nous avons soupçonné que la Colonie avait eu recours à une main-d'œuvre réduite en esclavage, avec la connivence des autorités. Sans doute des Juifs fuyant les nazis qui étaient capturés alors qu'ils tentaient de s'échapper par les Pyrénées. Il leur fallait emprunter les routes les plus retirées pour ne pas éveiller les soupçons. Cette photographie pourrait être le premier document graphique qui étaierait cette thèse. On dirait bien qu'elle provient de la fiche d'une ouvrière. Si nous pouvions disposer de l'intégralité de ce document, ce serait fantastique.

– Je regrette, mais c'est tout ce que nous avons.

– Quel dommage ! Ces cinq dernières années, j'ai tenté de visiter la Colonie et d'avoir accès à ses archives. Mais chaque fois j'ai reçu une réponse négative.

– De qui venait le refus ?

– Quelques jours après avoir envoyé ma demande, je recevais un courrier des avocats de la famille Dalmau m'exhortant en termes choisis à renoncer à mes projets.

– Et y a-t-il moyen d'identifier cette jeune fille ? »

Un silence se fit à l'autre bout du fil. Vila pouvait presque entendre réfléchir le chercheur.

« C'est pratiquement impossible, mais je vais essayer. »

Après l'avoir remercié et lui avoir laissé un numéro de téléphone, Vila raccrocha. Elle se rejeta en arrière sur sa chaise, mains derrière la nuque. Elle tenait quelque chose, elle le sentait. Elle regarda l'heure : son dîner devait déjà être au réfrigérateur.

La porte de la salle de réunion s'ouvrit. Álex entra avec un hochement de tête en guise de salut, se laissa tomber sur la chaise la plus proche et posa le front sur la table. Leur entrevue avec Béatrice Dalmau n'avait pas servi à grand-chose. Le voyage de retour à La Seu d'Urgell s'était déroulé dans le silence, et, une fois en ville, Cassel s'était fait déposer sur un parking où il disait avoir laissé sa voiture. Elle avait réalisé qu'elle ne lui avait jamais demandé où il logeait. Elle croyait se souvenir que Cassel avait prononcé le nom d'un hôtel… ou non ? Bref, à présent, cela n'avait plus grande importance. Ils s'étaient quittés avec la sensation que c'étaient des adieux définitifs.

Álex était vannée. Bien que toujours convaincue de l'innocence de Closas, elle ne pouvait rien faire pour éviter la fermeture de l'enquête. Elle avait même essayé de parler à l'intendant Cruz, mais il n'avait pas voulu entendre un mot.

C'est alors qu'elle vit l'heure.

« Qu'est-ce que tu fais encore ici ?

– Je finissais quelques trucs », répondit Vila.

La jeune agente lui résuma sa conversation avec le spécialiste du Centre Sefarad-Israel. Sur la fin, elle étouffa un bâillement.

« Tu as fait du bon boulot, reconnut Álex.

– Ça n'a pas servi à grand-chose. On ne sait toujours pas pourquoi cette photo était si importante pour Simón. »

Álex haussa les épaules.

« Nous ne le saurons peut-être jamais. Et aussi bien, ça n'avait aucun rapport avec l'enquête. C'était une intuition. Avec le temps, tu verras qu'une grande part de notre travail consiste à se laisser guider par notre instinct. De toute façon, ça ne change rien : l'affaire est classée. Vila, poursuivit-elle, c'est l'heure de rentrer chez toi. »

La jeune femme hocha la tête. Son ardeur avait laissé

place à un air résigné, mais elle ne dit rien. Elle ramassa ses affaires et partit. Álex la suivit du regard. Cette petite deviendrait un bon flic. Elle était intelligente et apprenait vite. En outre, elle était presque aussi obstinée qu'elle-même et tout aussi capable de flanquer en l'air sa vie personnelle pour le boulot.

Elle aussi devait partir ; elle passerait sa dernière nuit au chalet et à la première heure elle rentrerait à Barcelone. Le commissaire Martí l'avait rappelée, il voulait savoir pourquoi elle ne s'était pas présentée à son bureau. Prise de court, elle avait improvisé des explications nébuleuses. Le commissaire les avait acceptées à contrecœur, en lui laissant clairement entendre qu'il ne tolérerait plus d'excuses. Il fallait qu'elle rentre.

Elle s'aperçut avec surprise qu'elle n'en avait pas envie. Son studio barcelonais ne lui manquait pas, peut-être parce que personne ne l'attendait dans cet appartement vide. Ses collègues non plus, avec lesquels elle n'avait pour ainsi dire pas de relations personnelles. Elle n'avait ni famille, ni compagnon, ni amis qu'elle puisse regretter.

Elle soupira et se leva. Prit ce mug affreux, avec sa tache de sang imprimée. Elle l'emporterait en souvenir. En ramassant son portable sur la table, elle vit la lumière bleutée de l'écran. Le mode silencieux était activé. Elle avait plusieurs appels manqués et des messages sur le répondeur. Pendant qu'elle discutait avec Vila, le père Guifré avait essayé de la joindre quatre fois en moins d'une minute.

47
Journal de Raquel

Le trajet en camion a été horrible. Nous avons voyagé dans une totale obscurité, cachés au milieu du chargement, sous la bâche. Nous avancions sur un chemin de terre plein de nids-de-poule et de lacets. Les secousses et les tournants continuels nous rendaient malades. Comme nous étions toujours attachés et qu'on nous avait aussi bâillonnés, si l'un d'entre nous vomissait, il risquait de mourir étouffé, ce qui m'a plongée dans une profonde terreur. Par chance, Elian s'était endormi. Nos ravisseurs étaient prêts à tuer le petit s'il se remettait à pleurer. Grand-mère Dalit avait perdu la raison et sous son bâillon elle fredonnait à mi-voix une vieille berceuse. Quant à nous, les autres, nous n'étions pas bien sûrs non plus de ne pas être en train de vivre un cauchemar issu de nos imaginations.

Nous ignorions où ils nous emmenaient et ce qu'ils comptaient faire de nous. En fuyant nos villes respectives pour échapper aux nazis, la plupart d'entre nous avaient perdu contact avec le reste de leurs familles et amis. Beaucoup étaient morts ou en fuite. Il faudrait longtemps avant que quelqu'un s'inquiète de notre disparition.

Après avoir réquisitionné le peu d'objets de valeur que nous avions, Simón nous avait ordonné d'abandonner nos derniers effets, ce qui a suscité quelques protestations qu'il a immédiatement réduites au silence avec des coups. Ma poupée, le seul souvenir que je conservais de mes parents, est restée là-haut, dans la montagne.

Je m'étais rapprochée d'Ezra et je l'ai senti frémir quand mes doigts se sont emmêlés aux siens. Le seul réconfort que j'avais était sa présence près de moi. Nous pleurions tous deux en silence.

Une fois, le camion s'est immobilisé et nous avons entendu nos ravisseurs discuter avec quelqu'un. C'était peut-être un poste de surveillance de la garde civile. Comme être arrêtés par les autorités espagnoles était encore préférable, nous nous sommes mis à donner des coups de pied contre les parois du fourgon, ce qui a provoqué des rires à l'extérieur. Le conducteur a dit quelque chose à propos du bétail qu'il transportait. Ensuite, quelques kilomètres plus loin, le camion a stoppé de nouveau. Simón est monté à l'arrière et, sans un mot, a frappé Ben Bendit avec une barre de fer jusqu'à le laisser presque mort dans une flaque de sang. Puis, il est redescendu et le camion a repris sa route. Nous ne nous sommes plus risqués à bouger.

J'étais si endolorie et exténuée que j'ai pensé que je pouvais mourir là, tout de suite. Sans m'en apercevoir, je me suis endormie sur l'épaule d'Ezra.

Au bout d'une heure, peut-être deux – j'avais perdu la notion du temps –, des cris m'ont réveillée ; et des faisceaux de lumière sillonnaient le fourgon. Le camion était à l'arrêt. On nous a fait descendre, on nous a ôté nos bâillons et détachés. Malgré les lampes qui m'éblouissaient, j'ai distingué une place et les silhouettes sombres de différents bâtiments. Un peu plus loin, j'ai aperçu une construction tout en longueur surmontée de la plus haute cheminée que j'aie jamais vue. On entendait la rumeur d'une rivière et dans l'air flottait une odeur forte que je n'ai pas réussi à identifier.

« Bienvenue à la colonie Dalmau. Votre nouveau foyer. »

48

Le recteur Guifré s'éveilla et voulut crier mais l'adhésif qui le bâillonnait l'en empêcha. La douleur qui lui vrillait le corps était si forte qu'un instant il se crut en enfer. Quand il eut ouvert les yeux, il se dit que c'était bien le cas.

Il se trouvait toujours dans ses appartements secrets, qu'il eut du mal à reconnaître car tout était à l'envers. Puis il comprit que c'était lui qui était suspendu par les pieds. Lacérant son corps nu, des cordes le maintenaient attaché à un pilier. Il pensa à saint Pierre, crucifié tête en bas parce qu'il se sentait indigne de mourir comme Jésus.

Il tenta de revenir sur ce qui s'était passé pour qu'il finisse ligoté de la sorte, mais il ne gardait aucun souvenir des heures précédentes. Il avait une douleur cuisante au front comme s'il s'était blessé sur quelque chose et les élancements sporadiques causés par ces liens incrustés dans sa chair l'empêchaient d'avoir les idées claires.

Il avait rendez-vous ce matin à la première heure avec son secrétaire. Bouxet se rendrait compte de son absence et partirait à sa recherche. Il fallait juste tenir jusque-là. D'où il était, il pouvait voir la fenêtre et il crut deviner que dehors, il faisait encore nuit. Mais l'aube n'allait certainement pas tarder. Il tenta de se raccrocher à cet espoir.

Alors il sentit qu'il n'était pas seul. Il entendit des pas furtifs derrière lui. Une ombre grandit sur le sol puis disparut, et à sa place il apparut, lui. Il était penché, l'air soucieux. Il portait l'habit diocésain et tenait entre ses mains son exemplaire du Livre d'Hénoch.

« Vous en avez, des lectures instructives, mon père ! »

Le recteur plissait les yeux : sans ses lunettes, il voyait flou.

S'apercevant de ses efforts, l'autre approcha son visage du sien ; ses yeux froids le scrutaient sans pitié. Guifré frissonna.

« Vous avez été un pécheur toute votre vie, mon père. Il est l'heure de payer.

– Mmm ! »

Sourd aux suppliques étouffées par le ruban adhésif toilé, il se releva et laissa tomber le livre par terre, près du pilier. Guifré s'aperçut que d'autres volumes ainsi que des papiers étaient empilés en tas juste sous sa tête. Il reconnut ses écrits sur le péché. Tout le travail de cette dernière année jeté par terre. En réalité, il n'avait plus besoin de poursuivre ses recherches : il avait trouvé la réponse. Il l'avait sous les yeux.

Avant de pouvoir penser au sens de tout cela, il tressaillit en sentant un liquide couler sur ses jambes, et ferma les yeux quand celui-ci inonda ses parties génitales et dégoulina le long de sa poitrine jusqu'à son visage. Une intense brûlure l'obligea à serrer fort les paupières. L'odeur de l'essence l'enveloppa. Désespérément, il essayait de se libérer de ses liens mais ses forces l'abandonnaient.

L'autre revint. Il tenait une petite bougie qu'il posa précautionneusement au milieu des livres, juste sous la tête de Guifré, ce qui obligea le recteur à relever le torse pour s'éloigner de la flamme.

« Je vais vous donner un petit moment pour que vous puissiez mettre votre âme en ordre. »

Le père Guifré fit alors quelque chose qu'il n'avait plus fait depuis bien longtemps : il pria. Puis, n'en pouvant plus, il laissa retomber sa tête.

49

Álex conduisait la Wrangler aussi vite qu'elle le pouvait, tout en essayant de joindre Cassel. Mais, après trois tonalités, elle retombait toujours sur le répondeur. D'impatience, elle assenait des petits coups au volant tandis que les phares balayaient les virages successifs, à droite et à gauche. Elle expulsa tout l'air de ses poumons quand, enfin, elle aperçut la silhouette du séminaire qui se découpait dans la nuit.

Álex arrêta le 4 x 4 près de la grille d'entrée. Elle sonna et attendit. Hors de la voiture, il faisait un froid glacial. Elle s'emmitoufla dans son anorak et tapa des pieds contre le sol gelé. Elle aurait tout donné pour une cigarette mais les picotements qui venaient de ses bronches annonçaient un début de crise d'asthme. Elle pensa à aller prendre son inhalateur dans la boîte à gants. La neige commençait à tomber. Elle leva les yeux au ciel, espérant voir une étoile, mais tout était recouvert par d'énormes nuages qui se tordaient au-dessus de sa tête, tels des nœuds de serpent.

Elle sonna deux fois encore. Enfin, des pas se firent entendre sur le gravier. Un homme apparut derrière la grille ; sa soutane dépassait sous son manteau et il n'avait pas l'air content. Il entrouvrit la grille, en s'interposant devant l'ouverture.

« Vous savez l'heure qu'il est ? Ce monastère est un lieu d'étude et de recueillement.

– Je dois voir le recteur.

– Impossible. À cette heure, il ne reçoit personne. Il faudra revenir demain. »

Álex serra les poings pour contenir la colère qu'elle sentait monter en elle. Elle fouilla dans ses poches et lui montra sa plaque.

« Vous croyez vraiment que je débarque ici en pleine nuit pour le plaisir ? Le père Guifré m'a appelée plusieurs fois ce soir et maintenant il ne répond pas à mes appels.

– Je vais aller voir. Attendez ici. »

Álex allait répliquer mais un hurlement épouvantable venu de l'intérieur l'en empêcha.

« Dieu tout-puissant ! s'exclama l'homme en se signant. Qu'est-ce que c'était que ça ? »

Álex le bouscula et, dégainant son arme, elle traversa l'esplanade en courant. Arrivée au pied de l'escalier de l'entrée, elle vit un halo orangé et une colonne de fumée s'échapper d'une fenêtre en hauteur, dans la partie du bâtiment qui jouxtait le précipice.

Elle passa les portes, tandis qu'un tocsin sonnait frénétiquement, et déboucha dans un vestibule dont le comptoir de réception était vide. En face, un escalier se présentait à elle, à sa droite un couloir et un autre à sa gauche. Álex croyait se souvenir qu'il y avait à ce niveau quelques bureaux, le réfectoire et les cuisines.

Elle grimpa les marches quatre à quatre. Cette fois, c'étaient deux couloirs qui s'ouvraient devant elle. Elle choisit celui de gauche, qui semblait aller dans la direction du feu. Plusieurs séminaristes affolés sortaient de leurs chambres. Álex en reconnut un.

« Bouxet ! » cria-t-elle.

Le jeune bibliothécaire se retourna et balbutia, surpris :

« Que… que faites-vous ici, sous-inspectrice ? Que se passe-t-il ?

– Il faut que vous m'aidiez », supplia-t-elle d'une voix hachée, alors qu'elle essayait de retrouver son souffle, une main sur la poitrine. *Mais pourquoi j'ai pas pris l'inhalateur, bordel ?* Elle lui montra dans quelle direction elle avait vu des flammes.

« Mais ça, c'est une aile du séminaire à l'abandon ! fit Bouxet, abasourdi.

– Guidez-moi jusque-là. »

Le jeune homme hocha la tête gravement et partit, suivi d'Álex qui sortit son téléphone et appuya sur la touche « commissariat ».

« Ici, la sous-inspectrice Serra. Je suis à Sant Martí Clement. J'ai besoin de renfort. Présomption d'assassinat. »

Le bibliothécaire écarquilla des yeux comme des soucoupes à ces mots.

« Madame…

– Pas maintenant. Continuez ! »

Au bout du couloir, ils arrivèrent au pied d'un escalier qui menait à l'étage au-dessus. Un hululement strident, celui d'une alarme d'incendie, vrombit dans l'air. Álex montait derrière le séminariste ; elle se concentrait sur son souffle, mais elle avait de plus en plus de mal à respirer. Elle fit le numéro de Cassel, toujours sans résultat. « Mais où tu es passé, merde ? »

« C'est une aile un peu éloignée, sous-inspectrice. Elle est en très mauvais état et nous ne l'utilisons pas, si ce n'est comme débarras. »

Ils franchirent plusieurs portes et un patio avant d'arriver dans un secteur où les murs de pierre étaient bien plus foncés. Après encore quelques volées de marches, le bibliothécaire s'arrêta :

« C'est là. »

Il n'avait pas besoin de le dire : la fumée qui filtrait sous la porte était suffisante. Quand ils approchèrent, tous deux sentirent la fournaise juste de l'autre côté. Álex s'enveloppa la main de la manche de son anorak et tira sur la poignée, mais la porte était bloquée.

« Père Guifré ! appela-t-elle.

– Monsieur ! »

Le bibliothécaire s'élança près d'elle, frappant des deux poings contre le battant.

Un faible gémissement leur répondit.

Des séminaristes apparaissaient derrière eux, alertés par les cris.

« Poussez-vous, tous. »

Álex visa la serrure et appuya deux fois sur la gâchette. Les détonations dans l'étroit couloir furent assourdissantes. La serrure sauta en l'air, Álex balança un coup de pied dans la porte et s'écarta. Une langue de feu rampa jusqu'au plafond comme si les flammes avaient été vivantes. La vague de chaleur les fit reculer.

« Dieu du ciel !

– Oh, Père miséricordieux. »

Álex enleva son anorak et entra dans la pièce, suivie de Bouxet. Ils se protégeaient le nez et la bouche de leur bras replié. Malgré cela, la fumée et l'odeur d'essence brûlée les faisaient tousser. La température était à peine tolérable. Toute la pièce était envahie par les flammes. L'incendie dévorait tout sur son passage : rideaux, meubles, et les centaines de volumes de la bibliothèque. On pouvait à peine respirer.

Au milieu de la pièce, là où le feu était particulièrement virulent, Álex crut voir à travers la fumée une silhouette ligotée à une colonne de pierre. Malgré la chaleur, elle avança vers elle. Le père Guifré pendait là, tout tordu, comme une statue qu'on aurait renversée tête en bas. Il lui restait à peine quelques cheveux sur le crâne et son visage n'était plus qu'un masque fondu. On aurait dit qu'il était en train de crier, mais de sa bouche ne sortait aucun son.

Deux professeurs arrivèrent avec des extincteurs et, aidés de quelques étudiants, se hâtèrent de les vider sur le recteur et le reste de la pièce. Des séminaristes les secondaient avec des couvertures et des récipients pleins d'eau. Petit à petit, le feu commença à s'éteindre et une odeur de chair brûlée envahit la pièce. L'un des jeunes séminaristes, incapable de se contenir, se mit à vomir. D'autres de ses camarades sortirent de la pièce, livides.

Álex chercha Bouxet.

« Est-ce qu'il y a une autre issue ? »

Le jeune homme ne semblait pas l'entendre. Il avait les yeux cloués sur les restes carbonisés du père Guifré, suspendu tel un bovin sacrifié.

Álex l'attrapa par sa chemise et le secoua.

« Bouxet ! Y a-t-il une autre sortie, ici, à part cette porte ?

– Je… je ne crois pas… non », balbutia-t-il.

Un frisson parcourut l'échine d'Álex malgré la température élevée qui régnait encore. Elle regarda tout autour d'elle. Mue par une intuition, elle écarta le bibliothécaire hébété et traversa la pièce, sans prendre garde aux derniers foyers qui persistaient encore.

La porte était masquée par l'épais nuage de fumée. C'était une chambre à coucher de petite taille, qui n'avait pas été touchée par le feu. À droite du lit, elle trouva ce qu'elle cherchait.

La fenêtre donnait sur une corniche de cinquante centimètres de large. La neige qui la recouvrait avait été piétinée. Álex leva les yeux et vit, se découpant contre le ciel, une silhouette en robe de moine qui s'éloignait en courant sur le toit.

50

Álex n'y réfléchit pas à deux fois. Prenant appui sur le rebord de la fenêtre, elle se hissa, puis, quand elle eut la moitié du corps à l'extérieur, se redressa sur la corniche. Celle-ci était suffisamment large pour qu'on puisse marcher dessus. Malgré tout, Álex avança prudemment. N'importe quel faux pas entraînerait une chute mortelle.

Près de la fenêtre, des échelons scellés au mur permettaient d'accéder à la partie supérieure du toit. Quand elle saisit le premier barreau en métal, le froid qui lui traversa les mains lui fit l'effet d'aiguilles qu'on lui aurait plantées dans la peau. Ignorant la douleur, elle grimpa aussi vite que le lui permettaient ses poumons oppressés.

Une fois en haut, le vent était si violent qu'elle dut se courber en deux pour ne pas perdre l'équilibre. Les flocons de neige la fouettaient de biais, l'empêchant de lever les yeux. Là-haut, le froid était très vif et elle regretta son anorak et ses gants. Mais il était trop tard pour regagner la chambre, il n'y avait plus qu'à continuer.

Le moine, une ombre à peine distincte dans l'obscurité, progressait avec l'adresse d'un funambule sur l'arête de la toiture. Álex allait aussi vite qu'elle le pouvait, sans quitter ses pieds des yeux. À chaque pas, elle sentait les semelles de ses bottes glisser. Soudain, le moine disparut. Álex marmonna un juron et, sans plus de précautions, se mit à courir, en s'empêchant de regarder le vide de part et d'autre du toit.

Une fois arrivée au point où le moine avait disparu, elle comprit : après avoir sauté, le moine s'était laissé glisser sur la pente du toit jusqu'à une autre corniche quelques mètres plus bas, et il s'éloignait maintenant vers le cloître de l'église. Elle sauta elle aussi, entraînant dans sa chute une tuile qui alla se briser contre la gouttière métallique. Le bruit fit se retourner le moine ; à cet instant, les nuages s'écartèrent en une éclaircie. Álex put voir que son habit était gris foncé et le couvrait de la tête aux pieds. Le visage, lui, restait dans l'ombre de sa capuche. Álex dégaina son arme et la braqua sur lui. Elle ne sentait plus ses doigts, crispés sur la crosse.

« Haut les mains ! »

Le moine fit un geste pour s'enfuir, mais fut stoppé dans son mouvement par le coup de feu qu'Álex tira au-dessus de sa tête. De dos, il leva les mains. Álex en profita pour se rapprocher de quelques mètres. Elle contint un frisson en sentant sous ses bottes les crissements de la neige sur les tuiles.

« Tourne-toi lentement. Très lentement », ordonna-t-elle.

Le moine obéit et tourna sur lui-même au ralenti, le visage toujours dissimulé.

Álex déglutit. À chacune de ses inspirations ses poumons faisaient un bruit de soufflet percé. C'est à peine si elle arrivait à parler.

« Tes mains… tu les gardes… où je peux les voir. »

Obéissant, il ouvrit les bras calmement et montra ses mains gantées. Il n'avait aucune arme visible. Le sang-froid de ce type rendait Álex nerveuse.

« Baisse ta capuche », commanda-t-elle de nouveau.

Le moine ne bougea pas.

Álex répéta l'ordre, qu'elle accompagna d'un mouvement de son arme :

« Baisse-la ! »

Alors le moine fit quelque chose d'inattendu : il tendit le doigt vers les pieds d'Álex.

La sous-inspectrice ne comprit qu'en entendant le craquement. Quand elle baissa les yeux, elle n'eut que le temps de jurer. La plaque de neige sur laquelle elle se tenait avait cédé ; Álex tomba à la renverse. Le choc lui coupa la respiration. Le pistolet s'envola et glissa sur le toit pour se perdre dans l'obscurité. Puis, c'est elle qui se mit à glisser, et elle se rappela que cette partie du séminaire donnait sur le précipice, contre la terrasse où les religieux faisaient pousser leurs plantes.

Álex battit des bras, dans une tentative pour se raccrocher à quelque chose qui puisse freiner sa chute, mais elle dévalait de plus en plus vite. Ses mains nues, que le froid avait rendues insensibles, cherchaient à tâtons sans trouver la moindre prise. Elle sentit ses pieds perdre contact avec le versant du toit, puis ses jambes, et elle continua de glisser jusqu'à ce que son corps se retrouve à flotter dans le vide. Les yeux fermés, elle hurla.

Sa chute fut stoppée net. La douleur explosa dans son épaule blessée. En levant les yeux, elle trouva le moine agenouillé au bord de la corniche. Sa main gantée la retenait fermement par le poignet. Elle essayait de distinguer ses traits mais l'ombre masquait toujours son visage. Dans un grognement d'effort, il la tira à lui jusqu'à ce qu'Álex puisse s'accrocher à une gargouille à portée de main. Alors, sans un mot, le moine s'en alla.

Álex lâcha un juron. En s'abstenant de regarder en bas, elle se hissa péniblement sur la corniche. Elle haletait et son cœur battait à tout rompre. Elle avait failli mourir. Elle lança un regard du côté de la silhouette qui s'éloignait, puis toucha son épaule blessée ; elle pouvait à peine bouger le bras. Elle secoua la tête, se remit debout et s'élança de nouveau à ses trousses.

Il avait une quinzaine de mètres d'avance sur elle. Le

moine sauta sur le toit d'un autre bâtiment puis se faufila par un étroit passage jusqu'à un escalier qui menait au campanile de la vieille église. Álex redoubla d'efforts pour le rejoindre. De l'escalier, elle vit le moine grimper sur le mur d'enceinte du séminaire et courir dessus tel un acrobate de cirque. En pestant, elle sauta en direction du mur et retomba lourdement sur les genoux. Sourde à la douleur, elle se releva et continua de courir. Le moine, arrivé au bout de la crête du mur, se retourna, lui fit un petit salut de la main et sauta dans le vide.

Álex atteignit la corniche quelques secondes plus tard et vit le moine rouler dans la neige, se relever et courir vers la forêt. Il y avait dans les six mètres de hauteur.

Pas question de le laisser filer. Álex l'imita et retomba dans un nuage de poudreuse. En se relevant, elle fut saisie d'un grand étourdissement, ce qui ne l'empêcha pas de reprendre sa course. Le moine n'était plus désormais qu'une ombre de plus parmi les arbres.

Les picotements dans ses bronches étaient devenus si forts qu'Álex avançait pliée en deux. Elle ne s'aperçut qu'elle tenait à peine debout que quand elle dut s'appuyer contre un arbre. Elle se mit à tousser et le goût du sang envahit sa bouche. Elle n'avait qu'une idée en tête : il allait lui échapper. Elle essaya de reprendre haleine, mais ses poumons n'obéissaient plus. Elle sentit ses jambes plier sous elle. Elle fit un pas et tout se mit à tourner autour d'elle. Le manque d'oxygène. Un pas encore. L'adrénaline qui la tenait debout sembla quitter son corps. Ses vêtements étaient trempés et un froid immense l'avait envahie. Elle trébucha et tomba.

Quand elle s'éveilla, elle était étendue de tout son long dans la neige. Elle ne savait pas depuis combien de temps elle était là. Dans le ciel, les flocons flottaient au-dessus d'elle. C'était splendide. Elle ressentait à peine le froid et les picotements dans sa poitrine semblaient s'être calmés. Sans se l'expliquer, elle se disait que ce n'était pas bon signe. Elle se sentait très fatiguée. Ses paupières se fermaient malgré elle. Elle crut percevoir une présence, mais elle n'avait pas la force de se redresser. Elle entendit un trot léger sur la neige, puis, soudain, il cessa.

Elle tourna la tête. Le loup était là, assis à moins de deux mètres d'elle. Elle pensa qu'elle aurait dû avoir peur, et pourtant non. Une immense paix l'avait envahie. Ce calme auquel elle aspirait depuis si longtemps. L'animal la scrutait de ses yeux couleur ambre. Il regarda derrière lui, leva la tête et hurla. C'était un cri sauvage, plein de beauté, qui l'ébranla. La dernière vision d'Álex avant qu'elle ne perde connaissance fut celle du loup qui avançait vers elle.

IV
Orgueil

Et lui à moi : « La dure condition de leur peine les plie au sol, si bas, que, tout d'abord, mes yeux ont hésité.

» Mais regarde-les bien, et que ta vue débrouille ce qui vient sous ces falaises : tu vois déjà quel coup les frappe tous. »

51
Journal de Raquel

La guerre a fini il y a longtemps ; peu après notre arrivée à la Colonie, d'après ce que j'ai su. Nous avons appris plus tard que de nombreux Juifs qui, comme nous, traversaient la frontière pour fuir les Allemands avaient été bernés et avaient fini ici, comme esclaves. Nous, nous avions été l'une des dernières fournées. Mais tant de temps s'est écoulé depuis cette nuit de 1944 où nous sommes arrivés à la Colonie, voici presque vingt ans, que j'ai l'impression que ma vie ne s'est jamais déroulée ailleurs qu'ici.

La colonie Dalmau est cachée entre les montagnes, dans une vallée difficile d'accès. Presque personne ne connaît son existence ou la nôtre. Ici, le travail est extrêmement dur. Le hurlement de la sirène a marqué durant toutes ces années notre rythme de vie. Elle sonne à quatre heures et demie du matin, quand le soleil n'a pas encore éclairci le ciel et qu'il fait un froid terrible. La journée commence à cinq heures, à l'usine, et elle se prolonge jusqu'à une heure avancée, avec une pause pour déjeuner et une autre pour grignoter quelque chose. Comme les autres, j'ai appris moi aussi le langage par signes grâce auquel tout le monde communique à l'intérieur de l'usine : le vacarme est si assourdissant qu'il empêche ceux qui y travaillent de parler entre eux.

À la Colonie, nous sommes une centaine de familles à cohabiter. Nous occupons la même maison depuis notre arrivée ici, un des logements construits pour les ouvriers. Je l'ai toujours partagée avec Ben et Ida Bendit, qui sont devenus mes parents adoptifs. Elian, mon frère de cœur, a bien grandi. C'est déjà un beau gaillard qu'on a mis à travailler sur les cardeuses. Grand-mère Dalit est morte quelques mois après notre arrivée. Elle n'a jamais recouvré la raison.

David et Meredith Kraus ont eu deux garçons et une fille, qui est morte de la fièvre. La sœur de Meredith, Ruth, a épousé un ouvrier, juif lui aussi. La vie continue, malgré tout.

Le dimanche, c'est jour de repos. Il faut assister à la messe, même si on n'est pas de foi catholique. Je sais que certains de nos camarades célèbrent des rites juifs, une fois la nuit tombée. S'ils étaient découverts, le châtiment serait terrible.

En plus de l'église, à la Colonie, il y a un économat, un four à pain, un barbier, une bibliothèque et même une école pour les enfants. Ici, tout est comme un village, mais en réalité, c'est une prison dont nous ne pouvons pas nous échapper. Nous sommes coupés du monde extérieur.

Simón est le contremaître de l'usine. Ces années l'ont rendu plus grand et plus costaud. Nous craignons tous ses accès de colère ; il a envoyé à l'infirmerie une dizaine d'ouvriers. Parfois, il y en a aussi qui disparaissent, ceux qui ont osé protester contre les conditions de vie qui sont les nôtres. Simón est à la tête d'une équipe d'hommes chargés de nous surveiller. Mais celui qui inspire le plus de terreur, c'est son rottweiler : un gros chien très féroce, dont on raconte que c'est un officier allemand qui le lui a offert. Certains affirment qu'il lui a fait goûter la chair humaine.

Les premiers mois, nous rêvions de nous enfuir. L'oncle d'Ezra et quatre autres hommes, dont deux Juifs, l'ont tenté une nuit. Gabriel a demandé à son neveu de partir avec lui mais Ezra a refusé.

Le lendemain matin, à l'heure où nous prenions tous notre poste, nous avons trouvé leurs corps ensanglantés pendus à la grille de l'usine. Leurs abdomens étaient éventrés comme si un animal s'était acharné sur eux. La puanteur était terrible et une nuée de mouches bourdonnait sur le sang qui imbibait le sol. Simón, planté près de la grille, souriait en mâchant son tabac et en caressant son chien. Ils ont dû enfermer Ezra, qui était devenu presque fou de douleur. Ce jour-là, nous avons perdu tout espoir.

Sinon, je n'ai rien d'important à écrire sur ces années passées en captivité, à part une évidence : je ne suis plus une petite fille. Notre vie à la Colonie s'est déroulée sans grands heurts, au moins jusqu'à l'année dernière. Jusqu'à ce jour de 1961 où, sans que je m'en doute encore, tout s'est mis à changer.

Ce jour-là, j'étais nerveuse parce que la chef m'avait dit qu'elle allait m'affecter aux métiers à tisser. Avec mes camarades, j'ai traversé le pont qui mène à l'usine. Un jeune aux cheveux frisés, grand et fort, est apparu de mon côté, à l'angle du bâtiment. C'est à peine s'il y voyait quelque chose avec la casquette qui lui tombait sur les yeux. En passant près de moi, il m'a bousculée. Il m'a retenue en m'attrapant par le bras, puis il a porté la main à sa casquette en guise d'excuses et s'en est allé.

« Regarde où tu vas », lui ai-je lancé. Mes camarades ont ri de mon indignation et elles m'ont taquinée un peu.

La sirène de l'usine annonçait le début du service. Il fallait que je me dépêche, mais je me suis attardée un instant pour arranger ma robe. J'ai constaté que l'étoile de David cousue sur ma manche avait besoin d'un point ou deux, sans quoi elle finirait par tomber. Puis j'ai regardé le livre dans ma main et j'ai vu le mot qui dépassait, à peine visible, entre les pages. Tout le monde savait que pendant les petites pauses j'aimais lire et que, chaque fois que je le pouvais, j'allais emprunter un livre à la bibliothèque de la Colonie ; me voir avec n'avait donc rien d'étonnant. Personne ne s'était rendu compte qu'avant ma bousculade avec le garçon à la casquette je ne l'avais pas dans les mains.

J'ai poursuivi mon chemin avec un sourire aux lèvres, que j'essayais de cacher. Je pouvais à peine contenir les sensations contradictoires qui étaient les miennes depuis des semaines. Un mélange de peur et d'excitation.

Tout à coup, je me suis sentie observée. J'ai levé la tête et j'ai rencontré le regard de Simón, qui sortait de chez M. Latour, le directeur de l'usine, suivi de son fidèle animal. Ces derniers temps, Simón m'observait d'une façon nouvelle, comme s'il voyait en moi quelque chose qu'il n'avait pas vu avant. Je me suis aperçue qu'il venait vers moi, et aussi que mes camarades entraient déjà dans l'usine.

Quand il a été devant moi, son odeur de sueur rance et de tabac m'a soulevé le cœur. J'ai rangé le livre dans le panier de mon déjeuner, en prenant garde que mes gestes soient naturels, mais je n'ai pas pu m'empêcher de glisser un coup d'œil au chien, qui s'agitait à côté de lui et avait l'air de comprendre que je cachais quelque chose.

« Bonjour, Raquel. »

Je ne savais pas pourquoi, depuis que l'été avait commencé, il m'abordait très souvent. Un jour, même, j'avais trouvé près de ma fenêtre un grossier bouquet de géraniums des bois, et je soupçonnais que c'était lui qui l'avait déposé là. J'ai souri, aussi aimablement que possible.

« Bonjour, monsieur. Ex… excusez-moi, je vais être en retard.

– Attends. Il y a quelqu'un qui veut te parler. »

Son ton dépité m'a surprise et j'ai levé la tête. Alors il a fait un signe du menton derrière lui. Dans ses yeux, j'ai lu un certain ressentiment qu'il a tout de suite caché sous une expression servile.

M. Dalmau était posté près de la cahute du gardien de l'usine. C'est un homme grand, de complexion robuste.

Son costume doit bien coûter un an de nos salaires à tous, ses ouvriers. Ses cheveux, lissés en arrière, sont toujours gominés, et il arbore une moustache taillée avec soin au-dessus de ses lèvres charnues.

M. Dalmau échangeait quelques mots avec M. Latour, le directeur. Celui-ci n'arrêtait pas de sourire servilement et d'acquiescer de la tête. Ils se sont serré la main, puis M. Dalmau s'est dirigé vers nous. La peur m'a fait piquer du nez et regarder mes pieds comme s'ils étaient la chose la plus intéressante du monde.

« Bonjour, jeune fille. »

Sans lever les yeux, j'ai fait un signe de tête en guise de salut. Je me sentais devenir toute rouge. Je m'en veux toujours quand ça m'arrive, mais la peur m'empêche de penser.

« C'est toi, la petite Juive. »

Je n'ai pas su quoi répondre, vu que ce n'était pas une question.

« Difficile de ne pas te remarquer. Tu es devenue une vraie petite femme. »

Je n'arrivais pas à décider ce qui me terrorisait le plus : le fait d'avoir attiré son attention ou sa façon de me scruter comme s'il voyait à travers ma robe.

« Comment t'appelles-tu ?

– Raquel.

– Un charmant prénom.

– Merci, monsieur. Je… je dois y aller, la sirène a sonné, ai-je réussi à balbutier.

– Voilà qui me plaît, un véritable engagement pour l'entreprise, a-t-il fait en riant. Allez, file, je ne voudrais pas te détourner de tes obligations plus longtemps que nécessaire. »

Sans me retourner, je me suis dépêchée de rejoindre les autres, qui finissaient d'entrer dans l'usine et faisaient comme si elles n'avaient pas vu la scène. Pendant que je m'éloignais, j'ai senti le poids des yeux de M. Dalmau sur moi jusqu'à ce que je franchisse l'entrée du bâtiment.

52

Il descendit l'escalier jusqu'au sous-sol sans allumer la lumière. Il n'en avait pas besoin. Déclenché par sa présence, un bruissement d'ailes surgit de l'intérieur de la cage grillagée.

L'image de la sous-inspectrice étendue dans la neige lui revint. C'était une femme incroyablement entêtée. Il fallait bien admettre qu'il l'avait sous-estimée. Il sourit en se rendant compte qu'il éprouvait même pour elle une certaine admiration. Si tout avait été différent, peut-être auraient-ils pu se lier d'amitié. Mais les choses étaient telles qu'elles étaient. Il ne pouvait pas la laisser fourrer son nez dans ses affaires.

Il alluma la lampe articulée et ses yeux parcoururent le mur tapissé de photos, de coupures de presse et de dessins. Le cliché qu'il cherchait était affiché sur un côté. Il le contempla longuement et sentit les muscles de son corps se contracter de colère à l'idée de tout le mal dont était responsable cet homme. Tous ces garçons humiliés, perdus à jamais, accablés par le poids de la culpabilité et des remords. Comme Virgile Avril.

D'un geste sec, il détacha la photo du mur et rejoignit en deux enjambées le poêle en fer forgé. Dedans, quelques flammèches brûlaient encore sous la cendre. Il jeta la photo dans le poêle et regarda l'intense chaleur en noircir les bords et tordre le papier, comme si une serre ardente le broyait. Quelques secondes plus tard, une première flamme s'éleva, puis une autre, jusqu'à ce que le feu ait entièrement dévoré l'ignoble individu. Ce qui se consuma en dernier fut les yeux du père Guifré, plantés dans les siens.

Un moment après, il se redressa sur sa chaise. Son corps se rappelait à lui par une crampe à l'estomac : il n'avait rien avalé depuis des heures. Il oubliait fréquemment de manger. Il pensa que la fatigue le poussait à commettre des erreurs et qu'il ne pouvait pas se le permettre : il restait encore beaucoup à faire.

53

Silence.

Un total et profond silence l'entourait. Elle ressentait une paix qu'elle ne se rappelait pas avoir déjà éprouvée. Ici, personne ne pouvait lui faire du mal. Elle était en sécurité.

Petit à petit arrivaient les sons. Le vrombissement de l'air dans le respirateur artificiel et le gargouillis de l'eau. Des pas pressés. Le bip discontinu d'une machine. Un objet bizarre lui enserra la bouche et le nez. Elle battait l'air de la main pour l'enlever mais quelqu'un l'en empêchait sans trop de difficultés ; elle laissa retomber son bras. Elle était fatiguée. De ce genre de fatigue qui se distinguait à peine de la mort. Une voix lui disait quelque chose, mais le sens des mots lui échappait. Elle laissa la torpeur l'envahir. Les sons s'éloignèrent jusqu'à disparaître. Elle s'abandonna. Elle voulait retourner au silence. Là où il n'arrivait rien. Où tout était bien.

Lumière. Les sons revinrent d'un coup. Ils anéantissaient la quiétude qui l'enveloppait comme un cocon. Álex râla. Pourquoi ne la laissait-on pas tranquille ? Elle tentait de se dérober mais la lumière était trop vive et les bruits persistaient. Ils envahissaient tout, puis c'est la douleur qui prit le relais. Elle se réveilla.

« Bonjour, sous-inspectrice Serra. »

Un homme, l'air soucieux, en blouse blanche, était penché sur elle. Il souriait avec bienveillance tandis que ses yeux, derrière ses lunettes, la scrutaient attentivement. Un peu en retrait, au pied du lit, Cassel la regardait, bras croisés, les sourcils froncés.

« Ça va mieux, ma belle ? » murmura-t-il.

Derrière son accent français, la voix apparaissait si inquiète que c'en était attendrissant. Álex tourna la tête ; les muscles de son cou lui firent l'effet d'être en carton. Elle reconnut les éléments d'une chambre d'hôpital. Elle voulut se redresser, mais la douleur vrilla tout son corps. Ses bras étaient couverts de bandages. Le médecin lui posa une main sur l'épaule.

« Du calme. Vous avez le temps.

– Où suis-je ?

– Vous vous trouvez à la Fundació Sant Hospital, à La Seu d'Urgell. Je suis le docteur Mulet. »

Álex ferma à demi les yeux et réprima l'envie de remonter le drap par-dessus sa tête. Là-haut, on aurait dit que tout un orchestre de percussions s'en donnait à cœur joie.

« Je suis ici depuis quand ?

– Depuis hier soir. On vous a retrouvée couverte de neige, avec un début d'hypothermie et une insuffisance respiratoire, outre les bleus et les égratignures.

– Quelle idée d'aller se balader dehors sans son cache-nez ! » fit Cassel en s'approchant du lit.

Álex souffla en réponse à la boutade de son coéquipier.

« C'est lui qui vous a retrouvée, dit le médecin en le désignant. Il vous a sauvé la vie. »

Cassel, embarrassé, haussa les épaules.

« Merci. » Álex tenta de sourire mais sa bouche lui faisait mal.

« Nous avons dû vous administrer des corticoïdes pour désenflammer les voies aériennes et des bronchodilatateurs pour les ouvrir », reprit le médecin. Il brandit un spray de Ventoline. « Vous devez toujours en avoir sur vous.

– Entendu. Quelqu'un a une cigarette ? fit Álex, en commençant à se lever.

– Où allez-vous, comme ça ? »

Álex s'arrêta et fixa le médecin.

« J'ai quelque chose de grave ?

– Euh… Vous êtes hors de danger, mais…

– Bien, alors je m'en vais. »

Le médecin la regarda comme s'il avait affaire à une malade mentale. Álex pensa qu'il aurait tort d'écarter cette éventualité.

« Il serait souhaitable, vraiment souhaitable que vous restiez en observation, au moins vingt-quatre heures de plus. Il faudrait vous faire une spirométrie.

– Je n'ai pas le temps. »

Quand elle écarta le drap et posa les pieds par terre, Álex s'aperçut qu'elle ne portait qu'une courte blouse vert pâle sommairement nouée qui laissait son dos et une partie de ses fesses à l'air.

« Fantastique… Bien, messieurs, ou vous vous retournez ou je vous en colle une. Tout de suite ! »

Après avoir remis son formulaire de sortie contre avis médical signé, Álex prit congé du médecin. Puis, elle et Cassel quittèrent l'hôpital et se dirigèrent vers le parking.

« J'ai pris ta jeep. » Cassel fit tinter le trousseau de clés devant elle. « C'est moi qui conduis. »

Álex acquiesça de la tête. Elle ne voulait pas l'admettre, mais elle se sentait encore faiblarde et un peu nauséeuse. Elle garda le silence jusqu'au moment où ils prirent la route.

« Je t'ai appelé mais impossible de te trouver. Tu étais où ? »

Cassel remua un peu sur son siège, mal à l'aise.

« Je n'ai vu tes appels que quand je suis arrivé au

commissariat et qu'on m'a transmis ta demande de renfort. À Sant Martí, j'ai trouvé Bouxet à moitié hystérique. Il m'a raconté que tu avais sauté par une fenêtre. Nous avons ratissé le terrain autour du séminaire. C'est un pur hasard si je t'ai retrouvée.

– Et Guifré… ? »

Cassel secoua la tête.

« Quelle mort horrible, soupira Álex en fermant les yeux, tandis que lui revenaient en mémoire le feu et cette odeur de cendre qui semblait tout imprégner.

– Impossible que Closas soit coupable, fit Cassel. Le meurtre du recteur, même s'il ne le disculpe pas totalement, oblige à rouvrir le dossier.

– Je ne peux pas m'empêcher de penser que nous avançons à l'aveuglette dans cette enquête, affirma Álex.

– J'ai eu un appel de Toulouse. Ils sont un peu inquiets.

– Si tu veux, je peux leur parler…

– Non, ce n'est pas nécessaire », s'empressa de répondre Cassel. Il ajouta avec un sourire : « Tu as assez à faire avec l'intendant Cruz. Il n'arrête pas de s'entretenir avec le sous-délégué du gouvernement. Apparemment, il te met sur le dos toute la responsabilité de ce qui est arrivé. Ils veulent te faire porter le chapeau, *caramba* ! »

Álex ne put s'empêcher de rire devant ce *caramba* que seuls les Français employaient encore, quand ils voulaient marquer leur indignation. Elle s'attendait bien à quelque chose de ce genre de la part de Cruz et ça lui était égal.

« Alain et Vila ont fouillé de fond en comble les appartements secrets du père Guifré mais ils n'ont pas trouvé la moindre empreinte, poursuivit Cassel. Le feu, de toute façon, se sera chargé de tout effacer. Le corps a été emmené chez Valet pour l'autopsie. »

Ils restèrent silencieux un moment, puis Cassel rompit le silence.

« Raconte. »

Álex se mit à lui relater tout ce qui s'était passé depuis

son arrivée au séminaire jusqu'à sa perte de connaissance. Elle décida de ne rien lui dire du loup. Elle-même doutait de la réalité de son apparition. Le manque d'air allié à l'hypothermie pouvait expliquer cette vision.

« J'ai été tellement près…

– Et à aucun moment tu n'as pu voir son visage ? »

Álex secoua la tête.

« Il portait une robe de bénédictin, comme les moines d'autrefois. Il connaît le séminaire comme sa poche. Il… il ne laisse rien au hasard et sait parfaitement ce qu'il fait.

– Il y a quelque chose que je ne m'explique pas… Il aurait pu fuir, mais il s'est arrêté pour te sauver… Pourquoi ?

– Je n'en sais rien. »

Depuis son réveil, Álex ne cessait de retourner cette question dans sa tête.

« Nous avons passé au peigne fin le périmètre autour du séminaire sans trouver aucune piste. À croire que ce moine s'est volatilisé.

– Alors pas de doute : c'est bien un fantôme. »

Álex avait voulu faire de l'humour, mais le cœur n'y était pas.

« Les seules empreintes que nous avons trouvées, ce sont les tiennes et… bon, les autres, lança Cassel, les yeux sur la route.

– Les autres ? Quelles autres ?

– Quand je suis arrivé près de toi, il y avait des empreintes autour de ton corps. Des traces assez grandes. Je n'y connais rien en animaux, mais je dirais que c'était un chien ou quelque chose de ce genre.

– Connaissant tes compétences en montagne, je suis sûre que c'étaient mes propres pas », rétorqua Álex, en prenant garde de ne pas se laisser trahir par sa voix.

Puis elle tourna le visage contre sa fenêtre. La forêt passait comme un vieux film reflété sur la vitre. Au-delà des arbres, tout n'était qu'obscurité et silence.

Quand ils arrivèrent au chalet, le soleil se couchait déjà derrière les montagnes. Cassel lui demanda au moins trois fois si elle était sûre que ça allait, jusqu'à ce qu'Álex finisse par le menacer d'user de son arme. Quand elle franchit la porte, le froid dans la maison lui fit regretter l'hôpital. Pourtant, une fois la cheminée allumée, l'atmosphère devint agréable.

Álex poussa un soupir de soulagement. Elle s'écartait du feu, prête à se débarrasser de ses bottes et de son anorak, quand elle sentit son portable vibrer dans la poche intérieure. Elle avait plusieurs appels manqués de la juge, un de l'intendant Cruz, deux de Cassel et un dernier du commissariat de Toulouse. Elle décida qu'elle rappellerait le lendemain ; son mal de tête était revenu et elle avait besoin de dormir un peu. Elle allait éteindre son téléphone quand elle remarqua le point rouge sur l'icône de la messagerie. Un nouveau message.

Le numéro de l'appelant ne lui disait rien. Elle appuya sur « play ». D'abord, elle n'entendit que de faibles sanglots au milieu d'une respiration haletante. Comme si on ne s'était pas rendu compte que l'enregistrement avait commencé. Puis, quelqu'un se mit à parler. Les mots étaient entrecoupés, sûrement parce que le téléphone de l'appelant captait mal.

« Il… est là ! C'est lui ! L'ange… Il vient de… entre les morts. Il vient me faire payer. Mon Dieu, par… mes péchés. Oh, mon Dieu… mon Dieu, pardonne mes pé… »

Le reste du message était inintelligible jusqu'à la fin de la communication, puis le silence revint. Álex avait reconnu la voix du père Guifré.

54

« Le moine fantôme ! »

Álex regarda sans bouger les journaux faire un vol plané. L'intendant Cruz, assis à son bureau, gardait les poings crispés comme s'il avait pu mettre un direct à sa frustration. Des taches de sueur auréolaient sa chemise d'uniforme, malgré l'heure encore matinale. Sur la table s'empilaient d'autres périodiques, avec des titres similaires. Il n'avait pas invité Álex à s'asseoir.

« Alors maintenant, on fait la chasse à un esprit ? »

Álex haussa les épaules. Cruz attrapa un autre journal et lut à voix haute :

« "Selon le témoignage de deux prêtres qui ont assisté à la scène, l'assassin s'est envolé… S'est envolé… répéta l'intendant Cruz en beuglant, par-dessus le toit du séminaire. Il portait une robe de bénédictin, comme celles des moines d'antan. Un instant plus tard, il a disparu dans les airs." »

– En tout cas, la description est correcte.

– Vous m'emmerdez, Serra.

– Bon, au moins, on peut écarter Closas. »

L'intendant leva les yeux sur la sous-inspectrice.

« Après ça, dit-il en montrant un titre qui proclamait "Le moine fantôme attaque de nouveau", nous n'avons pas pu faire autrement que de le relâcher ce matin. L'avocat de l'ONG s'est présenté aux aurores. Ils ont payé la caution réclamée par le juge. Closas reste suspecté des sabotages de Vall de Beau, mais nous ne pouvons rien prouver. De toute manière, les charges sont légères. Sans compter que nous n'arrêtons pas de recevoir des appels des médias qui se demandent si nous n'essayons pas d'étouffer les mobilisations contre la construction de la station en arrêtant leurs leaders. Je ne veux même pas imaginer les titres, le week-end prochain ! »

Quelques heures plus tôt, Cruz avait reçu un autre type d'appel. Ses supérieurs étaient très mécontents. Il pouvait à peine contenir son exaspération et sa honte après le savon qu'ils lui avaient passé. À partir d'un certain point, il n'avait même plus écouté. Une seule chose était claire pour lui : ses espoirs de quitter cette fichue vallée s'évanouissaient. Mais tout changerait s'ils arrivaient à résoudre ces crimes et à arrêter le véritable coupable dans les prochains jours.

L'intendant braqua son index sur Álex et plongea ses yeux furibonds dans les siens.

« Il faut coincer ce moine, ou appelez-le comme vous voudrez. Je veux des résultats. Tout de suite, compris ? Nous ne pouvons plus nous permettre la moindre erreur ! »

Dans le couloir du commissariat, Álex goba deux anxiolytiques qu'elle fit passer avec une gorgée de la bouteille d'eau qu'elle avait trouvée, en sortant du bureau de Cruz, près de la machine à café. Elle était à demi vide, mais c'était suffisant.

La salle de réunion la reçut avec ses habituels effluves d'égouts et la voix excitée d'Alain :

« Et si c'était vraiment un fantôme ?

– Ne dis pas de conneries », lui rétorqua Vila.

Au tableau étaient déjà accrochées les photos de la scène du meurtre du recteur Guifré près de celles de Latour et Simón.

« Mais comment fait-il pour disparaître de cette façon ?

Une cinquantaine de personnes ont ratissé la zone et personne n'a trouvé la moindre trace. Je le sais, j'y étais ! C'est un fantôme, conclut Alain.

– Tu passes trop de temps à lire tes romans de fantasy. Ils vont finir par te cramer les neurones. »

Elle avait beau réprimander son collègue, Vila semblait tout aussi joyeuse qu'Alain à la perspective de reprendre l'enquête. Quand ils s'aperçurent de la présence d'Álex, ils adoptèrent un air sérieux qui arracha un sourire à la sous-inspectrice.

« Où est Jean ? » demanda Vila.

Álex fut surprise de voir la jeune agente rougir légèrement en se rendant compte qu'elle venait d'appeler le Français par son prénom. Manifestement, Vila s'intéressait à Cassel. Et il était plutôt séduisant, en effet… avec ses manières posées, ces yeux couleur miel et cet accent comique, se dit Álex. Même sa gaucherie en montagne était touchante. Quant à Vila, c'était une très jolie fille. Mais est-ce qu'elle n'avait pas dit qu'elle était en couple ?

« Il ne va pas tarder », répondit-elle, plus sèchement qu'elle ne l'aurait voulu.

Tous trois prirent place autour de la table. Álex les informa brièvement de sa conversation avec l'intendant. Ils revinrent sur les différentes pistes qu'ils avaient suivies jusque-là et se concentrèrent sur le message vocal reçu par Álex.

« Nous savons, récapitula Vila, que l'assassin a utilisé le portable du père Guifré pour l'enregistrer en pleine agonie et t'appeler.

– Pourquoi m'a-t-il choisie comme destinataire de cet appel ? Ça n'a pas beaucoup de sens, s'interrogea Álex.

– C'était peut-être une prise de contact. Il a envie d'expliquer les raisons pour lesquelles il commet ses meurtres, intervint Cassel, qui entra dans le bureau par la porte restée ouverte et salua les autres d'un signe de la main avant de s'asseoir.

– Ça collerait bien avec le profil typique du tueur en série. Narcissisme, besoin de reconnaissance, avança Alain.

– Ou il veut se faire passer pour tel, nuança Vila.

– C'est aussi une possibilité, admit Álex. Pourtant…

– Pour moi, c'est plus qu'une possibilité, reprit Vila, en se penchant en avant. J'ai vérifié les déclarations d'Antoine Closas à propos de la propriété des terres de la Colonie et j'ai reparlé à l'ancien juriste du cabinet d'avocats des Dalmau. Il a beaucoup insisté sur le fait qu'il s'agissait d'informations confidentielles… Le projet de la station de ski prévoit de reconvertir la vieille Colonie en un complexe résidentiel de luxe. À la fin de l'année dernière, une entreprise de BTP a acquis par précontrat les droits d'achat sur tous les bâtiments pour… vingt-six millions d'euros, expliqua gravement Vila. La vente sera effective quand le chantier commencera. »

Cassel poussa un sifflement admiratif.

« Ce qui veut dire que notre riche héritière est encore plus riche…

– Eh bien, pas tout à fait, poursuivit Vila. Ce que Closas a déclaré lors de son interrogatoire était vrai : avant de mourir, August Dalmau a envoyé à ses avocats un accord sur la propriété de la Colonie. L'un des points établissait qu'en cas de vente les bénéfices qui en découleraient devraient être répartis à parts égales entre différents propriétaires.

– Très généreuse initiative, fit remarquer Cassel.

– Oui, et c'est d'autant plus étrange que ce contrat a été signé juste la veille de sa mort. Mais ce n'est pas tout, continua Vila. Une clause stipule que si l'un des bénéficiaires meurt et qu'il n'a pas de descendance, comme c'est le cas de Latour, de Simón et du père Guifré, son pourcentage revient aux autres.

– Ce qui fait de chacun des survivants un potentiel suspect, conclut Álex.

– Il est clair que cette somme d'argent fait un excellent mobile, lança Cassel.

– Et dans ce contrat… commença Álex.

– Oui, il y a les noms des bénéficiaires ! »

Sans dissimuler un sourire rayonnant, Vila laissa tomber au beau milieu de la table une liasse de papiers jaunis. La jeune femme feuilleta les pages, qui bruissèrent en signe de protestation devant tant d'enthousiasme, jusqu'à la dernière. En dessous de chaque signature, sur les pointillés, on pouvait lire un nom complet, tapé à la machine. Six signatures, six noms.

Au centre, sous un grand paraphe pompeux, trônait le nom d'August Dalmau ; à sa gauche, sous un indéchiffrable gribouillis, avait signé Guillem Latour ; plus bas, c'était le père Guifré qui avait apposé sa signature. Álex remarqua que son écriture ressemblait à celle d'un enfant. À côté, Simón Álvarez avait tracé son nom dans une calligraphie de semi-analphabète ; tout à droite, d'une plume soignée et claire, avait signé le docteur Frédéric Foix ; juste en dessous figurait la signature illisible d'un certain Johan Kreuz.

Álex ne fut pas étonnée de voir le nom du médecin parmi les bénéficiaires.

« Je parierais n'importe quoi que le docteur Foix comme ce Johan Kreuz sont les deux hommes que nous n'avions pas encore vraiment identifiés sur la photo », déclara Cassel avec enthousiasme.

Vila se leva pour inscrire au tableau les noms de Kreuz et Foix à la suite des autres.

« Il nous faut savoir si Johan Kreuz est toujours vivant, où il se trouve, et s'il a ou non des descendants, reprit Álex. Sur la photo, Kreuz porte lui aussi une étoile de David sur sa chemise. Donc, il était juif. Voyez avec l'expert du Centre Sefarad-Israel s'il peut nous aider à l'identifier. »

Un silence tomba sur la pièce. Tous étaient conscients qu'il s'agissait d'une avancée importante de l'enquête.

« Autre chose ? s'enquit Álex.

– Justement, fit Cassel, après notre rencontre au manoir Dalmau avec le docteur Foix, puisqu'il nous a expliqué ses liens avec la Colonie, hier j'ai fouillé dans son passé. Comme il est de nationalité française, j'ai plus facilement accès à ces informations.

– Si tu veux bien nous en faire part », suggéra Álex, avec un sourire taquin.

Cassel leur fit une grimace avant de reprendre.

« J'ai passé quelques coups de fil. Apparemment, Foix vient d'une famille aisée. Il a fait ses études de médecine et de psychiatrie à Montpellier. C'était un bon élève. Une fois son titre obtenu, il a été engagé par un hôpital privé, de grand renom. Mais il n'y est pas resté longtemps car il a commis une faute grave au cours d'une intervention. Le vieux directeur à qui j'ai parlé ne semble pas tenir Foix en grande estime : selon ses dires, une nuit où Foix était de garde, il est arrivé ivre au bloc et, vu son état, il n'a pas pu agir avec la célérité nécessaire lors d'un accouchement survenu aux urgences avec des complications. La mère et le bébé n'ont pas survécu. L'argent et les relations influentes des parents de Foix lui ont évité un gros scandale et la radiation. En revanche, il a été renvoyé de l'hôpital. Ensuite, on perd sa trace. Personne n'a su me dire où il était parti.

– Maintenant, on sait que pendant tout ce temps il était à la Colonie, releva Vila.

– C'est exact, reconnut Cassel, en décochant à la jeune policière un sourire qui lui fit monter le rouge aux joues. Au bout de vingt ans, poursuivit-il, le docteur est soudainement réapparu pour publier ses extraordinaires investigations génétiques. Grâce à elles, il jouit à l'heure actuelle d'un grand prestige au sein du milieu scientifique. Certains ne s'expliquent pas pourquoi il n'a pas fait carrière dans l'une des universités renommées qui, alors, lui ont offert un poste, mais il a préféré rester à Toulouse.

– Bizarre. Le docteur Foix ne semble pas être homme à refuser de telles opportunités.

– Il y a peut-être un rapport avec certaines des critiques

qu'il a également reçues. J'ai eu une conversation téléphonique avec M. Guillaume Ledun, enseignant titulaire de la chaire du département de biomédecine de la faculté de médecine de Paris. Le professeur Ledun m'a expliqué que les recherches de Foix sur des physiopathologies liées à la psyché humaine, celles-là mêmes qui lui ont valu sa renommée, présentent quelques points obscurs. D'après Ledun, Foix n'a jamais suffisamment clarifié la provenance du corpus d'individus sur lequel se sont basées ses expérimentations, ainsi que d'autres détails nébuleux de ses recherches. Ledun reconnaît que les travaux de Foix sont brillants, mais certains de ses paramètres et les conclusions qui ont suivi ont été controversés à l'époque, car ils se rapprochaient beaucoup des méthodes d'investigation employées par les médecins nazis dans les camps de concentration. L'une de ces méthodes va beaucoup vous intéresser… »

Toute l'équipe était pendue aux lèvres du Français.

« Apparemment, reprit Cassel sans dissimuler sa jubilation, le docteur Foix employait la narcoanalyse pour étudier le subconscient des sujets sur lesquels il travaillait, en complétant le travail biomédical par l'étude psychiatrique. La narcoanalyse est une méthode suivant laquelle on injecte au sujet par voie intraveineuse un narcotique qui l'assoupit, le fait parler et répondre aux questions qu'on lui pose, de sorte qu'affleure à la conscience le matériau inconscient refoulé. Devinez le type de narcotique qu'il employait ? »

La réponse était inutile. Il y avait un nouveau nom dans la liste des suspects.

55
Journal de Raquel

Et s'il ne venait pas ?

Je distinguais à peine les silhouettes des bâtiments tout autour de la place. Pas une lumière aux fenêtres des maisons des ouvriers. Tout le monde dormait. L'horloge du clocher marquait minuit. Au fond de moi, une voix me criait que j'étais folle d'être là à attendre. Si quelqu'un m'apercevait, j'étais perdue. J'avais décidé de rentrer quand il m'a semblé voir une ombre se mouvoir dans une rue attenante.

Mon cœur a bondi dans ma poitrine et j'ai souri. J'allais lever une main pour me signaler quand je me suis figée sur place. Une ombre plus petite, animale, avait rejoint la première. J'ai reconnu alors la démarche du molosse. Je me suis collée contre le mur de l'église comme pour me fondre en lui. Les battements de mon cœur cognaient si fort qu'ils résonnaient dans mes oreilles.

Simón a traversé la place et s'est arrêté près des arbres, à l'entrée de l'église. Il tenait fermement son fusil. Par chance, le chien ne m'avait pas flairée pour l'instant et l'ombre me dissimulait, mais s'ils approchaient encore, ils me découvriraient. Et je ne pourrais pas expliquer ce que je faisais dehors après le couvre-feu.

Je me suis déplacée lentement pour éviter de faire du

bruit. J'effleurais le mur du bout des doigts tout en m'éloignant autant que possible. Brusquement, le mur a disparu, et j'ai reconnu la porte latérale de l'église. J'ai tenté de me blottir dans son renfoncement. Simón s'est remis à marcher. Paniquée, je l'ai vu se diriger à pas décidés droit vers moi. Le chien commençait à montrer des signes de nervosité. Je ne savais plus où aller.

Tout à coup, une main s'est posée sur ma bouche en même temps qu'on m'attrapait par le bras et qu'on me tirait en arrière. Je suis tombée sur les pavés de l'église. Une ombre s'est jetée sur la porte et l'a refermée sans bruit, puis mon attaquant s'est retourné vers moi. J'ai ravalé mon cri en reconnaissant le visage souriant d'Ezra.

Il a posé un doigt sur ses lèvres en même temps que sur les graviers retentissait un bruit de pas ; ils se sont approchés, puis se sont arrêtés juste de l'autre côté de la porte. La poignée s'est abaissée en silence mais la porte ne s'est pas ouverte. Derrière montait un grognement sourd. Au bout de quelques instants qui m'ont paru une éternité, les pas ont fini par s'éloigner.

Ezra m'a tendu la main pour m'aider à me relever.

« Ça va ? »

En réponse, je l'ai frappé de toutes mes forces à l'estomac.

« Idiot ! J'ai eu une de ces peurs, ai-je chuchoté. Je m'en vais.

– Non, non ! S'il te plaît ! » a-t-il supplié, penaud.

Son expression faussement contrite m'a fait rire. Ezra arrivait toujours à m'arracher un sourire. C'était mon meilleur ami.

Ces années l'avaient changé aussi. Ce gamin qui avait rebroussé chemin en pleine tempête de neige pour me retrouver était devenu un grand et solide jeune homme. Contrairement à moi, qui suis de peau claire, il avait le teint hâlé à cause du travail en plein air. Ezra faisait partie des équipes qui construisaient le barrage en amont de la rivière. Une tâche dure et dangereuse. Moins de trois jours plus tôt, deux ouvriers étaient morts, avalés par les eaux.

« Viens, suis-moi. »

J'ai regardé une fois encore du côté de la porte, puis, après un soupir, je l'ai suivi.

Nous avons pris le couloir central de l'église. Elle était plongée dans le noir et je distinguais à peine le profil des bancs de part et d'autre. J'ai hésité une seconde jusqu'à ce que je sente sa main sur la mienne. À ce moment, j'étais contente qu'il fasse noir et qu'Ezra ne puisse pas voir le rouge à mes joues.

« Qu'est-ce qu'on fait ici ?

– Tu verras. »

Ezra m'a guidée jusqu'à une porte, sur un côté du transept de la petite église. Il l'a ouverte ; derrière, un escalier montait en colimaçon.

« Lundi, on nous a envoyés ici, Johan Kreuz et moi, réparer les dégâts que la tempête du week-end avait faits sur le toit, m'expliquait-il, tandis que nous grimpions les marches.

– Le père Guifré devait être ravi d'avoir deux beaux gars dans son église.

– Je pense bien, a-t-il fait en riant. Il a passé son temps à chercher une excuse pour se retrouver seul avec Johan. »

L'escalier, de plus en plus étroit au fil de l'ascension, débouchait sur le campanile. Arrivée là-haut, j'ai senti de nouveau la fraîcheur de la nuit. Le vent pénétrait entre les arcs de pierre. Je me suis penchée prudemment et j'ai vu les silhouettes sombres des logements ouvriers. Un peu plus loin, du côté de la rivière, on apercevait la forme massive de l'usine. Puis, en levant les yeux, on distinguait le manoir, qui se dressait au-dessus de la Colonie, telle l'araignée sur sa toile. Un instant, j'ai eu peur qu'on ne me voie.

« Viens. »

Ezra m'a prise par la main et m'a entraînée. L'inclinaison du toit nous obligeait à marcher courbés pour éviter les grosses poutres. Nous avons contourné la cloche pour nous retrouver face à de larges planches. Ezra les a écartées, dévoilant une porte cachée. Le sourire aux lèvres, il a sorti une très grande clé. Les gonds ont grincé tellement fort que j'ai bien cru que le bruit allait réveiller la Colonie tout entière et que Simón allait débarquer sur-le-champ avec tous ses hommes. Mais la stupéfaction a vite chassé toutes mes craintes.

La pièce était quasiment vide, à l'exception d'un orgue antique remisé dans un coin. Les flammes d'une douzaine de cierges à moitié consumés dessinaient des formes fantasques sur les murs. De vieilles couvertures étaient étalées au sol. Sur une table basse trônait un panier en osier recouvert d'une serviette à carreaux.

« Personne ne connaît l'existence de cet endroit. Personne ne monte jusqu'ici, même pas le père Guifré », m'a expliqué Ezra, tandis que nous entrions et qu'il refermait la porte à clé.

Il s'est assis près de moi et a placé le panier entre nous deux.

« Retire le torchon. »

À l'intérieur, il y avait un quart de fromage, plusieurs tranches de pain et une bouteille de vin.

« D'où as-tu sorti tout ça ?

– Je l'ai acheté à Mme Ruth à l'économat.

– Ça a dû te coûter toute ta paye du mois ! »

Ezra s'est contenté de sourire, en haussant les épaules.

Nous avons mangé en silence, savourant notre compagnie mutuelle. J'ai remarqué, non sans surprise, que mon ami était nerveux et qu'il évitait de croiser mon regard.

« Qu'est-ce qu'il se passe ?

– J'ai quelque chose pour toi. »

Il a sorti un petit paquet caché dans un coin et me l'a donné. Quand j'ai retiré le papier kraft dans lequel il était enveloppé, la lueur des bougies a éclairé un cahier relié de cuir grenat. Lentement, j'ai caressé sa couverture et je l'ai ouvert. Je l'ai feuilleté, éblouie. Le papier était d'un blanc éclatant, jamais je n'en avais vu de cette qualité.

« Mais ça doit coûter une fortune, comment... ?

– Il y a une semaine, Latour est venu inspecter les travaux au barrage. On l'a appelé au manoir et, dans sa hâte, il a oublié son cartable.

– Je ne peux pas accepter », ai-je déclaré, terrorisée, en lui rendant le cahier.

Il a secoué la tête et me l'a remis dans les mains.

« Il en avait d'autres. Il ne s'apercevra même pas qu'il lui en manque un. »

Je suis restée muette.

« Je ne sais pas comment te remercier.

– Tes yeux, là, c'est suffisant, a-t-il fait, en s'adossant à l'orgue recouvert d'un tissu. Tu voulais écrire…

– Oui, ai-je reconnu sans pouvoir dissimuler une certaine désillusion dans ma voix. Mais c'est juste un rêve. »

Ezra m'a attrapée par les deux bras et m'a regardée de ses yeux couleur de miel.

« Si tu le souhaites, il peut devenir réalité. Celui-ci et tous les autres.

– Qu'est-ce que tu veux dire ?

– Partons d'ici. Ensemble.

– Tu es devenu fou ? »

Je le dévisageais, incrédule.

« J'ai tout planifié, a-t-il fait, tout excité, tu sais que les balles de coton sont récupérées à la gare de Puigcerdà et qu'elles arrivent en charrettes tirées par les bœufs tous les jeudis. Ces balles pèsent plus de quatre tonnes et les véhicules sont très grands, recouverts d'une bâche. On les décharge dans l'entrepôt au bout de l'usine. Puis, c'est notre équipe qui s'occupe de les porter avec les ballots de toile. L'un des conducteurs est prêt à nous cacher et à nous embarquer avec lui au prochain arrivage, si nous avons de quoi payer. Depuis un an, j'économise et j'ai l'argent nécessaire. Quand ils s'en rendront compte, nous serons loin d'ici.

– C'est très risqué. Tu sais ce qui arrivera s'ils t'attrapent.

– Tu imagines tout ce qu'on pourra faire quand on sera libres ? On ira à Barcelone, et de là on prendra un bateau pour n'importe quelle partie du monde. Tu pourrais devenir écrivain. Ou ce que tu voudras ! »

J'ai courbé la tête.

« Je ne sais pas… je ne sais pas si j'en suis capable. La Colonie, c'est chez moi. Le seul endroit que je connaisse. »

J'ai senti le désespoir dans sa voix.

« Les choses pourraient être différentes.

– Pourquoi tu ne pars pas, toi ?

– Pour la même raison qui fait que je ne suis pas parti avec mon oncle autrefois. »

Je n'ai rien pu répondre. Ses mots sont restés là, à flotter entre nous. Tout d'un coup, j'ai réalisé avec surprise que moi non plus je ne concevais pas la vie sans lui. Depuis quand ? me suis-je demandé, et puis j'ai su : depuis le jour où je l'avais rencontré dans cette maison en France.

Nos mains s'étaient unies et chacun pouvait sentir le souffle précipité de l'autre. Quelque chose a lâché en moi et la chaleur des sentiments réprimés durant toutes ces années m'a embrasée.

Comme il détournait les yeux, troublé, j'ai posé ma main sous son menton et d'une caresse, je lui ai relevé le visage. Nos lèvres se sont rencontrées. Je n'avais jamais embrassé personne auparavant, mais une sensation familière m'a envahie. Le baiser que nous avons échangé était celui de vieux amants qui après des années se retrouvent et découvrent que rien n'a changé ; d'abord lentement, puis avidement, nos bouches se sont explorées comme pour rattraper le temps perdu. Mes doigts empressés se sont mis à déboutonner sa chemise. J'ai bien vu la surprise dans ses yeux, mais je m'en fichais : il n'y avait rien au monde que je désirais plus. Mes craintes avaient disparu, lasse que j'étais de vivre sous le joug de la peur.

À son tour, il a cherché maladroitement les boutons de mes vêtements. J'ai retenu ses mains et je me suis levée. Dans un mouvement fluide, j'ai fait passer ma robe par-dessus ma tête. La lueur des bougies a caressé mon corps nu. J'ai réprimé un frisson quand l'air a frôlé ma peau. Il me regardait de ses yeux couleur de miel comme aucun autre homme ne l'avait fait. Lorsque nous nous sommes enlacés, c'était comme si je me confondais avec le soleil.

56

« Je voudrais voir les agents chargés de l'enquête sur les meurtres. »

Álex, qui sortait du bureau pour aller se mettre quelque chose sous la dent, reconnut la voix. À l'entrée du commissariat, Bouxet s'adressait à un agent. Il portait un pantalon en velours, son habituelle chemise noire avec un anorak par-dessus, et il se tordait nerveusement les mains. De loin, Álex fit signe à l'agent de laisser passer le séminariste. Elle sentit presque sur son visage le soupir de soulagement de Bouxet.

« Que faites-vous ici, Francesc ?

– Je dois vous parler, je vous en prie. »

Álex nota avec étonnement ses yeux cernés et sa mine décomposée.

« Oui, bien sûr, suivez-moi. »

En passant devant le bureau, elle fit un signe à Cassel qui, reconnaissant le bibliothécaire, se leva immédiatement et les suivit jusqu'à la salle d'interrogatoire.

« Ici, nous serons plus tranquilles. Asseyez-vous. Vous désirez un café ? »

Bouxet, les yeux au sol, secoua la tête, s'assit, et croisa les mains comme s'il allait se mettre à prier. Álex et Cassel échangèrent un regard perplexe et prirent place à leur tour.

« Madame Serra, Dieu soit loué, vous allez bien. Quand vous avez sauté par la fenêtre, j'ai cru que vous vous étiez tuée. »

Álex lui sourit.

« Oui, bon, malheureusement, ça n'a pas servi à grand-chose…

– Peut-être parce qu'il est impossible d'attraper un esprit », déclara le jeune séminariste d'une voix chevrotante.

Álex vit que le bibliothécaire était au bord de la crise de nerfs. Cassel se leva et lui apporta un verre d'eau.

« Calmez-vous, dit Álex. Vous êtes en sécurité ici, avec des amis. »

L'homme acquiesça d'un signe de tête, ses mains tremblaient tant pendant qu'il buvait qu'il aspergea la table.

« Qu'entendez-vous par là ?

– J'ai à peine fermé l'œil, depuis l'incendie. Ce matin, je suis sorti du séminaire. Cela faisait trois ans que je n'avais pas franchi ses murs. » Il les regarda alternativement l'un et l'autre, les yeux humides. « C'est chez moi, vous comprenez ? Si on m'obligeait à partir… je… je ne saurais pas où aller.

– Personne ne va vous obliger à partir d'où que ce soit », le rassura Cassel.

Álex s'aperçut que le jeune homme égrenait entre ses doigts un chapelet en bois qu'il avait sorti de la poche de sa veste.

« Pourquoi vouliez-vous nous voir ? lui demanda-t-elle.

– Il fallait que je vous raconte quelque chose. Après ce qu'il s'est passé, je ne peux pas continuer à me taire. »

Il avala encore une gorgée d'eau. Les policiers le laissèrent prendre son temps.

« Il le méritait, lâcha-t-il finalement, dans un sanglot. Le père Guifré, il le méritait ! » On aurait dit qu'il était sur le point de vomir. « Cette mort horrible, c'est un châtiment. Le châtiment de Dieu pour ses péchés, ajouta-t-il en plantant ses yeux dans ceux d'Álex.

– De quoi parlez-vous ?

– Ces pièces… là où on a retrouvé le recteur : personne ne connaissait leur existence. C'était une partie désaffectée du séminaire. Depuis des années, le recteur forçait… forçait certains étudiants à l'y retrouver pour… pour qu'ils aient des relations charnelles avec lui. »

Un silence se fit. Par la porte restée ouverte entrait toujours le brouhaha du commissariat, mais il semblait soudain lointain, comme si on avait baissé le volume.

« Vous êtes sûr ? En avez-vous une preuve ? » demanda Álex.

Bouxet détourna les yeux. Les larmes ruisselaient sur ses joues. Álex sentait la colère l'envahir. En regardant Cassel, elle vit que lui aussi se contenait. Elle tendit la main et la posa sur celle du bibliothécaire, qui la retira comme si son contact l'avait brûlé.

« Si vous voulez prendre une pause, proposa Álex.

– Non ! s'écria Bouxet, le visage congestionné. Je suis venu pour parler et je le ferai. » Après une grande inspiration, il reprit : « À Sant Martí, nous recevons un pourcentage d'étudiants qui proviennent de foyers à problèmes. La plupart du temps, ils n'ont pas de famille, personne ne les réclame. Au début de l'année scolaire, le père Guifré a… pardon, avait pour habitude de jeter son dévolu sur l'un des nouveaux, généralement quelqu'un de suffisamment vulnérable et… et… il en faisait son amant. »

Bouxet reprit son souffle avant de poursuivre :

« Au moins une vingtaine de jeunes garçons sont passés par ces chambres du péché ces dernières années.

– Personne ne l'a jamais dénoncé ? demanda Cassel.

– Oh, si, il y a eu des plaintes, mais sans jamais aucune suite. Monsieur le recteur avait des amis haut placés. Peu de temps après, on nous informait que l'étudiant avait été transféré dans un autre établissement. Quand cela se produisait, le père Guifré entrait dans des colères épouvantables et les jours d'après, l'ambiance au séminaire était irrespirable. »

Álex remarqua l'extrême tension de Cassel. Elle se souvint que son collègue français avait lui-même été interne. Peut-être était-il orphelin lui aussi. De ce fait, tout cela devait le toucher bien plus encore.

Bouxet avala une grande gorgée d'eau. Parler semblait l'avoir un peu soulagé. Álex pouvait imaginer l'enfer par lequel était passé ce jeune homme.

« Il y a autre chose. » Il les fixa gravement. « Je sais qui a tué le père Guifré. »

Les deux policiers s'agitèrent. Le bibliothécaire les regarda, confus, et leva une main pour les inviter à être patients.

« Il faut que je commence par le début, sinon vous ne comprendrez pas. »

Álex savait que les témoins avaient besoin de raconter les choses à leur manière.

« Soyez tranquille. Vous pouvez parler en toute confiance. »

Bouxet acquiesça, tout en séchant ses larmes avec un mouchoir.

« Parmi les amants du père Guifré, il y en a eu un très spécial. Un qui lui a fait totalement perdre la tête. » Il soupira. « Virgile Avril.

– Le camarade de cellule de Latour, murmura Cassel. Le recteur nous a raconté que ce garçon avait mis fin à ses jours. Là-dessus aussi, il nous a menti ? »

L'homme secoua la tête.

« Non. Ça, c'est vrai… mais je suis sûr qu'il ne vous a pas révélé toute la vérité. »

Álex se pencha en avant.

« Allez-y, Francesc, racontez-nous… »

Bouxet ferma les yeux et prit une profonde inspiration avant de se lancer :

« Virgile Avril était très jeune à son arrivée au séminaire ; on a fait pour lui une exception. Par conséquent, Virgile a grandi et s'est éduqué entre nos murs. Les années ont passé et il est devenu un garçon beau et intelligent. Tout le monde se rendait compte qu'il avait quelque chose de spécial. » Il poussa un soupir. « Moi, je suis arrivé quelques années plus tard et je me suis retrouvé avec lui en cours. Le temps a passé. Je ne vais pas vous ennuyer… » Francesc Bouxet était entièrement à son rôle de narrateur. « Virgile, comme tout le monde s'y attendait, a obtenu un poste de professeur. Il aurait pu aspirer à bien plus, mais il n'a jamais voulu quitter le séminaire. Moi… on m'a nommé bibliothécaire. En vérité, les souvenirs que j'ai de cette époque sont heureux. C'est alors, il y a environ trois ans, qu'est arrivé Daniel Latour. D'après ce qu'il nous en a dit, il avait fait ses études en France, conformément aux souhaits paternels, puis il avait travaillé à l'étranger. Apparemment, il avait eu des problèmes et il avait décidé de tout quitter pour devenir séminariste.

» Étant tous trois du même âge, nous nous sommes liés d'amitié. Je n'ai jamais beaucoup apprécié Daniel, mais comme il était le camarade de cellule de Virgile et que celui-ci était incapable de voir le moindre mal chez les autres, je me suis résolu à le fréquenter. Quoi qu'il en soit, j'ai toujours trouvé suspect que Daniel ait choisi le chemin de Dieu et qu'il l'ait fait si tardivement… Donc, j'avais des soupçons. Après ce qui est arrivé, j'ai compris que je ne m'étais pas trompé.

» Un soir, presque à la nuit tombée, Latour est venu me demander des livres et nous nous sommes rendus ensemble à la bibliothèque. Entre les rayonnages, assis par terre, nous avons trouvé Virgile, en larmes. Devant notre insistance, il nous a tout raconté. Le père… le père Guifré abusait de lui depuis un certain temps. Son désespoir était immense. Il se sentait coupable. Il se disait qu'il avait déçu Dieu. Je l'ai sommé de mettre fin à ces relations charnelles, de le dénoncer… Mais il nous a expliqué que le père Guifré savait quelque chose de son passé, quelque chose qui concernait des tierces personnes. Cette révélation changeait tout. Virgile ne pouvait rien faire, il ne pouvait pas se dresser contre le recteur sans que d'autres en fassent les frais. Daniel, qui jusque-là n'avait pas ouvert la bouche, a réclamé des détails, mais Virgile n'a pas voulu en dire plus. Nous avons promis de garder son secret et de l'aider dans la mesure du possible pour qu'il puisse éviter Guifré.

» Une semaine plus tard, une rumeur a commencé à courir, selon laquelle Virgile était le mignon du père Guifré et que c'était pour cette raison qu'il avait obtenu son poste d'enseignant. Les autres professeurs se sont mis à l'ignorer et ses élèves à s'absenter de ses cours. La pire condamnation, dans un séminaire, c'est d'être rejeté par la communauté. Virgile s'est effondré. Comme pour moi-même, le séminaire était son foyer ; il ne pouvait pas concevoir une vie hors des murs de Sant Martí Clement.

– Et le recteur n'a pas réagi ? » s'enquit Cassel.

Bouxet fit « non » de la tête.

« Je n'ai jamais compris pourquoi. »

Moi, si, pensa Álex. *Daniel était le fils de Guillem Latour, le directeur de la Colonie, présent sur la photo. Mais le recteur et le père de Daniel étaient unis par bien plus qu'un cliché : ils partageaient un noir passé et qui sait quelles obligations.*

Bouxet poursuivait :

« Le fait est que… moi… moi aussi, je l'ai laissé tomber. Je ne savais pas comment l'aider, et… quand je m'en suis rendu compte, c'était trop tard. »

Il plongea son visage dans ses mains. Cassel l'attrapa doucement par l'avant-bras, l'encourageant à poursuivre.

« Ils… ils ont retrouvé son… corps au pied du barrage. » Il déglutit. « Déchiqueté. Son visage, ce si beau visage, était méconnaissable. Tout le monde a été consterné au séminaire. Au bout d'un moment, j'ai découvert que c'était Daniel qui avait fomenté ces rumeurs. Nous avons eu une forte altercation, où il s'est révélé tel qu'il était : il jalousait Virgile d'une façon maladive. “Sa perfection était contre-nature, en est-il venu à dire. Je lui ai donné une leçon d'humilité." Quand on a su qu'il avait été à l'origine des médisances qui avaient conduit Virgile à la mort, il a été expulsé de Sant Martí Clement.

» Au bout d'un an, alors que la paix semblait être revenue au séminaire, il y a environ un mois, Latour a refait surface. Il a demandé à être logé dans son ancienne cellule et le recteur, à la surprise de tous, a accédé à sa requête. C'est à partir de là que les apparitions ont commencé », acheva Bouxet, presque dans un souffle.

Álex se pencha vers lui.

« Des apparitions, vous dites ?

– Ces dernières semaines, le père Guifré était en proie à une grande nervosité, que nous avons tous mise sur le compte de l'anniversaire de la mort de Virgile. Une nuit, je l'ai trouvé dans son bureau, dans tous ses états. Il m'a avoué qu'il l'avait vu. Qu'il avait vu Virgile, réincarné en moine.

– Le père Guifré n'avait pas toute sa tête. Sa mauvaise conscience lui aura fait imaginer des choses, tenta d'argumenter Cassel.

– Vous ne comprenez pas. Moi aussi, je l'ai vu !

– Pardon ? sursauta Álex.

– Il y a quelque temps, un peu plus d'une semaine, une nuit que je ne pouvais pas dormir, j'ai voulu descendre à la bibliothèque terminer un travail en cours. En passant devant la cellule qui avait été celle de Latour et Virgile, j'ai vu de la lumière filtrer sous la porte ; j'ai jeté un œil et j'ai vu une silhouette près du lit de mon pauvre ami. Elle était de dos, une bougie à la main. Il faisait très sombre, à la lueur de la bougie, son corps était déformé et je ne voyais pas bien ses vêtements. J'allais l'appeler, pensant qu'il s'agissait d'un des étudiants, quand il s'est retourné vers moi et alors je l'ai vu. C'était lui, déclara Bouxet, chevrotant.

– Qui ? fit Álex.

– Virgile ! s'écria-t-il d'une voix de fausset.

– Vous en êtes sûr ?

– Absolument sûr. Je l'aurais reconnu n'importe où. Je n'ai pas le moindre doute parce que, quand il m'a fait face, la lumière a éclairé son visage et j'ai parfaitement distingué ses traits. Et j'ai aussi reconnu la tenue qu'il portait : une robe de moine bénédictin. L'ordre qui a érigé le premier monastère à l'endroit où se trouve maintenant notre séminaire.

– Que s'est-il passé, ensuite ? demanda Cassel en se rejetant en arrière sur sa chaise.

– Je suis tombé à genoux, j'ai fermé les yeux et j'ai prié pour le pardon de mes péchés. Je l'ai senti passer près de moi. Un arôme sucré émanait de lui, comme une odeur de fruit. Il a posé la main sur mon épaule. J'ai senti le froid de l'enfer s'immiscer dans mon corps et parcourir mes veines et je me suis évanoui. Ce sont des étudiants qui m'ont retrouvé, à l'aube, étendu par terre. »

Álex échangea un regard avec Cassel, qui haussa des sourcils perplexes. Bouxet, les yeux dans le vague, conclut :

« C'est Virgile qui a assassiné le père Guifré. Il est revenu pour faire payer ses péchés au recteur. Les Écritures le disent. Apocalypse 21:8 : “Mais pour les abominables et les débauchés, leur part sera dans l'étang ardent de feu et de soufre.” »

57

La faculté de médecine de Toulouse se trouvait dans le sud de la ville, quartier de Rangueil. Le campus universitaire Paul-Sabatier s'étendait sur plus de cent vingt hectares le long du canal du Midi, comme put le constater Álex tandis que Cassel conduisait.

Après avoir remonté l'avenue Pierre-Georges-Latécoère, ils s'incorporèrent à la circulation dense de la route de Narbonne. Sur leur gauche, ils reconnurent les bâtiments de la faculté d'où, en cette fin de vendredi, de nombreux étudiants en blouse blanche sortaient par petits groupes, prêts à entamer leur week-end.

Ils se garèrent sur une place de parking réservée aux visiteurs. On les avait informés que le docteur Foix serait dans son bureau du département de biomédecine, au dernier étage.

À la sortie de l'ascenseur, une jeune femme, traits asiatiques et yeux noirs derrière une monture de lunettes rétro, les reçut. Elle les guida, le pas énergique sur ses talons vertigineux, tout en poursuivant sa conversation téléphonique et, d'un geste, elle les invita à prendre place sur un canapé immaculé. Alors qu'elle retournait à son bureau, Álex détailla sa silhouette et se dit qu'elle avait sûrement trouvé cette robe à rayures bleues et blanches dans une boutique pour enfants. Une taille comme celle-ci, on ne la trouvait pas au rayon femmes.

Au bout de quelques minutes, la jeune femme, toujours au téléphone, leur indiqua une porte, signe qu'ils pouvaient entrer.

Le bureau du docteur Foix était organisé en deux espaces aérés, en forme de huit. La première pièce, la plus vaste, était tapissée d'une bibliothèque vitrée qui occupait chaque recoin des murs. Au premier coup d'œil, Álex vit des manuels de médecine, des ouvrages d'anthropologie, des livres de photos de Ray, Warner et Riefenstahl, et même la collection « Série noire », apparemment complète, de Gallimard. Le sol était en marbre, immaculé. Une table basse de Philippe Starck accompagnée de ses fauteuils de lecture et d'une lampe Arco meublaient un côté. Au fond s'ouvrait l'autre espace, présidé par un énorme bureau en pierre croulant sous une montagne de livres et de papiers. Derrière on devinait un fauteuil ergonomique en cuir, blanc également. Une immense baie vitrée, qui prenait tout le pan de mur, s'ouvrait sur une vue impressionnante de la Garonne et du centre-ville au crépuscule.

Álex se demanda ce qui pouvait pousser une université à financer un bureau tel que celui-là. Elle tendait la main vers un numéro du *National Geographic* sur l'anatomie, quand une voix grave la fit sursauter :

« Bonjour. »

Le docteur Foix avait surgi derrière elle. D'un geste de la main, il invita Álex et Cassel à s'asseoir, tandis qu'il faisait de même et croisait les jambes d'un mouvement précis. Il portait un costume gris foncé qui seyait parfaitement à son corps mince.

Álex pensa qu'il lui rappelait quelqu'un, sans savoir qui, puis lui revint en tête une vieille photo de la Seconde Guerre mondiale qu'elle avait vue dans un documentaire. Foix ressemblait en tout point à ces officiers nazis, raides et élégants dans leurs uniformes Hugo Boss.

« Nous nous sommes rencontrés au manoir Dalmau si je ne m'abuse, dit le médecin. Dites-moi : que peut bien me vouloir la police ? »

Álex perçut une légère vacillation derrière l'image impeccable.

« Eh bien... je suppose que vous êtes au courant des meurtres qui ont eu lieu », commença Cassel. Ils étaient sur son territoire et Álex se dit qu'il valait mieux le laisser mener la conversation.

« J'ai vu les informations. Ici en France, cette malheureuse affaire n'a pas été suivie avec autant d'intérêt, mais je me suis tenu informé à travers les chaînes espagnoles. Quel soulagement que vous ayez arrêté le coupable.

– Malheureusement, il n'en est rien. Quand le père Guifré a été assassiné, il y a cinq jours, le suspect était derrière les barreaux. »

Le docteur Foix se pinça les lèvres entre le pouce et l'index, d'un geste machinal. Son petit soubresaut au nom du recteur avait été évident, et lui-même s'était rendu compte que sa réaction n'avait pas échappé à Álex.

« Nous savons que vous connaissiez Guifré, de même que Simón et le père de Daniel Latour, puisque vous posez avec eux sur cette photo. » Cassel fit glisser sur la table un tirage de la photo de groupe prise à la Colonie. « Quelqu'un est en train d'assassiner systématiquement les hommes qui se trouvent là-dessus... ou leurs descendants, si eux-mêmes sont morts, comme c'est le cas de Latour. Savez-vous pourquoi ?

– Si je le savais, je vous le dirais, mais je l'ignore. D'ailleurs, je serais incapable de me souvenir des noms des autres personnes qui figurent ici. J'ajoute que l'idée que ces crimes puissent avoir un lien quelconque avec cette vieille photographie me paraît une suprême idiotie, déclara-t-il en repoussant le cliché vers Cassel.

– Vous vous rappelez quand elle a été prise ?

– En fait, non.

– Vous étiez assez jeune, alors… »

Le docteur Foix prit une inspiration et expulsa l'air lentement.

« Oui, à cette époque je débutais juste dans mon métier.

– C'est étrange qu'un médecin prometteur veuille travailler dans un endroit à ce point éloigné de tout.

– Eh bien, de fait, la Colonie fut une expérience extrêmement satisfaisante. »

Le sourire du médecin, qui lui rappela un animal se léchant les babines, fit froid dans le dos à Álex.

« Tout s'est bien passé pour vous, depuis, remarqua Cassel, en jetant un regard ostensible tout autour de lui.

– Je n'ai pas à me plaindre. J'ai travaillé dur pour cela.

– Combien de fois vous êtes-vous rendu en Espagne ces dernières semaines ? »

Si le tour que prenait la conversation intriguait le médecin, il n'en laissa rien paraître.

« J'y vais uniquement pour mes visites à Mme Dalmau. Généralement, une fois par semaine.

– Quelles sont vos relations avec les Dalmau ?

– Strictement médicales. Comme vous l'avez constaté, Mme Dalmau est ma patiente.

– Sa vie est-elle en danger ? D'un point de vue médical, j'entends, précisa Cassel.

– Je ne sais pas si je dois vraiment répondre à cette question.

– Vous pouvez, elle entre dans le cadre d'une enquête officielle, mentit Álex.

– L'état de santé de Béatrice Dalmau est, compte tenu des problèmes qu'engendre sa maladie, excellent ; grâce à mes soins, bien entendu. Connaissez-vous le taux de survie d'un malade atteint de porphyrie érythropoïétique congénitale ? C'est une affection extrêmement rare. Il existe moins de deux cents cas dans le monde entier. Depuis que sa maladie a été diagnostiquée, quand elle était bébé, c'est moi qui ai traité Béatrice. J'ai réussi à juguler son anémie et à limiter les séquelles ; des mutilations graves ont pu être évitées, néanmoins… elle est toujours exposée.

– Excusez-moi, docteur, mais… M. ou Mme Dalmau en souffraient-ils, eux aussi ? J'ai cru comprendre que c'était une maladie héréditaire, n'est-ce pas ? » intervint Cassel.

Le médecin observa le policier avec un certain respect.

« Je vois que vous vous êtes informé de votre côté. Vous avez raison : c'est héréditaire. La maladie de Günther, comme on la connaît aussi, se déclenche à cause de mutations du gène Uros qui code l'enzyme du même nom. Chaque individu possède deux exemplaires de chaque gène, l'un venant de la mère et l'autre du père. Pour développer la maladie, il faut avoir deux fois le gène muté, hérité de chacun des géniteurs, eux-mêmes le plus souvent porteurs sains, comme c'était d'ailleurs le cas des Dalmau. Cette maladie est purement aléatoire. Et terrible, en réalité. »

Álex ne comprenait pas pourquoi Cassel insistait sur ce point, dans son interrogatoire. Mais elle n'avait pas l'intention d'interférer.

« Donc, on n'en guérit pas ?

– À l'heure actuelle, l'une des possibilités serait une transplantation de moelle osseuse. Mais on a besoin d'un donneur de moelle identique. Si Béatrice avait un frère ou une sœur, ce serait facile, mais ce n'est pas le cas. Il faut trouver, disons, un jumeau génétique. Le temps moyen entre l'inscription au registre et la survenue d'un donneur compatible qui débouchera sur un don effectif est généralement de sept à huit ans. De toute façon, peu importe, puisqu'elle refuse l'intervention.

– Mais pourquoi ?

– L'opération n'est pas dénuée de risques et le post-opératoire est très pénible. Béatrice a beaucoup souffert étant petite. Elle a subi de multiples interventions pour différentes affections liées à sa maladie. En outre, je pense qu'elle s'est habituée à cette vie cloîtrée et qu'elle a peur. Est-ce que ce ne serait pas pareil pour vous ?

– Alors, son état de santé est précaire…

– Disons qu'il est stabilisé. Je connais peu de sportifs avec une capacité athlétique telle que la sienne. Son père tenait à ce qu'elle entretienne son corps. Telle que vous la voyez, sous ses dehors fragiles, elle pourrait parfaitement participer à une compétition de ski de fond et je ne doute pas qu'elle gagnerait. Vous avez dû vous en rendre compte : elle a une force d'esprit exceptionnelle.

– Vous avez été très généreux d'accepter de continuer à la suivre.

– Disons que je le dois bien à ses parents.

– Peut-être aussi que le fait que vous soyez bénéficiaire d'une somme colossale grâce à August Dalmau n'y est pas totalement étranger », intervint Álex.

Ils étaient là pour obtenir des infos, pas pour caresser le bon docteur dans le sens du poil.

Foix haussa les épaules.

« Écoutez, je ne suis plus tout jeune, je n'ai pas d'enfants. L'argent m'est un peu égal, pour tout vous dire. La seule chose qui m'importe, c'est d'avoir le temps d'aller au bout de mes investigations. Béatrice est un cas très intéressant. Je suis, avant tout, un chercheur. Ce qui me fait penser, ajouta-t-il en consultant sa montre, que j'ai une réunion dans moins d'une demi-heure.

– Une dernière question, insista Álex. Je suppose qu'en tant que médecin vous savez ce qu'est le Pentothal. L'utilisez-vous souvent ?

– Le Pentothal ? » Son étonnement semblait sincère, même si ses yeux se plissaient avec suspicion et qu'Álex y lut un éclat dur qu'il n'avait pas laissé voir jusque-là. « Bien sûr que je connais ce produit, mais je n'en utilise pas. Jamais je ne l'ai fait. De toute façon, il n'est plus guère employé. »

Il se leva, et Álex et Cassel l'imitèrent. Le docteur Foix les raccompagna jusqu'à la porte.

« Je crois, monsieur Foix, que vous devriez accepter une

protection policière, suggéra Cassel. La gendarmerie est prête à…

– Foutaises. Votre meurtrier n'a que faire de moi. »

Alors qu'ils allaient passer le seuil du bureau, Álex remarqua une sculpture posée sur un piédestal, qu'elle n'avait pas vue en entrant. Elle représentait des jumeaux à l'intérieur de la poche amniotique, dans une coupe transversale du ventre de leur mère. La composition lui inspira un certain malaise. Le visage contracté des deux bébés exprimait de la souffrance et la mère semblait agoniser.

« Vous aimez l'art, sous-inspectrice ?

– Euh… oui… oui, bien sûr », réussit-elle à articuler, surprise au milieu de ses réflexions.

Le docteur Foix caressa la sculpture d'une façon qu'Álex jugea obscène.

« Elle représente une femme mourant en couches. » Il souriait. « Naissance et mort, les deux étapes essentielles de la vie. »

58
Journal de Raquel

Je crois que jamais je n'ai été aussi heureuse. J'attendais chacun de nos rendez-vous nocturnes, le cœur battant. Nous ignorions tout des choses de l'amour, mais nous avons vite appris. Nos corps aspiraient au contact de l'autre. Les mots étaient superflus.

Une fois, alors que nous reprenions haleine, nus sous les couvertures, Ezra a fouillé dans son sac et m'a tendu avec un sourire énigmatique une petite boîte en carton parsemée de trous d'épingle. Je l'ai prise doucement entre mes mains et alors la boîte a bougé comme si elle était dotée d'une vie propre. Effrayée, j'ai failli la lâcher. Quand Ezra a eu fini de rire, il m'a encouragée à l'ouvrir.

J'ai délicatement entrouvert le couvercle et le plus ravissant papillon que j'aie jamais vu s'est envolé. Ses ailes émeraude étaient veinées d'un marron presque rouge. Désorienté, il s'est posé un instant sur ma main puis, battant des ailes, il a virevolté plusieurs fois au-dessus de nos têtes avant de trouver une issue par la fenêtre et de se perdre dans la nuit.

« Andrés m'a raconté qu'on les appelle des isabelles, m'a dit Ezra, en me serrant contre lui. Ils vivent la nuit, comme nous. »

La seule chose qui gâchait notre bonheur, mais qui le

nourrissait, aussi, était de savoir qu'approchait la date dont Ezra était convenu avec le charretier pour s'enfuir. Je n'arrivais pas à me décider. Je n'avais pas peur pour moi, mais je savais que je n'y résisterais pas s'il mourait. Et puis je redoutais les conséquences qu'aurait notre évasion sur ma famille adoptive.

Quand je rentrais à la maison après l'un de nos rendez-vous, des sentiments contradictoires me laissaient à peine fermer l'œil. Malgré la fatigue, la monotonie de la journée de travail quotidienne était un soulagement : faire ce que vous connaissez vous donne une sensation de sécurité. Pourtant, la routine s'est brisée de la façon la plus inattendue.

Un matin, à mon arrivée à l'usine, j'ai trouvé une note de la chef d'atelier : je devais passer la voir à l'heure du déjeuner. J'ai eu toute la matinée pour me demander ce que j'avais bien pu faire ou ne pas faire pour qu'elle me convoque. J'en suis même venue à penser que nous avions été découverts, mais je me suis vite sorti cette idée de la tête, parce que si tel avait été le cas, nous aurions été conduits devant Simón.

À la Colonie, les relations intimes entre travailleurs, hors mariage, étaient formellement interdites, et elles devaient recevoir l'agrément d'August Dalmau. Enfreindre cette loi vous exposait à une punition d'une extrême dureté.

Je suis entrée dans le petit habitacle vitré, comme une île entourée de centaines de métiers à tisser. Mes mains, incapables de se tenir tranquilles, trituraient l'ourlet du tablier que je portais par-dessus mon uniforme. Eva Graft, une femme qui devait friser la soixantaine, était une ancienne ouvrière dont les mains tremblaient et qui avait perdu l'ouïe, comme c'était le lot de tous ici, tôt ou tard. C'est pourquoi elle était chargée de superviser la distribution des commandes et les temps de pause, et de faire remonter au directeur de l'usine le moindre incident. Elle dénonçait aussi toute velléité de rébellion, et par conséquent, personne n'avait beaucoup d'estime pour elle.

Sans quitter des yeux la liste de commandes qu'elle pointait, elle m'a lancé de sa voix éraillée :

« On te demande au manoir, tout de suite. »

Un frisson m'a traversée tout entière. Le manoir, avec ses lignes si semblables à celles d'un château, nous inspirait à tous une crainte révérencielle. De là-haut, le maître, M. Dalmau, surveillait seconde après seconde la Colonie et ses habitants. C'était de là qu'on décidait de nos destinées.

« Comment ça ? Pour… pourquoi ? »

La femme leva les yeux et me regarda d'un air excédé.

« J'ai une tête à être informée des décisions qui sont prises là-haut ? »

J'ai fait un « non » timide.

« Tout ce que je sais, c'est qu'ils ont bien dit "tout de suite", dès que tu auras fini ton service. »

Puis elle est retournée à sa liste.

Mais en sortant du bureau, avant de refermer la porte, je l'ai encore entendue marmonner, comme pour elle-même : « Sois prudente, petite. »

Quand j'ai eu fini ma journée, j'ai pris le chemin du manoir, comme on me l'avait ordonné. Le domestique m'a fait attendre un long moment. Je pensais qu'il m'avait oubliée, quand il est revenu et m'a conduite à un salon meublé d'une façon toute différente que les intérieurs modestes auxquels j'étais habituée. Le feu était allumé dans la cheminée malgré les températures encore clémentes, et une douce chaleur m'a hérissé la peau. Deux hommes conversaient, assis dans des fauteuils près de l'âtre, sans remarquer qu'ils n'étaient plus seuls. À leurs yeux injectés et aux verres qu'ils tenaient, j'ai compris qu'ils buvaient depuis un moment déjà.

J'ai attendu en silence, près de la porte, jusqu'à ce que M. Dalmau s'aperçoive de ma présence.

« Eh ! Mais la voilà ! Enfin ! »

Son regard brillait d'un sombre éclat. Quand il l'a posé

sur moi, j'ai été mal à l'aise. Il a ri de ma gêne, en dévoilant de parfaites dents blanches.

« N'avais-je pas raison, cher ami ? »

L'homme auquel il s'adressait, contrairement à M. Dalmau, était petit et chétif. Son visage en lame de couteau, au menton proéminent, était mangé par des lunettes en écaille noire dont les culs-de-bouteille déformaient les yeux ; on aurait dit ceux d'une mante religieuse. Ses mains aux longs doigts s'agitaient sans discontinuer. Jusqu'à ce jour, je ne l'avais jamais vu d'aussi près. C'était le docteur Foix, le médecin de la Colonie. Les ouvriers racontaient des histoires horribles à son sujet : des patients avec une maladie bénigne qui empiraient mystérieusement après l'avoir consulté, ou d'autres, qu'on n'avait simplement plus jamais revus. On disait que si vous tombiez malade, il valait mieux le cacher ou essayer de guérir par la prière plutôt que d'aller le voir.

« Mais absolument. » Il m'a détaillée de haut en bas, comme si j'étais un animal de laboratoire. « Vous aviez tout à fait raison, et j'oserais même dire que je vous envie profondément. »

Ils ont tous les deux ri, l'air entendu, ce qui a encore accentué ma gêne.

« Petite, tu as une sacrée chance, a dit M. Dalmau, d'une voix pâteuse. Dès aujourd'hui, tu quittes l'usine et entres ici à mon service. »

Un éclair d'effroi m'a parcouru l'échine.

« Mais… je ne sais rien faire dans une maison », ai-je commencé.

« Bah, tu apprendras. » M. Dalmau avait accompagné ses mots d'un mouvement dédaigneux de sa main.

Il a agité une clochette posée sur une petite table près de lui, et quelques secondes plus tard, une jeune fille en uniforme se présentait. J'ai calculé qu'elle devait avoir à peu près mon âge, même si ses formes la vieillissaient.

« Monsieur ?

– Matilda, à partir d'aujourd'hui, voici la nouvelle bonne. »

La fille m'a regardée, sans dissimuler sa contrariété.

« Je veux que tu lui expliques en quoi consisteront ses tâches, que tu lui donnes les vêtements qu'il faut et que tu lui montres sa chambre.

– Mais… »

Avant que j'aie pu protester, elle m'avait attrapée par le bras et m'entraînait hors du salon, en murmurant : « Tu la boucles, compris ? »

Je l'ai suivie jusqu'à la cuisine, où m'ont saluée du bout des lèvres les trois domestiques qui s'y trouvaient. Puis elle m'a fait descendre au sous-sol, où étaient les chambres du personnel de maison. Nous avons suivi un long couloir jusqu'à la dernière porte.

« Je suis la gouvernante du manoir. Ce que je dis, tu le fais, c'est clair ? »

Elle a ouvert la porte et m'a fait signe d'entrer. C'était une toute petite pièce, avec un grabat dans un coin et une armoire en bois brut. À la tête du lit pendait une clochette. Dans un coin, une cuvette, une aiguière et une savonnette étaient posées sur une chaise. Je n'ai vu aucune fenêtre.

« Lave-toi. Ils n'aiment pas qu'on leur ramène l'odeur de l'usine. Puis, tu te changes, tu trouveras un uniforme dans l'armoire. Ce que tu portes, on le brûlera.

– On va brûler mes vêtements ?

– Ensuite, tu te présentes à la cuisine. Tu auras pour tâches de servir les petits déjeuners, déjeuners et dîners, de faire les chambres, de laver le linge, et n'importe quoi d'autre qu'on te demandera. C'est à la cuisine que nous mangeons et vivons pendant notre service. Très important : la clochette. » Elle me la montrait. « Quand elle sonne, et ça peut arriver à n'importe quelle heure du jour ou de la nuit, tu dois te présenter sans délai et sans faute au salon privé de Monsieur.

– Il faut que je prévienne mes parents.

– On le fera pour toi.

– Mais…

– On travaille six jours par semaine, tu en auras un de libre s'il y a quelqu'un pour te remplacer. Personne ne s'adresse directement à Madame et on ne la dérange pas quand elle est dans ses appartements.

– Mais je n'ai pas demandé à venir ici, ai-je gémi, au bord des larmes.

– Personne ne l'a fait, a-t-elle soupiré. Plus vite tu comprendras que c'est ta nouvelle vie, mieux ce sera pour toi et les tiens, et mon travail sera plus facile », a-t-elle continué en ouvrant la porte. Puis, son ton s'est durci. « Complique-moi les choses, et tu verras ce que c'est de vivre un véritable enfer. »

59

Alain n'avait pas choisi d'intégrer l'équipe des enquêteurs. Lui, il était bien dans son labo. Il avait ses ordinateurs, ses appareils de mesure, ses outils d'analyse. Il travaillait seul et personne ne venait l'ennuyer. Certains estimaient qu'il était le meilleur dans ce qu'il faisait. Il était heureux. Mais tout avait changé le jour où leur vieux chef de service avait pris sa retraite.

Quand le nouveau, Albert Arias, était arrivé, son petit monde parfait s'était fissuré. Arias avait débarqué avec l'envie de procéder à des changements, et le premier fut d'ôter à Alain l'indépendance dont il jouissait. Il l'avait sermonné sur l'importance du travail en équipe, avec des phrases tout droit sorties des manuels de développement personnel qu'Arias accumulait sur un rayonnage, dans son bureau.

À partir de là, la vie professionnelle d'Alain était devenue un calvaire, au point qu'il avait fini par demander sa mutation. On la lui avait refusée trois fois. Jusqu'à ce qu'arrive la sous-inspectrice Serra.

Lui, il avait demandé à être muté dans un autre laboratoire, pas à travailler sur le terrain au sein d'une équipe. Au début, l'idée l'avait atterré mais, face à l'alternative qui l'attendait, il s'était dit qu'il n'avait pas le choix.

Vila, il la connaissait d'avant. Il n'avait jamais osé lui

parler, un peu impressionné par son physique séduisant, mais elle s'était révélée une excellente équipière, qui ne semblait pas gênée par ses bégaiements et ses rougissements continuels.

Le lieutenant français, lui, était très aimable et intelligent. Alain avait beaucoup de respect pour l'intelligence, mais quelque chose dans le personnage l'empêchait de lui faire pleinement confiance, comme si sa sympathie affichée était un peu artificielle.

Pour finir, la sous-inspectrice avait démontré être une femme au fort tempérament. C'était une leader née, très perspicace et intuitive. L'équipe tournait autour d'elle. Il se surprit à penser qu'elle lui plaisait. Nul ne semblait s'en apercevoir, mais derrière sa cuirasse, la sous-inspectrice était quelqu'un qui souffrait. Être introverti vous rend observateur, et lui, introverti, il l'était beaucoup. Il savait qu'Álex Serra portait en elle de profondes blessures, même si elle ne le montrait pas. Lui, ça lui était égal : chacun avait sa vie et ses tourments. Elle avait confiance en lui et c'était plus que suffisant. Et en tout cas, il n'avait pas l'intention de la décevoir.

Il regarda l'heure. Vingt et une heures passées. De la fenêtre du salon, il avait une belle vue sur les montagnes. C'était le point fort de ce petit appartement où il vivait seul. N'importe quel visiteur, s'il en avait eu, aurait pu le croire en plein déménagement : alors qu'il habitait là depuis plus de trois ans, il n'y avait rien sur les murs, parce qu'il aimait les murs nus, et il avait tant de livres qu'il les gardait dans des cartons, sur lesquels il trébuchait dans toutes les pièces. Il comptait acheter des bibliothèques… un jour.

La cuisine, contre toute attente, ne croulait pas sous un monceau d'emballages de fast-food. C'était la pièce la plus spacieuse de l'appartement, avec sa chambre. Pour plan de travail, il y avait un îlot central, où il était installé avec son portable. À portée de main, une casserole mijotait sur le feu, dans un fumet délicieux. Une bouteille ouverte de

Venta del Puerto s'aérait, près d'un verre. Nul ne le savait, mais l'une de ses passions, outre l'univers informatique, c'était la cuisine. Au moins deux ou trois des cartons qui jonchaient le sol étaient bourrés de livres de gastronomie. Préparer l'un de ces plats savoureux le détendait. La seule chose qu'il regrettait, c'était de manger toujours seul, même si, d'un autre côté, il y était habitué.

Il regarda l'horloge digitale du four. Dans dix minutes, il faudrait éteindre sous la casserole. Il continua à pianoter sur les touches, face à l'essaim de fenêtres ouvertes de son écran. On était samedi soir et il était là, devant son ordinateur. Sa mère lui disait qu'il devait sortir plus, rencontrer une fille… Il eut un claquement de langue et se remit à se concentrer sur sa recherche en cours.

Il n'arrêtait pas de repenser aux paroles du bibliothécaire du séminaire. Le garçon était vraiment convaincu que l'esprit d'un ancien camarade avait assassiné le père Guifré de cette terrible manière, comme un châtiment divin. Il s'était rendu coupable du péché de luxure, avait-il dit.

Un tintement électronique le tira de ses pensées. Une nouvelle fenêtre venait de s'ouvrir : celle d'un forum où un groupe de passionnés discutait en ligne d'un jeu de rôles, *Le Monde des ténèbres,* et de ses univers fictifs. Il y participait de temps en temps. Alain envoya l'émoticône « occupé », réduisit la fenêtre et continua à travailler.

Le bruit de clochette retentit de nouveau et une autre fenêtre s'afficha au centre de l'écran. Un des membres du forum partageait le visuel d'un jeu de rôles qu'il avait découvert. Au début, Alain n'y prêta pas attention ; il voulut quitter le chat pour ne plus être dérangé, mais son doigt resta figé en l'air au-dessus de la souris. Il regarda plus attentivement l'illustration, imitation d'une gravure d'époque : deux hommes habillés comme au temps de la Renaissance rencontraient un être ailé, une sorte d'ange. Celui-ci semblait montrer du doigt le front de l'un des deux. Dessous apparaissait une légende en petits caractères.

Alain agrandit l'image. Le texte était en italien, mais il en saisit l'essentiel. Il observa mieux l'image et ses yeux s'arrondirent de surprise : l'ange ne montrait pas, il écrivait.

Soudain, Alain devint si fébrile qu'il se trompa de touche à plusieurs reprises en tapant. Il reçut une réponse quelques secondes plus tard, et pourtant il avait eu l'impression de l'attendre pendant une éternité. Dès qu'il eut lu les mots dans la bulle du chat, il sut ce qu'il devait faire.

Ses doigts volèrent sur le clavier. Il ouvrit et referma une dizaine de sites web jusqu'à tomber sur ce qu'il cherchait. En parcourant les premières pages, il en eut la chair de poule. De nouveau, il se remit à cliquer sur des liens, à entrer des mots-clés. En même temps qu'il lisait un texte après l'autre, il commença à prendre des notes, à ouvrir de nouvelles pages, puis d'autres encore. Il était si absorbé par ses découvertes qu'il n'entendit pas l'alarme de la cuisinière. Ce soir-là, de toute façon, dîner n'était plus au programme.

60

Pendant qu'Álex conduisait, de la radio s'élevaient des voix animées. Le débat portait sur la situation politique dans le pays, toujours affectée par l'attentat perpétré à la gare d'Atocha l'année précédente. Mais Álex n'écoutait pas.

Depuis la confession de Bouxet, ils avaient découvert que le père Guifré, avant son arrivée dans la vallée au début des années 1950, avait été le curé d'Òrrius, une petite localité proche de Mataró. Du jour au lendemain, quoique très discrètement, il avait été écarté de son poste. La raison de cette sanction n'était pas bien claire. En ce temps-là, tout incident immoral au sein de l'Église était occulté, comme si rien ne s'était passé.

Apparemment, Guifré était une connaissance des Dalmau, plus précisément de madame : Camille Dalmau. À la demande expresse de la famille, il avait été muté à la paroisse de la Colonie ; puis, quand celle-ci avait fermé, on l'avait envoyé au séminaire. Comment il en était venu à être nommé recteur, c'était un mystère. Au vu de son passé, personne ne pouvait l'expliquer.

Álex poussa un soupir exaspéré, en pensant à la situation dans laquelle ils se trouvaient : l'enquête ne semblait pas avancer. Pour être sincère, ils n'avaient jamais franchement été sur la bonne voie. Le meurtrier avait toujours un temps d'avance sur eux. Il fallait absolument identifier cet insaisissable Johan Kreuz au plus vite. Après tout, Kreuz était peut-être l'homme qu'ils recherchaient, et s'il ne l'était pas, il pouvait leur apporter quelques lumières sur le passé de la Colonie.

Un autre point la préoccupait : Cassel avait soulevé une bonne question quand elle était à l'hôpital. Une question qu'elle ne cessait de se poser depuis son réveil : pourquoi l'assassin l'avait-il sauvée ?

Elle vit l'entrée du parking de l'hôpital sur sa gauche et laissa de côté ses réflexions. Les visites à son père, loin de la souffrance à laquelle elle se serait attendue, étaient devenues, étonnamment, un moment de trêve.

Elle se gara sur l'une des rares places libres. En sortant de sa voiture, elle trouva le docteur Canellas en train de fumer une cigarette sur un banc à l'entrée de l'hôpital. Quand il la reconnut, il lui adressa un sourire.

« Je croyais que fumer était nocif pour la santé, fit Álex.

– Ça l'est. Mais vous savez… les médecins, c'est comme les parents, ils vous disent ce que vous ne devez pas faire, mais eux, ils ne s'en privent pas. »

Álex sourit à la grimace faussement coupable du médecin.

« Vous travaillez aussi le dimanche ? »

Canellas haussa les épaules.

« Je suis de garde. Ça ne me dérange pas. Mais, pour être sincère, j'espérais aussi vous voir… »

Álex sourit, mais préféra détourner la conversation.

« Comment va-t-il aujourd'hui ?

– Je suis passé le voir tout à l'heure. » La jovialité de Canellas avait disparu. « Votre père est d'une génération très résistante. Dans son état, nous ne tiendrions pas le coup longtemps. Nous ferons en sorte de l'accompagner le mieux possible. »

Álex le remercia. D'un signe de la main, elle prit congé du médecin et monta les marches du perron de l'hôpital.

Álex s'était assise près du lit. La chambre se trouvait plongée dans la pénombre : on avait baissé les volets et la lumière de fin de journée filtrait à peine entre les lames en PVC.

Ce jour-là, son père avait l'air mieux. Quand elle était arrivée, les infirmières lui avaient fait leur compte rendu : son père avait mangé, il avait même plaisanté avec l'une d'elles quand elle l'avait rasé. Álex s'était rappelé la honte qu'elle ressentait, enfant, quand son père flirtait avec toutes les femmes qui l'approchaient. Son humour était déjà passé de mode trente ans plus tôt. Mais son père était convaincu que les femmes ne s'en formalisaient pas et que la plupart d'entre elles entraient dans son jeu. Et c'était vrai. Mais elle, qu'il tenait par la main tout en les taquinant, ces situations l'embarrassaient. Elle ne pouvait s'empêcher de rougir, si bien qu'on se moquait d'elle, jusqu'à ce que son père finisse par lui promettre que sa mère, sa sœur et elle étaient ses uniques amours. Après la mort de sa mère, plus jamais elle ne l'avait vu agir ainsi.

Son père semblait se reposer à présent. Soudain, elle vit qu'il la regardait.

« Tu me donnes un peu d'eau ? »

Álex attrapa la bouteille d'eau minérale posée sur la table de nuit et emplit un gobelet en plastique qu'elle lui approcha des lèvres. Il se pencha pour pouvoir boire. Ses lèvres, qui sans son dentier avaient tendance à rentrer dans sa bouche, tremblaient, et l'eau dégoulina sur son menton, éclaboussant le drap. Álex se hâta de prendre des morceaux de gaze pour lui essuyer le visage. Son père laissa retomber sa tête sur les oreillers dans un soupir et resta à fixer le plafond de ses yeux humides.

Álex faillit lui demander comment il allait mais elle s'abstint. Comment pouvait-elle lui parler comme si de rien n'était ? Qu'est-ce qu'on dit à quelqu'un qui va mourir ? Est-ce que c'était le moment de se faire leurs adieux, de se dire tout ce qu'ils ne s'étaient pas dit quand ils en avaient l'occasion ? Ce n'était pas son genre. Elle n'allait pas l'embrasser, puisqu'ils ne l'avaient fait qu'en de rares circonstances. Elle ne lui dirait pas non plus qu'elle l'aimait ; ils n'en avaient pas l'habitude. La voix de son père la fit sursauter.

« Il faut que tu ailles voir ta sœur. »

Il remua dans son lit pour se tourner vers elle et lui saisit la main avec une force inattendue.

« Écoute, Alejandra est quelqu'un de très sensible. Elle n'est pas aussi forte que toi, qui es comme ta mère. Elle, elle est courageuse. Très. Mais elle a un cœur trop grand. C'est ta petite sœur, Lía. Elle a besoin de toi. Alejandra a toujours eu besoin de toi.

– Papa, pourquoi tu ne l'as jamais appelée Álex ? »

Son père la regarda sans comprendre.

« Parce qu'elle s'appelle Alejandra, pas Álex. »

Pourtant, sa sœur, il l'appelait bien par son diminutif. Álex eut un pâle sourire en secouant lentement la tête : il y avait des choses qui ne changeraient jamais.

« Maman aimait beaucoup les vieilles histoires des familles aristocratiques, va savoir pourquoi, poursuivit son père. Elle a décidé de vous donner des noms de reines. Toi, comme la reine Nathalie de Serbie, dont personne n'a jamais entendu parler, à part elle, et ta sœur comme l'impératrice de Russie, Alejandra. Chaque fois que je prononce vos noms, ils me rappellent votre mère. »

Álex avait entendu cette histoire un nombre incalculable de fois. Et elle, évidemment, avait hérité du prénom de celle qui allait mourir assassinée.

Après ces mots, il resta silencieux un bon moment, si longtemps qu'Álex crut qu'il s'était assoupi. Mais soudain, il se remit à parler :

« Ta sœur a toujours souffert, énormément. Quand tu as disparu, elle s'est sentie coupable, même si elle n'était pour rien dans ce qui était arrivé. Et elle s'est renfermée sur elle-même. D'une certaine façon, elle aussi je l'ai perdue. »

Il se tut encore, les yeux rivés au plafond. Álex attendait.

« Je… j'aurais voulu l'aider mais je n'ai pas su comment. Nous nous sommes éloignés. J'ai pensé que c'était mieux pour elle. Maintenant que tu es revenue, on ira la chercher et nous serons à nouveau une famille.

– Oui, papa. »

Álex avait vainement essayé d'empêcher sa voix de trembler.

Son père eut un brusque éclat de rire.

« Alejandra a toujours eu un sacré caractère. Tu te rappelles la fois où elle a passé la nuit à la belle étoile parce que tu avais été punie ? »

Álex se raidit sur sa chaise : elle avait effacé ce souvenir de sa mémoire mais il lui revenait d'un coup.

Ils étaient partis tous les quatre dans un gîte rural du massif du Montseny pour le week-end. Sa mère était déjà malade, mais personne ne le savait encore. Aucun d'eux n'imaginait qu'ils passeraient les cinq années suivantes à se battre contre la maladie et qu'ils perdraient. À cette époque, ils étaient encore heureux et sa mère souriait comme si la vie ne pouvait pas être plus merveilleuse.

Le samedi après-midi, Lía n'avait pas été sage et leurs parents l'avaient envoyée dans sa chambre.

Au dîner, Álex leur avait demandé de lever la punition de sa sœur, mais ils avaient refusé. Alors elle n'avait pas voulu s'asseoir à table et avait déclaré qu'elle n'avait pas l'intention de rester une minute de plus dans cette maison. Elle était sortie sous le porche et s'était assise par terre.

On était en automne et la nuit, les températures chutaient. Pourtant, elle n'avait pas bougé, malgré toutes les fois où sa mère était venue la voir pour essayer de la convaincre de rentrer. Elle avait juste accepté la couverture qu'on avait laissée près d'elle.

À minuit, c'était à peine si elle pouvait s'empêcher de grelotter, mais elle persistait à refuser de rentrer. Elle finit par s'endormir et s'éveilla quand le jour commençait à poindre. Une douce chaleur l'enveloppait. Son père était avec elle. Il l'avait prise dans ses bras et lui avait tenu chaud toute la nuit. Ils regardèrent le soleil se lever ensemble. Puis il lui posa un baiser dans les cheveux et, sans rien dire, ils entrèrent prendre le petit déjeuner avec sa mère et sa sœur. La semaine suivante, elle la passa au fond de son lit, avec un bon rhume.

Son père parut s'endormir. Elle le contempla un long moment, tandis que certaines scènes du passé lui revenaient comme de vieux films en noir et blanc. Elle se rappela ses câlins, ses nuits blanches à son chevet quand elle avait eu la varicelle, sa joie quand elle avait gagné un concours de natation, ses regards fiers, ses confidences, les secrets qu'ils avaient entre eux. Elle se rappelait la façon dont sa mère se moquait d'eux gentiment : elle les avait surnommés « Tic » et « Toc », parce qu'ils chuchotaient ensemble comme les écureuils du dessin animé.

Elle se leva. Tout cela, c'était avant la mort de sa mère et la disparition de Natalia. Elle l'avait effacé de sa mémoire, comme si elle avait reformaté ses souvenirs pour les remplacer par la rancœur et la culpabilité.

Álex sortit de la chambre et se débarrassa des gants en latex et du masque en papier. Elle les jeta dans la poubelle destinée au matériel contaminant. Si les gants étaient désagréables à porter, le masque l'était encore plus : il lui donnait l'impression d'être toujours au bord de l'asphyxie.

Elle sortit sa Ventoline de la poche de son pantalon et glissa l'embout entre ses dents, puis elle appuya sur l'inhalateur en inspirant à fond. Quelques secondes plus tard, l'air de l'hôpital lui parut fantastique, malgré l'odeur de désinfectant et de maladie.

Elle se dirigeait vers les ascenseurs, quand, redressant la tête, elle stoppa net : Cassel était assis sur un banc, jambes et bras croisés. La voyant, il leva une main en guise de salut.

Álex serra les mâchoires et se remit à avancer. Passant

devant Cassel sans s'arrêter, elle poursuivit jusqu'aux ascenseurs et appuya sur le bouton d'appel. Son collègue se dépêcha de la rejoindre. Álex lui lança, sans un regard :

« Qu'est-ce que tu fais ici ?

– Euh… j'ai pensé que ça te dirait peut-être de m'inviter à prendre un café. »

61

Álex sortit sous le porche et Cassel la suivit hors du chalet, une tasse fumante entre les mains. Il s'était mis à neiger. Les flocons, emportés par le vent, faisaient des traînées blanches dans l'air.

« Tu savais qu'il n'y a pas deux flocons qui soient pareils ? »

Cassel secoua la tête. Álex aspirait l'air frais à pleins poumons.

« Tu entends ?

– Quoi ? Non, je n'entends rien.

– Exactement. Quand il neige, tout devient silencieux. »

Devant la mine déconcertée de Cassel, Álex éclata de rire. Elle fut elle-même surprise de s'entendre. Elle s'aperçut qu'elle n'avait pas ri depuis très longtemps.

« Les flocons de neige sont constitués de cristaux de glace microscopiques qui forment des structures géométriques. Ça, tu dois le savoir… » Devant l'assentiment dubitatif de Cassel, elle continua. « En tombant, les flocons attrapent les particules qui flottent dans l'air et qui amplifient les ondes sonores, ce qui élimine tout le bruit ambiant.

– Mmm.

– Le plus beau, poursuivit Álex, étrangère au regard sceptique de son collègue, c'est que le silence persiste quand il a fini de neiger. Cela vient du fait que les milliers de flocons de neige qui se sont accumulés au sol ne deviennent pas compacts : ils retiennent l'air, de sorte qu'ils absorbent le bruit qui les entoure. Quand la neige durcit, la magie est finie. »

Ils tournèrent les yeux vers le paysage qui s'étendait devant eux. La neige tombait plus fort à présent. Álex porta sa tasse à ses lèvres, en savourant la chaleur de la céramique entre les paumes de ses mains.

« J'avais oublié combien j'aime ces moments. »

Des minutes passèrent tandis qu'ils contemplaient la neige qui tombait.

« J'ai la sensation que l'assassin a toujours de l'avance sur nous, reprit Álex. Ce que nous a raconté Bouxet sur le recteur… Et si toutes les victimes avaient commis des péchés ?

– C'est une idée intéressante, mais qui implique de croire qu'une sorte d'ange vengeur leur fait payer ces péchés.

– Je pense qu'il faut creuser de ce côté-là.

– Peut-être que Bouxet lui-même peut nous aider. »

Álex hocha la tête, songeuse, en avalant une nouvelle gorgée.

« Mon père est en train de mourir. »

Elle avait prononcé ces mots sans le vouloir. Ses lèvres les avaient formulés avant qu'elle ait eu le temps d'y penser. Elle sentit la gêne de Cassel et anticipa ses paroles de réconfort. Elle n'en avait pas besoin. Elle voulait juste libérer cette oppression dans sa poitrine qui ne la quittait pas.

« Je suis désolé. Si je peux faire quelque chose… »

Elle avait entendu Cassel comme dans un écho lointain. Elle releva la tête quand elle sentit ses yeux se mouiller.

« J'ai du mal à savoir ce que je ressens. Je l'ai haï pendant des années et en fait, ce n'était pas sa faute. Je ne peux pas continuer à lui en vouloir de ce qui est arrivé, ou parce que la disparition de ma sœur a détruit sa vie. Pour moi, ç'a été pareil. Tout ce temps passé loin l'un de l'autre… Et maintenant je ne sais pas comment lui dire adieu.

– Peut-être que tu es en train de le faire.

– Oui, sans doute, mais je n'arrête pas de penser que les choses auraient pu être autrement. »

Sans le vouloir, ils s'étaient rapprochés l'un de l'autre. Álex sentit son corps se raidir, et la tentation de faire un pas en arrière devint impérieuse. C'était facile. Elle avait passé sa vie à le faire. Elle éloignait les gens d'elle, voilà ce qu'elle faisait. Elle préférait la solitude, parce qu'elle ne voulait pas qu'il arrive de nouveau ce qui était arrivé avec Lía. Elle ne voulait pas perdre encore quelqu'un.

Cassel lui prit sa tasse des mains et la posa sur la table à côté de la sienne. Leurs visages étaient si proches qu'elle pouvait sentir son souffle. Elle n'avait jamais remarqué combien le doré des yeux de Cassel était intense. Ils n'étaient pas seuls : la peur était là, prête à bondir.

Alors Álex saisit des deux mains la chemise de Cassel et l'attira à elle. Il esquissa une moue de surprise. Leurs lèvres se heurtèrent plus qu'elles ne se rencontrèrent. Álex eut un goût de sang dans la bouche et appuya plus fort. Leurs haleines se mêlèrent ; leurs corps s'attirèrent. Elle glissa les mains sous sa chemise, explora la peau chaude sous la toile. La fermeté de ses muscles la surprit. Quand il voulut l'imiter, elle repoussa ses mains et fit un pas en arrière.

Ils se regardèrent, le souffle court, leurs poitrines se soulevant en rythme.

« Je ferais mieux de partir… » commença Cassel.

Sans répondre, Álex le prit par la main et l'emmena à l'intérieur du chalet.

À son réveil, Cassel n'était plus là. Elle se pencha pour fouiller dans les poches de son jean, qui gisait par terre près de sa culotte. Son tee-shirt et son soutien-gorge n'avaient pas dépassé le couloir. Enfin, elle mit la main sur son paquet de cigarettes. Les premières lueurs de l'aube filtraient à travers les volets. Le feu s'était éteint. Pourtant, elle était bien, nue, assise par terre dans le séjour, enveloppée dans une couverture mais la peau tout de même hérissée par le froid qui se glissait entre les interstices des planches.

Elle se souvenait de ce qui s'était passé comme une succession d'instantanés. Un petit élancement lui fit toucher sa lèvre. Elle avait le corps meurtri. Elle jeta un œil à son épaule et y découvrit la marque rougie de ses dents. Ç'avait été comme un combat. Ils s'étaient presque arraché leurs vêtements. Elle ne se souvenait pas de la fois précédant celle-ci : elle était tellement soûle qu'elle n'y avait pris aucun plaisir. Cette fois, ç'avait été bien. Très bien, même. Elle avait senti en Cassel la même avidité, la même solitude. Il paraissait évident qu'ils en avaient besoin tous les deux. Elle se rendait compte qu'elle ne savait presque rien de lui : peut-être était-il en couple, marié, ou quoi ? En vérité, ça lui était égal.

62
Journal de Raquel

Le travail au manoir était moins épuisant qu'à l'usine, mais tout aussi exigeant. Je me levais à peu près à la même heure. J'ai dû apprendre à servir à table, à aérer et faire les lits, à laver le linge délicat et une foule d'autres tâches encore, mais, au bout d'une semaine, j'en savais assez pour que Matilda n'ait plus à froncer le nez à tout moment.

M. Dalmau et son épouse faisaient chambre à part et ne mangeaient généralement pas à la même heure, donc ils se voyaient à peine. Le personnel de service m'a expliqué que Madame ne pouvait pas avoir d'enfant après les fausses couches qu'elle avait subies. Depuis, elle restait recluse dans ses appartements la plupart du temps. Elle priait sans cesse et faisait des actes de contrition pour demander à Dieu de lui permettre d'enfanter. Monsieur, lui, passait beaucoup de temps dehors. Les premiers jours de mon arrivée là-bas, je ne l'ai pas vu : il est resté toute la semaine à Barcelone.

Madame me faisait peur. Elle avait fait de sa chambre une espèce de sanctuaire. Les rideaux, le mobilier, même les murs, tout était dans les tons gris ou noirs. Elle-même portait toujours des vêtements de cette couleur, comme une veuve. Elle était jeune et très belle, mais sa maigreur extrême et son visage lugubre lui donnaient l'apparence d'une vieillarde. Elle touchait à peine à ses repas et passait des heures à prier dans une petite chapelle construite pour elle, à laquelle elle pouvait accéder directement de sa chambre. Envahie de croix, de cierges et de chapelets, elle sentait la même odeur que l'église de la Colonie. La seule fois où Madame s'est adressée à moi, alors que je m'apprêtais à faire sa chambre, c'est pour me demander si j'étais croyante. Quand je lui ai répondu que j'étais juive, elle m'a jetée dehors et n'a plus jamais voulu que je mette les pieds chez elle, ni que je lui serve ses repas. Je ne l'ai plus revue, ce qui a été pour moi un soulagement.

Je mangeais avec le reste du personnel dans la cuisine. Les rations de nourriture étaient bien plus généreuses au manoir que celles que nous pouvions nous permettre à l'usine. Mon estomac a eu du mal à s'adapter, et, une fois ou deux, il m'est arrivé de vomir tout ce que j'avais ingurgité.

La clochette de ma chambre est restée muette, ces jours-là, mais la nuit, quand je me couchais, je la regardais avec une frayeur croissante. Dans mon ingénuité, j'ignorais ce qu'elle signifiait vraiment, mais je sentais que lorsque cette clochette tinterait, j'aurais à affronter quelque chose de terrible.

Pourtant, ce qui me rongeait le plus, c'était l'impossibilité de communiquer avec Ezra. Je n'avais pas pu me rendre à nos rendez-vous nocturnes. Il me manquait comme si on m'avait amputée d'une partie de mon corps. J'ignorais s'il savait que j'étais au manoir. Peut-être croyait-il que je ne voulais plus entendre parler de lui. La seule pensée de cette éventualité me plongeait dans des affres épouvantables. Heureusement, le dimanche est arrivé.

J'ai enfin pu sortir du manoir, même si ce n'était que pour aller à la messe du soir avec les autres travailleurs. Mes parents et mes frères adoptifs – ainsi que certaines de mes camarades – m'ont retrouvée avec des marques de joie et d'affection, mais j'ai bien vu que tous me traitaient différemment, avec une certaine retenue, ce qui m'a beaucoup attristée.

En entrant dans l'église, j'ai aperçu Ezra qui longeait la nef avec quelques collègues mais, une seconde après, je l'avais perdu de vue. Mon angoisse s'est décuplée. J'ai renoncé à m'asseoir avec ma famille et j'ai pris place sur l'un des derniers bancs ; je ne voulais pas sentir tous les regards de la Colonie braqués sur moi, dans mon dos. Au moment où le père Guifré commençait l'office, il y a eu quelques mouvements à ma droite, et deux personnes se sont levées pour en laisser passer une troisième. Je n'ai pas eu besoin de tourner la tête pour savoir que c'était Ezra. J'ignore comment j'ai réussi à me retenir : j'avais envie de me précipiter dans ses bras, de le couvrir de baisers. Je lui ai jeté un coup d'œil en coin. Lui regardait droit devant lui comme si nous ne nous connaissions pas. Il m'a tendu l'une des bibles pour chanter un psaume. Quand je l'ai prise et que ses doigts ont frôlé les miens, j'ai frissonné. J'ai ouvert le livre à la page du cantique qu'on nous avait indiqué et j'y ai trouvé un mot : « RV après, au lavoir. »

J'ai pu à peine me concentrer pendant le reste de l'office. Quand il a été fini, j'ai rapidement dit au revoir à mes parents en leur promettant d'aller bientôt dîner chez eux et j'ai couru jusqu'au lavoir. Le dimanche matin, c'était un lieu très fréquenté, mais, après la messe du soir, personne ne descendait le sentier jusqu'à la petite bâtisse au bord de la rivière.

Quand j'ai passé le seuil, Ezra s'est jeté sur moi et m'a embrassée. J'aurais voulu ne plus jamais me détacher de ses lèvres, mais nous avons fini par nous décoller. Blottie dans ses bras, je sentais son souffle précipité contre mon cœur.

« Ces jours ont été un enfer, ai-je gémi.

– Pour moi aussi. »

Ezra a détaché son buste du mien et je l'ai vu me regarder du même regard qu'avaient eu les autres. J'ai senti une colère monter en moi, brûlante.

« Quoi ?

– Il y a beaucoup de ragots sur ton départ au manoir, a-t-il marmonné, tête baissée.

– Quel genre de ragots ?

– Il y en a qui disent que le maître s'est entiché de toi, que c'est pour ça que tu es allée servir chez lui et… dans son lit. »

Je l'ai regardé, bouche bée.

« Il n'y a rien eu de tout ça. Et ça n'arrivera jamais. »

Il m'a fixée. Ses yeux brillaient de larmes contenues.

« Ce pourrait être l'opportunité d'une nouvelle vie pour toi. »

Sa voix tremblait. Je me suis approchée de lui et je l'ai attiré jusqu'à ma bouche. Lorsque nos lèvres se sont séparées, j'ai laissé sortir les mots que je retenais en moi. En les prononçant, je savais que rien ne serait plus pareil.

« Je ne peux pas vivre sans toi.

– Alors tu partiras avec moi ? »

J'ai fait un grand « oui » de la tête. Et j'ai réalisé que je l'avais toujours su. Si nous voulions être heureux, nous devions fuir, retrouver notre liberté. Dans cet endroit, il n'y avait pas de place pour l'espoir d'un avenir.

63

Ce matin-là, en entrant dans la salle de réunion, Álex chercha Cassel des yeux. Le Français était en pleine discussion avec Vila, qui riait sans avoir le rouge aux joues, ce qui était un net progrès. Lorsque leurs regards se rencontrèrent, Cassel n'eut aucune réaction qui aurait pu dévoiler ce qu'il pensait de ce qui s'était passé la veille au soir. C'était mieux comme ça, se dit Álex. Ils auraient tout le temps d'en parler plus tard.

« Alain a appelé, il arrive, annonça Vila. Je crois qu'il a eu une panne d'oreiller.

– Commençons, décida Álex, il nous rattrapera.

– Vendredi après-midi, se lança Vila dès qu'ils furent assis, j'ai eu de nouveau une longue conversation avec le spécialiste du Centre Sefarad-Israel. D'après lui, Kreuz aurait pu être un libraire de Brême qui a fui les nazis en 1943. S'il s'agit bien de cet homme, notre Kreuz est arrivé en France depuis l'Allemagne avec l'appui de l'Armée juive, et la dernière chose qu'on sache de lui, c'est qu'il est parvenu sain et sauf à Saint-Girons, un village en Ariège, au pied des Pyrénées françaises. Son intention était de passer la frontière espagnole et de prendre un bateau à La Corogne en partance pour l'Argentine, mais on perd sa trace ici. C'est l'un des disparus.

– S'il a fini comme les autres à la Colonie, il pourrait être notre homme, réfléchit Álex. Mais où est-il, maintenant ? Est-il toujours vivant ? A-t-il des enfants ? Consultez aussi nos fichiers nationaux, Perpol et Europol. Il faut retrouver ce Kreuz ou, à défaut, ses descendants.

– Ça peut représenter des centaines d'individus, fit remarquer Vila.

– On commence par localiser ceux qui vivent près de la frontière, tant côté français que côté espagnol. »

Vila acquiesçait en prenant des notes.

« Au fait, au Centre Sefarad-Israel, est-ce que tu as pu avoir des infos sur la jeune femme du médaillon que conservait Simón ? » s'enquit Álex.

Vila secoua la tête.

« Pas encore. D'après lui, elle faisait peut-être partie de ces enfants qui ont disparu entre 1942 et 1944, mais si c'est le cas, il sera très compliqué de savoir de qui il s'agit. Souvent, les enfants voyageaient sans identification. Il m'a promis de continuer à chercher. En attendant, il nous a envoyé une liste de Juifs disparus à leur passage des Pyrénées. Elle est plutôt longue.

– Réclame au cabinet d'avocats des Dalmau les archives de la Colonie, ordonna Álex. Il doit bien y avoir un registre qui recense les ouvriers. Comparez les deux listes et regardez s'il y a des concordances, ou si un nom vous dit quelque chose. »

Álex ne savait pas encore quel rôle avait pu tenir cette jeune fille dans cette histoire. Elle était consciente que c'était peut-être un travail inutile, mais son instinct lui disait qu'ils devaient poursuivre dans cette voie.

La porte s'ouvrit à la volée et tous se retournèrent comme un seul homme. Alain était là, tenant son ordinateur portable. Il essayait de parler, mais le souffle lui manquait. De profonds cernes creusaient encore plus son visage anguleux. Enfin, ayant repris haleine, il lança :

« J'ai quelque chose ! Quand… quand le bibliothécaire

du séminaire, Bouxet, est venu au commissariat, commença Alain tout en déblayant la table de ses papiers et en s'asseyant, il a dit que le recteur avait payé pour ses péchés. Je me suis demandé ce qu'il entendait par là et je me suis mis à fouiller de ce côté, mais ce n'est que grâce au forum d'un jeu de rôles que j'ai fait le lien. J'ai passé toute la nuit à l'éplucher.

– Le forum d'un jeu de rôles ? Comment tu es tombé là-dessus ? » s'étonna Vila.

Alain rougit.

« J'en suis membre. »

Tous eurent un sourire en coin que le jeune agent fit mine de ne pas remarquer. Il continua :

« Voilà : le péché est aussi vieux que l'existence même de l'homme sur la Terre. Vous connaissez l'histoire du péché originel, Adam et Ève, tout ça... Il existe de nombreuses sources sur le péché mais, après la Bible, le document le plus important qui en parle, c'est peut-être la *Divine Comédie.*

– C'est un bouquin, non ? » fit Vila, ironique, en se rejetant contre le dossier de sa chaise.

Alain plissa les yeux et pianota sur son ordinateur.

« C'est bien plus que ça. Dante Alighieri était un poète florentin qui a vécu entre le XIIIe et le XIVe siècle. Il est considéré comme l'un des grands auteurs classiques, en particulier parce qu'il est l'auteur de la *Divine Comédie.* Pour que vous vous fassiez une idée de sa portée, on considère que cette œuvre de Dante fait la transition entre la pensée médiévale et celle de la Renaissance. »

Álex toussotait, nez au plafond ; elle commençait à se dire que tout cela était une complète perte de temps.

« Il s'agit d'un poème divisé en trois parties, dites "cantiques", poursuivit Alain, qui guettait ses réactions du coin de l'œil. Elles ont pour titre "Enfer", "Purgatoire" et "Paradis", chacune d'entre elles étant divisée en trente-trois chants. Avec le chant inaugural, l'œuvre comprend donc cent chants tout juste...

– Voilà qui est passionnant, Alain, mais je me demande où tu veux en venir… »

Au lieu de répondre à Álex, le jeune policier appuya vigoureusement sur une dernière touche et retourna l'ordinateur d'un geste triomphal. L'écran affichait la couverture d'un livre en gros plan.

« Voici un fac-similé numérisé de la *Divine Comédie*, annonça-t-il, tout en se mettant à faire défiler les pages. Bon, il faut préciser que Dante ne l'avait appelé que *Comédie*, le "Divine" est venu ensuite, quand Boccace… Ah ! C'est là ! »

Du bout de l'index, il montra une illustration d'époque qui occupait tout l'écran.

« Les trois cantiques sont représentés ici. Dante commence le parcours, conduit par Virgile. Le premier est l'"Enfer" : cette espèce d'entonnoir subdivisé en neuf cercles concentriques. Dante nomme les cinq premiers cercles "Haut Enfer", et les autres "Bas Enfer". »

À l'intérieur des cercles que signalait avec enthousiasme le jeune homme, Álex vit une ville avec ses coupoles rouges, circonscrite par une muraille. Elle distingua aussi des tombes, des crevasses, des marécages boueux et des précipices. Au sommet du cône, un bouc se dressait, triomphant : Lucifer. Les formes torturées et sombres paraissaient se mouvoir. Un instant, il lui sembla que l'illustration tout entière prenait vie, et elle sentit la panique près de percer sa mince résistance et d'affleurer. Elle ferma les yeux, s'efforça de respirer profondément et la sensation se dissipa. Elle se serait giflée. Tout ça pour un dessin.

« Pour Dante, continuait Alain, l'Enfer commence sur l'hémisphère boréal et se rétrécit progressivement jusqu'au centre du globe terrestre. Les ténèbres représentent le mal, les tréfonds de la Terre jusqu'où l'homme peut descendre.

– *Pardon**, interrompit Cassel, mais je ne vois toujours pas le rapport avec…

– Si je n'explique pas tout, vous ne comprendrez pas. Voyez-vous, pour chacun des cercles, des fautes différentes sont décrites, mais aussi… » Alain fit une pause dramatique. « … le châtiment qui leur correspond. »

Álex, Cassel et Vila se penchèrent à l'unisson pour voir l'illustration de plus près.

« Après avoir descendu les cercles de l'enfer, Dante et Virgile grimpent une montagne qui se dresse sur une île de l'hémisphère austral, et que vous avez là. Comme vous pouvez le voir, elle est en forme de cône, autour duquel tournent, en sens ascendant et vers la droite, sept corniches. »

Sur l'illustration, la montagne présentait une porte, dont un ange semblait garder l'entrée. À son sommet, tronqué, Álex crut distinguer une sorte de jardin. Cette autre partie du dessin était moins traumatisante à regarder, mais quelque chose se tordit en elle, mû par une peur impérieuse.

« C'est quoi, ça ?

– Cet endroit que nous avons toujours recherché : le purgatoire. »

Une atmosphère tendue régnait dans la salle de réunion. Personne n'interrompait plus Alain.

« Regardez : une fissure relie l'enfer à la base du purgatoire. Dante a accompli la première étape de son voyage et c'est là que commence le deuxième cantique. C'est une montagne qui représente la route des pèlerins quand ils se dirigeaient vers Rome ou Saint-Jacques-de-Compostelle ; l'endroit où on expie les sept péchés capitaux : orgueil, envie, colère, paresse, avarice, gourmandise et luxure. Les âmes se purifient au fur et à mesure qu'elles gravissent cette montagne, et si elles arrivent au sommet, elles atteignent le paradis. »

Le regard d'Álex, à nouveau impatient, le fit se racler la gorge.

« Ceci… Euh, je crois que ceci va vraiment vous intéresser. Quand Dante arrive à la porte du purgatoire, il y trouve un ange qui garde l'entrée. Dans le chant IX, le vers 112 dit :

Lui, traça sur mon front sept lettres P
À la pointe du glaive, et puis me dit :
« Lave ces plaies, quand tu seras dedans. »

– Hein ? bondit Vila, se levant à demi de sa chaise.

– Eh oui ! » Le visage d'Alain affichait une grande satisfaction. « L'ange grave sur le front de Dante sept P, qui représentent les sept péchés capitaux, stigmates qui disparaîtront à mesure qu'il gravira les sept corniches qui sont les strates du purgatoire.

– Les marques sur le front des victimes ! s'exclama Cassel.

– Et ce n'est pas tout. »

Alain pianota rapidement et, rajustant ses lunettes, lut :

Et comme aux aveuglés le soleil manque,
de même ici, aux ombres dont je parle,
la lumière céleste se refuse :
un fil d'acier perce et coud leurs paupières
ainsi qu'on fait à l'épervier hagard
pour le contraindre à se tenir tranquille.

« Pile l'état dans lequel on a retrouvé le corps de Latour ! » rappela tout excitée Vila. Les autres hochèrent la tête.

« Ces vers-là figurent dans le chant XIII du "Purgatoire". C'est ainsi que Dante décrit le châtiment infligé aux âmes coupables d'envie, souligna Alain. Dante décrit de la même façon les châtiments des autres péchés capitaux. J'ai aussi été voir d'autres sources. Dans certains documents médiévaux, on mentionne le bain dans l'eau gelée comme punition pour les envieux. J'ai passé la nuit à lire. »

Álex observa Cassel, qui fixait l'écran, l'air concentré. *Une bonne clope, voilà ce qu'il me faudrait,* pensa-t-elle. Au lieu de quoi, elle se leva et alla jusqu'au tableau.

« Si l'on suit cette théorie, l'assassin choisit ses victimes pour leurs péchés.

– Et il veut les leur faire expier par la mort, compléta Vila.

– Peut-être que c'est pour ça qu'il s'habille en moine, souligna Alain.

– Mmm. D'accord. » Álex mettait de l'ordre dans ses pensées. « On nous a raconté que Latour, fils de l'ancien directeur de la Colonie, enviait la position de Virgile Avril et que c'est la raison pour laquelle il a fait courir des rumeurs sur lui qui ont poussé Virgile au suicide. En conséquence, Latour a reçu le châtiment de l'eau glacée et des paupières cousues. »

Álex traça en lettres majuscules le mot « ENVIE » au-dessus de la photo de l'ingénieur.

« Mais Virgile ne peut pas être notre moine, puisqu'il est mort, releva Cassel.

– Nous y reviendrons, assena Álex, montrant clairement qu'elle ne voulait pas être interrompue. Peu après, c'est Simón, l'ancien contremaître de la Colonie, qui meurt. Tous ceux qui le connaissaient nous ont parlé de son caractère violent, à cause duquel il a été arrêté plusieurs fois. »

Álex écrivit le mot « COLÈRE » près des clichés de la scène de crime de Simón. Elle sentit une étincelle d'enthousiasme : ils commençaient à tenir quelque chose de solide.

« La troisième victime est le père Guifré. Cette fois, le recteur est brûlé vif. D'après ce que nous a dit Bouxet, et aussi au vu de ce que nous avons découvert de son passé, c'était un pédophile. »

Elle regarda Alain, qui s'empressa de chercher dans son ordinateur.

« Dans la *Divine Comédie*, les coupables du péché de luxure sont dévorés par le feu et par la soif », assura le jeune policier.

Álex inscrivit le mot « LUXURE » sur le tableau, au-dessus des photos du recteur, et se tourna vers ses collègues.

« L'assassin semble choisir sa victime parmi ces individus, dit-elle en montrant la photo des six hommes. Pour une raison qui nous échappe, il lui attribue un péché capital et le condamne à mort. Si la potentielle victime est décédée avant d'avoir pu expier sa faute, alors il punit son descendant direct. Ce qui expliquerait pourquoi il a assassiné Daniel Latour, même si, dans ce cas, on dirait bien qu'il le méritait aussi.

– Alors, aussi bien le docteur Foix que Mme Dalmau, Johan Kreuz ou leurs enfants sont des victimes potentielles de notre moine, déclara Vila.

– Si on valide cette théorie, oui, confirma Álex. Mais elle présente quelques inconvénients.

– Lesquels ? Moi, ça me paraît plutôt tenir debout, reprit Vila.

– Nous avons trois possibles victimes qui sont aussi, ne l'oublions pas, des suspects. Et il reste encore quatre péchés capitaux à attribuer : la gourmandise, la paresse, l'orgueil et l'avarice. » Álex les ajouta sur le tableau, près des noms des survivants du portrait de groupe, mais sans les relier. « Est-ce que l'assassin a l'intention d'aller au bout des sept péchés, ou simplement il y a recours au hasard ? Dans le premier cas, il nous manquerait une possible victime, ou même deux si l'un d'entre eux est le meurtrier. » Les mains sur les hanches, elle fit claquer sa langue. « Ça ne colle pas. Quelque chose nous échappe. »

Tous restèrent silencieux, les yeux sur le tableau. Les noms des péchés, écrits en capitales rouges, brillaient sous les néons près des noms de leurs victimes éventuelles. Álex se demandait qui serait le prochain à mourir.

64

Le docteur Foix entra sa Mercedes-Benz classe M dans son garage. Il était resté tard à la fac et il devait encore sélectionner deux nouveaux stagiaires pour le prochain trimestre. Les demandes auprès de son département étaient nombreuses ; il n'aurait aucun mal à trouver deux brillants étudiants. Il était l'enseignant le plus renommé, tous voulaient travailler avec lui. Après tout... quoi de plus logique, se dit-il, et il sourit avec satisfaction.

Vivre à Aulus-les-Bains lui faisait faire presque deux heures de route, mais cela valait la peine. Sa maison, un ancien moulin au pied d'un affluent du Garbet qu'il avait fait entièrement rénover, était un peu éloignée de tout : pour y arriver il fallait sortir du village, puis, au bout de deux kilomètres sans autres habitations, prendre un pont au-dessus des eaux tumultueuses, qui menait jusqu'à elle. Elle était bâtie sur trois niveaux et ses contreforts lui conféraient sa solidité. Mais ce qu'il aimait le plus, c'était sa tour, d'où on jouissait d'une vue spectaculaire sur les montagnes.

Sofía, sa femme, s'était toujours plainte qu'ils étaient trop isolés, et surtout, que la maison était trop grande pour eux seuls. Elle ne ratait pas une occasion de lui rappeler son incapacité à lui faire des enfants. Mais, en fin de compte, son infertilité s'était révélée une bénédiction, puisqu'il avait pu ainsi se consacrer à ce qui lui importait réellement : ses travaux. Leur vie commune n'avait pas été très différente de celle de tout autre couple placé dans les mêmes circonstances ; en tout cas, c'est ce qu'il pensait. Chacun avait son territoire et lui attendait simplement de Sofía qu'elle le dérange aussi peu que possible. Au fil des ans, ils se parlaient de moins en moins : les conditions idéales pour qu'il puisse s'adonner à son travail dans l'ambiance adéquate. Elle n'avait jamais compris l'importance de ce qu'il faisait, mais elle avait su rester sagement à ses côtés, jusqu'à ce qu'un lymphome l'emporte, dix ans plus tôt. Durant la dernière semaine qu'elle avait passée à l'hôpital, alors qu'ils connaissaient déjà la fatale issue, il avait eu l'étrange impression que Sofía se sentait soulagée. Elle mourut sans lui dire un mot.

Après la mort de Sofía, la maison avait été encore plus silencieuse et conforme à ses besoins. La première année, il avait installé son bureau et son équipement de travail dans la tour. Il partageait cet espace avec les lourdes meules de l'ancien moulin qui décoraient les murs. Au fur et à mesure, il l'avait agrandi, jusqu'à disposer d'un laboratoire plus complet que celui qu'on lui avait aménagé à l'université. C'est là qu'il avait pu approfondir ses travaux, mieux que nulle part ailleurs. C'était aussi là qu'il conservait tous les documents relatifs à ses avancées datant de la Colonie. Il soupira.

C'était le bon temps, alors. Sans restrictions, sans attaches, avec des possibilités d'expérimentation uniques. Il avait presque touché Dieu du doigt. Senti de très près l'essence même de la vie. Incontestablement, ces travaux avaient été ceux qui lui avaient procuré le plus de satisfaction. Ils lui avaient permis de publier des articles dans le *Journal of the American Medical Association*, dans la *Revue de médecine interne* ou dans *The Lancet*, qui avaient impressionné ses collègues, ce qui l'avait amené à donner des conférences à Harvard et dans les universités de Cambridge, de Zurich et de Paris, les plus prestigieuses du monde dans son domaine. On lui avait même proposé de très hauts postes académiques, mais il les avait déclinés au profit de la chaire qu'il occupait à l'université de Toulouse. En son for intérieur, il savait qu'il ne devait pas trop s'éloigner de l'origine de ses succès. Sans tout ce qu'il avait pu faire à la Colonie, il aurait difficilement atteint le statut et le prestige dont il jouissait désormais. Oui, cette époque avait été vraiment fantastique.

Comme il était tard et qu'il n'avait pas faim, il décida qu'il ne prendrait rien. Il avait l'habitude de dîner de façon si frugale que sauter ce repas ne changeait pas grand-chose. Mais avant de monter dans son bureau, il effectua son petit tour coutumier dans la maison.

Il le faisait chaque fois qu'il dormait là. Une habitude qui lui venait du temps de la Colonie. Il s'assurait que toutes les portes étaient bien fermées à double tour, les verrous tirés et les volets arrimés aux fenêtres. S'il se couchait sans l'avoir fait, il dormirait d'un sommeil si agité qu'il finirait par se réveiller, sans pouvoir se rendormir tant qu'il ne serait pas allé vérifier que tout était bien cadenassé. Il ne cédait cette tâche à personne, pas même à Lloris et à sa femme, le couple qui s'occupait de la maison en son absence et qui était à son service depuis quinze ans. Comme il préférait la solitude, ils ne passaient pas la nuit sur place, et à cette heure ils devaient être dans leur propre maison, au village.

Il commença par contrôler l'entrée principale, qui donnait sur le vaste salon. Il parcourut les différentes pièces, tirant les poignées, poussant les loquets et vérifiant qu'il avait bien tourné la clé correspondante dans chaque serrure.

Une fois complétée l'inspection avec la rigueur coutumière, il s'apprêta à travailler quelques heures et se dirigea vers son bureau, dans la tour. Il se sentait toujours détendu et en sécurité après sa révision des portes et des fenêtres, mais cette fois, la visite du lieutenant et de la sous-inspectrice espagnole à la fac l'avait rendu nerveux.

Lui qui pensait qu'il n'avait plus à s'inquiéter de tout ça… L'un de ces flics lui rappelait vaguement quelqu'un de sa connaissance, et il passa un bon moment à tenter de se remémorer ses traits. Mais, c'était sans doute l'âge, il ne réussissait pas à relier ce visage à quelqu'un du passé. Il détestait quand il sentait que quelque chose lui échappait. Il chercha encore un peu puis dut s'avouer vaincu. Malgré tout, avant de se plonger dans son travail, il décida qu'il ferait de la place dans son planning du lendemain pour fouiner un peu dans les vies de cette sous-inspectrice Serra et du lieutenant Cassel.

Il essaya de se concentrer sur les documents ouverts sur son bureau mais il ne cessait de repenser à la conversation qu'ils avaient eue. Quand ils lui avaient montré cette maudite photo, il avait à peine pu dissimuler son irritation. S'il les connaissait, avaient-ils demandé ? Tu parles, s'il les connaissait, tous et chacun d'entre eux ! Il y en avait un qui était un assassin, supposaient-ils. C'était à se tordre de rire. En réalité – Foix s'amusa de sa boutade –, tous ceux qui étaient sur cette photo étaient des assassins, d'une manière ou d'une autre.

Pour la sous-inspectrice et le lieutenant, il était évident que cette photo et les meurtres étaient liés. Même lui pouvait admettre que les agissements des membres du groupe par le passé puissent avoir quelque chose à voir avec cette affaire, comme les policiers l'avaient donné à entendre. Mais il n'avait pas besoin de la protection des autorités puisqu'il savait déjà de qui il devait se garder. Il savait qui était l'assassin.

Ses pensées furent interrompues par le timbre strident de la sonnette.

Il y avait quelqu'un à la porte.

65
Journal de Raquel

Les jours qui ont suivi ont été particulièrement mouvementés. Matilda s'emportait facilement contre nous, les domestiques, et nous ne savions plus où donner de la tête. Nous avons lavé, rangé, briqué à fond tout le manoir de haut en bas. La maison devait être propre comme un sou neuf. J'avais aussi reçu l'ordre d'aider en cuisine, où étaient prévus toutes sortes de mets dignes d'une célébration de mariage. À cause de cette surcharge de travail et du stress, mon estomac continuait à ne pas garder grand-chose, et à la nuit je tombais d'épuisement sur mon lit. Tout ce branle-bas de combat avait une raison.

La nouvelle du retour du maître dans la vallée a coïncidé avec un message d'Ezra qu'il m'a fait parvenir par l'intermédiaire d'un palefrenier : la date convenue avec le charretier pour nous enfuir était fixée à la nuit du samedi suivant.

La semaine est passée rapidement : on avait à peine le loisir de penser avec tout ce travail. Le samedi au matin, nous avons tous reçu l'ordre de sortir nous mettre en rang dehors, à l'entrée du manoir. Il faisait froid mais personne n'a osé protester. En face de nous s'est planté Simón avec ses hommes. Son chien était couché à ses pieds. Malgré son apparente indolence, j'étais sûre qu'en quelques secondes ce molosse était capable de sauter à la gorge de n'importe qui si on le lui ordonnait. Comme c'était cette nuit-là que nous avions prévu de nous échapper, un frisson m'a traversée. Alors, j'ai vu le regard de Simón : il m'observait, ses yeux plantés dans les miens. J'ai eu l'impression qu'il contenait sa furie à grand-peine. Son visage exprimait le mal absolu, plus clairement que je ne l'avais jamais vu ailleurs. Pourtant, j'ai réussi à me convaincre que c'était pour des raisons étrangères à moi, ou alors simplement la façon d'être du contremaître, et je n'y ai plus pensé quand a retenti un coup de klaxon.

Lorsque la luxueuse automobile de Monsieur s'est arrêtée, le chauffeur est descendu du véhicule pour lui ouvrir la portière, à l'arrière. Au pied de l'escalier, en retrait du rang que nous formions, l'attendait Madame, l'air agacé d'avoir été interrompue dans ses prières matinales.

Monsieur est passé devant nous sans nous saluer, mais, arrivé à ma hauteur, il s'est arrêté. J'ai hésité un instant, puis j'ai jeté un coup d'œil à Matilda. D'un geste sec, elle m'a fait signe de saluer. J'ai fait une petite inclinaison de la tête en évitant de le regarder. Mais j'ai senti ses yeux posés sur moi pendant un moment qui m'a paru une éternité avant qu'il poursuive sa route. Il a rejoint sa femme sur les marches, tandis que Matilda nous houspillait pour que nous rentrions par la porte latérale de service reprendre nos tâches au plus vite.

À la tombée de la nuit, alors que nous servions le dîner, j'ai abordé Adela, une fille un peu simplette qui passait les plats avec moi.

« Je ne me sens pas bien du tout, il faut que je retourne aux toilettes.

– Ouh, là, là. Tu es blanche comme si tu venais de voir un fantôme.

– Oui, je dois être malade. Tu peux me remplacer ce soir en cuisine ? »

J'ai vu qu'elle faisait la moue, mais avant qu'elle ait eu le temps de refuser, j'ai insisté.

« S'il te plaît ! J'ai failli renverser la soupe, tout à l'heure. Je ne veux pas que Matilda me tombe dessus. En échange, je te remplacerai les deux prochains dimanches. »

Ses yeux se sont éclairés et elle a accepté.

À la fin du service, je suis allée dans ma chambre, je me suis déshabillée, et j'ai échangé mon uniforme contre des vêtements plus commodes pour le voyage. J'ai enfilé un vieux costume de chasse de Madame qu'elle ne mettait plus. Je l'avais pris dans la réserve de la blanchisserie. Il était un peu juste pour moi, mais c'était ce que j'avais porté de plus confortable de toute ma vie.

J'ai vérifié mon sac où j'avais rangé mon journal, un peu de linge et quelques provisions que j'avais réunies en gardant des restes des dîners. J'avais fait très attention de n'en mettre de côté qu'un peu chaque soir pendant plusieurs jours pour que personne ne s'aperçoive de rien. Il y avait aussi l'argent de mon travail au tissage que j'avais pu économiser. Pas grand-chose.

J'ai attendu qu'il fasse nuit. Petit à petit, le manoir est devenu silencieux. Mes camarades se sont reclus dans leurs chambres et le silence s'est installé dans la maison. À cause de la nervosité, mes doigts n'arrivaient pas à fermer mon sac. J'ai regardé ma chambre pour la dernière fois et je me suis dirigée vers la porte. Je l'ai entrouverte de quelques centimètres. Le couloir était désert. J'ai pris une grande inspiration ; j'allais faire mon premier pas vers la liberté. C'est alors que derrière moi la clochette au-dessus de mon lit s'est mise à sonner.

Je me suis figée sur place, sans savoir quoi faire. Si je n'y allais pas immédiatement, Matilda viendrait voir ce qui se passait et s'apercevrait de mon absence. Les gens du manoir découvriraient que nous nous étions enfuis avant même que nous ayons pu quitter la vallée. Mais si j'y allais, je ne rejoindrais pas Ezra à temps et la charrette partirait sans nous. Je n'avais pas le choix.

Je suis sortie dans le couloir et aussi vite que j'ai pu je me suis dirigée vers les cuisines. Dans la réserve, il y avait une petite trappe par où autrefois on introduisait le charbon. J'avais eu l'occasion de remarquer que personne ne s'était soucié de la condamner de l'extérieur, et à l'intérieur seul un loquet la fermait. J'ai grimpé sur des cartons de nourriture en conserve. Le vasistas était à quelques centimètres, au-dessus de moi. Je l'ai ouvert et le froid de la nuit est entré. Je me suis hissée et, péniblement, je me suis traînée sur le gravillon jusqu'à avoir la moitié du corps dehors, puis j'ai fini de passer les jambes, en retenant la trappe pour l'empêcher de se refermer brusquement.

J'ai regardé autour, et j'ai senti l'attention des ombres de la forêt et des montagnes braquée sur moi. Le silence de la nuit serait le témoin de ma fuite. La peur me tordait les boyaux mais je n'avais pas de temps à perdre, alors je me suis relevée et je me suis éloignée de la maison.

J'ai marché sur le sentier qui menait tout droit à la zone industrielle. Notre lieu de rendez-vous était l'entrepôt de décharge, près de l'usine. Plusieurs fois, je me suis retournée, m'attendant à voir les fenêtres de la maison s'allumer et un groupe d'hommes lancés à mes trousses. Heureusement, tout était paisible.

En passant devant la mercerie, je me suis sentie observée. Je me suis arrêtée, paralysée. J'avais préparé une excuse pour le cas où j'aurais rencontré quelqu'un : je pensais dire que je portais un message de Matilda à l'une des jeunes fileuses. Mais je n'ai vu personne.

66

Álex regardait les flammes s'allonger et se contracter dans leur vaine tentative pour outrepasser les limites de la cheminée. Leur lumière orangée ondulait sur les gravures anciennes et les photographies qui couvraient le plancher du chalet en un tapis improvisé. Elle était assise par terre, en tailleur, le dos contre le canapé.

Au commissariat, on lui avait imprimé toutes les pages qu'Alain avait trouvées concernant les péchés capitaux et leurs châtiments. Le jeune policier avait fait un boulot formidable. Il lui avait proposé de lui copier les fichiers sur un portable du département, mais Álex préférait les lire sur papier. Peut-être qu'en ça, elle était de la vieille école, mais un papier imprimé lui transmettait plus de sensations qu'un écran.

Elle ne savait plus depuis combien de temps elle lisait. Elle avait parcouru plusieurs traités médiévaux qui décrivaient d'impitoyables châtiments pour les pécheurs, tous plus horribles les uns que les autres. Elle avait aussi dégoté par ses propres moyens, à la bibliothèque de La Seu d'Urgell, un vieil exemplaire de la *Divine Comédie.* C'était incroyable, mais ils en avaient un.

En compagnie de Dante et avec les notes d'Alain, Álex avait parcouru le purgatoire. Elle avait retrouvé et recopié les vers qui décrivaient le châtiment assigné à chaque péché. Certains paragraphes lui avaient résisté. Avec ce langage alambiqué, parsemé d'innombrables symboles et figures allégoriques, il n'était pas toujours facile de comprendre ce que le poète florentin avait voulu dire.

Elle prit la copie d'une vieille gravure de Gustave Doré. Elle était très semblable à celles qu'elle avait vues dans la salle de réunion, celles-là mêmes qui l'avaient tant remuée. Cet artiste habile avait dessiné une sorte de montagne à échelons. Chaque étage correspondait à l'un des sept péchés capitaux. Les figures humaines, qui représentaient les âmes torturées, se tordaient dans leur ascension, implorant miséricorde.

Álex laissa retomber sa tête contre le canapé, en même temps qu'elle repoussait la gravure par terre au milieu des autres papiers. Elle avait envie de crier de frustration.

Pas de doute, le moine s'inspirait de la *Divine Comédie* pour matérialiser ses crimes. Ce qui impliquait un élément majeur pour l'enquête : l'assassin devait très bien connaître ses victimes pour pouvoir leur attribuer un péché ou un autre. Au début, lors des premières investigations, il avait semblé logique de penser que tous les bénéficiaires de la vente de la Colonie encore en vie étaient suspects. Le docteur, par exemple, avait autrefois fait usage du thiopental sodique à des fins immorales et leur avait menti quand ils l'avaient questionné à ce sujet ; mais son âge avancé semblait l'écarter, *a priori*. De même pour Béatrice, à cause de sa maladie. Restait Johan Kreuz. Qui pouvait aussi être mort ou devenu un vieillard cacochyme. Les bases de données nationales et internationales n'avaient renvoyé aucun résultat. Malgré tout, ils avaient lancé un mandat de recherche, même s'ils ne disposaient que d'une vieille photographie.

Mais Álex n'était pas totalement convaincue de ces raisonnements. S'agissait-il vraiment d'une simple question d'argent ? Si tel était le cas, le meurtrier aurait relié ses crimes aux péchés capitaux comme subterfuge, une mise en scène destinée à complexifier l'enquête. Et pourtant, les victimes étaient vraiment coupables des péchés qui leur avaient été attribués. *Non, il y a quelque chose qui ne colle pas, quelque chose qui m'échappe encore et toujours*, réfléchissait Álex. Quel rôle jouait le passé dans tout cela ?

Elle repensa aux personnages de la photo de groupe, sous un autre angle. Tous ceux qui entouraient August Dalmau sur le cliché étaient coupables de délits et d'actes abominables, et, quand ce même Dalmau les avait accueillis à la Colonie, ils se trouvaient dans une situation désespérée. En échange, ils n'avaient qu'une obligation : le servir fidèlement. Certains d'entre eux avaient non seulement survécu mais prospéré. Le père Guifré, simple curé au passé trouble, avait fini par diriger l'un des séminaires les plus renommés d'Europe. Le docteur Foix, renvoyé de son hôpital pour négligence, était devenu un chercheur en biomédecine réputé. Vila avait découvert que le père de Latour, Guillem Latour, avant d'occuper le poste de directeur de la Colonie, avait été licencié de plusieurs entreprises pour des problèmes d'alcool. Simón lui-même était un psychopathe qui aurait fini mort ou en prison, si Dalmau ne lui avait pas donné un emploi dans lequel canaliser ses accès de colère. Quant à Johan Kreuz, elle ignorait ce qu'il avait fait, mais elle ne doutait pas que ce devait être quelque chose du même style.

D'un autre côté, quel rapport y avait-il entre tout cela et le suicide de Virgile Avril ? Bouxet assurait avoir vu le jeune homme en habit de moine. Il le connaissait bien, il avait cohabité avec lui pendant des années. Le bibliothécaire était un brave garçon ; Álex ne doutait pas de sa bonne foi, mais alors, l'assassin était un mort.

Non, il y avait autre chose, il fallait voir au-delà des apparences. Mais, comme quand on se réveille d'un rêve qu'on vient juste de faire, Álex sentait que ça n'arrêtait pas de lui filer entre les doigts.

Elle aurait aimé partager ses réflexions avec Cassel. Le

matin, au commissariat, il l'avait évitée, mais ensuite ils s'étaient retrouvés seuls à la machine à café. Elle avait été tentée de lui proposer de l'accompagner au chalet. Puis, elle avait découvert avec un certain étonnement qu'elle aussi, elle hésitait. Cassel était un homme séduisant, avec cet air à côté de la plaque qu'il avait et ses yeux doux. Ils avaient passé un bon moment, mais il était clair qu'aucun des deux n'envisageait d'aller plus loin. Ils étaient adultes. Elle avait la sensation que recommencer n'aurait pas été une bonne idée. *Ou alors, je fais peut-être comme d'habitude : éloigner les gens de moi…* se dit-elle avec un sourire amer.

Elle poussa un soupir. Elle était exténuée. Les blessures qu'elle s'était faites lors de sa course-poursuite sur les toits du séminaire la faisaient toujours souffrir. Elle se demanda pourquoi elle était encore éveillée à cette heure avancée de la nuit, mais elle connaissait la réponse : elle n'osait pas dormir. Elle avait peur de rêver de Lía. Et pourtant, elle avait besoin de se reposer. Elle sentait l'angoisse se tortiller au fond de ses entrailles, guettant son heure. Elle n'arrivait presque plus à contrôler ses crises.

67

Álex conduisait pied au plancher. À l'approche d'un tournant, elle avait un claquement de lèvres, agacée de devoir ralentir. À chaque bouffée d'angoisse, elle serrait plus fort le volant et inspirait profondément, puis expirait lentement. Le psychiatre lui avait expliqué que c'était une bonne façon de contrôler ses palpitations. Impossible de savoir si la technique marchait : ses battements de cœur résonnaient dans ses oreilles comme un orchestre de percussions en plein concert.

La gendarmerie française avait promis de ne pas toucher à la scène jusqu'à leur arrivée, mais Álex n'était pas trop sûre qu'ils tiendraient parole. Cassel l'accompagnait sur le siège d'à côté. Depuis qu'ils avaient quitté La Seu d'Urgell, il n'avait pas décroché un mot.

Avant qu'ils aient atteint la frontière, la voix de Vila, dans le haut-parleur de la jeep, les informa des détails.

« C'est la femme de ménage et son mari qui l'ont retrouvé. Deux vieux, qui étaient au service du médecin depuis très longtemps. Ils sont arrivés chez lui tôt ce matin, comme ils le font d'habitude. Apparemment, ils ne couchent pas sur place mais chez eux, au village. La porte d'entrée était ouverte. Tout de suite, ils se sont inquiétés, parce que le médecin était particulièrement scrupuleux sur la sécurité.

– Où ont-ils trouvé le corps ?

– Foix était dans son bureau. La gendarme n'a pas voulu me décrire la scène, elle dit qu'il vaut mieux que vous la voyiez de vos propres yeux. Pour elle, au premier abord, la mort semble accidentelle. Ils nous ont appelés parce que…

– … parce qu'ils sont tombés sur notre signalement à Interpol en entrant le nom du docteur Foix, acheva Álex.

– C'est ça. Sans doute via le rapport qu'on leur a envoyé avec le mandat de recherche contre Kreuz. Voilà pourquoi ils nous ont contactés. »

Quand ils mirent fin à la communication, ils étaient en France. Ils prirent la N20 en direction de Toulouse. Aulus-les-Bains se trouvait presque au centre du parc naturel régional des Pyrénées ariégeoises, au pied des montagnes. Sans quitter la route des yeux, Álex suggéra à son collègue :

« Tu devrais peut-être informer tes supérieurs qu'on arrive. Je suis en dehors de ma juridiction, comme qui dirait.

– Pas moi.

– Mais de toute façon, il vaut toujours mieux qu'ils soient au courant, tu ne crois pas ? »

Le Français opina du chef, mais sans faire un geste. Enfin, en soupirant, il tira son portable de la poche de son anorak et fit un numéro. Quelques secondes après, il rempochait son téléphone.

« Pas de réseau. Ce doit être les montagnes. Je réessaierai plus tard. »

Álex se dit qu'il faudrait qu'elle lui demande quelle mouche l'avait piqué, parce que de toute évidence, Cassel était mal à l'aise. C'était peut-être à cause de ce qui s'était passé entre eux.

Enfin, ils arrivèrent à Aulus-les-Bains. Ils suivirent les indications du GPS jusqu'à la sortie du village et virent tout de suite la maison. Vila leur en avait fait une description sommaire. Ils franchirent le pont de pierre, au-dessus d'un fort courant. Après la dureté lisse de l'asphalte, un chœur de crissements les accompagna sur l'allée de gravier qui menait à l'entrée.

Deux voitures de la gendarmerie étaient arrêtées en travers, tous gyrophares allumés. Un infirmier sortait un brancard d'une ambulance garée près des voitures.

Alors qu'elle descendait du 4 x 4, un brusque vertige obligea Álex à se retenir à la portière pour ne pas tomber. Ses sens étaient perturbés par l'adrénaline. Elle avait beaucoup pris sur elle pour arriver jusque-là, et le stress faisait bon ménage avec les attaques de panique.

« Ça va ? »

La voix de Cassel lui parvenait comme s'il s'était trouvé à mille kilomètres.

« Oui, ça va. Je me suis tordu la cheville, c'est rien », mentit Álex.

Elle tira le flacon d'anxiolytiques de la poche de son manteau. Rien qu'en le secouant, au son, elle comprit qu'il restait très peu de comprimés. Un coup d'œil le lui confirma. Elle en avala deux et rangea le flacon en essayant de contrôler le tremblement de sa main. La quantité que le médecin lui avait prescrite pour le mois entier était presque épuisée, en seulement quinze jours. Le vertige semblait être passé, et elle se dirigea – suivie de Cassel, qui la regardait en silence – vers l'entrée de la maison.

Álex admira la splendide demeure avant d'y pénétrer.

« Je comprends pourquoi le docteur Foix ne s'intéressait pas à l'argent… »

Ils montèrent les marches du perron où les attendaient deux agents. Un peu à l'écart, deux vieillards, escortés d'un policier, étaient assis sur un banc en bois. Álex supposa que ce devait être le couple de domestiques. Elle sentit la nervosité de Cassel près d'elle lorsqu'ils se saluèrent.

« Sous-lieutenant Maxime. Tout indique qu'il s'agit d'un accident. J'espère que je ne vous ai pas fait venir pour rien. »

Le sous-lieutenant Maxime, le gendarme aux commandes,

était une jeune femme qui butait un peu sur les mots. D'un geste, elle leur fit signe d'entrer.

L'intérieur de la demeure était du même standing que le bureau de la faculté de médecine. Ils traversèrent un vaste salon composé de meubles en bois massif, faits sur mesure. Derrière un autre gendarme, ils empruntèrent un couloir empli de tableaux et de sculptures éclairés par de petits spots. La maison tout entière faisait penser à une galerie d'art. La pénombre qui régnait à l'intérieur engendrait des dizaines d'ombres inquiétantes. Álex remarqua que le jeune agent qui les précédait gardait la main posée sur l'arme qu'il portait à la ceinture.

Après avoir franchi une porte en chêne, ils montèrent un escalier.

« Le studio est dans l'ancienne tour. Le docteur a fait restaurer le moulin en gardant autant que possible sa structure d'origine, leur expliqua le sous-lieutenant Maxime, qui se trouvait juste derrière eux.

– Vous le connaissiez ?

– C'était un membre important de notre communauté. Ici, il était apprécié de tout le monde. »

Le docteur Foix avait perdu l'air arrogant qui était le sien quand il les avait reçus dans son bureau à l'université. Il avait une meule d'une tonne et demie sur le ventre. Autour de lui, plusieurs tomettes s'étaient fissurées sous le terrible impact de la pierre quand elle était tombée. Le sang du docteur Foix avait giclé sur les murs les plus proches. Sous l'énorme masse, une tache grumeleuse s'étendait jusqu'à l'ancienne gouttière creusée dans le sol, qui autrefois servait à recueillir la farine. Lorsqu'on soulèverait la meule, c'est un cadavre pressé comme un citron qu'on trouverait, imagina Álex.

« La meule était appuyée contre le mur et retenue par des fixations métalliques. » Le sous-lieutenant montra deux trous dans le mur. « Par malchance, deux de ces crochets ont lâché. »

Álex hocha la tête sans regarder la jeune femme. Le mal de tête qui lui venait juste après la prise de ses comprimés avait fait son apparition. Elle se pencha sur le corps, et, machinalement, récita à haute voix le texte de la *Divine Comédie.*

« Les âmes orgueilleuses marchaient courbées sous le poids de lourdes pierres. »

Foix ne marcherait jamais plus. La tête, inclinée sur le côté, les jambes à partir du tibia et un bras étaient les seules parties du cadavre qui sortaient de sous la lourde meule, donnant à l'ensemble l'apparence d'une vieille tortue. La peau de son visage avait pris une couleur bleutée. La pression énorme avait fait éclater les vaisseaux de ses yeux, et de sa bouche pendait sa langue, comme celle d'un bovin sacrifié. En fin de compte, Foix avait fini par ressembler à l'une de ses grotesques sculptures.

Álex posa sa main sur la pierre et en sentit l'aspérité à travers le latex qui recouvrait ses doigts. Elle inspira à fond et ferma les yeux. Comme les fois précédentes, elle n'eut pas à attendre longtemps. La pièce tourna autour d'elle. Les voix des policiers s'éloignèrent et une image surgit dans sa tête. Elle vit le docteur Foix étendu par terre. Il ne pouvait pas bouger. Il ne restait pas trace de son arrogance, remplacée par une expression de profonde terreur. Ses yeux exorbités fixaient l'ombre gigantesque au-dessus de lui. Le fracas qui s'ensuivit secoua tout le corps d'Álex. L'image se brouilla puis disparut au moment où elle entendait la voix du sous-lieutenant, derrière elle.

« Les entailles au front, il a dû se les faire en se cognant contre le sol. »

Álex battit des paupières dans une tentative pour accommoder sa vision. Le mal de tête avait pris de l'ampleur. Quand elle eut compris ce que venait de dire la policière, elle écarta doucement les mèches de cheveux de Foix. Plusieurs profondes coupures marquaient son front, en forme de P grossier.

Il fallait reconnaître que si on ne savait pas ce qu'on cherchait, on pouvait facilement passer à côté, se dit Álex. À cet instant, son portable vibra dans la poche de son pantalon. De loin, Cassel la regardait du coin de l'œil tout en discutant avec les deux gendarmes.

« Oui ? » fit Álex, en se redressant.

Comme la voix s'adressait à elle en français, Álex, par réflexe, répondit dans cette langue.

« Sous-inspectrice Serra ?

– Elle-même. »

Cassel ébaucha un geste dans sa direction comme s'il voulait lui dire quelque chose, mais le sous-lieutenant de la gendarmerie l'intercepta alors pour lui faire signer un document et il dut concentrer son attention sur ce qu'elle lui demandait.

« Je vous appelle… du commissariat central de police… de Toulouse. »

La voix était hachée. Dans cette pièce aux murs épais, la communication passait mal.

« Un instant, s'il vous plaît. »

Álex quitta la pièce, suivie des yeux par Cassel. Elle lui fit signe de continuer de son côté. Après un court couloir, elle sortit par une porte-fenêtre sur un balcon. Le froid soulagea sa tête douloureuse.

« Ne quittez pas. »

Avant qu'Álex ait pu dire quoi que ce soit, on l'avait mise en attente. Contrariée, elle allait raccrocher quand la musique de fond s'arrêta pour laisser place à une voix grave à l'autre bout de la ligne.

« Oui ?

– Excusez-moi, je pense qu'il y a erreur…

– Vous êtes la sous-inspectrice Serra, de la police espagnole ?

– Oui, c'est moi, mais…

– J'ai essayé de vous joindre plusieurs fois, sans y

parvenir. Je voulais vous parler de votre rapport de la semaine dernière.

– Mon rapport ?

– C'est vrai que nous sommes débordés dans le service avec l'état d'urgence instauré depuis un an suite aux attentats. Je vous remercie d'avoir pris en main l'enquête. Mais j'aimerais que vous me transmettiez quelques informations complémentaires. Après les derniers faits que vous m'avez communiqués, mes supérieurs m'ont réclamé des précisions sur certains points et…

– Pardon ? Mais je ne vous ai envoyé aucun rapport, protesta-t-elle, sans cacher son agacement. Excusez-moi, mais… qui êtes-vous ? »

Au silence qui suivit, Álex put sentir le trouble de son interlocuteur.

« Vous et moi communiquons par mail depuis des semaines. Vous ne vous rappelez pas ? Je suis le *lieutenant** Cassel, Jean Cassel. »

Álex, la main sur la poignée de la porte, prit une grande inspiration avant d'entrer dans la pièce. Le sous-lieutenant Maxime était en train de parler avec des hommes munis de cordes, venus pour retirer la meule et délivrer le cadavre. Devant son air livide, la jeune gendarme s'interrompit et marcha vers elle.

« Ça ne va pas ? »

Álex ne répondit pas tout de suite ; elle regardait tout autour d'elle.

« Où est mon… mon collègue ?

– Il a dit qu'il avait une urgence et il est parti. Il nous a demandé de vous remettre ceci. »

L'agente lui tendit une enveloppe.

Álex s'éloigna des gendarmes, sans se soucier de leurs regards. L'enveloppe ne contenait qu'un feuillet plié en deux. Elle le déplia et lut un mot, le seul qui était écrit : « Dalmau ».

68
Journal de Raquel

La charrette se balançait sur l'étroit chemin entre les montagnes ; on aurait dit une barque dans la houle. Nous avions constamment dans l'oreille les rapides de la rivière. Ezra et moi étions cachés sous des bâches, au milieu des ballots de toile. L'air passait difficilement et nous ne respirions qu'à grand-peine, mais au moins nous avions chaud. Plus d'une fois, nous avons dû nous serrer l'un contre l'autre pour éviter de tomber, mais ça ne m'a pas dérangée le moins du monde.

Le charretier nous avait promis de nous amener à bon port, hors de la vallée, mais ses yeux avinés ne m'inspiraient guère confiance. Il a voulu être payé d'avance, et j'ai vu avec consternation Ezra lui vider dans les mains la bourse qui contenait ses économies. Il nous resterait à peine de quoi survivre les prochains jours.

Ezra et moi avions prévu d'aller jusqu'à Bellver de Cerdanya dans cette charrette, après quoi nous nous dirigerions vers Puigcerdà pour prendre le train de Barcelone. Nous pourrions rester quelque temps là-bas, mais notre objectif final était de quitter l'Europe. Peut-être pour l'Argentine, l'Uruguay ou le Mexique. Pendant des mois, tous ces projets m'avaient paru irréels, mais quand j'ai vu les lumières de la Colonie s'éloigner jusqu'à devenir indistinctes, j'ai eu du mal à contenir mon émotion.

Soudain, la charrette a stoppé si brusquement que nous avons roulé contre les ballots. Instinctivement, je me suis pelotonnée contre Ezra. Nous avons entendu la voix de notre conducteur, suivie d'une forte détonation qui a effrayé les bœufs. Des faisceaux de lumière ont parcouru la bâche qui nous recouvrait en même temps qu'on écartait les ballots derrière lesquels nous étions retranchés, jusqu'au dernier.

Éblouis par les lumières, nous avons entendu une voix qui nous a glacé les sangs.

« Tiens, tiens, quelle surprise… »

Simón avait un sourire sur les lèvres, tandis que ses hommes nous faisaient descendre de la charrette en nous bousculant. Entre les jambes du contremaître s'agitait son énorme molosse qui ouvrait et refermait ses mâchoires, et grondait sourdement.

À terre, le charretier se plaignait de sa jambe gauche. Une tache écarlate s'élargissait sur son pantalon. Les effets de la boisson avaient disparu de son visage, remplacés par un air terrorisé. Le chien se montrait de plus en plus nerveux à l'odeur du sang.

« Mais qui voilà ? »

Les lumières des lanternes, aveuglantes, nous ont frappés au visage. Des bras costauds nous ont repoussés contre un flanc de la charrette. Ezra a bien tenté de résister mais, sur un geste de Simón, l'un des hommes lui a envoyé son poing dans le ventre tandis qu'un autre le frappait à la tête de la crosse de son fusil. Ezra s'est effondré par terre, un filet de sang au front.

J'ai voulu m'élancer vers lui, mais Simón, plus rapide, m'a rattrapée par les cheveux. Il m'a coincée entre ses bras puissants, tirant sur mes cheveux pour me forcer à tourner la tête vers lui. Sa figure, rendue difforme par les mâchoires d'un loup, était collée à la mienne. J'aurais voulu le priver de la satisfaction de voir sur mon visage la terrible souffrance que j'éprouvais, mais je n'ai pas pu la cacher.

« Toi ! » La rage le consumait, mais son expression s'est radoucie une seconde. « Toi… » a-t-il répété, sur un ton triste. Puis son regard s'est assombri. « S'il n'y avait pas les ordres que j'ai reçus… »

Il m'a poussée vers ses hommes.

« Chargez-la. On la ramène au manoir. »

L'un d'eux m'a lié les mains dans le dos à l'aide d'une grosse corde qui m'a immédiatement entaillé les chairs et m'a traînée jusqu'aux chevaux qu'ils avaient amenés avec eux. Deux hommes ont entrepris de déverser deux bonbonnes sur la charrette.

« Dommage pour la marchandise, mais ça n'étonnera personne qu'un ivrogne comme toi se soit endormi sur la route et ait fichu le feu avec sa cigarette. Ces accidents, ça arrive.

– Non, je vous en prie, non ! » a gémi le charretier.

Ils s'y sont mis à trois pour le soulever et le lancer dans la charrette. Il a essayé de se relever mais sa jambe blessée l'en a empêché. Pour être sûr qu'il ne s'échapperait pas, l'un des hommes lui a assené un terrible coup avec son fusil et le pauvre malheureux est retombé à moitié mort entre les toiles imbibées de combustible. L'autre a détaché les bœufs qui sont partis au trot. Simón a craqué une allumette et l'a jetée dans la charrette.

« On fait quoi, avec celui-là ? a dit quelqu'un en désignant Ezra, inconscient par terre.

– Mon chien a le ventre vide, a ricané Simón, dos aux flammes qui montaient.

– Non ! »

Mon cri les a tous fait se retourner. Ezra, encore à moitié étourdi, en a profité pour se redresser, se débarrassant d'un coup de coude de l'homme qui était en train de le soulever du sol. Profitant de l'élan, il a envoyé sa tête dans le nez du garde le plus proche, qui s'est écroulé. Simón a lancé contre lui son chien et quand celui-ci lui a bondi dessus, Ezra a levé le bras gauche instinctivement et l'énorme molosse a planté ses crocs dans son avant-bras. Lui et le chien ont roulé au sol. Ezra tentait désespérément de se débarrasser du monstrueux animal, qui cherchait sa gorge. Alors, sa main est tombée sur une grosse pierre, qu'il a machinalement saisie pour lui balancer un grand coup sur le museau, et le chien l'a lâché dans un gémissement de douleur. Une seconde, nos regards se sont croisés. Dans ses yeux, j'ai vu toute la détresse du monde.

« Cours ! » ai-je crié.

Son expression, pétrie de douleur et d'angoisse, s'est faite déterminée et, avant que les hommes de Simón aient pu l'atteindre, Ezra est parti à toutes jambes et moi je me suis évanouie.

Je n'ai pas de souvenir du retour. C'est tout juste si j'étais consciente quand ils m'ont emmenée sur l'un des chevaux. Je n'ai pas dit un mot de tout le trajet. J'étais de nouveau muette, comme lorsque j'étais petite. Mon esprit s'était retiré comme un escargot dans sa coquille, refusant d'accepter ce qui venait de se produire. Sous le choc, mon corps entier tremblait.

À notre arrivée au manoir, toutes les lumières étaient allumées. M. Dalmau attendait auprès de Matilda et de quelques domestiques. J'ai eu la surprise de voir aussi, un peu à l'écart des autres, Johan Kreuz, un camarade d'Ezra. Que faisait-il là ? J'ai vu qu'il évitait mon regard et que son visage exprimait de la crainte. Et soudain, j'ai compris.

Une rage fulgurante m'a prise et, toute menottée que j'étais, j'ai voulu me jeter sur lui. Il a dû le sentir car il s'est replié sur lui-même comme si je l'avais frappé et s'est réfugié derrière les hommes qui avaient pris part à notre capture. Ceux-ci se sont moqués de lui, en le traitant de froussard et d'autres choses pires encore.

Simón m'a livrée comme on livre une esclave en fuite.

Le regard de mépris de Monsieur m'a terrorisée pour ce qu'il présageait. Mais j'ai trouvé en moi assez de courage pour tenter de lui rendre son mépris en me montrant sereine, même si ma tête refusait de penser au-delà de mon cher Ezra.

« Demain, vous l'emmenez à l'usine, qu'elle enchaîne les heures jusqu'à ce qu'elle en crève », a ordonné le maître.

Je l'ai à peine entendu. Une nausée m'avait assaillie à tel point que j'ai perdu pied et que je suis tombée à genoux. Je n'ai même pas senti les pierres par terre qui m'entamaient la chair. Les vomissures ont éclaboussé mes vêtements et j'ai cru que j'allais m'évanouir. Matilda s'est penchée sur moi et m'a empêchée de m'écrouler complètement. Elle m'a tenu le front pendant que je recommençais à vider le contenu de mon estomac.

« Ah, petite, qu'as-tu fait ? m'a murmuré la gouvernante.

– Elle est malade ? » a demandé une voix.

Matilda m'a regardée bizarrement, elle a fermé les yeux comme pour s'excuser, puis elle s'est tournée vers le maître :

« Non, Monsieur. Elle n'est pas malade.

– Qu'est-ce qu'elle a, alors ?

– Elle est enceinte. »

C'est là que j'ai perdu conscience.

V
Gourmandise

Ta face, que jadis j'ai pleurée morte,
me cause, dis-je, un non moins douloureux
sujet de pleurs, à la voir si difforme !
Par Dieu, qui vous effeuille de la sorte ?
Ne me fais pas parler dans la stupeur :
plein d'un autre désir, on parle mal.

69

Le faisceau de la loupe articulée éclairait la photo qu'il avait entre les mains. Il l'avait prise au téléobjectif, de nuit. On distinguait à peine le bâtiment ; ses formes, identiques à celles d'un château, se confondaient avec la nuit, mais il le connaissait parfaitement. Malgré le grain du cliché, on reconnaissait la fenêtre et la silhouette élancée de Béatrice Dalmau qui s'y penchait. C'était suffisant. Il avait ce qu'il voulait.

Son cœur avait accéléré. Il inspira et expira lentement. Se frappa la tête de ses poings. Les sentiments qui affleuraient quand il était près d'elle, quand il la regardait ou quand il entendait sa voix, étaient aussi inattendus que désespérants. Il ne pouvait pas se le permettre. Pas maintenant qu'il était si près de la fin. Maintenant qu'il comprenait tout.

Ses yeux tombèrent sur le vieux cahier relié de cuir grenat. Il passa sa main dessus lentement. Sa lecture avait été très instructive. Après tant d'années, enfin, il savait la vérité.

Derrière lui, un bruissement inquiet d'ailes se fit entendre. Il l'ignora. Il traça un cercle épais au feutre sur la photo et, avec soin, la fixa au mur près des autres.

Il fit un pas en arrière pour contempler son œuvre. Le travail de la moitié d'une vie. Maintenant tout concordait.

Il consulta sa montre : c'était l'heure. Il devait se préparer.

Quand il se leva de sa chaise, les papillons s'envolèrent de nouveau dans leur cage grillagée. Ce soir, ils étaient plus nerveux que d'habitude.

« Qu'est-ce qu'il vous arrive, mes tout beaux ? »

Il observa leur vol erratique. Peut-être eux aussi sentaient-ils la fin approcher ? Alors, baissant les yeux, il en découvrit un, au sol, immobile. Doucement, il introduisit la main dans la cage et l'en sortit. Sous la chaleur de ses doigts, le lépidoptère remua légèrement. C'était un spécimen adulte. À la lueur de la lampe, ses ailes vert émeraude veinées d'un rouge sang s'ouvrirent, dévoilant toute leur beauté. Ses quatre ocelles, ces petites taches circulaires grâce auxquelles il percevait la lumière, étincelaient dans des reflets jaunes et bleutés. L'animal voulait voler, mais ses tentatives échouaient. Il s'agita deux fois encore avant de replier ses ailes sur lui-même, sans plus bouger.

Il resta là un bon moment, à regarder le papillon mort dans sa main. Il admirait sa beauté délicate, et en même temps il regrettait intensément son absence de liberté. De façon naturelle, l'image de Béatrice Dalmau emplit ses pensées.

70

« Il faut que je vous parle. »

Álex, qui était entrée dans le bureau de l'intendant sans frapper, ferma la porte si énergiquement que les vitres en tremblèrent. Cruz leva les yeux de son ordinateur portable. Son regard était cordial.

« Sous-inspectrice ! Quelle splendide coïncidence ! J'allais vous appeler… »

Álex hésita un instant. Elle ne s'attendait pas à cet accueil. Mais elle se reconcentra immédiatement sur ce qu'elle avait à dire. Le temps pressait.

« Jean va… » Elle se racla la gorge. « Je veux dire : l'homme que nous connaissons comme Jean Cassel s'apprête à tuer Béatrice Dalmau. C'est notre assassin. »

L'intendant Cruz se rejeta en arrière sur son siège et croisa les mains. Sans changer de ton, il lui demanda :

« Vous voulez répéter ? »

Passant outre l'étrange réaction de l'intendant, Álex entreprit de lui rapporter sa conversation avec le vrai Cassel.

Quelques secondes après avoir constaté la disparition de celui qui avait été son collègue jusque-là, elle avait demandé à Vila de communiquer à la police française une photo de lui pour découvrir sa véritable identité. Ça n'avait pas été facile, puisque le faux Cassel s'était arrangé pour éviter d'être photographié. Mais il apparaissait incidemment sur plusieurs des clichés pris par Alain quand ils avaient découvert le corps de Simón. On y voyait le faux Cassel avec Álex et la juge Andrés, et son visage était parfaitement visible. Au bout de vingt minutes, le policier français que Vila avait eu au téléphone les avait rappelés pour parler à Álex : ils l'avaient identifié.

Son vrai nom était Marc Levine. À la surprise de tous, le policier ajouta que Levine avait appartenu à la Gendarmerie nationale. À peine deux mois plus tôt, il avait quitté le corps sans donner d'explications. Levine était connu pour son caractère conflictuel et indépendant, il avait même plusieurs épisodes d'insubordination à son actif, sa démission leur avait donc paru parfaitement logique. Son inexpérience de la montagne était elle aussi simulée : pendant cinq ans, Levine avait fait partie du GIGN, le Groupe d'intervention de la Gendarmerie nationale, l'une des unités d'élite les plus prestigieuses au monde. C'était un spécialiste émérite des missions de sauvetage en haute montagne. Tandis qu'elle écoutait ce palmarès de la bouche de l'agent français, Álex se remémorait le jour où elle l'avait rencontré à la station de ski, engoncé dans son costume ridicule.

Après le meurtre de Latour, Levine, connaissant parfaitement la procédure, avait attendu que soit désigné pour l'enquête un agent de liaison en France. Puis il avait contacté le commissariat de Toulouse en se faisant passer pour un policier espagnol et était entré en communication avec le vrai Cassel par courrier électronique. Il l'avait convaincu que sa présence sur place n'était pas nécessaire et lui avait promis de le tenir constamment informé. Ils coopéreraient à distance. Et c'est ce qu'il avait fait, lui envoyant périodiquement des rapports. Ç'avait été un coup très audacieux, mais si le véritable Cassel n'avait pas appelé Álex directement, jamais Levine n'aurait été démasqué.

Ils s'étaient demandé ce qui avait pu pousser un ex-gendarme à planifier et à perpétrer tous ces meurtres. Ils n'avaient trouvé aucune réponse à cette question, jusqu'à ce que Vila découvre que Levine était d'origine juive. Sur les listes de disparus que leur avait fournies le Centre Sefarad-Israel, ils avaient identifié trois personnes avec ce même patronyme. On pouvait facilement en conclure qu'il s'agissait de membres de la famille du faux Cassel, morts d'avoir travaillé comme des esclaves dans cette colonie. Vraisemblablement, Marc Levine avait voulu les venger en assassinant tous les responsables. Mais on ne pourrait être sûr de rien tant qu'on ne l'aurait pas capturé.

Même s'il était toujours porté disparu, ils savaient ce qu'il comptait faire à présent. Comme si c'était un jeu pour lui, Levine leur avait laissé par écrit le nom de sa prochaine victime : Béatrice Dalmau.

Une fois achevée l'explication fébrile d'Álex, l'intendant Cruz eut un sourire qui s'élargit d'une oreille à l'autre.

« Asseyez-vous, s'il vous plaît. »

Álex ne comprenait plus rien, mais elle obéit et s'assit.

« Ce qui veut dire, commença Cruz, l'air pensif, que pendant tout ce temps… vous vous êtes laissé mener en bateau.

– Il ne s'agit pas…

– Si ! Si, il s'agit de ça ! » hurla Cruz, en se levant brutalement de sa chaise. Il ferma les yeux et inspira profondément. Puis, un sourire mielleux aux lèvres, il lui assena : « Vous êtes venue ici en star, et la seule chose dont vous avez fait la preuve, c'est de votre incompétence. »

Álex sentit la colère monter en elle, mais elle réprima son envie de répondre à l'intendant.

« Vous avez raison ; nous pouvons en reparler plus tard et j'assumerai mes responsabilités. Mais là, tout est une question de temps. Il faut envoyer une patrouille au manoir pour… »

Cruz leva une main pour la faire taire et reprit d'un ton posé :

« Il y a moins d'une heure, j'ai reçu un appel de Paris.

Vous oubliez un peu trop souvent que c'est moi qui suis le responsable de cette fichue Police régionale des Pyrénées occidentales. Ce Levine est un homme particulièrement brillant, semble-t-il, même si vous embobiner n'a pas dû être bien difficile. Les Français le considèrent comme un individu extrêmement dangereux de par sa préparation tactique et sa maîtrise des armes à feu. Sans nul doute, c'est lui notre mystérieux moine.

– Bien. Nous devons…

– Je vous en prie, sous-inspectrice ! » L'intendant se pencha, les deux poings appuyés sur la table. « Vous arrivez trop tard. Tout est déjà prêt. Il n'est nullement besoin d'envoyer aucun agent au manoir. La police française a localisé Levine. Son téléphone a borné dans une maison à Aulus-les-Bains. » Álex sursauta en entendant le nom du village. « Une maison de famille, apparemment. C'est là qu'il se cache. L'opération, en collaboration avec les forces de sécurité françaises, est déjà en marche.

– Quand partons-nous ? »

Cruz écarquilla les yeux, feignant la surprise.

« Nous ? »

Il eut un claquement de lèvres dédaigneux, en secouant la tête. Son sourire s'élargit encore, découvrant ses incisives.

« Vous, vous n'allez nulle part.

– Mais… que voulez-vous dire ?

– Vous savez quoi, sous-inspectrice Serra ? Moi aussi, j'ai des amis. »

D'un petit coup sec, il fit pivoter son ordinateur vers elle. La vidéo en noir et blanc était de piètre qualité, comme le sont la plupart des bandes des caméras de surveillance. Malgré tout, il était facile de la reconnaître, à genoux, s'agrippant la tête à deux mains. Même sans son, n'importe qui pouvait s'apercevoir qu'elle était en train de hurler. Sur l'image suivante des caméras de l'entrepôt, on voyait Manel, son coéquipier à Barcelone. Quelques secondes plus tard, une silhouette bougeait dans son dos à découvert. Álex, au fond, levait le bras, arme au poing, et trois éclairs emplissaient l'écran. Le dos de Manel s'arquait, avant qu'il ne s'affaisse à terre. Enfin la scène disparut dans un fondu au blanc.

« Vous n'allez absolument rien faire, déclara Cruz en détachant chaque syllabe. Vous aviez été débarquée avant de vous présenter ici, chez moi.

– Mais bon sang, écoutez-moi, Cruz…

– Intendant Cruz, pour vous. Je vous ai assez écoutée tous ces jours-ci. Je ne sais pas comment vous vous êtes débrouillée, sûrement en couchant avec qui il faut. Mais ça n'a plus d'importance. Cette fois, vous êtes virée. Vous m'avez compris ? Vi-rée… »

Cruz continuait à déblatérer, mais Álex ne l'entendait pas. Dans ses oreilles, il n'y avait plus que les battements de son cœur, de plus en plus rapides. Elle sentit à peine la douleur quand ses ongles se plantèrent dans la chair de ses paumes. Sa vue se brouilla. Elle ferma les yeux. Cruz brandissait sur elle un doigt accusateur tout en continuant à pérorer. Dans la tête d'Álex, une voix lui disait que ce n'était pas une bonne idée, vraiment pas. Cette même voix l'exhortait au calme.

Elle rouvrit les yeux au moment où Cruz s'arrêtait de parler. L'intendant la regardait, tête penchée, l'air mécontent.

« Vous êtes idiote, ou qu'est-ce qui vous arrive, bordel ? »

Le bras d'Álex partit en arrière avant même qu'elle en soit consciente. Il traça un arc de cercle et projeta son poing en avant. L'impact éjecta Cruz, qui trébucha contre sa chaise et s'étala par terre, dans un grand fracas et un méli-mélo de bras et de jambes.

Álex quitta le bureau très calmement, poursuivie par les invectives de l'intendant. Tous les regards la suivirent jusqu'à sa sortie du commissariat. Une fois dans la rue, elle prit une grande goulée d'air, qu'elle expira lentement. Elle se sentait mieux.

71

Albert García, le responsable de la station météorologique, dédaignait la dizaine d'écrans qui s'étalaient derrière lui. Adossé à son fauteuil, les deux pieds sur la table, il sirotait bruyamment son Coca-Cola à la paille. De ses doigts gras, il ramassait les dernières miettes de chips au fond du paquet. Son attention était tout entière concentrée sur un seul écran : celui du téléviseur portable. Il ne restait plus que trois minutes pour éviter la tragédie.

Leur équipe avait besoin d'un autre but, un seul, et les joueurs n'avaient rien fait d'autre pendant tout ce match à domicile que laisser passer une occasion après l'autre. Le 2-1 semblait inamovible et ce ne serait pas suffisant s'ils voulaient avoir des possibilités au match retour.

Le signal de télévision n'était pas le meilleur qui soit, là-haut, alors de temps en temps l'image gelait. Ce qui augmentait encore la mauvaise humeur d'Albert. Il était furax depuis le début de la semaine parce que son pote Rafa avait dégoté des places en tribune. Des places en tribune pour le match de l'année ! Son ancien camarade de classe l'avait invité, mais juste ce jour-là il était de garde et, bien entendu, il n'avait trouvé personne qui veuille bien le remplacer.

Quand il était à la fac, il s'imaginait voyageant dans des lieux exotiques pour diriger des études météorologiques de portée internationale. Il ne pensait pas qu'il finirait comme simple opérateur, perdu en pleine montagne. À tous les coups, la vie d'un videur de boîte de nuit devait être largement plus passionnante que la sienne. Depuis qu'il travaillait là, ses seules responsabilités avaient été de s'occuper de la maintenance des appareils de mesure automatisés et, deux fois par semaine, de passer la nuit au Centre de prévisions atmosphériques des Pyrénées, qui recevait les données en temps réel et contrôlait le risque d'avalanches. Des tours de garde de douze heures à observer des variations climatiques qui… ne variaient pas. Il était à ce poste depuis trois ans et le plus excitant qu'il ait eu à connaître, c'était quand un renard avait cassé une antenne qu'il avait fallu réparer.

Les systèmes étaient si autonomes que la présence physique des techniciens se révélait inutile. Pourtant il était là, obligé d'y passer la nuit au moment où se déroulait le match le plus attendu de la saison, en pleine neige, à deux mille mètres d'altitude et plus de trente kilomètres de toute habitation.

La clameur du public jaillit dans les haut-parleurs du téléviseur. Deco avait rattrapé une balle au centre du terrain, au nez et à la barbe des joueurs de Chelsea. Toute l'équipe du Barça se lança à l'attaque. Il restait une minute de prolongations. La passe du milieu de terrain fut millimétrique jusqu'à la jambe de Xavi, qui évita Carvalho dans une subtile rotation du bassin. Il avança sur la surface, attirant les deux défenseurs, et leva la tête. Albert se demandait comment il était fichu de regarder autour de lui, entouré d'adversaires, tout en courant, le ballon entre les pieds. L'horloge au coin de l'écran indiquait qu'il ne restait que quelques secondes avant la fin du temps de jeu. L'arbitre porta le sifflet à ses lèvres. Ce serait la dernière action.

La passe de l'extérieur de Carvalho entre les lignes fut

spectaculaire. Albert s'emmêla presque les pieds en sautant de son siège pour coller son visage à l'écran. Iniesta, sorti de nulle part, déboula au bord de la surface. La défense de Chelsea était à la ramasse. Lampard courut comme un dératé pour essayer de l'intercepter mais il savait qu'il était trop tard. Le tout jeune milieu de terrain s'apprêta à shooter et… l'image se figea.

« Non ! »

Albert ne voulait pas le croire. Même si c'était inutile, il frappa et secoua le petit téléviseur, au point de presque arracher l'antenne. Quand ça arrivait, il fallait toujours plusieurs minutes pour que le signal revienne. Debout, il se mit à jurer et à tempêter contre Televisión Española, son chef et ce boulot de merde. D'un coup de pied, il envoya valser la corbeille qui roula, déversant canettes, restes de pizza et papiers, pour atterrir contre la porte.

Soudain, un bip strident emplit la pièce. Au début, Albert crut que c'était son explosion de colère qui l'avait provoqué. Puis il s'aperçut que la moitié des voyants du panneau de contrôle qui couvrait le mur clignotait furieusement. Un instant, il oublia le match pendant qu'il essayait de comprendre ce qu'il se passait. Il débrancha l'alarme acoustique et observa ses écrans.

Quelque chose avait changé dans les graphiques. Ses doigts coururent à toute vitesse sur le clavier, qui occupait une table entière. Deux des écrans affichaient de nouvelles images ; c'étaient les webcams des stations. Elles n'étaient pas vraiment utiles d'ordinaire, mais cette fois, il détecta là aussi un subtil changement de paysage, que seul un œil aguerri comme le sien pouvait percevoir. Il lança une impression des résultats. Il s'assit pour attendre, sans quitter des yeux les écrans, sa semelle gauche battant le sol de plus en plus impatiemment. Le bourdonnement de l'imprimante le fit sursauter. Il s'élança vers la machine et tira sur le papier continu qui sortait avec une lenteur exaspérante.

Alors qu'il lisait les colonnes de données, son inquiétude initiale se mua en frayeur.

Les prévisions avaient changé du tout au tout. Jamais il n'avait vu une chose pareille. Il déglutit, hésitant sur la personne à appeler. Il avait beau ne pas être croyant, c'étaient ces mots qu'il ne cessait de marmonner en même temps qu'il composait le numéro en tête de sa liste de téléphones d'urgence :

« Mon Dieu. Mon Dieu. Mon Dieu… »

72

Quand elle entra, ce qui surprit le plus Álex fut le silence. On n'entendait pas le flux d'air de la machine de ventilation artificielle parce qu'elle n'était plus là. Pas non plus le bip régulier de la surveillance cardiaque, même si le scope, lui, était toujours dans la pièce. On ne lui administrait plus de médicaments, et seule une poche de morphine était encore accrochée au pied à sérum.

La chambre, plongée dans la pénombre, n'était éclairée que par la veilleuse indirecte allumée au-dessus du lit. À travers le store, on devinait les lumières de la ville qui pâlissaient au loin, comme des centaines de vers luisants. Au-delà, les forêts et les montagnes restaient occultées derrière un manteau de ténèbres.

Son père semblait dormir. Sa poitrine montait et descendait par à-coups sous la blouse délavée. Il n'avait que la peau sur les os ; c'était incroyable le poids qu'il avait perdu au cours des derniers jours. Ses pommettes ressortaient comme deux îles dans son visage émacié. Ses lèvres étaient si serrées qu'on aurait dit deux lignes bleues parallèles, comme s'il s'obstinait à ne rien laisser échapper. C'était un vieillard, mais il faisait penser à un petit enfant sans défense.

Álex ne remarqua la présence du docteur Canellas, sur le seuil, que lorsqu'il se manifesta.

« Bonsoir. »

Elle ne répondit pas. Elle regardait les mains du médecin : il ne savait pas où les mettre.

« L'infection a envahi tout son corps. Il est entré dans le coma. » Il fit une pause. « Il ne se réveillera plus. Je… je suis désolé. »

Álex leva les yeux sur le médecin et acquiesça en silence. Canellas lui adressa un sourire de circonstance. Sans rien dire de plus, il se retira et referma la porte doucement derrière lui.

Álex tentait de contrôler sa respiration mais le masque lui collait au nez à chaque inspiration. La pièce sembla rétrécir. Elle retira le masque d'un geste, se débarrassa des gants en latex et laissa tomber le tout par terre.

Sa main tremblait quand elle l'approcha de la joue de son père. Précautionneusement, comme si en le touchant elle risquait encore de le réveiller, elle caressa son visage. Sa peau était glacée, tendue sur l'ossature. De petites plaies lui étaient venues aux commissures des lèvres. Elle prit un peu de crème hydratante du pot sur la table de nuit et la lui appliqua lentement, par petits cercles, jusqu'à ce qu'elle ait disparu. Elle se rappela que quand elle était enfant, il lui passait de la crème après sa douche, et ça les faisait bien rire tous les deux. Il lui disait qu'il était son masseur personnel.

Elle coiffa un peu sa mèche grise. Arrangea ses draps et le borda. Puis elle s'assit près de lui. Elle prit sa main restée hors des draps et entremêla ses doigts aux siens. Confusément, elle attendait encore une réaction de sa part.

« J'ai merdé une fois de plus, papa. Et tu n'es plus là pour me passer un savon. Au moins, il me restait ça, et maintenant je l'ai perdu. Je ne pourrai pas non plus te dire tout ce que je ne t'ai pas dit. » Sa voix se brisa. « Je ne pourrai jamais te demander pardon. »

Elle s'allongea au bord du lit et posa la tête sur la poitrine de son père. Bercée par les battements espacés de son cœur, elle s'endormit.

Son portable se mit à vibrer dans son manteau qu'elle avait laissé accroché au dossier de la chaise. Le bourdonnement réveilla Álex. Quand elle le sortit, prête à rejeter l'appel, elle vit l'heure sur l'écran et fut surprise d'avoir dormi si longtemps.

Elle regarda son père pendant que l'appareil tressautait entre ses doigts. Elle avait reconnu le numéro du commissariat de La Seu d'Urgell. En soupirant, elle passa le doigt sur l'icône verte. À l'autre bout du fil, les voix de Vila et d'Alain lui parvinrent ; ils parlaient en même temps.

« On l'a retrouvée.

– Retrouvée ? Qui ça ? »

De sa bouche ne sortait qu'un chuchotement. Elle avait la gorge aussi sèche que du papier à cigarette.

« Camille Dalmau… Son nom de jeune fille, c'était Folcaux ! s'écria Vila. On a découvert où elle était par hasard alors qu'on finissait de rassembler les pièces du dossier. Hier, on a reçu un papier de l'état civil. »

Álex plissa les yeux. Elle ne comprenait rien à ce que disait la jeune agente. Puis son esprit assimila l'information. Camille Dalmau : la femme d'August Dalmau ! Peut-être la dernière personne vivante à savoir ce qu'il s'était passé à la Colonie tant d'années plus tôt qui pourrait être à l'origine de tous ces crimes.

« Mais… elle n'était pas morte ?

– Ça ne devrait pas tarder », fit Alain en riant, avant de se reprendre, honteux : « Je suis désolé. Je voulais dire… qu'elle doit être très âgée.

– Nous n'avons rien su de son existence jusqu'ici parce que, en quelque sorte, elle avait quitté ce monde, expliqua Vila.

– Pardon ?

– Elle a décidé de consacrer sa vie à Dieu. » Álex entendait le tapotement d'Alain sur les touches de son ordinateur. « Voyons voir. Oui, voilà : Mme Dalmau est entrée au couvent des sœurs sacramentines de Vic. C'est une congrégation cloîtrée. Elle y est depuis presque vingt ans. »

Subitement, Álex pensa à quelque chose.

« J'ai été suspendue et écartée de l'affaire. Ce coup de fil pourrait vous compromettre. »

Un bref silence se fit.

« Désolé, sous-inspectrice, mais nous n'avons reçu aucune communication officielle, déclara Alain. En ce qui nous concerne, vous continuez à être notre chef. »

Álex sourit.

« Étant donné, poursuivit Vila, que l'intendant ne nous autorise pas à participer au dispositif d'arrestation de… de Jean… » Álex l'entendit déglutir avec difficulté. « … nous pensons qu'il est de notre devoir de continuer à enquêter. On ne connaît toujours pas le mobile des crimes.

– Vous croyez vraiment que c'est… lui ? »

Alain venait de murmurer ces mots.

Álex leur dit qu'elle rappellerait plus tard et raccrocha.

Aussi bien Vila qu'Alain, chacun à sa manière, avaient été très affectés par ce qui venait d'arriver. Il était difficile d'admettre que l'homme qui avait été tout le temps à leurs côtés puisse être l'auteur de ces crimes.

Álex s'aperçut avec surprise que jusqu'ici elle avait évité de se confronter à ce qu'elle ressentait. Elle l'occultait sous des couches d'indifférence, comme elle l'avait toujours fait. Elle pensait pouvoir l'oublier mais c'était là, à lui ronger l'âme.

Elle ferma les yeux et laissa ses sentiments remonter à la surface.

Furieuse. Elle était furieuse d'avoir été trompée et manipulée, mais surtout elle se sentait… blessée. La trahison de Cassel, ou quel que puisse être son foutu nom, lui avait fait beaucoup plus de mal qu'elle ne voulait bien se l'avouer.

Après tant de temps, elle s'était décidée à refaire confiance à quelqu'un, et finalement tout n'avait été qu'une immense mascarade.

Elle posa les yeux sur son père. Sa cage thoracique reproduisait, encore et encore, le même mouvement brusque à l'expiration. C'était le seul indice qu'il était toujours en vie. Elle se demanda comment il réagirait, lui. Penchée sur lui, elle lui caressa le crâne du bout des doigts. Il avait l'air si fragile et sans défense. Elle l'embrassa sur les lèvres, comme il le faisait quand elle était petite : elles étaient fraîches et sèches. Il sentait son eau de Cologne préférée.

« Je t'aime, papa. »

73

Le couvent des sœurs sacramentines se situait dans une ruelle étroite du vieux centre de Vic. C'était un robuste bâtiment en pierre naturelle. Ses trois étages, jalonnés de fenêtres grillagées, rappelaient un édifice médiéval, bien qu'il ait été construit à la fin du XIXe siècle.

Elle dut appuyer longtemps sur la sonnette avant qu'une vieille femme n'entrouvre une petite porte. Elle était toute de noir vêtue, et son corps ployait tant sous le poids des ans qu'elle devait lever la tête pour regarder Álex. Celle-ci lui présenta sa carte et la femme lui fit signe de la suivre dans un couloir sombre qui dégageait une forte odeur de Javel.

La vieille femme traînait ses pantoufles fleuries en marchant, et le crissement du caoutchouc les accompagna le temps d'arriver dans une petite pièce sans fenêtres, meublée d'une table ronde, d'une armoire et d'une demi-douzaine de chaises en skaï jaunies par le temps. Un radiateur électrique chauffait la pièce, qui avait l'odeur d'une vieille armoire qu'on n'aurait pas ouverte depuis des lustres. La servante lui fit signe d'attendre et s'en alla.

Trop nerveuse pour s'asseoir, Álex resta debout, à faire les cent pas dans la pièce.

Au bout de plusieurs minutes, elle consulta sa montre.

Elle avait quitté l'hôpital à l'aube et elle avait à peine dormi. Elle regarda les murs autour d'elle. Le silence de ce couvent était si profond que les bruits de la rue n'arrivaient que dans un lointain écho. Du coup, elle se sentait enfermée. Et elle détestait les lieux fermés. Elle toussa. Une désagréable sensation d'oppression commençait à naître dans sa poitrine. Elle toussa encore. Son cerveau lui fit évaluer la quantité de poussière amassée et l'étroitesse de la pièce. Il y faisait aussi beaucoup trop chaud… Lâchant un juron, Álex coupa court aux dérives de ses pensées. Elle inspira et se concentra sur le rythme de ses respirations.

Alors qu'elle commençait à se demander si la vieille domestique n'avait pas oublié qu'elle était là, à attendre, celle-ci réapparut, accompagnée d'une autre femme d'âge moyen, pas très grande mais bien en chair, vêtue de l'habit de la congrégation.

La religieuse l'invita à s'asseoir et, après avoir elle-même pris place en face d'Álex, elle tira à elle une vieille boîte de biscuits oxydée.

« Notre principale occupation est la confection de pain eucharistique. Les restes non consacrés sont mis en vente comme friandise. Voulez-vous goûter ? fit la bonne sœur en ouvrant la boîte.

– Non, merci. »

La sœur croisa ses doigts boudinés sur son ventre et sourit.

« Je suis sœur María, la mère supérieure de ce couvent. Dites-moi : que peut bien nous vouloir la police ? »

Álex remua sur sa chaise. Quand le skaï crissa sous son pantalon, elle retint une moue de dégoût et se résolut à bouger le moins possible.

« Je suis désolée de vous déranger, ma sœur. Je mène une enquête et j'ai besoin de votre aide.

– Notre aide ? fit la religieuse, ostensiblement dubitative. Peut-être ne le savez-vous pas, mais ce couvent est un couvent de clôture. Nos règles ne nous autorisent à parler entre nous que quelques minutes par jour. Aucune religieuse de cette congrégation n'a de contact avec l'extérieur, sauf moi, du fait de mes fonctions. J'ignore comment nous pourrions vous aider...

– Il faut que je lui parle. »

L'apparente décontraction de la bonne sœur s'évanouit et un léger affolement passa sur son visage. Álex remarqua qu'elle hésitait à répondre. Finalement, elle se décida.

« Elle ne reçoit aucune visite. Elle n'a vu personne depuis des années. »

Álex se pencha vers la mère supérieure et posa la main sur son avant-bras. Sœur María sursauta ; peut-être aucun être humain étranger à ces murs ne l'avait-il touchée depuis bien longtemps.

« Écoutez, vous vous occupez du mal spirituel, moi, je m'occupe du mal terrestre. Je comprends vos réticences, mais la situation est exceptionnelle. Cette femme détient une information que personne d'autre ne possède. Son témoignage pourrait être capital pour arrêter un assassin qui a l'intention de tuer à nouveau dans les prochaines heures.

– Et si vous lui parlez, vous pourrez... le capturer ?

– Sans le moindre doute ! » mentit Álex avec conviction.

En réalité, c'était une intuition qui l'avait amenée là. Et il s'agirait très certainement d'un nouveau cul-de-sac.

Sœur María tourna la tête, les joues embrasées. Ses doigts cherchèrent à tâtons le crucifix sur sa poitrine tandis que ses yeux reflétaient le conflit intérieur qui était le sien. Elle commença par secouer la tête.

« Il faudrait que j'en parle à l'évêché... »

Álex décida d'abattre sa dernière carte.

« Le facteur temps est crucial. Le meurtrier peut de nouveau frapper à tout moment. Et s'il le fait, êtes-vous disposée à en assumer la responsabilité ? Pensez-vous pouvoir vivre avec ce poids sur la conscience ?

– Entre ces murs, Dieu est le seul à nous juger.

– Eh bien, je les abattrai, vos murs ! » Álex laissa libre cours à la rage accumulée au fil des jours. « Je reviendrai avec un mandat et je m'assurerai que cela fasse beaucoup de bruit. Les médias sauront que quelqu'un est mort assassiné à cause de votre refus. On verra votre cher couvent dans les journaux télévisés de tout le pays. Les caméras seront braquées sur vos portes jour et nuit pendant des semaines.

– Vous… vous seriez capable de… ? »

La mère supérieure la dévisageait, horrifiée.

« De ça et plus encore, ma sœur. »

Les yeux de la religieuse se mouillèrent. Álex s'en voulait de faire ainsi pression sur la pauvre femme, mais elle n'avait pas le choix. Si elle décidait d'appeler ses supérieurs ou le commissariat, tout était fini.

La mère supérieure se leva.

Sœur María marchait d'un bon pas dans la galerie du cloître, précédant Álex qui tentait de ne rien laisser paraître de sa nervosité. Elles croisèrent deux sœurs, qui passèrent près d'elles sans même lever les yeux ni chuchoter un mot. Álex eut l'impression que les religieuses flottaient plus qu'elles ne marchaient, tels des êtres éthérés.

La mère supérieure tira d'entre les plis de son habit un trousseau de clés et ouvrit une porte, dans un angle du cloître. Quand elle la poussa, les gonds grincèrent, brisant le silence ambiant. Derrière, des marches en pierre plongeaient dans le noir.

« Sœur Úrsula, ainsi qu'on l'a appelée quand elle est entrée chez nous, n'a plus eu de contact direct avec aucun être humain depuis de nombreuses années. Elle est, pour notre communauté, un modèle de piété et de sacrifice », expliqua sœur María, tandis qu'elles descendaient l'escalier. Devant elles, la lumière blafarde d'un tube de néon éclairait une salle circulaire creusée dans la roche et une demi-douzaine de portes de petite taille.

« Elle est venue à nous dans une grande altération de l'esprit. » La voix de la religieuse était un murmure qu'Álex entendait à peine. « Quand elle a sollicité son admission dans notre congrégation, elle n'a émis qu'une condition : qu'on lui permette d'adopter la règle la plus stricte de la clôture. Selon ses propres mots, elle avait besoin de se purifier.

– Quelle règle ?

– Un isolement total, pour la communion de l'âme avec Dieu. »

Elles s'arrêtèrent devant l'une des portes, que rien ne différenciait des autres. Elle comportait un guichet à hauteur de buste, d'où ressortait une espèce de tablette. Sœur María la désigna.

« Deux fois par jour, on lui dépose ici un plateau de nourriture. C'est elle-même qui, de l'intérieur, fait tourner la tablette, puis, quand elle a fini, elle renvoie le plateau. Vous ne pourrez la voir que si elle accède à votre demande. Écrivez ce que vous désirez sur un papier et nous le lui passerons. Si elle accepte de vous rencontrer, la tablette tournera vers nous et nous y trouverons une pièce ronde, comme une pièce de monnaie. »

La mère supérieure lui tendit un petit bloc et un stylo.

« J'écris ce que je veux ?

– C'est cela. Mais bien gros. Notre sœur n'a pas une bonne vue. »

Álex réfléchit un instant avant de noter un seul et unique mot. Elle souhaita de toutes ses forces que ce soit suffisant. Si l'intuition qui l'avait menée jusque-là n'était pas erronée, ce serait le cas.

Sœur María plaça le morceau de papier plié sur la tablette et la fit tourner. Le silence les accompagna dans l'attente. Comme cinq minutes étaient passées, la religieuse secoua la tête et fit signe à Álex de la suivre vers la sortie.

« Je suis dé… »

Un grincement les cloua sur place. Quand elles tournèrent les yeux vers la porte, un petit disque en bois reposait sur la tablette.

74

Assis dans un coin de la fourgonnette Renault, l'intendant Cruz tentait de cacher le bleu qui couvrait sa pommette et une partie de son œil gauche, conséquence du coup de poing de la sous-inspectrice. Le médecin avait diagnostiqué une fissure. Il lui avait donné des calmants mais Cruz avait toujours mal.

Quelle foutue salope. C'était sûrement une gouine, ou quelque chose du genre. Elle l'avait eu par surprise, c'était pour ça, et parce qu'il avait trébuché sur la chaise, qu'il s'était retrouvé par terre après son coup de poing. En fait, cette bonne femme n'était qu'une mauviette. Mais elle ne perdait rien pour attendre. Il allait se faire un plaisir de la faire virer de la police.

Il observa les hommes qui l'entouraient à l'intérieur du véhicule. Tous avaient le visage dissimulé sous une cagoule. Le groupe d'assaut était composé de dix agents du Raid, arrivés de Bièvres, en banlieue parisienne, tôt le matin.

Il fallait bien admettre qu'ils inspiraient le respect. Le moins grand d'entre eux avait une tête de plus que lui, et Cruz n'était pas un homme petit. Mais le plus impressionnant, c'était leur silence pendant qu'ils finissaient d'ajuster leurs gilets ou qu'ils se harnachaient de leurs lourds casques MSA Gallet. Ils étaient équipés de pistolets-mitrailleurs HK MP5 à longs chargeurs et de pistolets semi-automatiques Glock, qu'avec une précision méthodique ils vérifiaient consciencieusement. Gainés dans leurs vêtements noirs, ils avaient l'air vraiment dangereux. Cruz sourit : ce serait du gâteau. Certes, comme il se trouvait en territoire français, il n'aurait qu'un rôle de simple observateur, mais il se chargerait de fignoler sa version pour l'Espagne, histoire que le mérite de cette capture lui revienne à lui.

Dès le départ, il ne l'avait pas senti, le petit Français. Cassel, Levine, ou quel que soit son nom, il les avait drôlement bien baladés avec ses manières polies et sa dégaine qui ne payait pas de mine. Quel meilleur moyen pour éviter d'être découvert que de faire partie de l'équipe qui enquête sur les crimes que l'on commet. Voilà pourquoi il avait toujours eu une longueur d'avance sur eux. Il fallait reconnaître qu'il avait été brillant. Les médias pouvaient bien les passer à la moulinette, heureusement, ils allaient lui mettre la main dessus et la nouvelle de son arrestation éclipserait les erreurs commises. Et au pire, Serra était la responsable de toutes les failles de l'enquête, y compris d'avoir admis Levine dans son équipe. Et c'est ce qui figurerait dans le rapport.

Il entendit quelques mots murmurés en français. En face de lui, un homme plus petit que les autres mais non moins baraqué s'adressait à l'équipe. Le commandant Brasset prodiguait ses ultimes instructions à ses hommes. À côté de lui une femme était assise, une négociatrice venue sur les lieux dans l'hypothèse improbable où l'assaut raterait et où Levine se retrancherait dans la maison.

Dehors, un autre groupe avait pris position, ainsi que trois tireurs d'élite postés sur les toits alentour. La maison se trouvait à l'une des sorties du village, un peu à l'écart du centre urbain, ce qui réduisait la possibilité de dommages collatéraux.

C'était une habitation de deux étages, en pierre, avec une toiture en ardoise noire. Un muret d'un mètre à peine entourait la propriété. Elle ne se distinguait en rien des autres maisons du coin, si ce n'est que, avec son jardin en friche, elle semblait inhabitée. Nul n'aurait pu croire que c'était la tanière d'un assassin. La parcelle était assez vaste, sauf du côté qui jouxtait la rivière, constellé d'arbres, d'herbes hautes et de buissons, ce qui rendrait l'approche des agents plus difficile.

Le commandant Brasset attendit que toutes les équipes confirment qu'elles étaient en place, puis, collant l'émetteur sur sa bouche, il donna l'ordre.

Ils se glissèrent hors de la fourgonnette. Cruz sentit l'excitation s'emparer de son corps tandis qu'il traversait la rue, plié en deux. Il n'était pas armé. On lui avait dit qu'il pouvait participer à l'opération du moment qu'il restait derrière.

L'équipe se déploya devant la maison, à couvert du mur. Même s'il ne voyait pas l'autre groupe d'assaut, Cruz savait par la radio qu'il était aussi en position.

Les agents de la gendarmerie s'étaient disséminés dans le village pour empêcher les habitants de sortir de chez eux, et ils avaient fermé l'accès aux rues autour de la maison cible. Voilà pourquoi, à cette heure de la matinée, le village semblait désert. Seul l'aboiement lointain d'un chien perturbait le silence.

Soudain, on entendit plusieurs moteurs. Quelques secondes plus tard surgissait au bout de la rue un monospace. Il s'arrêta devant les véhicules de la police qui barraient le passage. À un autre barrage, dans une rue perpendiculaire, surgirent deux autres voitures. Au loin, sur la route principale d'accès à Aulus-les-Bains, on voyait approcher d'autres véhicules. Tous portaient imprimés sur les côtés les logos de diverses radios et télévisions espagnoles et françaises.

« Bordel de merde… » jura le commandant Brasset.

Pendant que des caméramans se mettaient en quête du meilleur angle, des reporters commençaient à faire des essais de micro. Les gendarmes suaient sang et eau pour les contenir.

« Qui a lâché l'info aux journalistes ? »

Cruz, sans répondre au commandant, essaya de se montrer tout aussi indigné que lui. En même temps, il ne cessait de se répéter ce vieux dicton selon lequel « ce qui n'est pas su n'existe pas ». Brasset secoua la tête avec un soupir. Il jeta un dernier coup d'œil suspicieux à Cruz et se pencha sur son émetteur.

« *Go!* »

Un groupe d'hommes surgit de derrière les arbres et se déploya rapidement sur le terrain. À l'avant couraient trois agents armés de boucliers balistiques. Au milieu de la première équipe, un policier particulièrement costaud portait un lourd bélier. En quelques secondes, ils atteignirent la porte de la maison. Le chef d'équipe leur ordonna par gestes de se séparer. La moitié du groupe se scinda en deux files de part et d'autre de la porte, armes au poing, tandis que les autres se postaient aux fenêtres. Au moment où ceux-ci lançaient des grenades à l'intérieur, l'agent qui portait le bélier s'attaqua à la porte. Il ne lui fallut pas plus de deux coups pour que la serrure saute dans des éclats de bois et que la porte s'ouvre à grand fracas. Les hommes embusqués de chaque côté s'élancèrent à l'intérieur au cri de :

« Police ! »

Brasset fit un signe à Cruz et tous deux avancèrent vers la maison. Cruz se retourna ; les caméras étaient braquées sur eux. Il sourit. Sa promotion était à portée de main.

75

La porte de la cellule s'entrouvrit et une bouffée d'air chaud jaillit de l'intérieur. Álex courba la tête, prête à entrer. Sœur María la retint par le bras.

« Soyez prudente. Elle est très âgée. Et surtout, ne la touchez pas. »

Álex hocha la tête et, se dégageant, entra dans la cellule. Les sons extérieurs se trouvèrent étouffés comme si elle était tombée au fond d'un puits. L'obscurité était si épaisse qu'un instant elle fut tentée de tourner les talons. Alors elle entendit un léger craquement et une flamme éclaira la petite cambuse. Elle put ainsi distinguer les lignes d'une paillasse, d'une table au milieu et d'une seule chaise, où était assise une silhouette voûtée, près d'une bougie allumée. La porte se referma dans son dos dans un claquement sec et Álex sentit la panique sourdre en elle. Pourtant, elle serra les poings et inspira profondément à deux reprises, malgré la touffeur nauséabonde. La silhouette n'eut de réaction que quand Álex approcha et se pencha sur elle.

« Tu n'es pas elle. »

Les mots, teintés d'un fort accent français, avaient eu du mal à sortir de la gorge de la vieille femme.

« Non, madame Dalmau, en effet. »

Álex ne put distinguer son visage, dissimulé par son habit, que quand la femme se tourna lentement vers elle, à la lueur de la bougie. Elle déglutit en reconnaissant les traits de la beauté au regard glacé dont elle avait vu le portrait au manoir. Les années et les dures conditions d'une vie cloîtrée avaient fait des ravages. Le beau visage de Camille Dalmau était devenu un masque informe de pustules et de plaies. Ses lèvres tremblantes étaient une mince ligne de chair sans couleur. Un voile blanc recouvrait ses pupilles.

« C'était il y a longtemps… Personne ne m'appelle plus ainsi. »

Álex décida de ne pas perdre de temps. Mme Dalmau ou la mère supérieure pouvait se raviser à tout moment.

« Je veux savoir ce qu'il s'est passé. »

Álex posa sur la table la vieille photographie que quelqu'un avait prise bien des années plus tôt à la Colonie et l'approcha de la source de lumière. La femme poussa un geignement sec en frissonnant, ce qui inquiéta Álex, puis elle s'aperçut que la vieille dame riait.

« J'y vois à peine. » Elle se tut un instant. « Mais je n'en ai pas besoin, je me souviens bien de cette photo.

– Vous connaissez les hommes qui sont dessus ?

– Oh oui… Cette brute de Simón, le chien de garde de mon mari ; le père Guifré, toujours si friand de jeunes gens autour de lui ; Kreuz, le traître des siens ; le directeur de l'usine, Latour, un misérable lèche-bottes ; le docteur Foix, toujours si arrogant ; et enfin mon mari, August, le plus idiot de tous.

– Que signifie pour vous cette… cette image ?

– Notre damnation éternelle.

– Que voulez-vous dire ? »

La femme pencha la tête vers Álex, comme si elle allait lui faire une confidence. Elle cachait quelque chose entre les plis de son habit, prenant soin de ne pas le laisser voir. Ses iris voilés se plantèrent dans les yeux d'Álex avant qu'elle se décide à parler. On aurait dit une mante religieuse prête à dévorer sa proie.

« J'étais désespérée de ne pas pouvoir donner un héritier à mon mari. Il n'a pas tardé à m'être infidèle. Il choisissait les ouvrières les plus séduisantes pour les faire travailler au manoir. August était insatiable. » Elle fit une pause. « Je m'en suis toujours remise au Très-Haut et j'ai prié, prié longtemps. Et alors que je commençais à perdre espoir, Dieu a eu pitié de moi.

– Comment cela ?

– Il m'a fait un cadeau.

– Quel genre de… cadeau ?

– Venu du ciel. »

Elle lâcha de nouveau son petit vagissement sec. Cette fois, Álex pensa au croassement d'un oiseau.

« Vous voulez parler de Béatrice ? Votre fille ?

– Non ! »

La main ridée de la vieille s'abattit sur le poignet d'Álex et se referma dessus avec une force inattendue. Ses ongles cassés se plantèrent dans sa chair. Elle colla son visage pustuleux à celui d'Álex qui n'eut pas le temps de réagir. La puanteur d'urine qu'elle dégageait fit monter en elle un début de nausée.

La voix de Camille devint un bredouillis inintelligible.

« Jamais je n'ai voulu rien… rien savoir d'elle. Cette… cette saleté… » Un filet de bave lui coulait de la commissure des lèvres. Son visage n'était que ressentiment. Soudain, son expression s'adoucit et elle sourit, dévoilant quelques chicots noircis. « Alors que lui… Lui était pareil à un soleil resplendissant : un ange.

– Lui ?

– On me l'a enlevé. August disait qu'il était faible, qu'il ne valait rien, et il l'a éloigné de moi. Il l'a préférée, elle.

– De qui parlez-vous ? »

La vieille femme, comme si elle n'avait pas entendu, la lâcha et se détourna d'elle. Elle poussa plusieurs gémissements plaintifs et, les bras serrés sur elle-même, se mit à se balancer d'avant en arrière sur sa chaise. Álex se leva et découvrit ce qu'elle cachait entre les plis de sa robe : un poupon en plastique auquel manquaient les yeux et une jambe. Camille Dalmau le berçait comme l'aurait fait une mère aimante.

« Mon petit. Mon tout-petit… »

Dans une tentative de réconfort, Álex posa sa main sur le bras de la femme, mais celle-ci se retourna, furibonde, et la dévisagea avec méfiance :

« Tu es qui ? Tu es qui, toi ? Tu es venue pour me prendre mon enfant ? »

Sans attendre de réponse, elle se mit à crier.

Álex bondit en arrière et recula jusqu'à la porte. Des deux poings sur le guichet, elle frappa encore et encore, sans voir apparaître sœur María, tandis que les hululements de la vieillarde résonnaient contre les murs de la petite cellule. Enfin, sans crier gare, la femme se tut. Álex cessa de tambouriner contre la porte et se tourna vers elle. La vieille était debout et la dévisageait, l'air mauvais. Sans la quitter des yeux, elle leva la main et la laissa retomber sur la bougie. Dans un chuintement, la pièce disparut, engloutie par les ténèbres. Álex, dos collé à la porte, se rappela l'obscurité qui émanait de la petite fille de ses cauchemars, et la panique commença à l'envahir.

Le claquement de la serrure lui parut un son merveilleux. La porte s'ouvrit et Álex poussa un soupir de soulagement. Comme elle sortait de la cellule, elle entendit Camille Dalmau entonner à mi-voix une berceuse.

Álex respira, heureuse de sentir à nouveau le froid de la salle circulaire. À l'odeur qui imprégnait ses vêtements, elle réprima une grimace de dégoût. Elle s'était trompée en mettant la déchéance de Mme Dalmau sur le compte des années et de ses conditions d'enfermement. Quelque chose la dévorait plus intensément encore : la haine.

Sans un mot, sœur María commença à monter l'escalier, suivie d'Álex. En haut, la lumière du soleil les accueillit. Elles traversèrent le cloître et la mère supérieure la reconduisit jusqu'à la sortie. Álex lui fut reconnaissante de son silence : elle ne se sentait la force de tenir aucune conversation.

Au moment où elle allait franchir la porte, la mère supérieure la retint de la main.

« Me permettez-vous une question, sous-inspectrice ?

– Bien sûr, ma mère.

– Jamais sœur Úrsula n'avait accepté personne dans sa cellule en plus de dix ans. Qu'avez-vous écrit pour que ce miracle ait lieu ? »

Pour toute réponse, Álex lui tendit le papier qu'elle avait récupéré dans la cellule de Camille Dalmau, puis elle partit.

Sœur María referma la porte sur les bruits de la rue. Elle reprit le couloir, suivie par l'ombre démesurée de son habit. Elle respirait, soulagée. La paix du couvent avait été perturbée par la visite de cette femme policière mais, par bonheur, tout revenait à la normalité.

Elle déplia le bout de papier que cette dernière lui avait donné et lut le seul mot qui y figurait : « Béatrice ».

76

Cruz pouvait à peine contenir son irritation. Il était à l'extérieur de la maison, près du porche, à attendre au pied de l'escalier. Le commandant français, qui lui tournait le dos trois marches devant lui, ne l'avait pas autorisé à aller plus loin. Il ne s'expliquait pas ce qu'ils pouvaient bien faire là-dedans. Depuis que les hommes du groupe d'assaut étaient entrés, les minutes s'écoulaient au ralenti pour Cruz. Il fallait combien de temps à ces types pour maîtriser un seul homme ? Était-il possible qu'il oppose autant de résistance ? Mais alors, on aurait dû entendre des coups de feu. Mort, il servirait tout autant ses intérêts, mais une arrestation, les photos du criminel menotté et le procès qui s'ensuivrait seraient plus médiatiques. Qu'est-ce qu'ils foutaient ?

Il regarda à droite et à gauche, du côté des rues attenantes. Pendant le laps de temps durant lequel le groupe d'assaut du Raid avait quitté sa position initiale et était entré dans la maison, une dizaine de médias s'étaient concentrés là et attendaient, aussi anxieusement que lui, un dénouement. Il se répéta les déclarations qu'il avait l'intention de faire dès que les gars sortiraient avec Levine menotté.

Enfin, un agent, toujours cagoulé, apparut sur le seuil et fit signe à son chef. Le commandant Brasset avança vers la maison. Cruz, sans qu'on l'y ait invité, l'imita ; il suivait l'officier français en faisant son possible pour dissimuler son excitation.

Le policier à la cagoule, qui les attendait près des vestiges de la porte, se pencha à l'oreille du commandant et lui murmura quelques mots. Il avait à la main un portable qu'il remit à son supérieur. Cruz vit le visage du commandant se crisper et entendit quelques noms d'oiseau sortir de sa bouche. Le français de Cruz était médiocre, mais il était clair que quelque chose n'avait pas tourné comme ils l'espéraient.

« Qu'est-ce qu'il se passe ? demanda Cruz au commandant.

– Suivez-moi », lui répondit celui-ci brutalement.

Ils traversèrent un couloir encombré d'agents qui s'effaçaient à leur passage. Au bout, un autre policier, le pistolet-mitrailleur en bandoulière, les attendait près d'une porte ouverte. Derrière, un escalier menait au sous-sol. Le commandant descendit les marches, Cruz collé à ses talons.

La pièce était plongée dans le noir, mais Cruz entrevit un plafond bas traversé de poutres qui les obligea à marcher en baissant la tête. Le sol en ciment étouffait leurs pas. Soudain, il sursauta : quelque chose s'était posé sur son bras. Ce quelque chose s'envola. Puis ce fut comme un effleurement entre ses doigts, qu'il chassa en secouant la main.

« Mais c'est quoi ce… ? »

Sa question resta en suspens quand la lumière vint. Les néons bleus clignotèrent un instant avant d'éclairer la pièce. Le groupe d'assaut avait rétabli l'électricité. Des dizaines de papillons voletaient d'un côté et de l'autre, effrayés. Il y en avait partout.

Cruz aperçut sous l'escalier une immense cage grillagée ; elle était presque aussi haute que lui, la porte grande ouverte. Il restait encore quelques papillons à l'intérieur, mais les autres s'étaient échappés et envahissaient maintenant le sous-sol. Il réprima une moue de dégoût. Il détestait les insectes.

Essayant d'ignorer les papillons, il examina le reste de la pièce. Dans un coin, il y avait un poêle en fer forgé et un tas de bois à côté. Deux paires de skis avec le logo fané des Olympiades de Grenoble 1968 et des raquettes de neige étaient accrochées sur l'un des murs, près d'une bibliothèque brinquebalante où s'accumulaient pêle-mêle livres et vieux numéros de la revue *Nature*.

Un bureau de style industriel occupait le mur du fond. Le commandant alluma une lampe articulée, de celles qu'utilisent les restaurateurs, qui éclaira sept grosses chemises fermées par des élastiques. Sur le rabat de chacune d'entre elles était collé un adhésif avec un nom et plusieurs chiffres. Cruz s'approcha et en ouvrit une au hasard. Une liasse de documents s'en échappa : des fiches et des rapports de police, des résultats d'analyses médico-légales, des relevés d'appels et des notes de filature. « Ce salopard avait tout un dossier sur chacune de ses victimes », lâcha Cruz à mi-voix.

Il orienta la lampe en direction du mur, faisant fuir plusieurs papillons. La lumière éclaira un pan de mur tapissé de dizaines de photos et coupures de presse.

En y regardant de plus près, Cruz reconnut plusieurs visages. L'ingénieur Latour, le recteur Guifré, Simón, le docteur Foix... Il y avait des photos de chacune de ses cibles. Beaucoup avaient été prises au téléobjectif de la rue, quand elles étaient au volant de leur voiture ou dans une maison. Visiblement, Levine avait longuement suivi ses victimes avant de commettre ses crimes. Des traits rouges traversaient le mur de part en part, à l'image d'une toile d'araignée, reliant chacune des photographies. Tous se rejoignaient en un même point : en plein milieu, la photo de Mme Dalmau était encerclée d'un trait épais qui ressemblait à du sang.

Il baissa la tête et son regard tomba sur un autre cliché

qui dépassait entre les dossiers. Il l'attrapa et, quand il l'eut approché de la lumière, pâlit : les yeux qui le fixaient étaient les siens.

Il sentit alors une présence dans son dos et, discrètement, glissa la photo dans la poche de son pantalon. C'était le commandant Brasset qui lui annonça, l'air grave :

« La maison est vide. »

L'officier français montra le téléphone qu'il tenait.

« Il appartient à Marc Levine. On dirait qu'il a tout laissé comme ça... exprès. Comme s'il voulait que nous découvrions cet endroit. »

Un papillon émergea de l'obscurité et se posa sur le portable, ses ailes vertes déployées.

Quand ils sortirent de la maison, ils furent accueillis par les flashs des appareils photo et les voix des journalistes. Le vent se leva, forçant tout le monde à s'emmitoufler dans les manteaux. Cruz fixa la montagne. Comme une prémonition du futur de sa carrière, il contempla les nuages qui s'amoncelaient sur les cimes et assombrissaient un ciel devenu noir. Cette journée pouvait difficilement être pire.

Le téléphone de Cruz vibra dans sa poche. C'était la juge Andrés. Il rejeta l'appel. Il ne supportait pas cette femme, et maintenant il allait devoir lui expliquer qu'il s'était planté. Non seulement il n'avait pas arrêté le meurtrier, mais il n'avait pas la moindre idée de l'endroit où il se trouvait. Dans sa tête, il se mit à échafauder des excuses. Il pourrait peut-être rejeter la faute sur la sous-inspectrice. Mais oui, bien sûr ! L'assassin et elle étaient amis. Voire plus. C'était elle qui l'avait prévenu. Oui, voilà : la sous-inspectrice était impliquée ! Quelquefois, Cruz était ébloui par sa propension à trouver des solutions.

Une voiture sans identification hormis la lumière bleutée sur le tableau de bord apparut au bout de la rue. Les gendarmes la laissèrent passer après avoir échangé quelques mots avec le conducteur. Elle s'arrêta devant la maison.

Du véhicule descendirent Alicia Vila et Alain Ribas, escortés d'un gendarme. L'air circonspect, ils se dirigèrent vers Cruz.

L'intendant ne prit pas la peine de dissimuler une moue contrariée.

« Qu'est-ce que vous faites ici, vous deux ? Je ne vous ai pas dit de rester en dehors de cette affaire jusqu'à nouvel ordre ?

– Nous avons une commission rogatoire, délivrée expressément par la juge Andrés, le coupa Vila, avec un large sourire.

– Intendant Cruz, je vous arrête », dit Alain d'une voix de baryton, comme s'il avait répété sa phrase pendant des heures.

D'un geste, il fit signe au gendarme d'approcher. Cruz le regardait, ahuri. Il faillit éclater de rire, mais l'expression des deux policiers le stoppa net. Avant qu'il ait pu articuler un mot, le gendarme lui passa les menottes et lui fit signe de se diriger vers la voiture.

« Mais, qu'est-ce que ça veut dire ? C'est une blague ?

– Non, cela n'a rien d'une blague, monsieur Cruz, expliqua Vila. J'ai là un mandat d'amener international. » Elle porta la main à la poche de son blouson. « Vous êtes accusé d'avoir organisé et fomenté le sabotage des installations de la station de ski Vall de Beau. »

Le gendarme, une main sur sa tête, le fit entrer dans la voiture. Quand il s'assit, Cruz sentit les menottes lui cisailler les poignets. La situation lui semblait aussi irréelle que s'il s'était trouvé dans un cauchemar sans pouvoir se réveiller. Un éclair fulgurant l'aveugla. Il tourna la tête vers la fenêtre. Tous les journalistes, photographes et caméramans avaient franchi la barrière policière et s'agglutinaient autour du véhicule.

Il s'était trompé : sa journée avait fini par être pire encore.

77

« Autant que je me souvienne, Madame n'avait pas de rendez-vous aujourd'hui », dit la domestique.

L'homme sourit, puis, aimablement mais fermement, l'écarta de son passage et entra dans le manoir, poursuivi par la vieille femme, affolée.

« Je suis certain qu'elle me recevra sans problème », assura-t-il, tout en se dirigeant vers la pièce où il imaginait trouver la maîtresse de maison.

Béatrice Dalmau posa son exemplaire de *La Vita Nuova* sur la table basse et se leva quand les portes s'ouvrirent brusquement. La pièce était plongée dans la pénombre, à l'exception d'une lampe Tiffany, seule source de lumière.

« Lieutenant, quel plaisir de vous revoir !

– Je suis désolée, madame, bredouilla la domestique, derrière Levine. J'ai essayé…

– Ce n'est rien. En fait, je l'attendais », fit Béatrice.

Elle portait un ensemble gris qui épousait harmonieusement les courbes de son corps. Comme à son habitude chez elle, il ne laissait pas le moindre bout de peau à découvert, hormis son visage. Mais elle n'en était que plus séduisante. Elle se déplaça jusqu'à un guéridon occupé par un service à boissons.

« Il fait froid, vous prendrez bien quelque chose de fort ? Une liqueur ? Un cognac, peut-être ?

– La même chose que vous, merci. »

Devant le regard inquisiteur de la servante, Béatrice fit un léger geste de la main.

« Je nous servirai. Tu peux te retirer. »

Levine attendit que la femme se soit éloignée dans le couloir pour fermer la porte.

« Ma gouvernante me traite encore comme si j'étais une enfant », déclara Béatrice, le dos tourné, tandis qu'elle versait une copieuse rasade dans chaque verre. « Elle a toujours joué le rôle de mère. La mère qu'en réalité je n'ai jamais eue.

– C'est bien dommage.

– Oh… » Elle se retourna, un sourire aux lèvres. « Ce n'est pas tout à fait ce que j'ai voulu dire. Camille a été une bonne mère, à sa façon. Petite, j'ai eu droit à une éducation extrêmement religieuse. Elle était très pieuse : elle passait ses journées à prier. Je me souviens d'elle enfermée des heures dans sa chambre. Personne n'était autorisé à entrer. Une fois… » Son visage s'assombrit. « … j'ai osé désobéir et je me suis glissée chez elle. Vous savez, la typique curiosité de l'enfance. La pièce était un vrai sanctuaire, plein de cierges, de scapulaires, de croix au mur. Elle sentait comme les églises, d'ailleurs. J'étais tellement fascinée que je ne me suis pas rendu compte qu'elle était entrée. Elle m'a punie, évidemment. Elle le faisait souvent. » Béatrice fit une pause dramatique. « Pour mon bien. Elle m'enfermait au sous-sol pendant des heures et m'obligeait à apprendre des passages entiers de la Bible à la lueur d'une bougie. Tant que je ne les connaissais pas par cœur, je ne sortais pas. Pour elle, ma maladie était un châtiment divin… » Béatrice fit un geste dédaigneux de la main. « C'est du passé. D'un autre côté, cette façon d'être m'a rendue beaucoup plus proche de mon père. Qui n'a pas une histoire triste dans sa famille, n'est-ce pas ? »

Levine serra les poings sans s'en rendre compte.

« Vous avez absolument raison », dit-il.

Béatrice se retourna, les verres dans les mains, et sursauta en le trouvant debout tout près d'elle.

« Oh, mais je manque à tous mes devoirs. Je ne vous ai même pas proposé de vous asseoir. »

Il hésita un instant avant de prendre place dans le fauteuil qu'elle lui désignait. Béatrice s'assit, elle aussi. Ses beaux yeux le regardaient gaiement.

« Mon cher lieutenant, connaissez-vous les légendes sur l'origine des Pyrénées ?

– À vrai dire, non. Je viens d'un village côtier, près de Marseille. La montagne, pour moi, est tout un mystère. »

Béatrice le dévisagea quelques secondes.

« Il existe bien des histoires, mais ma préférée raconte qu'Hercule s'apprêtait à affronter Géryon, un monstre gigantesque fait de l'union de trois corps. En route, il demanda asile au roi Bébrix, père de la princesse Pyrène. Hercule s'enivra et séduisit la princesse en lui promettant le mariage, sans nulle intention de tenir sa promesse. Après avoir passé la nuit avec elle, il repartit, abandonnant la jeune fille et l'oubliant. Des mois plus tard, Pyrène donna naissance à un serpent. Terrifiée, la jeune fille quitta le palais et s'enfuit dans une forêt proche, où elle fut dévorée par des fauves. À son retour, après avoir vaincu Géryon, Hercule trouva la dépouille de la princesse. Il l'enterra, éleva sur sa tombe un immense mausolée de pierre et baptisa toutes les montagnes du nom de la jeune malheureuse.

– Donc, les Pyrénées seraient nées d'un malheur.

– N'est-ce pas ainsi que commencent toutes les belles histoires ?

– Vous avez raison : sans tragédie, il n'est pas de rédemption possible. »

Béatrice parut troublée un instant.

« Je vous prie de m'excuser. Chaque fois qu'on me rend visite, je suis incapable de m'arrêter de parler. Je suis ravie de votre venue. Mais dites-moi, s'agit-il d'un élément en lien avec l'affaire ?

– C'est possible, oui. »

Béatrice sourit et le rouge lui monta aux joues.

« Vous êtes bien mystérieux ! »

78

Álex klaxonna et maudit à haute voix la Ford Fiesta qui, après avoir dépassé le camion d'aliments pour animaux, restait sur la voie de gauche. Elle avait eu plus de mal à sortir de Vic que prévu. Ses vêtements sentaient encore l'odeur de cette cellule épouvantable où Camille Dalmau s'était enterrée vivante. Elle roulait sur la C-16, l'esprit occupé à emboîter les pièces du puzzle qu'était devenue cette affaire.

Elle n'avait pas encore fini de tout comprendre : on aurait dit un stéréogramme, ce jeu d'optique qu'elle adorait étant enfant. Il fallait empêcher ses yeux de converger pour percevoir les différentes perspectives du dessin. Au premier abord, on ne voyait rien. Puis petit à petit, à mesure qu'on s'en rapprochait, l'image cachée apparaissait.

À la radio, les notes de *Mad World* de Gary Jules s'interrompirent pour laisser place à un flash info de dernière minute. À l'approche des montagnes, les interférences gênaient la réception.

… relevé par le Centre de prévisions atmosphériques de Catal… la zone de basse pression va entrer en collis… avec la zone de haute pression en train de se form… contraste de pressions qui entraînera des vents de plus de soixante-dix kilomètres-heure…

une baisse extrême des températures et de fortes chutes de neige attendues aujourd'hui... conditions météorologiques extraordinaires dans la région des Pyrénées... rien vu de tel depuis des décennies... recommande, dans les prochaines heures, de rester chez vous. Évitez tout déplacement... la fermeture des stations de ski de... toute la comarque en alerte rouge. Les voies principales fermées à la circulation...

Álex ne réussit pas à entendre la longue liste des routes coupées. L'émission s'interrompit ; les haut-parleurs ne transmettaient plus que des sifflements et des bribes de voix. Elle tenta de retrouver la fréquence, mais rien n'y fit et elle finit par éteindre la radio. Elle serra le volant avec force et souffla. Son haleine se changea en un nuage de vapeur. La pluie se mit à tomber.

Quelques minutes plus tard, elle quitta l'autoroute pour la nationale. Elle dépassait les rares véhicules qu'elle trouvait sur son chemin. Par ici, il pleuvait plus fort et les essuie-glaces n'arrivaient pas à évacuer toute l'eau du pare-brise. De temps en temps, des phares apparaissaient en sens contraire, la forçant à fermer à demi les yeux. À deux kilomètres du village de Ger, son portable se mit à sonner.

Quand elle décrocha, la voix du docteur Canellas retentit dans l'habitacle.

« Álex ?

– Oui.

– Où êtes-vous ?

– Je conduis. Je vous écoute. »

À l'autre bout du fil, le médecin prit quelques secondes avant de parler.

« Votre père vient de décéder. »

La route se brouilla devant ses yeux.

« Vous m'avez entendu ?

– Oui, répondit Álex d'une voix étranglée.

– Je suis désolé. Si je peux faire quelque chose pour... »

Álex raccrocha. Le silence soudain lui tomba dessus

comme une lourde pierre. Elle essayait de respirer, sans y arriver. Ses mains se mirent à trembler sur le volant. La terreur se frayait un chemin en elle, sans que rien puisse l'endiguer. Álex poussa un gémissement. La route tanguait sous ses yeux. La Wrangler zigzagua et envahit la voie d'en face, si bien qu'un camion qui arrivait en sens contraire dut faire une embardée pour l'éviter.

Álex avait besoin de sortir de la voiture.

Il fallait qu'elle sorte.

Tout de suite.

Elle appuya à fond sur le frein et le 4 x 4 dérapa pour s'immobiliser en travers de la chaussée. Une fourgonnette de livraison qui arrivait derrière la dépassa par la gauche en soulevant une gerbe d'eau. Son coup de klaxon furibond se perdit dans le fracas de l'orage.

Álex descendit de voiture et faillit s'effondrer par terre ; ses jambes ne la portaient plus. Les phares de sa voiture l'éclairaient tandis que la pluie s'abattait sur elle. Elle laissa l'eau lui tomber dessus, la tremper jusqu'aux os. Très vite, son corps se mit à trembler, tétanisé de froid et de tristesse.

Elle s'aperçut qu'elle était à quelques mètres d'un rond-point. Un panneau indiquait la direction de Puigcerdà. Elle ne se trouvait qu'à onze minutes de l'hôpital.

Elle se tourna de nouveau vers les montagnes. C'était comme si le ciel avait englouti la terre. Le Vall Tova avait disparu, dévoré par une masse de nuages qui se tordait comme si elle était vivante.

Elle hurla.

Elle hurla à en perdre la voix, les poings serrés, pour tenter de se débarrasser de cette sensation de solitude, en vain.

Elle tomba à genoux sur le bitume, se recroquevilla sur elle-même. Elle voulait rester là. Ne rien faire, ne plus bouger. Dans l'espoir que tout passe, simplement.

Elle savait qu'il n'en serait rien.

Elle se releva, consciente de tout le poids de son corps,

et remonta dans la jeep. En se laissant tomber sur le siège, elle le trempa. Elle prit une grande inspiration, mit la première et accéléra.

Au rond-point, elle délaissa la route de Puigcerdà pour prendre la direction de Meranges. C'était la seule option qu'elle puisse choisir.

Son père l'aurait compris.

Une larme glissa sur sa joue jusqu'à son menton. Une autre suivit. Puis une autre encore. Enfin les pleurs arrivèrent, incontrôlables. Elle continuait de regarder droit devant elle, une route qui devenait floue par moments. L'averse s'était changée en déluge. L'eau giclait, comme les méandres d'un fleuve, sur les côtés du pare-brise.

79

« Vous m'avez dit que vous adoriez les histoires…

– En effet, répondit Béatrice, dans un sourire.

– Si vous me permettez, je vais vous en raconter une. »

La femme s'adossa au canapé et, d'un geste, l'invita à commencer. Levine ferma les yeux. Son doigt caressait le bord de son verre en cristal.

« Edmond Daressy était un brave homme qui vivait avec sa femme Isabelle et sa fille Claire dans un village français ordinaire, collé aux montagnes. Ce n'est pas le protagoniste de cette histoire, mais il y joue un rôle essentiel. L'après-guerre en Europe fut une époque difficile et un homme se devait de faire ce qu'il devait. Voilà pourquoi, même si Edmond était berger, de temps en temps il transportait illégalement des marchandises de l'autre côté de la frontière. Plus d'une fois, il dut passer la nuit dans la montagne, ce qui ne lui posa jamais aucun problème.

» Un matin, à l'aube, Edmond sortit du refuge où il avait dormi. Il se trouvait encore du côté espagnol après avoir déposé son chargement et il avait hâte de se retrouver chez lui. Il s'en alla chercher sa mule qu'il avait laissée détachée. L'animal s'était arrêté près d'un ruisseau qui courait entre les pierres. En le rejoignant, Edmond distingua quelque chose d'étrange entre les broussailles. Edmond était de nature curieuse ; il s'approcha et découvrit un jeune homme blessé, les vêtements en lambeaux. Il avait une plaie à la tête et son bras gauche n'était pratiquement plus qu'un moignon de chair. Edmond le crut mort, et il se trompait de peu, car l'inconnu avait perdu beaucoup de sang et il ne restait plus en lui qu'un souffle de vie. »

Béatrice changea de position.

« Edmond n'y réfléchit pas à deux fois. Il hissa le jeune garçon sur sa mule, le calant entre les ballots et, au prix d'immenses efforts, le ramena jusqu'à son petit village. Sa femme et sa fille adolescente s'occupèrent de soigner le jeune inconnu. Elles appelèrent un médecin qui lui prodigua des soins basiques et les exhorta à prier pour le malade.

» Contre tous les pronostics, le jeune homme survécut, mais le paya cher : quand il s'éveilla, au bout d'une semaine, il ne se rappelait rien de sa vie passée. Pas même son propre nom. Quand Edmond l'avait trouvé, il n'avait aucun papier sur lui et son seul bien était une chaîne avec une plaque d'identification comme celle-ci. »

Il leva la main et un petit morceau de métal étincela dans l'air.

« Un nom de famille y était gravé : Levine. C'est tout. Comme on ignorait son prénom, Claire proposa qu'on l'appelle Sébastien. Il accepta de bon gré, et devint donc Sébastien Levine. Quand il fut guéri, il se montra reconnaissant, aidant à s'occuper des bêtes et travaillant au potager de la famille. Les demandes d'acheminement de marchandises étaient moins fréquentes et elles finirent par se tarir cette même année. Sébastien n'ayant nulle part où aller, il s'installa dans la maison comme un membre de plus de la famille, à tel point que, trois ans plus tard, il finit par épouser Claire. Ils furent heureux. Surtout quand, très vite, ils eurent un fils. »

Levine interrompit son récit et baissa la tête. Son corps eut un soubresaut quand il reprit son souffle.

« Vous vous sentez bien ? » s'inquiéta Béatrice.

Il acquiesça, but une gorgée et poursuivit.

« Sébastien se mit à avoir un curieux passe-temps. Quand on le questionnait, il était incapable d'expliquer d'où ça lui venait et pourquoi il le faisait. Il construisit de ses propres mains une grande cage en grillage au sous-sol de la maison et passait des heures dans la montagne en quête d'isabelles, les plus beaux des papillons de nuit. Il les chassait par dizaines et les élevait dans cette cage. Jamais il ne s'intéressa à d'autres insectes, ni même à d'autres papillons.

» Au fil des années, Sébastien passait de plus en plus de temps dans la montagne. Pas toujours pour les papillons. Très souvent, il rentrait les mains vides, l'air hagard. Parfois, il oubliait qu'il avait du travail à faire ou un rendez-vous avec quelqu'un. Quand sa femme lui demandait des explications, sa seule réponse, confuse, était qu'il sentait qu'il devait monter là-haut. Il n'était pas capable d'en dire plus. Hormis ces épisodes, leur vie de famille était normale, heureuse, même. Le petit garçon, déjà presque un jeune homme, aimait son père ; ensemble, ils faisaient des balades au cours desquelles Sébastien apprenait à son fils à survivre en montagne.

– Pourquoi me racontez-vous cette histoire ? fit Béatrice.

– Vous ne le devinez pas ? Soyez patiente, vous allez vite comprendre. Vous comprendrez tout », répondit Levine. Après avoir posé son verre sur la table, il poursuivit. « Un jour de Noël, au matin, Sébastien partit faire paître le bétail ; il refusa que son fils l'accompagne. Quand vint la nuit, il n'était pas rentré. Il se mit à tomber l'une des tempêtes de neige les plus fortes qu'on ait vues depuis des années. Une battue fut organisée pour partir à sa recherche et on le retrouva cinq heures plus tard sur un sentier qui menait à la frontière espagnole. Il avait abandonné le troupeau. Ses mains et ses pieds étaient gelés. Malgré ça, il persistait à vouloir continuer, même quand les hommes l'emmenèrent pour le faire descendre de la montagne. D'après eux, il répétait toujours la même phrase, en boucle : “Je dois rentrer.”

» Une fois à la maison, on le mit au lit. Mais il rejeta immédiatement ses couvertures. Il brûlait de fièvre. Claire appela le médecin. Celui-ci ne pouvait pas faire grand-chose sur place : il fallait emmener le malade à l'hôpital, mais le village était coupé du monde à cause de la neige. Le fils resta auprès de son père tout le temps. Il ne voulut se séparer de lui pour rien au monde. À un moment, Sébastien revint à lui. Il était seul avec le garçon. Il l'attrapa par le bras tellement fort qu'il lui fit mal. Juste avant de perdre conscience pour ne plus se réveiller, il prononça un mot. Un seul. “Dalmau”. »

Béatrice sursauta, mais Levine n'y prit pas garde, absorbé qu'il était par son récit.

« Après la mort de son père, le garçon fut envoyé loin faire ses études. Il passa de nombreuses années dans un internat, à Paris. De temps en temps, il retournait voir sa mère. Inlassablement, le garçon lui demandait de lui raconter encore la façon dont ils avaient retrouvé son père, et la pauvre femme s'exécutait. Quelques années plus tard, Claire mourut d'un cancer du sein. Le garçon était désormais seul. »

Le visage de Béatrice s'assombrit et elle but une gorgée.

« Les années passèrent. Le garçon devint un homme et entra à l'école de la Gendarmerie nationale. Il n'oublia jamais le mystère qui entourait l'histoire de son père. Pendant tout ce temps, il s'était intéressé à tout ce qui avait trait à cette vallée et à la montagne. Il se mit à faire des recherches de son côté. Au cours de ses investigations, il tomba sur un vieux bordereau au carbone qui mentionnait une ancienne colonie liée au patronyme Dalmau. Pourtant, il eut beau chercher avec acharnement pendant les années qui suivirent, il ne parvint à trouver que peu d'informations sur cette colonie et son activité. Elle ne figurait dans aucun registre officiel non plus. On aurait dit un fantôme. Même lui en vint à douter de son existence. Pourtant, un matin, il reçut un rappel à l'ordre de sa hiérarchie le sommant de cesser ses investigations, ce qui acheva de lui confirmer qu'il était sur la bonne voie.

» Il accepta la démission qu'on lui proposait et parcourut les Pyrénées. Muni d'une ancienne carte topographique, il retrouva enfin les ruines de la Colonie au fond d'une vallée reculée. Il eut même une altercation avec un vieux garde, qui le chassa. Mais son enthousiasme, une fois l'existence de l'endroit confirmée, s'évanouit vite, puisqu'il n'avait toujours pas de réponse. Jusqu'à ce qu'il tombe sur ceci. »

Levine tenait un petit cahier, relié de cuir grenat. Béatrice, la main devant sa bouche, étouffa un gémissement.

« C'est une sorte de journal, mais… vous le saviez, n'est-ce pas ? »

Il se pencha vers elle, lui retira son verre, encore pratiquement plein, et lui prit les mains. En silence, délicatement, il lui ôta un gant, puis l'autre. Béatrice ne bougea pas, elle retint juste son souffle, au moment où elle sentit les mains de Levine effleurer les siennes. Celui-ci leva les yeux sur elle. Les larmes coulaient sur son visage.

« Dites-moi, madame Dalmau. Ne vous sentez-vous pas coupable d'avoir commis le plus horrible des péchés ? »

80

Álex raccrocha le téléphone avec un soupir agacé, les yeux toujours fixés sur la route. La pluie avait tourné à la neige, qui tombait dru.

Vila l'avait mise au courant de l'échec de l'assaut chez Levine en France et de l'arrestation inopinée de Cruz. Álex n'en avait pas bien compris les motifs, car la communication s'était interrompue avant que la jeune agente ait pu lui donner des détails.

Personne ne savait à présent où pouvait bien se trouver Marc Levine. Un mandat d'arrêt international avait été lancé à son nom et des dizaines de policiers étaient à sa recherche, aussi bien en France qu'en Espagne. Sans résultat pour l'instant. Mais elle, elle pensait savoir où il était.

Álex arriva au dernier croisement avant la route qui s'enfonçait dans la vallée. Au milieu de la chaussée, des lumières jaunes se balançaient en l'air. En approchant, elle reconnut les uniformes de la garde civile et vit plusieurs agents avec des lampes de signalisation. La voiture de patrouille, une Laguna, était en travers de la route. Collés au fossé, plusieurs véhicules attendaient.

Álex s'arrêta près de l'agent qui lui faisait signe et baissa sa vitre. Le froid s'engouffra dans la voiture, gelant les larmes sur son visage. Le garde civil la salua, main à la tempe.

« Bonsoir, madame. On ne peut pas passer. La route est impraticable. »

Álex lui montra sa carte.

« Je dois continuer. C'est très urgent. »

Le garde civil la dévisagea. Il avait remarqué les yeux rougis d'Álex, mais il secoua la tête.

« Vous avez une idée de ce qui tombe, là-bas ?

– Il s'agit d'un cas de force majeure.

– Je suis désolé, madame. Quand bien même vous seriez ministre, personne ne passera aujourd'hui. Vous pouvez faire demi-tour juste là. »

Il lui montra un dégagement à droite de la chaussée, où d'autres véhicules manœuvraient pour rebrousser chemin.

Álex jura à haute voix, tandis que le garde civil, engoncé dans sa veste vert bouteille, la regardait, impassible. Álex passa la marche arrière, en réfléchissant aux options qu'elle avait.

La route la plus proche qui lui permettrait d'accéder à la vallée était à une heure et quart de là et, très probablement, elle serait aussi coupée. Elle jeta un coup d'œil du côté des montagnes : les sommets n'étaient plus visibles, cachés par les nuages. La neige s'intensifiait de seconde en seconde. Les flocons tombaient en telle quantité qu'elle ne voyait presque plus rien à travers le pare-brise.

À cet instant, un Transit jaune arriva et s'arrêta au barrage policier. Álex distingua à l'intérieur un groupe de jeunes. Ils portaient des combinaisons de ski aux couleurs criardes et leur toit était bardé de planches de snowboard et de skis. La musique disco poussée à fond faisait vibrer leur minivan.

Le garde civil leur expliquait qu'ils devaient faire demi-tour. C'était un groupe d'Allemands et manifestement, ils n'étaient pas franchement d'accord pour obtempérer. Un autre agent vint prêter main-forte au premier.

Alors Álex se décida. Elle finit sa manœuvre en accélérant de plus en plus et, le moteur à fond, lâcha l'embrayage. La voiture partit comme un boulet de canon. Elle vit fugacement l'expression de stupéfaction du garde civil quand elle passa sous son nez. Quelques mètres plus loin, la voiture de patrouille était toujours en travers, lui barrant le passage. Álex donna un coup de volant et tira sur le frein à main, laissant le 4 x 4 glisser de côté. Sa jeep était bien plus lourde, et, quand elle heurta la Renault, celle-ci, éjectée sur plusieurs mètres, sortit de la route et se renversa.

Álex cligna des yeux, surprise d'être encore vivante. Ses mains étaient toujours crispées sur le volant et le moteur tournait. Les cris des agents derrière elle finirent par la faire réagir. Jetant un coup d'œil dans le rétroviseur, elle les vit courir vers elle, pistolet au poing, en même temps qu'ils demandaient du renfort par radio. Au loin, les Allemands du minivan l'acclamaient.

Elle mit la première et accéléra. Malgré les chaînes, les roues dérapèrent sur la plaque de glace et un instant, elle crut que sa tentative allait s'arrêter là, mais la jeep, accrochant finalement la route, bondit en avant dans un rugissement du moteur.

Elle laissa derrière elle le poste de contrôle tandis que les gardes civils renonçaient à essayer de la rattraper : c'était inutile. Leurs silhouettes se firent de plus en plus petites dans le rétroviseur, puis la neige les effaça. Devant Álex, la tempête semblait se déchaîner. Une profonde obscurité tomba sur toute la vallée.

Au moins, le chauffage de la voiture avait un peu séché ses vêtements.

81
Journal de Raquel

Depuis ce jour où je me suis évanouie aux portes du manoir, sept mois ont passé. Les fêtes viennent de finir. Officiellement, nous sommes entrés dans l'année 1962 – ce qui, ici, ne change pas grand-chose –, et mon ventre a grossi de façon stupéfiante. Tout mon corps a changé pour accueillir une nouvelle vie. Cet enfant qui grandit en moi est ma seule raison de continuer.

La nuit où ils ont découvert notre fugue, j'ai pensé que j'allais mourir. Et même, je le souhaitais. Mais ils m'ont conduite à l'intérieur du manoir et m'ont enfermée à double tour dans cette chambre, à l'écart des autres pièces, d'où j'écris ces lignes quand je sais que je ne suis pas surveillée.

Remplir les pages de ce cahier est une façon de me sentir unie à Ezra. Depuis tout ce temps, je n'ai eu aucune nouvelle de lui. Simón a dû avouer à M. Dalmau qu'ils ne l'avaient pas retrouvé bien qu'ils aient passé au peigne fin toute la vallée jusqu'à la frontière. Tous les matins, Simón me rappelle qu'Ezra s'est enfui en m'abandonnant. J'essaie de ne pas l'écouter mais ensuite, quand je suis seule, je me demande s'il est toujours en vie et pourquoi ce silence. Dans ces moments, je ne peux retenir mes larmes.

D'après le docteur Foix, je dois beaucoup me reposer, alors je passe de longues heures au lit chaque jour. Le docteur vient me voir deux fois par semaine. Il est distant avec moi, comme si je n'étais rien d'autre qu'un cobaye ; il me fait froid dans le dos. Je ne manque ni de nourriture, ni d'eau, et j'ai des vêtements propres. Ils prennent soin de moi comme ils le feraient d'un animal qui leur serait précieux.

Un après-midi, j'ai reçu la visite de Mme Dalmau. J'étais allongée sur mon lit, et elle s'est présentée à moi, dans son austère robe noire. Elle m'a regardée longuement. Moi, je n'ai rien osé dire. La haine qui se lisait sur son visage, aussi livide que celui d'un spectre, était si intense que j'aurais pu la toucher de mes doigts, je crois, si j'avais voulu. J'ai même pensé qu'elle allait se jeter sur moi pour me frapper et m'insulter, mais dès que Matilda est arrivée avec mon dîner, elle est partie sans un mot.

Matilda, depuis que je suis recluse ici, est la seule personne qui s'occupe de moi. À part le docteur, Simón, qui m'accompagne dans mes promenades, et Mme Dalmau, mais elle, juste une fois, je n'ai vu personne d'autre. Pour tout dire, au fil des mois, j'ai fini par apprécier la gouvernante, d'autant qu'elle a presque mon âge. C'est la seule personne qui me traite affectueusement, et je sens qu'elle est triste de me voir dans cette situation. Je ne peux avoir confiance qu'en elle.

Quelquefois, je pense à mes parents et à mes frères adoptifs, ou à mes camarades d'usine. Matilda m'a avoué que Simón avait fait courir la rumeur qu'Ezra et moi étions morts au cours de notre fuite. J'imagine leur douleur et j'ai beaucoup de peine pour eux.

À la tombée du soir, on me permet de sortir faire un petit tour dans le bois juste derrière la maison, à l'abri des regards. Le docteur Foix l'a prescrit pour le bien du bébé. Je suis toujours escortée de Simón, qui reste à distance et ne m'adresse pas la parole.

Un jour, pendant l'une de ces promenades, j'ai cru voir l'ombre d'un animal entre les arbres. Je ne sais pourquoi, je l'ai suivie. J'ai entendu la voix de Simón m'ordonnant de ne pas aller si loin, mais je ne l'ai pas écouté. J'ai gravi un petit terre-plein couronné par un grand rocher. Quand je l'ai contourné, je me suis retrouvée face à un énorme loup. Il n'y avait pas en moi la moindre peur : je me suis accroupie devant lui et il a fait quelques pas vers moi. Son odeur fauve m'a enveloppée. Nos yeux se sont rencontrés, et alors je l'ai reconnu. C'était impossible, tant d'années avaient passé, mais j'étais sûre que c'était le même loup qui m'avait sauvée dans la montagne, quand j'étais petite. J'ai tendu la main ; il a baissé le museau et effleuré mes doigts. Alors, j'ai entendu qu'on m'appelait et Simón a surgi derrière moi en jurant, suivi de son chien, apeuré. Quand je me suis retournée, le loup avait disparu. Mon « escapade » m'a valu d'être privée de sortie pendant une semaine.

Depuis cet épisode, la nuit, je regarde la forêt depuis les barreaux de ma fenêtre. Je sais que le loup est là, et sa présence me réconforte.

Il y a des moments où cette prison me rend folle. Il ne me reste plus qu'à fermer les yeux et rêver. Dans mes rêves, Ezra et moi réussissons à fuir la Colonie et à rejoindre Barcelone, où nous embarquons pour Buenos Aires. Là-bas, nous avons une jolie maison avec une véranda pleine de fleurs et plusieurs enfants qui courent dans notre jardin. Ezra est là, près de moi, il m'accompagne, j'entends sa voix, je sens ses mains sur ma peau ou sur mes propres mains. Mais par-dessus tout, c'est son rire que je savoure, plein d'espoir et d'enthousiasme pour l'avenir.

Je fais tout pour ne pas me réveiller, et quand finalement j'ouvre les yeux, j'ai toujours les joues mouillées.

Un matin, j'ai senti ma première contraction. J'étais très angoissée, avant que Matilda réussisse à me calmer. L'après-midi, j'en ai eu plusieurs autres, et à minuit, elles étaient très rapprochées. Le docteur Foix n'a pas tardé à arriver. Après m'avoir examinée, il a retiré ses lunettes et s'est adressé à Matilda en ouvrant sa trousse.

« Apporte des serviettes, de l'eau chaude, et préviens M. Dalmau. Il arrive. »

Jamais je n'avais ressenti une douleur pareille. Je pensais qu'elle allait me fendre en deux. Tout mon corps était en tension, afin d'aider cette vie à l'intérieur de moi qui luttait pour sortir. Matilda séchait la sueur sur mon front et écartait mes cheveux trempés de mon visage. Son expression, celle d'une mère inquiète, m'a attendrie, jusqu'à ce qu'un nouveau spasme de douleur m'empêche de penser à rien d'autre. J'avais perdu beaucoup de sang, a dit le médecin, qui pour une fois semblait inquiet.

« Encore. Pousse. »

J'essayais, mais mes forces commençaient à flancher. Malgré cela, je contractais mes muscles au-delà de mes capacités. Je me suis sentie me vider avant de retomber évanouie sur un lit inondé de mes propres fluides. Je n'avais plus de forces. Je n'avais plus rien. J'ai pleuré de rage et de tristesse : même donner naissance à mon enfant, je n'allais pas en être capable. C'est alors que j'ai entendu des pleurs. Je me suis redressée et, les yeux noyés de larmes, j'ai vu le docteur Foix tenir un corps minuscule qui gigotait et hurlait de colère.

« C'est un garçon. »

VI
Paresse

« Mon doux père, dis-moi : quelle est l'offense que l'on expie en ce cercle où nous sommes ? Nos pas s'arrêtent : que ton discours vole ! »

Et lui : « L'amour du bien, s'il a manqué à son devoir, par ici se restaure ; l'on y relance l'aviron trop lent. »

82

À son arrivée au manoir, le ciel était si noir qu'on se serait cru en pleine nuit. Álex sauta du 4 x 4 et courut dans la neige jusqu'à la porte. Son cœur tambourinait dans sa poitrine et elle commençait à ne plus pouvoir respirer, mais elle n'avait pas le temps de s'occuper de ça. Le dernier appel de Vila et d'Alain semblait confirmer que le meurtrier allait châtier un nouveau pécheur.

Elle avait été stupide. Ils l'avaient tous été. Ces meurtres n'avaient rien à voir avec la station de ski en construction ni avec la vente des terres de la Colonie. Depuis le début, c'était une histoire de vengeance.

Elle laissa retomber le heurtoir, mais, comme elle s'y attendait, personne ne vint ouvrir. L'immense porte d'entrée était fermée. Elle fit deux pas en arrière et regarda autour d'elle. Les branches desséchées d'une vigne vierge qui couvraient en partie le mur atteignaient l'une des fenêtres.

Sans réfléchir, elle se mit à grimper. Il y eut quelques craquements des branches sous son poids quand elle s'y accrocha, mais elles tenaient ; elle continua en essayant de s'agripper aux troncs les plus gros et solides. De la terre et des feuilles mortes lui dégringolaient dessus, l'obligeant à baisser la tête. Plusieurs fois, elle dut s'arrêter et changer de prise parce que la plante cédait. Baignée de sueur malgré le froid, elle arriva enfin au niveau de la fenêtre. Si elle allongeait le bras, elle pouvait toucher le rebord en pierre. D'en bas, ça paraissait beaucoup plus facile. Un coup d'œil au sol lui permit de se rendre compte qu'il y avait six ou sept mètres de haut. Si elle tombait, elle pouvait se faire sacrément mal.

Mais ce n'était pas le moment de tergiverser. Elle sentait que la vigne vierge ne tiendrait plus longtemps. Il fallait faire vite. Elle s'agrippa au rebord de pierre et, délaissant la sécurité des branches, se propulsa vers lui. Elle était maintenant accrochée à la saillie de pierre, les pieds dans le vide. Elle se hissa et, en appui sur les coudes, tenta d'ouvrir la fenêtre, mais celle-ci était fermée. Pas le temps de faire dans la dentelle. Elle balança son poing dans la vitre, qui vola en éclats. Déséquilibrée dans son élan, elle se mit à glisser et n'eut que le temps de se rattraper au rebord de fenêtre. Une vive douleur lui traversa la main. Elle étouffa un cri, et, avec l'énergie de la rage, se propulsa en avant. Elle atterrit comme un paquet à l'intérieur de la maison.

Elle se releva et examina sa main sous le peu de lumière qui entrait par la fenêtre brisée : un morceau de verre était planté dans sa paume gauche. En se mordant les lèvres, elle l'extirpa. Un filet de sang jaillit de la plaie. Elle déchira un pan de rideau et se banda la main comme elle le put. Le tissu fut immédiatement imbibé. Ignorant la douleur et les sifflements qui fusaient de sa poitrine, elle se mit en marche. Elle devait se dépêcher.

Malgré l'obscurité qui régnait à l'intérieur du manoir, elle reconnut le vaste vestibule qu'elle avait traversé les deux fois précédentes. Elle empoigna son arme de la main droite, en tenant comme elle le pouvait sa torche de sa main blessée. Sur la pointe des pieds, elle se dirigea vers les appartements de Béatrice Dalmau.

Elle trouva la porte de la bibliothèque entrebâillée et la poussa doucement. Par les fenêtres voilées, un peu de la lumière extérieure filtrait. La pièce était vide mais il y flottait de subtiles traces de parfum. Álex sortit et inspecta le reste de l'étage sans plus de résultat. Puis elle monta au second et visita les autres pièces, en vain : le manoir était désert.

Elle revint sur ses pas, et, descendant au rez-de-chaussée, sentit un courant d'air glacé provenant d'une porte ouverte sur sa gauche. Elle reconnut celle du jardin d'hiver que Béatrice Dalmau leur avait fait visiter quelques jours auparavant. Álex avait l'impression qu'une année entière était passée depuis. Elle s'approcha tout en surveillant les ombres, derrière elle.

Le faisceau de sa torche balaya l'intérieur de la serre. Saisie d'effroi, Álex déglutit péniblement : ce si bel endroit, qui lui avait transmis tant de calme, avait disparu. À sa place, tout n'était que mort et désolation. La chaleur s'échappait par les verrières du toit, grandes ouvertes. Les flocons de neige, telles les braises d'un bûcher, flottaient dans l'air, recouvrant les plantes, qui semblaient se recroqueviller. Toutes les fleurs étaient en train de mourir. On commençait à percevoir l'odeur douceâtre de la pourriture. Álex allait faire demi-tour pour sortir, quand une masse immobile, au fond, attira son attention. Serrant son pistolet, elle s'approcha lentement sur le sol trempé tout en gardant un œil sur ce qui l'entourait.

La vieille servante de Mme Dalmau était là, assise dans un rocking-chair. Elle semblait dormir. Quelqu'un lui avait placé un coussin sous la tête et une couverture la recouvrait jusqu'au cou. Álex prit son poignet. Pas de pouls. Près d'elle, sur un guéridon, il y avait un flacon de comprimés, un pichet d'eau et un verre. En se redressant, Álex découvrit que toutes les plantes n'étaient pas mortes, du moins pas encore. En face de la vieille dame, quelques jolies fleurs blanches épanouies émergeaient au centre d'une rosette de feuilles vertes : la perce-pierre avait fleuri.

Álex sortit du jardin d'hiver, une main sur la poitrine.

L'air n'entrait plus que difficilement dans ses poumons. Elle fouilla dans les poches de son anorak et fut soulagée d'y trouver sa Ventoline. Quelques secondes après avoir pris une bouffée du bronchodilatateur, elle se sentit mieux. Elle attrapa son téléphone et lâcha un juron : cette maudite tempête rendait la couverture instable. Elle regarda désespérément autour d'elle. Où pouvaient-ils bien être ? Où ?

Elle sortit du manoir et se dirigea vers sa voiture. Il neigeait plus fort encore qu'une heure plus tôt, lui semblait-il. Une rafale de vent la jeta presque à terre. Elle tenta de voir la Colonie au loin, mais la tempête cachait la plupart des bâtiments, qu'on ne distinguait qu'à grand-peine. À ce moment, une éclaircie se fit dans le ciel et un court instant, la lumière tomba sur la vallée. Alors, elle la vit. Au-delà des maisons des ouvriers et de l'usine même, un édifice se détachait du reste : l'église. Là où les pécheurs trouvent l'absolution.

83

En sortant du 4 x 4, Álex chancela et dut avancer pliée en deux. Sur son passage, le vent violent faisait ployer les branches des arbres qui entouraient l'église de la Colonie comme s'ils cherchaient à s'emparer d'elle. Jamais elle n'avait eu froid à ce point. Les flocons de neige martelaient ses vêtements par dizaines de petits claquements secs. Se dirigeant vers l'entrée, elle s'enfonçait dans la neige jusqu'aux mollets.

La porte de l'église était ouverte. Le hululement du blizzard s'éteignit quand Álex entra et qu'elle referma derrière elle. Sur le marbre du sol, ses pas renvoyaient un écho funèbre. L'unique source de lumière était les cierges que quelqu'un avait allumés sur l'autel ; le reste était plongé dans la pénombre.

Álex activa sa torche et empoigna son pistolet de sa main indemne. Elle avança sans bruit dans le couloir central, heureuse de sentir entre ses doigts le poids réconfortant de l'arme. À droite et à gauche, les rangées de bancs étaient vides ; les toiles d'araignée avaient pris la place des anciens fidèles. On devinait à peine la couleur originelle des murs sous les taches d'humidité.

Du côté du confessionnal en ruine, il y eut un mouvement. Álex fit volte-face et braqua son arme, le doigt crispé sur la gâchette. Un énorme rat surgit dans un coin et fila le long du mur pour aller se perdre dans un trou. Álex expira à fond et décrispa sa main. Elle balaya de part et d'autre le faisceau de sa torche. Rien ne bougeait parmi les ombres, mais elle avait la sensation d'une présence invisible qui surveillait ses pas.

Elle finit de parcourir la nef et arriva à la croisée du transept. Derrière l'autel se dressait un retable simple partagé en plusieurs scènes qui représentaient de façon grossière le passage des âmes par l'enfer, le purgatoire, les limbes et le paradis. Au-dessus, une immense croix en fer forgé était plongée dans l'obscurité. On distinguait à peine la silhouette du Christ, crucifiée en une étrange posture. Álex contourna l'autel et braqua son arme d'un côté puis de l'autre.

« Béatrice ? Béatrice Dalmau ? »

Son appel effraya une demi-douzaine de pigeons, qui s'échappèrent des trous où ils nichaient et s'égaillèrent jusqu'au plafond. Leurs battements d'ailes troublèrent le silence de l'église jusqu'à ce qu'ils se soient posés ailleurs.

Alors, Álex entendit un gémissement au-dessus de sa tête.

Elle braqua sa torche vers le haut et s'aperçut que le Christ bougeait.

Álex trouva la corde qui maintenait en l'air la lourde croix et vit qu'elle avait été manipulée récemment. Elle dénoua la corde et tira dessus. Des poulies rendaient la tâche plus facile qu'on aurait pu le croire. Aussi vite que possible, elle fit descendre la croix et la coucha avec sa charge par terre. Les cierges de l'autel éclairèrent un corps nu attaché sur la croix ; baigné de sueur, il présentait une plaie sanguinolente au flanc. Le seul indice qu'il respirait toujours était le léger mouvement de ses côtes. Un sac en toile de jute lui recouvrait la tête.

Comme Álex approchait la main pour défaire la corde retenant le sac autour du cou, la toile s'agita, et elle sursauta. Horrifiée par ce qu'elle soupçonnait, elle ne mit que quelques secondes à défaire le nœud et à ouvrir le sac. De l'intérieur jaillirent un sifflement menaçant et la tête triangulaire d'un serpent. Il avait des écailles dorées, avec des taches verdâtres bordées de noir. Álex recula, trébucha et tomba par terre. Elle avait reconnu l'espèce, parce que son père lui avait recommandé d'être très prudente si elle en rencontrait une : la vipère aspic était l'un des serpents les plus venimeux des Pyrénées. Celle-ci devait être jeune, car elle ne faisait pas plus de quarante centimètres. Le reptile sembla hésiter un instant avant de se laisser tomber sur le corps inerte. La toile remua de nouveau et un deuxième serpent apparut, qui rejoignit le premier. Tous deux s'éloignèrent en rampant sur le sol de marbre pour disparaître derrière les premiers bancs.

Álex se ressaisit et, pestant entre ses dents, se précipita vers le corps ligoté sur la croix. Elle priait pour ne pas arriver trop tard. Elle finit de lui ôter le sac qu'elle lança du côté de la nef, au cas où il resterait encore un reptile dedans. À la vue du P sanglant gravé sur le front, elle déglutit. Puis elle examina avec appréhension les autres blessures. Elle trouva deux minuscules points sanguinolents au cou et deux autres sur la joue gauche. L'un des yeux était fermé à cause de l'enflure, et entre ses lèvres gercées coulait une bave mousseuse. L'autre œil s'ouvrit et s'éclaira en la reconnaissant. De sa bouche ne sortit qu'un murmure. Álex dut se pencher pour pouvoir distinguer les mots.

« Tu… tu en as mis du temps… pour venir.

– Oh, putain, Jean… Marc… Je ne sais même pas comment t'appeler ! »

Et elle le serra dans ses bras.

C'est alors qu'un bruit de moteur s'éleva dehors.

84

Álex sortit de l'église juste à temps pour voir une silhouette montée sur un scooter des neiges s'éloigner en direction de la montagne. Elle courut à sa jeep tout en composant le numéro des urgences en priant pour qu'il y ait assez de réseau. Elle sauta dans le 4 x 4 et démarra.

Alors qu'elle conduisait, les yeux sur la moto qui sortait déjà du périmètre de la Colonie, une voix masculine lui répondit à l'autre bout du fil. Álex réclama une équipe d'assistance médicale pour un agent blessé. Les interférences la laissaient à peine entendre son interlocuteur. Elle lui donna sa localisation et résuma la situation, mais la communication fut coupée avant qu'elle ait pu terminer.

Sa jeep commençait à gagner du terrain. Voyant la voiture approcher, le conducteur de la motoneige fit faire un bond en avant à sa machine et, après un coude, dévia sur une piste qui longeait la forêt. Álex, d'un coup de volant, s'engagea à sa suite.

Les rafales de vent soulevaient la poudreuse, et, malgré les phares puissants du 4 x 4, on ne voyait pas à plus de quelques mètres. Les essuie-glaces, eux, étaient impuissants à dégager le pare-brise. Pourtant, Álex commençait à se rapprocher. Brusquement, la motoneige braqua, sortit de la piste et s'engouffra entre les arbres. Álex frappa le volant avec un juron sonore.

Un instant, le 4 x 4 et la moto filèrent côte à côte. Álex put mieux distinguer le conducteur. Il portait la même robe de moine qu'à leur première rencontre, sur les toits du séminaire. Cette fois, il avait aussi des lunettes de ski à verres orange et son visage était totalement couvert. La moto était bien plus maniable que le 4 x 4 ; à tout moment, Álex risquait de le perdre. Si elle voulait le stopper, il fallait qu'elle quitte le sentier.

Álex accéléra et se plaça quelques mètres devant. Avant de pouvoir le regretter, elle donna un grand coup de volant à droite, sortit la voiture de la piste et la lança vers la seule trouée qu'elle avait repérée plus loin.

En un éclair, elle franchit le monticule de neige au bord de la route et s'immisça entre un énorme pin et des rochers. Elle avait mal calculé sa trajectoire : tout le 4 x 4 fut secoué de haut en bas quand le garde-boue arrière heurta l'arbre. Une nuée d'éclats de bois et de neige vola au-dessus du toit et la fenêtre arrière explosa. Mais Álex n'eut pas vraiment le temps d'y penser : le choc avait fait chasser le 4 x 4 à gauche et il s'était mis à déraper.

La moto vira sur ses skis, esquivant de quelques centimètres l'avant de la jeep. Un gros paquet de neige s'abattit sur le capot de la voiture. Álex freina, ralentit puis poussa le moteur pour passer la vitesse. La Wrangler répondit avec l'aisance d'un cheval qui se cabre malgré la quantité de neige au sol. Álex prit note dans un coin de sa mémoire de ne pas oublier de remercier son mécanicien qui l'avait convaincue de rehausser sa suspension.

De nouveau, la motoneige avait quelques mètres d'avance. Álex s'efforçait de ne pas la perdre de vue. Elle conduisait, concentrée, le pied sur l'accélérateur, avec une visibilité presque nulle, esquivant les arbres et les rochers qui faisaient irruption devant la voiture. Le froid qui s'engouffrait par la vitre cassée lui gelait les mains, mais elle continuait de serrer le volant de toutes ses forces malgré sa plaie qui s'était remise à saigner.

Ils abandonnèrent la zone boisée. La moto avait réussi à prendre une dizaine de mètres d'avantage et amorçait la montée par un sentier qui suivait la remontée mécanique. Le vent secouait violemment les sièges vides suspendus au câble d'acier, les faisant se balancer d'un côté et de l'autre. Un peu plus haut, on devinait les formes des bâtiments de la station de ski en construction.

Álex passa une vitesse, et de nouveau, la puissance de la voiture lui permit de gagner quelques mètres. À l'approche de la jeep, la motoneige changea une fois encore de direction et traversa la piste sous le télésiège.

Álex la suivit. Le chemin longeait la zone d'arrivée du télésiège et remontait vers le sommet de la montagne. En haut, la tempête secoua le 4 x 4 comme un modèle réduit d'enfant. Álex avait beau regarder tout autour d'elle, elle ne voyait ni la moto ni son conducteur. Les flocons criblaient la carrosserie de la jeep comme des balles. Rien ne bougeait entre les bâtiments.

Álex ralentit et circula autour des édifices vides. Dans cette tourmente, elle voyait à peine à quelques mètres et le mugissement du vent était tel qu'il étouffait tout autre son. Loin de se calmer, le mauvais temps empirait. La température avait dégringolé d'un coup et le vent dépassait maintenant les quatre-vingts kilomètres-heure. Son père lui avait souvent raconté que quand le blizzard se déclarait, il fallait trouver un refuge immédiatement. Si vous vous retrouviez dehors au moment où le « vent blanc » se déchaînait, c'était la mort assurée. Álex frissonna en réalisant que si elle s'aventurait hors de la jeep, malgré ses vêtements chauds, elle mourrait de froid en quelques minutes. Elle jeta un œil à l'arrière sur la vitre cassée, par où entrait un air glacé que le chauffage de la voiture réussissait à peine à compenser. Elle n'arrivait pas à comprendre comment le conducteur de la moto pouvait tenir.

Elle arrêta le 4 x 4, éteignit les lumières et attendit. Plusieurs minutes passèrent, qui lui parurent une éternité. Avec ce froid, elle ne pouvait pas s'attarder beaucoup plus longtemps. Elle soupira. Elle venait de décider de retourner à l'église quand un mouvement sous la structure de la terrasse du bâtiment des visiteurs attira son attention. Merde : il l'avait roulée dans la farine ! Il avait attendu qu'elle passe pour filer en slalomant entre les piliers qui soutenaient la terrasse, dans le but d'atteindre les pistes de ski. La jeep était trop large pour se faufiler entre ces gros piliers en ciment, et contourner le complexe de bâtiments lui prendrait trop de temps. Le motard le savait.

Álex, désespérée, regardait la motoneige s'éloigner sans qu'elle puisse l'en empêcher. Elle déchargea sa rage à coups de poing sur son volant jusqu'à ce que la douleur lui rappelle sa blessure.

Alors son regard s'arrêta sur le bâtiment devant elle. Elle reconnut l'espace détente où avait été retrouvé le corps de Latour. Juste en face, elle avait l'entrée principale : de grandes planches de contreplaqué la condamnaient, en attendant l'installation des portes définitives. Elle croyait se souvenir de la configuration de l'intérieur du bâtiment. Elle jeta de nouveau un regard du côté de la moto, qui se dirigeait déjà vers les pistes, ferma les yeux et serra de toutes ses forces le volant. Son pied caressa la pédale de l'accélérateur et le moteur de la Wrangler rugit comme s'il avait su à quoi pensait sa conductrice. Álex appuya à fond, relâcha l'embrayage et la jeep fonça comme un tank contre le bâtiment.

Les planches de contreplaqué sautèrent dans les airs quand le lourd 4 x 4 passa à travers. L'un des phares explosa. Par chance, le couloir était aussi large que dans ses souvenirs. En revanche, Álex n'avait pas pensé aux placards du système d'incendie, qui se rappelèrent à son souvenir quand ses deux rétroviseurs s'envolèrent.

Les différentes salles, encore en travaux, passèrent à côté

d'elle comme un film en accéléré, puis, au bout du couloir, la jeep fit irruption dans la splendide salle aux gigantesques proportions qu'elle avait vue quelques jours plus tôt. D'un grand coup de volant, Álex évita de quelques centimètres une palette de moulures. Les lourdes roues de la jeep pulvérisèrent le parquet à moitié posé, des morceaux de lattes volèrent. Elle venait de redresser sa trajectoire quand elle arriva face à une gigantesque baie vitrée de six mètres de haut sur une vingtaine de large qui offrait une vue exceptionnelle sur les pistes. Álex sourit.

La Wrangler traversa l'immense baie en verre trempé comme si c'était du papier. Une nuée de débris de verre enveloppa la voiture tandis qu'elle faisait un vol plané avant de retomber lourdement dans la neige.

L'impact arracha presque la conductrice de son siège. La voiture tangua et se mit à glisser sur la pente jusqu'à ce qu'Álex parvienne à reprendre le contrôle du volant. La jeep dévalait la pente à une vitesse de plus en plus grande. La motoneige était à une centaine de mètres devant ; elle slalomait sur ses skis, se croyant hors d'atteinte.

La distance entre les deux véhicules se réduisit en quelques secondes. Quand le motard s'aperçut de sa présence, Álex sentit sa surprise. Pourtant, il sut réagir. La moto dérapa de côté, évitant de justesse Álex qui lui fonçait dessus, puis elle accéléra, entamant une descente vertigineuse. Alors qu'elle tentait d'esquiver un dos-d'âne, Álex repéra un bosquet quelques mètres plus bas. Elle devina que le motard comptait en profiter pour se débarrasser d'elle.

Il fallait mettre fin à cette course-poursuite tout de suite. Elle n'aurait pas d'autre occasion. Elle se préparait à dépasser la motoneige pour lui couper la route, quand brusquement toute la montagne parut trembler et un grondement épouvantable couvrit tous les autres bruits.

Quand elle se retourna, Álex eut le souffle coupé : une immense vague de neige, de pierres et d'arbres dévalait la pente, droit sur elle. Elle faisait toute la largeur de la piste et entraînait tout sur son passage.

Álex tenta de se mettre hors de sa trajectoire, mais, avant qu'elle ait pu le faire, le 4 x 4 eut une secousse et, dans un craquement, la plaque de glace sous la voiture céda et se mit à glisser. Dessus, la jeep vrilla sur elle-même, hors de contrôle, et Álex eut juste le temps de voir la motoneige et son conducteur se réfugier entre les arbres, quelques secondes avant d'être engloutie par l'avalanche.

Álex reprit connaissance en toussant. Un lourd poids sur sa poitrine l'empêchait de respirer. Elle réalisa qu'elle pendait, accrochée par sa ceinture de sécurité, et que l'airbag l'écrasait contre le siège passager. Quand elle se toucha la tête, elle étouffa une exclamation : elle avait une coupure profonde à l'arcade sourcilière. La jeep gisait sur le flanc, en partie ensevelie sous la neige. Le phare, miraculeusement intact, éclairait le terrain devant le véhicule. Álex était si frigorifiée qu'elle aurait préféré être morte dans l'avalanche. Elle essaya pourtant de bouger, mais un élancement de douleur la stoppa net. En regardant en bas, elle vit sa jambe gauche prisonnière de la tôle.

Les rafales de vent secouaient la voiture. On pouvait à peine voir à quelques mètres à la ronde vu la quantité de neige qui continuait de tomber. Le blizzard était à son apogée. Elle devina un mouvement à travers le pare-brise qui, inexplicablement, était indemne. Elle plissa les yeux : une ombre approchait du 4 x 4. Quand elle entra dans la lumière, Álex put le voir clairement. C'était le loup. Est-ce qu'il venait lui rendre une dernière visite à l'instant de sa mort ? Près de lui apparut, comme issue de l'air même, la silhouette éthérée d'une petite fille vêtue d'une chemise blanche. Lía posa sa main sur la fourrure de l'animal. L'image de sa sœur s'estompait entre les rafales de vent et finissait par se confondre avec le paysage au fond. Álex s'aperçut qu'elle ne laissait pas d'empreintes dans la neige : il était impossible qu'elle soit réelle, se dit-elle. Sa tête continuait à créer des hallucinations de toutes pièces, pour se jouer d'elle. Mais ça n'avait plus d'importance. Il n'y avait qu'à attendre et le blizzard ferait le reste. Elle eut envie d'une cigarette.

Un craquement au-dessus de sa tête la tira de sa torpeur. Quand elle leva les yeux, Álex crut voir le visage d'un ange affublé de lunettes de ski. Dans sa robe de moine, il la contemplait depuis l'ouverture où aurait dû se trouver la portière. Álex lui sourit avant de s'évanouir.

85
Journal de Raquel

« Ce n'est pas fini. »

J'ai relevé la tête de l'oreiller. Matilda était en train d'emmailloter l'enfant dans une petite couverture. Le docteur me regardait par-dessus ses lunettes, la mine grave.

« Il en vient un autre. »

Un autre ? Je ne sentais plus mon corps et j'arrivais à peine à garder conscience, ce qui était plutôt heureux car la douleur qui irradiait dans la partie basse de mon corps était immense. Je n'avais de forces pour rien d'autre. Je me suis mordu les lèvres jusqu'au sang, de rage et d'impuissance, mais j'ai pensé à cette vie qui bouillonnait encore en moi. J'ai senti son envie de se battre. Je ne pouvais pas me laisser aller. Pas maintenant. J'ai senti aussi la force que m'envoyaient mes parents et mes frères. Tous, ils étaient là, dans la pièce, avec moi.

Dans un gémissement, je me suis redressée, en appui sur les coudes. J'ai recommencé à pousser. La douleur m'a déchirée, mais je l'ai ignorée et j'ai continué à pousser, les mains agrippées au matelas. Les draps étaient devenus rouges. Je ne pouvais plus contenir les spasmes qui m'agitaient tout entière. J'étais en train de perdre le contrôle de mon corps. J'ai serré les poings et supplié Dieu de m'octroyer cette ultime force. J'ai hurlé à m'en briser la voix, et, à bout de souffle, je suis retombée exténuée sur le matelas.

J'ai vu le petit corps de mon bébé se tordre, comme son frère, entre les mains du docteur Foix. Il pleurait avec toute l'énergie de la vie.

Mon corps semblait être au bout de ses forces. J'étais incapable de lever la tête. J'avais du mal à respirer. Dans le brouillard, j'ai vu Matilda près de moi. Elle épongeait ma sueur avec un linge. Elle m'a souri, mais ses yeux pleuraient.

« C'est une fille, Raquel. Une fille. »

J'ai essayé de sourire. C'était la première fois que Matilda m'appelait par mon prénom. J'ai senti la torpeur m'envahir ; j'étais devenue si légère qu'on aurait dit que je flottais au-dessus du lit. J'ai exhalé de l'air, qui est sorti de moi comme un soupir, et la douleur a paru s'atténuer comme un écho qui s'éteint peu à peu. Mes paupières se fermaient. Il y avait des voix autour de moi mais je ne comprenais pas ce qu'elles disaient. Puis, elles se sont évanouies aussi, comme les contours de la chambre.

La dernière chose que j'ai entendue avant de perdre conscience, c'est un loup qui hurlait à la mort.

86

Les bottes d'Álex laissaient des sillons dans la neige tandis qu'on la traînait par les épaules. Elle pouvait à peine entrouvrir les yeux à cause des flocons de neige qui lui éraflaient le visage comme l'auraient fait des éclats de verre. Le froid était si intense que même respirer était pénible. Tout son corps était contusionné, elle saignait et elle n'avait pas même la force de lever une main, mais le pire, c'étaient les spasmes de douleur dans sa jambe.

Son ravisseur la laissa tomber près d'un arbre et s'éloigna. La neige se mit à la recouvrir. Álex ne comprenait pas pourquoi il avait pris la peine de la sortir du 4 x 4 s'il avait l'intention de l'abandonner maintenant au milieu de la tempête, mais elle s'en fichait un peu. Mourir là ou dans sa voiture en bouillie, c'était du pareil au même.

Au loin, derrière le mugissement du vent, elle crut entendre un grincement métallique. Un bruit de pas sur la neige lui signala que le moine revenait vers elle, même si elle ne pouvait pas le voir. Elle se sentit tirée par le col de son anorak et traînée de nouveau sur quelques mètres. Soudain, le sol disparut.

Elle dévala des marches en ciment, puis un choc lui fit expulser tout l'air de ses poumons. L'explosion de douleur dans sa jambe la pétrifia. Quand elle put bouger, elle trouva quelque chose de solide contre quoi s'adosser. Elle vit le moine batailler avec une porte jusqu'à ce qu'il parvienne à la refermer dans un claquement qui fit trembler les murs. Le vacarme de la tempête disparut, remplacé par l'obscurité et une forte odeur d'humidité. Álex entrouvrit les yeux et regarda autour d'elle. Elle reconnut les épais murs en béton, les recoins pour les munitions, les tuyaux des canalisations, le sol en terre battue… Ils étaient dans le vieux bunker.

Alors, elle perdit de nouveau connaissance.

Álex eut un grognement de protestation quand la lumière s'alluma. Dans le brouillard, elle vit le moine suspendre au mur une lanterne sur un crochet métallique. Une agréable chaleur l'enveloppait : on avait posé sur elle une couverture thermique. Elle ignorait combien de temps elle était restée inconsciente.

Debout, bras croisés, le moine la dévisageait en silence.

« Ouvre les yeux, regarde à fond mon être : ces choses vues t'ont donné la puissance de supporter l'éclat de mon sourire », récita Álex à voix haute.

Le moine hocha la tête et s'inclina dans un théâtral salut.

« Félicitations, sous-inspectrice. Je vois que vous avez lu Dante. »

Il ôta alors ses lunettes de ski et sa capuche, et la lanterne éclaira les boucles dorées de Béatrice Dalmau.

Álex glissa la main à l'intérieur de son anorak.

« Vous cherchez ceci ? » La femme lui montra son pistolet, qu'elle posa sur un rebord de mur, à sa droite. « Vous n'en aurez pas besoin. »

Álex haussa les épaules et sortit son paquet de cigarettes, puisque c'était ce qu'elle cherchait. Elle eut un claquement de langue dépité en découvrant qu'il n'était plus qu'une masse informe de papier et de tabac détrempés. Avec un soupir, elle l'envoya promener dans les ténèbres du tunnel.

« C'est la deuxième fois que je vous sauve la vie. Ça va devenir une habitude.

– Il ne faut jamais perdre les bonnes. »

Le rire de Béatrice résonna dans la galerie.

« Alors, c'était ça, fit Álex en levant les mains pour désigner ce qui l'entourait. C'est grâce à ces tunnels que vous vous déplaciez d'un endroit à l'autre, y compris de jour. C'est comme ça que vous disparaissiez mystérieusement. Rien d'étonnant à ce que beaucoup aient cru que vous étiez un fantôme venu de l'au-delà.

– Beaucoup le croient encore. Cette montagne regorge d'anciennes cachettes comme celle-ci. Presque personne ne s'en souvient. Lors de la construction du manoir, on a découvert qu'un des souterrains passait sous la maison. Les plans du projet de la ligne P, déployée sur toute la vallée, ont alors été demandés, au cas où ils pourraient servir un jour. Et en effet, ils ont servi à quelqu'un : moi.

– Vous n'auriez pas une cigarette, par hasard ? »

Béatrice secoua la tête et s'assit par terre en face d'Álex. Un léger arôme de fruit flottait dans l'air.

Álex se rappela la description de Bouxet de l'odeur que dégageait le moine quand il était tombé sur lui au séminaire. Le cinnamate de méthyle était un composé doté d'une odeur fruitée particulière ; on l'utilisait essentiellement dans les parfums et les… filtres solaires.

« Vous avez été sacrément casse-pieds », soupira Béatrice. Sa main gauche jouait avec un couteau de chasse.

« On fait ce qu'on peut. »

Álex changea de position pour être plus à l'aise. La douleur à sa jambe était moins vive, ce n'était plus qu'un fourmillement lancinant. À la lumière, elle put voir que son pantalon formait un angle bizarre au niveau du tibia. Le tissu sur toute la longueur de la jambe jusqu'à sa botte gauche était imbibé de sang. La perte de sensibilité n'était pas bon signe. Elle détourna le regard.

« Depuis quand savez-vous que vous n'êtes pas la fille génétique des Dalmau ? »

Béatrice réprima une expression de surprise, puis sourit.

« Depuis un an, environ.

– Ce qui coïncide avec le suicide d'Avril... »

La femme acquiesça avec gravité.

« Virgile Avril était votre frère, n'est-ce pas ? poursuivit Álex. Pour être exacte, votre frère jumeau.

– Mon beau-père, August Dalmau, nous a séparés quand nous étions tout petits, confirma Béatrice, le visage inexpressif. Toute ma jeunesse, j'ai ressenti son absence. Même une fois adulte, j'avais des souvenirs récurrents d'un petit garçon avec lequel je jouais dans mon enfance. Je m'étais convaincue que ce n'était qu'une de mes fantasmagories.

– Pourquoi ? Pourquoi tous ces morts ?

– Vous connaissez déjà la réponse : ils étaient coupables, tous et chacun d'entre eux. Au cours de leur vie, ils ont commis d'abominables crimes, restés impunis. » Le beau visage de Béatrice était maintenant déformé par la colère. « Mais le pire des péchés fut d'avoir laissé mourir ma véritable mère comme une bête. » Les larmes emplirent ses yeux. « Savez-vous qu'elle a passé deux semaines à agoniser sans presque aucun soin ? Ils voulaient qu'elle meure pour pouvoir lui voler ses enfants sans trop de problèmes. Il n'y eut que Matilda pour être à ses côtés jusqu'à son dernier souffle.

– Mais oui, bien sûr, Matilda... Votre domestique... Je l'ai trouvée dans le jardin d'hiver. Elle aussi, vous l'avez assassinée ?

– Non, je n'y suis pour rien. Matilda était malade et ne voulait pas finir ses jours à l'hôpital. Elle a préféré mourir là où elle se sentait chez elle. Matilda a été comme une mère pour moi. C'est elle qui a conservé le journal tout ce temps.

– Le journal ?

– Ma véritable mère s'appelait Raquel ; elle était juive. Alors qu'elle n'était qu'une enfant, elle a fui les nazis à travers les Pyrénées et, après avoir été capturée par les hommes de mon beau-père, elle a travaillé et vécu ici, à la Colonie. Elle avait un journal intime où elle racontait tout ce qu'elle avait traversé. Avant de mourir, elle l'a confié à Matilda. Celle-ci pensait qu'il valait mieux pour moi que la vérité ne sorte jamais au grand jour, et elle a souvent songé à le détruire, sans pouvoir s'y résoudre. Après la mort de mon beau-père, un soir, Matilda est venue dans ma chambre, m'a tout avoué, et m'a donné le journal de ma mère. Au début, je n'arrivais pas à y croire. Mon monde volait en éclats. La Colonie, à l'origine de la richesse de ceux que jusque-là j'avais pris pour ma famille, avait été un camp de travail qui avait recours à une main-d'œuvre réduite en esclavage, et ma véritable mère était l'une des ouvrières. Ceux que je croyais être mes parents étaient responsables de sa mort. Et de surcroît, j'avais un frère jumeau qu'ils avaient éloigné de moi, effaçant son souvenir. Je me suis sentie trahie. Ma vie n'était que mensonges. »

Béatrice avait les yeux dans le vague. Sa voix, en revanche, était bien assurée.

« Quelques jours plus tard, j'ai contacté Virgile par l'intermédiaire de Matilda. Nous ne nous sommes rencontrés que cette fois-là. Apprendre le secret de sa véritable identité fut un choc pour lui. Il m'a dit qu'il avait besoin de temps pour l'assimiler. Moi, je lui ai proposé que nous quittions la vallée, ensemble.

– Et c'est là que… tout s'est compliqué.

– Oui. Matilda était une brave femme, elle a toujours été fidèle, mais elle avait un talon d'Achille.

– Son fils Daniel, comprit soudainement Álex. Ce n'était pas vous que Latour venait voir…

– Bravo, sous-inspectrice, confirma Béatrice. Guillem Latour, le directeur de la Colonie, était tout aussi dépravé que mon beau-père. Matilda, l'une de ses victimes, avait eu un fils, fruit de ces abus : Daniel. Guillem Latour ne voulait pas le voir ici, mais comme il ne pouvait pas non plus renier son sang, il l'avait envoyé faire ses études à Paris et l'avait poussé à faire sa vie à l'étranger. Sauf que Daniel est revenu, pour contrer son père, je suppose, et il est entré au séminaire. C'est là qu'il a connu Virgile. Au fil du temps, il a pressenti la vérité quand il s'est aperçu que Virgile évitait de s'exposer au soleil. »

Álex manifesta sa surprise.

« Oui, mon frère souffrait du même mal que moi. C'est la raison pour laquelle il ne sortait jamais du séminaire en journée et qu'il a décliné une carrière ecclésiastique qui l'aurait conduit loin de ses murs. De toute façon, poursuivit-elle, malgré ses soupçons, Daniel n'avait aucune preuve.

– C'est là qu'il a découvert le journal.

– Effectivement, Daniel venait fréquemment au manoir pour voir sa mère. Quand il lui a rapporté cette coïncidence, que Virgile et moi souffrions de la même maladie, elle lui a avoué la vérité et lui a parlé du journal. » Elle baissa la tête. « Lors d'une de ses visites, le journal a disparu de ma chambre. Peu après, des rumeurs ont couru à propos de la sexualité de mon frère. Il ne l'a pas supporté. » La voix de Béatrice se brisa. « La mort de Virgile a été un coup terrible. Alors que nous venions de nous retrouver, je le perdais de nouveau, à jamais, cette fois. J'ai senti qu'une partie de moi mourait. »

Béatrice se tut. Une larme coulait le long de sa joue.

« Deux jours après, Daniel a disparu, sur les conseils du père Guifré. Le coupable de la mort de mon frère s'échappait, sans avoir eu à payer. J'étais dévorée par la colère. Pendant une semaine, je n'ai pas fermé l'œil. J'ai pensé à mettre fin à mes jours moi aussi, puis j'ai compris que ce que je devais faire, plutôt, c'était me venger.

– Et vous vous êtes arrangée pour qu'on propose un emploi à Latour afin de l'attirer de nouveau dans la vallée… »

Béatrice opina du chef.

« C'est cela. Le chantier de Vall de Beau m'a fourni l'occasion idéale. La société l'a embauché et envoyé dans la vallée sur mes instructions. Une nuit, je lui ai fixé rendez-vous, en me faisant passer pour mon frère. Je savais qu'il ne refuserait pas. Mon intention était de récupérer le journal, mais il ne l'avait pas sur lui. »

Álex se rappela leur visite de la cellule de Latour et comment Levine avait fait mine de ne rien trouver dans la cachette. Il l'avait dupée : en réalité, le journal y était. Levine avait dû le récupérer et le cacher dans son sac au moment où elle était sortie de la cellule.

« Daniel Latour était rongé par le péché de l'envie. Je lui ai appliqué l'un de ces châtiments que j'avais lus, petite. Sa mort a été une révélation. Enfin, toutes ces lectures sur les péchés que ma mère m'avait tant obligée à mémoriser prenaient un sens. Dante était l'un de ses auteurs préférés, vous savez ? Je n'ai plus eu aucun doute. Mon destin était de devenir la main de Dieu sur terre. Je me suis déguisée en moine et j'ai utilisé ma ressemblance physique avec mon frère pour me jouer de vous.

– Simón, Guifré, Foix... je peux comprendre. Mais... Levine ? Pourquoi ? »

Pour la première fois, Álex vit Béatrice moins sûre d'elle.

« Son père, Ezra Levine, avait abandonné ma mère à son sort. Elle est morte en l'attendant. Son fils, celui qui s'était fait passer pour votre collègue, s'est présenté chez moi. Il m'a apporté le journal. Il avait tout découvert. Il m'a offert une porte de sortie : que je me rende de mon plein gré à vous. Je crois que... qu'il avait beaucoup d'estime pour vous. »

Álex déglutit en se rappelant l'état dans lequel elle avait retrouvé Levine à l'église.

« Une dernière question, reprit-elle. August Dalmau n'avait aucun besoin de récompenser ses anciens comparses. De fait, c'étaient eux qui avaient une dette envers lui. » Elle réfléchissait à voix haute. « Ce contrat selon lequel, après la mort de votre beau-père, ses propriétés seraient réparties entre eux, c'est vous qui l'avez fait établir, n'est-ce pas ? Ainsi, vous détourniez l'attention quant aux véritables motifs des meurtres et tous devenaient suspects.

– Vous êtes brillante, sous-inspectrice. En effet. Ce fut très utile. Ils se sont tous mis à se soupçonner les uns les autres. Les âmes qui vivent dans le péché n'ont pas de place pour la confiance. Bien, fit-elle, en se mettant debout : il est l'heure. Le jour va bientôt se lever.

– Vous savez que je dois vous arrêter. »

Béatrice eut une grimace triste qui se voulait un sourire, tandis qu'elle posait le couteau sur le muret près du pistolet et ôtait ses gants.

« Ce ne sera pas nécessaire. Tout est fini. »

Les mugissements du blizzard s'étaient éteints. Un halo de clarté filtrait par une fissure dans le mur. Béatrice mit la main dessous et la bougea dans la lumière, comme si elle la caressait.

« Vous avez idée de ce que c'est de vivre sans voir le soleil ? Sans pouvoir ne serait-ce que goûter à la chaleur de sa lumière ? Vous savez ce que c'est de vivre dans la peur constamment ? »

Béatrice ôta son habit de moine, qui tomba à ses pieds. Dessous, elle portait une combinaison de ski qui moulait son corps. Posés contre le mur, des skis et des bâtons l'attendaient. Elle prit son équipement, monta les marches en ciment et fit une halte près de la porte, le temps de murmurer sans se retourner :

« J'ai été heureuse de vous connaître, sous-inspectrice Serra. J'espère que vous, au moins, vous saurez vaincre vos cauchemars. »

Sur ces mots, Béatrice Dalmau ouvrit la porte et la lumière l'enveloppa. Dans un ciel libre de nuages, le soleil était apparu derrière les montagnes et faisait miroiter la neige fraîche. Autour du bunker, tout était blanc. Le silence était total, comme si le monde s'était arrêté.

Béatrice adressa à Álex un pâle sourire.

Puis elle prit une grande inspiration et s'élança vers la lumière.

VII
Avarice

Comme ruinant nos œuvres, l'avarice éteignit notre amour de tout vrai bien, la justice nous tient ici captifs, pieds et mains garrottés étroitement ; et autant qu'il plaira au juste Sire, autant nous resterons gisants et fixes.

87

Six semaines plus tard, Álex conduisait, pendant qu'à la radio la voix sensuelle de Dido chantait à qui voulait l'entendre qu'elle ne s'avouait pas vaincue.

À la vue des montagnes, elle baissa la vitre de la Touareg à boîte automatique qu'elle avait louée. L'air l'ébouriffa et lui glaça les joues, les rendant insensibles. Elle croyait entendre son père la gronder : elle allait s'enrhumer, c'était très mauvais de rester en plein vent. Pourtant, cet air-là lui faisait du bien, et elle résista à la tentation de remonter la vitre comme le lui commandait sa conscience d'enfant. Elle accéléra.

Quand Vila et Alain étaient arrivés jusqu'à elle, avec le reste des renforts, ils l'avaient trouvée inconsciente. Tout le temps qu'elle avait passé dans le bunker, après la fuite de Béatrice Dalmau, elle avait eu la sensation d'avoir quelqu'un auprès d'elle. Les rares moments où elle reprenait conscience, elle avait cru voir la silhouette d'une petite fille en chemise blanche à ses côtés. Elle n'en avait parlé à personne, bien entendu.

À son arrivée au service des urgences de l'hôpital de Cerdagne, à Puigcerdà, on lui avait diagnostiqué une légère hypothermie, en plus des contusions, de sa plaie à la main et de sa jambe cassée. Apparemment, elle avait eu de la chance : c'était une fracture simple du tibia du tiers moyen, sans déplacement. Mais elle avait mal quand même. On l'avait recousue, bandée et plâtrée, et on l'avait bourrée de médicaments. Dès qu'elle avait pu poser le pied par terre, deux semaines plus tard, elle avait signé une décharge, contre l'avis du docteur Canellas, qui s'était occupé d'elle pendant tout ce temps. Sa sincère préoccupation avait touché Álex. Elle lui avait promis qu'ils iraient un jour prendre ce café qu'elle lui devait. Elle sortit de l'hôpital en boitant, percluse de douleurs, et avec quelques kilos en moins.

D'après ce qu'on lui avait rapporté, elle avait sauvé la candidature des Jeux. Les instances dirigeantes des polices des deux pays l'avaient proposée pour une distinction honorifique. On avait organisé une cérémonie officielle et convoqué les médias. Elle n'était pas venue. Le jour même de la remise, elle présentait sa démission à un commissaire Martí stupéfait.

Levine, lui, avait survécu aux morsures d'aspic. Malgré les problèmes de réseau dus à la tempête, l'unité de secours avait bien enregistré l'appel d'Álex. Ils avaient retrouvé Levine à demi mort mais heureusement, ils avaient pu l'emmener à temps à l'hôpital, où on lui avait administré l'antidote nécessaire. Son corps avait aussi dû expulser les restes du puissant sédatif que lui avait fait ingérer Béatrice Dalmau en lui offrant un verre. Il lui faudrait encore passer un moment à l'hôpital, mais il était hors de danger. À sa sortie, il aurait à répondre de différentes charges pour usurpation d'identité. Álex avait témoigné en sa faveur devant la commission d'enquête de la police française.

Elle aperçut les premiers toits de la Colonie. Dépassant l'usine, elle poursuivit jusqu'au cimetière, situé sur une butte à l'écart, entre les arbres. Elle ne put s'empêcher de poser les yeux sur le manoir, qui à présent lui semblait encore plus décrépi et abandonné.

En se garant, elle pensa à l'intendant Cruz. Son arrestation avait eu lieu après que la juge Andrés eut reçu, de source anonyme, des documents qui l'incriminaient dans les sabotages de la station. D'après les preuves aux mains de la juge, Cruz s'était employé à déclencher une situation de crise dans le but de la résoudre et ainsi gagner les faveurs de ses supérieurs. Álex avait de forts soupçons quant à l'identité de cette source anonyme. Quelqu'un qui avait accès aux documents de l'entreprise depuis le début.

Mais l'affaire ne suivrait pas son cours, car un personnage clé s'était évanoui dans la nature. Après sa libération, Antoine Closas avait disparu pour s'épargner les conséquences de son implication dans les sabotages. Sans lui, les manifestations contre la construction de Vall de Beau s'étaient essoufflées et les derniers activistes avaient quitté les lieux depuis déjà une semaine.

Cependant, Béatrice Dalmau semblait avoir tout prévu. Cruz était entré en détention préventive dans un quartier de haute sécurité, dans l'attente d'un jugement à l'issue duquel il serait certainement libéré. Mais il n'en fut rien. Cinq jours avant son audience, alors qu'il travaillait aux cuisines de la prison, il tomba malencontreusement dans l'une des grandes marmites qu'on utilise pour la préparation des repas des prisonniers. Quand on récupéra son corps, on lui découvrit une étrange plaie au front. Les légistes en conclurent qu'il s'agissait d'une lésion due à sa chute. Álex, elle, se souvint que l'un des châtiments qu'on infligeait aux coupables du péché d'avarice était de les plonger dans l'huile bouillante.

Lui revint en mémoire la vieille photographie et cet homme au regard fuyant, qui n'avait pu être identifié : Johan Kreuz.

Kreuz : un patronyme allemand dont la traduction espagnole est Cruz.

En outre, Valet lui avait fait parvenir le rapport de l'exhumation d'August Dalmau. C'était l'une de ses dernières requêtes en tant qu'agent en fonction. Le premier paragraphe du document faisait état d'une profanation de la tombe juste avant leur intervention. Après analyse du corps, le légiste affirmait sans l'ombre d'un doute qu'August Dalmau était mort d'indigestion. Néanmoins, malgré la détérioration de la dépouille, Valet avait pu identifier quelques légères incisions à l'avant du crâne. Le rapport du légiste décrivait aussi, avec tout un luxe de détails, la présence inexplicable de crapauds, de grenouilles et de lézards morts, à l'endroit où devait se trouver l'estomac. Tant les coupures que le dépôt des animaux avaient été effectués *post mortem*. Álex savait que c'était là le châtiment réservé aux coupables du péché de gourmandise.

Sept péchés, sept châtiments.

On ne retrouva pas Béatrice Dalmau. Le fort blizzard avait déplacé des tonnes de neige contre la montagne. On avançait l'hypothèse qu'elle ait pu être ensevelie, emportée au fond de la vallée. On espérait retrouver son corps aux beaux jours, mais Álex en doutait.

Elle boitilla jusqu'à l'entrée du cimetière, ceint d'un haut mur de pierre. À l'intérieur, les niches du columbarium s'échelonnaient sur trois niveaux. Sur les plaques, lisses et sans ornement, figuraient les noms des occupants et – seulement pour certains – la date de leur mort. C'était là que reposaient les ouvriers de la Colonie.

Elle n'eut pas grand mal à la trouver. Située tout en bas, au ras du sol, c'était une plaque pareille aux autres, si ce n'est que, sur l'étroit rebord de la niche, il restait encore les débris desséchés d'un bouquet de fleurs de montagne.

Álex posa son sac à dos par terre et s'accroupit. De sa main gantée, elle balaya la neige et finit de dégager une inscription : « Raquel. 1962. » Satisfaite, elle sortit le carnet relié de cuir grenat que lui avait laissé Béatrice Dalmau dans le bunker et l'ouvrit à la dernière page.

Je ne suis pas encore morte, mais je n'en ai plus pour longtemps.

De mon lit, je vois les montagnes, qui commencent à se couvrir de neige, et la forêt autour. C'est si beau ! En rêve, j'ai vu, entre ces mêmes arbres, un loup qui surveillait ma fenêtre. Son cri me touche au plus profond de moi-même. Je me demande si c'est toi, Ezra, mon aimé.

Mes souvenirs sont douloureux, mais dans la peine la plus terrible se cache toujours une part de bonheur. Si je n'étais pas passée par tout ce que j'ai vécu, jamais je n'aurais connu le véritable amour. Jamais je ne t'aurais connu. J'ai appris que la vie nous offre toujours des trêves et que, dans la pire des situations possibles, il y a encore des raisons d'espérer.

C'est donc une consolation pour moi de savoir que j'ai accouché de quelque chose de merveilleux, puisque c'est le fruit du plus grand des amours. Cela me donne de la force. Je ne m'effondre qu'en de rares occasions où la douleur me submerge, quand je me rappelle que nous ne sommes pas réunis et que jamais je ne pourrai les voir grandir.

Quand j'aurai fini ce journal, je le donnerai à Matilda, j'espère qu'elle pourra te le faire parvenir à toi, ou à nos enfants un jour. Et peut-être ce jour-là tous les responsables de notre malheur paieront-ils pour leurs péchés.

Álex referma le cahier. Elle fouilla dans l'une de ses poches et en tira le médaillon avec la photo de Raquel. Elle l'ouvrit et regarda une fois encore le portrait de cette jeune femme au regard si brave. Elle adossa le cahier à la plaque et déposa délicatement le médaillon près de lui. Puis elle sortit le flacon d'anxiolytiques de la poche de son anorak et le plaça de l'autre côté. Elle resta là quelques minutes. Quand elle sentit le froid traverser ses vêtements, elle se redressa et repartit de son pas boitillant vers la sortie. Dans son dos, le vent se leva et les pages du journal se mirent à battre comme des ailes de papillon.

88

Álex chargea ses bagages dans la Touareg garée devant le chalet. Elle s'étira et regarda les montagnes. Le ciel commençait à se couvrir de nuages sur les sommets. Elle s'aperçut que la neige et son silence allaient lui manquer.

Cette dernière nuit, elle avait réussi à dormir d'une seule traite. Elle n'avait eu aucune vision ; aucun cauchemar ne l'avait réveillée.

Le monstre était parti. Certes, elle savait que ce n'était qu'une question de temps. Le monstre serait toujours là, à attendre qu'elle baisse de nouveau la garde. Mais pour l'instant elle l'avait vaincu. Et quand il reviendrait, elle serait prête.

Elle toucha la poche de son jean : elle avait encore sa plaque de police. Elle la contempla quelques secondes puis la jeta dans la benne à ordures, près de la barrière. Elle n'avait pas la moindre idée de ce qu'elle allait faire dorénavant, mais ce n'était pas très grave. Elle avait cru que son travail dans la police était ce qu'il y avait de plus important dans sa vie, mais ce n'était plus le cas. La vie, c'est ce que nous construisons chaque jour.

Tout était dans le 4 x 4. C'était l'heure de partir.

Il ne lui restait plus qu'à fermer la porte du chalet, et ensuite, cette vallée et ces montagnes seraient du passé.

Elle ne fit pas un geste.

Elle souffla bruyamment : c'était idiot mais ça ne lui prendrait pas plus de quelques minutes. Et si elle s'en allait sans vérifier, elle allait y penser pendant tout son voyage de retour à Barcelone. Il valait mieux régler ça une bonne fois pour être tranquille.

Elle entra de nouveau dans le chalet, monta l'escalier sans sauter la marche défectueuse et ouvrit la trappe du grenier. Une fois en haut, elle alluma la lumière et se faufila entre les cartons et les vieux objets amassés. Elle secoua la tête : les visions avaient beau paraître réelles, ce n'étaient que des cauchemars. Aucune chance qu'il y soit.

Cinq minutes plus tard, elle l'avait retrouvé.

Derrière une lourde malle pleine de livres et de vieilles cassettes VHS. Il était fermé avec du gros scotch comme d'autres cartons du même genre, mais celui-là était absolument identique à celui de ses rêves. Dessus, on pouvait encore lire « Lía », écrit au feutre bleu. Elle le porta jusque sous l'œil-de-bœuf.

Elle déchira le scotch et l'ouvrit. Dedans, elle trouva plusieurs dossiers gris comme ceux qu'emploient les comptables pour leurs registres. Chacun d'entre eux avait une étiquette avec la date correspondante collée sur le côté. Elle reconnut l'écriture de son père. Ils étaient classés par années. Elle en compta une dizaine.

Elle découvrit que le premier, en haut de la pile, était celui de l'année où avait disparu sa sœur. Quand elle voulut l'ouvrir, l'élastique cassa. La chemise contenait pas mal de coupures de presse ; toutes rapportaient la disparition de Lía. Les plus grands journaux en avaient fait leur une avec une photo où elle apparaissait elle, collée à son père. Elle se rappelait les flashs mais avait du mal à reconnaître ce visage terrorisé.

Elle se pencha sur les autres dossiers. Tous étaient

bourrés de documentations diverses, classées par mois. Elle les parcourut au hasard, sans comprendre, jusqu'à ce qu'elle réalise qu'ils retraçaient les itinéraires de son père, quand il avait cherché Lía dans tous les Pyrénées.

Quand elle revint à la réalité, le soleil se couchait. Elle ne savait pas à quel moment elle avait descendu le carton en bas et étalé les articles, les photos, les cartes et les carnets de notes sur la table de la cuisine. Non seulement son père avait cherché Lía, mais il avait recensé la disparition d'une dizaine de petites filles dans la région au cours des vingt dernières années. Toutes des affaires non résolues. Des disparitions qui n'avaient pas laissé de traces. Des histoires très semblables à celle de sa sœur.

Álex se leva et sortit sous le porche. Le vent faisait se balancer le faîte des arbres. Elle contempla la montagne en caressant la petite fée en argent qu'elle portait autour du cou. Elle ferma les yeux et retint sa respiration, pour ensuite expirer à fond, lentement. Quand la dernière lueur s'évanouit à l'horizon, elle rentra dans le chalet et referma la porte.

Il allait neiger cette nuit.

Remerciements

Je lis toujours les remerciements. Je suppose que je le fais parce que j'aime fouiner dans le monde personnel de chaque auteur. Parfois, ce sont des textes intéressants, d'autres, à vrai dire, sont aussi ennuyeux qu'un discours de lauréat lors d'une cérémonie. C'est pourquoi d'avance, je te prie, lecteur, de m'excuser, mais je vais me permettre ces quelques mots, car sans eux ce livre ne serait pas complet.

Mon premier merci est pour toi, justement. Sans ton concours, tout cela ne serait pas possible. Chaque fois que je rencontre quelqu'un qui a consacré quelques heures de sa vie à lire un texte que j'ai écrit, je ressens une immense confusion et beaucoup d'émotion. C'est et ce sera toujours un privilège que d'être lu.

Il me faut aussi nommer ici et remercier particulièrement…

Ella Sher, mon agente, mon amie, un ange qui a croisé ma route et m'a fait m'envoler.

Emili Rosales et Anna Soldevila, parce qu'elles ont cru en moi.

L'équipe fantastique de Destino : Alba, Juan, Marta, Sabrina, l'autre Alba… car cela est un travail d'équipe, et si ce livre est dans tes mains, une partie du mérite en revient à tous et à chacun d'entre eux.

Enrique Huertas, qui a consacré son talent et ses efforts à m'aider à rendre ce roman un peu moins mauvais.

Bernardo Carrión, pour ses yeux et ses virgules.

Santiago Álvarez, pour ses enseignements jour après jour.

Rafa Melero, écrivain, *mosso d'esquadra* et surtout, une très belle personne. Toute erreur concernant les procédures policières doit m'être attribuée, et non à lui.

Ma lectrice et amie, María Zúñiga. Faire le contraire de ce qu'elle me conseille continue d'être synonyme de succès, même si cela est un gros mensonge.

Mes autres camarades d'Amundsen, qui subissent mes disparitions patiemment.

Tous mes ami(e)s, qui me demandent inlassablement quand j'aurai fini mon prochain roman. Dans leurs paroles, il y a toujours une tendresse énorme, et ils sont si nombreux que je ne peux pas tous les nommer, même s'ils mériteraient de l'être. Il me reste la consolation de savoir que chacun d'entre eux se reconnaîtra ici. Je suis sûr que je ne mérite pas tant, sachez-le.

Mes amis du Café Tertulia 1900 de Valence. Pendant des mois, j'ai occupé une table en échange de cafés, verres d'eau et tartines. Leur amabilité est tout bonnement incroyable.

Les bibliothèques, parce que j'ai passé grâce à elles certains des meilleurs moments de ma vie, et que sans elles, je n'écrirais pas.

Tous les membres de ma famille et chacun d'entre eux : sans leur soutien, je serais vide.

Belén, ma compagne d'aventure, qui m'a supporté à des points indicibles et qui croit en moi plus que moi-même.

Joana, la Fille des Livres, qui maintenant lit ses propres histoires, et qui parfois les écrit. Merci pour les petits mots pleins de cœurs que tu me laisses en cachette. Je continue à te voler du temps pour écrire, un temps qui ne me manquera jamais pour te dire combien je t'aime.

Et enfin, mon père, qui a décidé de mourir pendant que

j'écrivais ce roman, et qui ne pourra pas le voir achevé. Quand j'étais enfant, il m'emmenait à la bibliothèque le samedi matin. Il m'a fait découvrir que ne pas avoir de télé, c'était génial, et qu'avoir un père comme lui, ça l'était encore plus.

MIXTE
Papier issu de sources responsables
FSC® C003309

L'éditeur de cet ouvrage s'engage dans une démarche de certification FSC® qui contribue à la préservation des forêts pour les générations futures.

Pour en savoir plus :
www.editis.com/engagement-rse/

Cet ouvrage a été achevé d'imprimer sur Roto-Page
par l'Imprimerie Floch à Mayenne en août 2021
N° d'édition : 6579 – N° d'impression : 98856
Imprimé en France